AMMO TRAIN

BAND I:
Wüstenbeben

Steve Nolte

FSC
www.fsc.org
MIX
Papier aus ver-
antwortungsvollen
Quellen
Paper from
responsible sources
FSC® C105338

DER AUTOR

Steve Nolte (*1985) …
… versteckt sich hinter einem halbseidenen Pseudonym, um seinen
Groupies das Leben schwerzumachen und schreibt Romane, in denen
Monster, Kometen, Raumschiffe und Deichvogte vorkommen.
Inspirieren lässt er sich dabei von Sven Regener, Frank Schulz,
Stephen King, Raymond Chandler, Glen Cook, Joe Abercrombie,
Helge Schneider und vielen anderen. Seit frühester Kindheit liebt er
fantastische Geschichten, kann jede Kreatur in Jabbas Palast benennen
und kennt das Atomgewicht von Kobalt ebenso wie den Inhalt des
Sechs-Dämonen-Beutels. Da er noch „richtig" arbeiten muss, um
seine Miete zu bezahlen, ist er – nach verschiedenen mehr oder
minder seriösen Jobs als Ghostwriter für Bewerbungsunterlagen,
Texter, Lektor und Redakteur – derzeit in der
Unternehmenskommunikation eines Dortmunder Mittelständlers tätig.

http://steve-nolte.de

INHALT

Prolog   Aus dem persönlichen Logbuch von Sir Alldun Zee   1
Carvas-Dontraß, 500 n. E. II

Kap. 1   Milch. Mädchen. Rechnung.   6

Kap. 2   Duo mit zwei Hörnern   23

Kap. 3   Der kleine Prinz   40

Kap. 4   Country Mouse   50

Kap. 5   Die alte Neue und der neue Alte   58

Kap. 6   Fast Formart   71

Kap. 7   Die Nacht hat viele Augen   96

Kap. 8   In the Army Now   109

Kap. 9   Girl U Want   123

Kap. 10   What We Do in the Shadows   132

Kap. 11   Volleyed and Thundered   138

Kap 12   Feuertaufe   152

Kap 13   Rücken, triff Wand   160

Kap 14   Deal or No Deal   185

Kap 15   Geprügelte Hunde   198

Kap 16   One Hit Wonder Girl   208

Kap 17   Die Kayne war ihr Schicksal   216

Epilog   Aus dem persönlichen Logbuch von Sir Alldun Zee   255
Carvas-Dontraß, 500 n. E. II

DRAMATIS PERSONAE

Personalregister des 1ˢᵗ Faun Prime Freelance Regiment, 400 n. E. II

HQ-Element

CO: **Colonel Tomaas Arrara**, geschätzter Stratege, altgedienter Söldner

XO: **Major Terrio**, eine Sh'noor, seine rechte Hand

First Sergeant: **Adlata Dûn**, eine ehemalige Sklavin, jetzt höchster Unteroffiziersdienstgrad der Truppe

Klopek, ein ehemaliger Sklave und Leibwächter des Colonels

Qualster, ein Mentator und Strategiemeister

C1-3R/k, genannt **Clerk**, die klügste KI-Einheit weit und breit

Scout-Verband

Lieutenant J'arnys, Clan Sp'a, Chief Scout, Avianerin, Kommandatin der Fernspäher

Sergeant Ip Bornii, ihr Stellvertreter, ein Töskr

Sergeant Ratsh, maskierte Kommandantin der *Outriders*, gefürchtete Kriegerin

Fahnenjunker Alldun Zee Carvas-Dontraß, junger Offizieranwärter von Teegardia, Adelsspross mit guten Verbindungen, zurzeit Offizier im Praktikum

Gu'e'la A'Shantari, genannt **Shari**, Allduns Leibdienerin, eine Ur-Teegardianierin

Corporal Boak, ein erfahrener *Outrider*-Scout mit wenig Fantasie

Private Zinger, ebenso schöne wie gefährliche *Outrider*-Späherin, Allduns Schwarm

Private Zsheb Shishnic, genannt **Camo**, ein Myrmkri-Tarnkünstler und legendärer *Outrider*-Scharfschütze

Private V'rron, ein Ssuria, der Alldun überaus unheimlich ist

Private Ecca, eine Nosfra, genannt **Nachtflügel**

Juju-Mann, ein Nano-Warlock

Verwaltung

Lieutenant Andùin, ein scharfsinniger Vulprox, Rekrutierungs- und Personaloffizier

Sergeant Barbra Rüyss, seine rechte Hand

Nachschub & Ammo Train

Captain Garth Inbocks, Quartiermeister, Zahlenmensch, Organisator und Supply-Chain-Manager, Kompaniechef Nachschub

Sergeant Bolzen, vierschrötiger, gehörnter Dengor, begabter Schleifer, Motivator und Beschaffer, Zugführer des 1st Platoon des Ammo Train

Corporal Zcislowski, genannt **Schisslowski**, ein mäßig begabter Mechaniker im Ammo Train, Squad Leader im 1st Platoon

Corporal Gearmeyer, Erfinderin, Squad Leader im 1st Platoon

Private Ruuten Cobba, ein fieser Wichser und *Ares*-Fahrer

Private Nada Erehwon, ein Neuling im 1st Platoon

Trooper Timotheus Vinzor, ein Neuling im 1st Platoon

Sonstige Soldaten

Captain Edwin Parr, XO des 2. Bataillons, temporärer Basiskommandant des Suurion-Feldlagers

Hizbolla von Deirdra, Priesterin der Auto-Lanze, Standartenträgerin der Lancers

Der Alte Püsterich mit seiner Photonenbüchse

Wunder-Wincent, telekinetisch begabt, spricht mit Vögeln

Zivilisten auf Queesh

Ceda Kayne, geheimnisvolle Kopfjägerin auf der Suche nach etwas Kostbarem, das jemand Stinkreichem abhandengekommen ist

Meek, ein kleinwüchsiger Dieb und ehemaliger Zirkusakrobat; meist unterwegs mit Turnbull, meist auf der Flucht vor den Behörden

Turnbull, ein sturer Caproner, Gelegenheitsverbrecher und Ingenieur; meist unterwegs mit Meek, meist auf der Flucht vor den Behörden

Neria, ein einfaches Mädchen vom Lande; angehende Rekrutin der Lancers

Sulla, ein gefährlicher Mann

Jeromina, seine Freundin

Van de Mer, sein Freund

Fegh'nittik, ein Somwat – ebenfalls sein Freund

Stergio Campaan, ein quasi-mythischer, gefürchteter Unterweltboss

AUS DEM PERSÖNLICHEN LOGBUCH VON SIR ALLDUN ZEE CARVAS-DONTRAß, 500 N. EII

Diese Aufzeichnungen sind bewusst als persönlich gekennzeichnet. Ich habe sie zudem als vertraulich markiert und mit einem recht mächtigen Blockwort versehen, weiß aber, dass jeder Datendruide, Codeaffe, Cracker, Splicer, Cybernaut, Hacker und Denkmaschinen-Linguist, der seine Solidos wert ist, es innerhalb von weniger als dreißig Jiffys knacken wird – diese Typen haben so die Angewohnheit, mir auf derlei Art und Weise auf die Nerven zu gehen. Ich kenne diese Typen. Ich hasse diese Typen!

Ich bin trotzdem so verfahren, weil ich meine privaten Notizen und Logbücher bewusst, klar und überdeutlich von meinem offiziellen Bericht separieren möchte. Ein offizieller Bericht und ein *Tatsachen*bericht sind zwei Paar Stiefel, versteht ihr? Natürlich versteht ihr das. Wenn ihr das hier lest, seid ihr vermutlich nicht auf den Kopf gefallen – zumindest nicht allzu oft. Ganz anders als viele der handelnden Personen in diesem meinen Bericht.

Für den Fall, dass ihr diese Aufzeichnungen losgelöst vom offiziellen Bericht studiert – was ich hoffe, denn der offizielle Bericht ist ein Haufen Schciße, wenn ich jemals einen gesehen habe, und vertraut mir, ich habe viele gesehen und das fragliche Schriftstück zu allem Überfluss ja auch noch selbst verfasst –, möchte ich mich abermals kurz vorstellen. Kurz, denn diese Geschichte ist lang und die Zeit, die mir noch bleibt, um sie zu beenden, ist begrenzt.

Meinen Namen seht ihr dort oben in der Überschrift. Er mag euch merkwürdig vorkommen, aber einen anderen habe ich nicht, also Pech gehabt. Meine Mutter benannte mich nach einem längst verstorbenen Barden aus grauer Vorzeit, angeblich ein großer Künstler, viele hundert Jahre, bevor wir im Zuge des Ersten Exodus Urerde hinter uns ließen und auszogen, um uns die Sterne Untertan zu machen. Ich habe nie auch nur eins seiner Lieder gehört und möchte es auch nicht. Selbst wenn sich noch in irgendeiner verstaubten Bibliothek eine Aufnahme finden lassen sollte, würde ich einen großen Bogen darum machen. Natürlich gäbe es andere Mittel und Wege. Ich hätte oft Gelegenheit dazu gehabt, diesen Aspekt meiner Identität näher zu erforschen, immerhin kann ich sowohl Gedanken lesen als auch in die Zukunft und in die Vergangenheit blicken. Ja, ihr habt richtig gelesen. Alles Teil meines Trainings. Kurzum: Mir würden da ein, zwei Wege, geheime Techniken und verbotene Astraltunnel einfallen, mit deren Hilfe ich es sogar fertiggebracht hätte, des illustren Barden höchstselbst angesichtig zu werden. Aber ich will mir wohl mein Selbstbild nicht zerstören. Was, wenn mein Namenspatron ein lächerlicher Popanz war? Was, wenn ich seine archaische Musik, die wir mit unserem heutigen Sinn für Rhythmus und Melodie kaum verstehen würden, zum Kotzen widerlich finden täte? Was, wenn …

Verdammt noch mal, ich will offenbar heute einfach nicht zum Punkt kommen. Dabei erwähnte ich doch eingangs, dass Zeit kostbar ist. Ich fasse zusammen: Meine Mutter benannte mich nach einem Sänger, der seit geschätzt dreitausend Jahren tot ist. Ich kenne weder den Grund dafür noch habe ich Interesse daran, weiter zu diesem Kerl zu recherchieren. Hatte es nie. An dieser Stelle sei mir zu meiner Ehrenrettung zudem die Bemerkung gestattet, dass ich nicht immer derart geschwätzig bin, auch wenn meine Partner, Sekretäre, Kameraden und Kurtisanen da wohl anderer Meinung wären. Es mag sein, dass ich mich gern selbst reden höre, und dass es mit den Jahren damit nicht besser wird.

Dennoch: Man sollte meinen, ein Mann in meinem Alter, mit meiner professionellen Ausbildung und langjährigen Erfahrung, würde – erst recht in Anbetracht seiner begrenzten verbleibenden Lebenszeit – seine Geschichte ein wenig kompetenter und wirtschaftlicher erzählen. Schneller zum Wesentlichen kommen. Zeit sinnvoller nutzen. Aber ich bin wohl nicht die Art Erzähler. Wann ist ein alter Mann jemals direkt zum Punkt gekommen? Erst recht ein alter Mann, der sich Zeit seines Erwachsenenlebens an die strengen Limitationen der Berichtsstandards verschiedenster Militärapparate sowie letztlich gar an das Reglement der Khanatischen Auguren halten musste.

Auguren? Ja, Kinder, ich bin ein Augur. Ein Seher, ein Wahrsager – ein *Gaukler*, sagen manche. Für andere bin ich eine unverzichtbare menschliche Ressource, ein Stratege, ein menschlicher Computer und Berater auf zahlreichen Ebenen – von militärischer Taktik und allgemeiner galaktischer Geschichte über die Wirtschaft bis hin zur Politik. Wieder andere nennen mich einen Propheten – und haben mich in der Vergangenheit schon weitaus Schlimmeres genannt.

Na, fühlt ihr bereits den *Groove?* Habe ich euch neugierig gemacht, meine Schäfchen? Ich sehe schon, eure Augen gleichen inzwischen in der Tat denen von ausgehungerten Sqeebies kurz vor der Fütterung – die geweiteten Pupillen, der gierige Blick! Ja, ich denke, ich habe euch an der Angel *(falls nicht, könnt ihr diese Aufzeichnungen jederzeit schließen, es gibt eine entsprechende Schaltfläche oben rechts, wenn ihr ein königlich-kaiserliches, khanatisches oder gemeinvölkisches Handdisplay nutzt, ihr kennt das gewiss)*, wie man sagt. Ich hoffe, ihr wisst, was eine Angel ist. Es ist unwichtig für die Geschichte, aber in diesen Tagen weiß man nie und es wäre doch ein Jammer, so etwas Simples nicht zu wissen.

Also. Zum Punkt: Dies ist meine Geschichte.

Ein unglücklicher, wenig origineller Beginn, aber es stimmt. Weit mehr noch als eine umfassende Chronik meiner Beobachtungen als *Senior Seeing and Intelligence Officer* (ja, so hieß das damals, verklagt mich doch, wenn ihr einen Advocaaten auftreiben könnt) mit dem 1st Faun Prime Freelance Regiment in nicht weniger als drei Kriegen, einem religiösen Kreuzzug und ungezählten (ich komme auf dreiundzwanzig) Einzelschlachten, ist dies mein persönliches Zeugnis einer Reise, die es verdient, in allen Einzelheiten geschildert zu werden. Nun, in allen *notwendigen* Einzelheiten.

In allen notwendigen Finzelheiten und so wahrheitsgetreu, wie es mir möglich ist. Da ich trotz allem nur ein Mann bin, war es mir natürlich nicht immer vergönnt, an jedem der Orte und Schauplätze, die ich beschreibe, persönlich zugegen zu sein. In vielerlei Hinsicht bin ich dankbar dafür, denn einige dieser Orte und Begebenheiten sind wirklich schaurig, selbst für die damalige Zeit und selbst in einer grundsätzlich soldatischen Profession wie der meinen. Aber wenn ich auch nicht immer physisch anwesend sein konnte, so habe ich die Geschichte doch so genau und so umfassend rekonstruiert, wie es nur ging. Durch persönliche Gespräche. Durch offizielle Interviews und Debriefings – und natürlich in Form des einen oder anderen Verhörs. Von den weiteren Mitteln und Wegen der Informationsbeschaffung, die ich erwähnte, ganz zu schweigen.

Drehen wir also gemeinsam das altehrwürdige Rad der Zeit zurück. Anders als ich seid ihr das vermutlich nicht gewöhnt, also gehen wir es langsam an. Ich mag als Geschichtenerzähler meine Zeit brauchen und den einen oder anderen Umweg nehmen, aber irgendwann komme ich ans Ziel. Einen Schritt nach dem anderen.

Begleitet mich also zurück zu den Anfängen eines Feldzuges, dem ich vier Jahrzehnte meines Lebens unter ebenso vielen Herren geschenkt habe. Vier Jahrzehnte, in denen ich Held und Bösewicht, Spion und Chronist, unwissender Jungspund und allwissender Beichtvater gewesen bin. Bezeugt die Schlacht von Yonderon mit meinen eigenen Augen, hört aus erster Hand vom Sieg über die Sneab'v und den Fall des Hauses Ronin. Steht beim epischen Duell zwischen Gøreslaughter und Carnotron Rex in erster Reihe. Entdeckt die Wahrheiten, die in den lichten und dunklen Seiten der ewigen Kameraderie des Söldnercorps verborgen liegen, und erlebt den Aufstieg mindestens eines Messias. Taucht ein in den niemals endenden Kampf zwischen Chaos und Ordnung, Recht und Unrecht, Unterdrückern und Befreiern, "Gut" und "Böse". Lernt Denkel den Richter, Göran den Begatter und Sanna die Sklavenbrecherin kennen, bevor sie berühmt und berüchtigt wurden, und reist an meiner Seite bis ans Ende des bekannten Universums, wo es uns eventuell – nur eventuell – vergönnt sein wird, den schwarzen, samtenen Vorhang des Realraums beiseitezuschieben und einen Blick hinter die Kulissen dieses unseres Universums zu werfen. Was wir dort finden werden?

Oh, ihr seid viel zu neugierig. Ich mahne zur Geduld. Für den Moment nur so viel: Es gibt andere Realitäten als diese.

Also: Kommt mit mir zurück!

Zurück dorthin, wo alles begann. Zurück nach Queesh – windgepeitschtes, verheertes Queesh. Ein Name wie ein feuchter Furz, aber in Wahrheit war dieser öde, sonnenverbrannte Sandball trockener als eine Konventschwester der Guten Mutter der Enthaltsamkeit in einem Männerpuff auf den Sagittariusmonden und karger als die Paradiesgärten von Amadeaa-Snilu nach der großen Dürre im Jahr ohne Regen von '432. So verdorrt wie eine Pflaume, die ... Ihr versteht schon. Ich bin manchmal nicht gut mit Analogien und Metaphern. Aber ich werde mir Mühe geben!

Kommen wir wieder zum Wesentlichen, bevor mich gleich hier und jetzt der Schlag trifft.

Lernt mich kennen, als ich noch kaum alt genug war, mich zu rasieren. Als ich noch nicht wusste, was es heißt, ein Soldat zu sein. Jahre, bevor ich ein Augur wurde. Bevor ich meine

Unschuld verlor – in beiderlei Hinsicht (wobei ich euch hier schon verraten kann, dass ich nur in einer Hinsicht ein Spätstarter war). Und erlebt selbst, wie ein Haufen Todgeweihter, denen keiner zugetraut hätte, mehr zu tun, als den verdammten Munitionszug zu bewachen, zu einer legendären, schlagkräftigen Truppe heranwuchs, mit der sich niemand unbedacht anlegte und deren Mitglieder – selbst im Angesicht einer Reihe der respektabelsten, hassenswertesten, mächtigsten und brutalsten Kontrahenten ihrer Zeit – letztlich einander die ärgsten Feinde waren.

Hach, Queesh. Hach, die Jugend.

Ich wusste noch nichts – rein gar nichts! – davon, wie unsere Welt funktioniert, aber ich hatte schon damals ein Händchen dafür, mich in böse Schwierigkeiten zu bringen.

Glücklicherweise hatte ich ebenfalls ein Händchen dafür, mich mit den richtigen Leuten gutzustellen …

KAPITEL I – MILCH. MÄDCHEN. RECHNUNG.

In der Sekunde, in der die schwere Tür der Absteige hinter ihr ins Schloss fiel und die gleißende Wüstenhitze mit einem Knall aussperrte, wusste sie, dass es Ärger geben würde.

Natürlich kam man nicht bewaffnet und gewaltbereit in eine Cantina wie diese, wenn man nicht bereit war, ein bisschen Ärger in Kauf zu nehmen. Nicht hier. Nicht im Bantaab-Cluster, nicht auf Queesh unter den Drillingssternen, nicht im altem Suq-Disktrikt der Oasenstadt Piiq nahe der Langen Meile. Und gewiss nicht in einem heruntergewirtschafteten Etablissement wie dem *Kele-Kele*.

Insofern hatte sie Ärger einkalkuliert. Allerdings nicht in der Form, in der er sich schließlich wie ein Eimer voll Scheiße über ihr ausladen sollte. Ja, wie ein Eimer. Randvoll mit Scheiße.

Aber fingen so nicht alle guten Geschichten an? Und wäre alles für sie so gelaufen, wie es letztlich geschehen sollte, wenn es an diesem heißen Tag in der ehemals großen Stadt Piiq nicht genau diesen Ärger gegeben hätte?

Nun, vielleicht ja, vielleicht nein, aber im Nachhinein sagte sie sich gerne, dass das alles schon seine Richtigkeit gehabt hatte. Trotz allem. Nicht, dass sie der Typ war, der übermäßig viel Zeit damit vergeudete, über die Vergangenheit nachzugrübeln. Dinge durchzukauen, die sie nicht mehr ändern konnte. Über das Warum und Wieso und über die Vielleichts und Was-wäre-wenns zu sinnieren.

Jedenfalls: Ärger. Der ganze Laden stank danach. Das tat er immer, sie war schon ein paar Mal hier gewesen, vor langer Zeit, aber heute tat er es besonders.

Sie blieb im Türrahmen stehen. Für einige Sekunde zeichnete sich ihre Silhouette vor dem hellen blauen Himmel ab, erhellte das Tageslicht den schummrigen Innenraum der Cantina. Mehrere Dutzend Augen – die meisten in Paaren, aber es waren auch einzelne Augen dabei, ein Achtling und der eine oder andere Visiorezeptor – sahen einen schwarzen Schatten, dessen Mantel in einer warmen, staubigen Wüstenböe wehte.

Diese paar Sekunden war es still. Sämtliche Gespräche waren erstorben, sogar der Barkeeper hielt beim obligatorischen Abtrocknen des Kruges inne, den er zwar nicht gespült hatte, den er aber ständig wienerte, um beschäftigt auszusehen. Als sie sich weiterhin nicht rührte, folgten leise Bemerkungen, das eine oder andere Schlürfen sowie die Geräusche, die diverse Gefäße machten, wenn sie auf Tischplatten gestellt wurden.

Als die meisten Blicke sich abgewandt hatten, machte sie einen Schritt nach vorn. Ein schwerer, xemstahlverstärkter Stiefel traf auf den Boden aus festgetretener Erde, über den immerhin jemand etwas Stroh gestreut hatte, um Schmutz aufzufangen, dann ein zweiter. Die Tür schloss sich hinter ihr. Und sie wusste Bescheid.

Sie hatte sich zwar an sich schon ausgiebig umgesehen, tat es aber nun nochmals. Es war verdammt finster hier. In zahlreichen Sitzecken hockten Wesen aus einem Dutzend Spezies und genossen eine Bandbreite an Getränken, die sie diesem Schuppen nicht zugetraut hätte. Aus Wasserpfeifen waberte träger Rauch und sammelte sich an der Decke. Es roch nach künstlichen Fruchtaromen, nach verbranntem Plastik und Snackgum. Sie atmete flacher, zog das Lederband wieder hinter ihr rechtes Ohr und strich es glatt. Der Laden war nie auch nur annähernd fein gewesen, aber offenbar hatte das Management gewechselt.

Das neue Management hatte eine *Absteige* daraus gemacht.

Mit entschlossenen Schritten ging sie rüber an die Bar. Der Barmann – ein vierschrötiger Mensch mit der dunklen Haut der Einheimischen, der ihr nicht bekannt vorkam – musterte sie argwöhnisch und stellte sogar seinen Krug ab. Damit er im Notfall an die Scatterpistole langen konnte, die er unter der Theke liegen hatte, natürlich.

Sie war weder besonders groß noch sah sie auf den ersten Blick besonders gefährlich aus, aber sie hatte etwas an sich, das Männer wie diesen vierschrötigen Barmann misstrauisch werden ließ. Sogar nervös.

Rotes Haar bis zum Kinn, blasser Teint, der sie – als hätte es angesichts ihrer Kleidung und Haarfarbe den zusätzlichen Hinweis gebraucht – als Außenweltlerin kennzeichnete. Ein fein geschnittenes Gesicht mit hohen Wangenknochen, das ohne die gezackte Narbe auf ihrer linken Wange, die sich bis zum Mundwinkel zog, ausgesprochen hübsch gewesen wäre. Noch immer war es auf seine Weise attraktiv, denn die Narbe verlieh ihr einen martialisch-verruchten Charme, der ebenfalls nervös machen konnte – auf die andere Art.

Der Barkeeper war allerdings definitiv auf die Art nervös, auf die man nervös wird, wenn man Gefahr wittert. Das konnte mit dem Waffengurt zu tun haben, den sie trug. Oder mit der Augenklappe, die ihr Gesamtpaket weiblicher Attraktivität ebenfalls ein wenig schmälerte. Wenn man nicht auf gewisse Dinge stand, über die wir an dieser Stelle schweigen möchten.

Der Barmann räusperte sich. „Was kann ich für dich tun?", fragte er in der hiesigen Abart der Standardzunge, einem kehligen Dialekt, der unter den Sprachvariationen der Drillingswelten unter den seltensten und am schwersten verständlichen rangierte. Sie verstand jedes Wort problemlos.

„Hat sich wohl verlaufen", fügte ein Zecher mit etwas hellerem Hautton hinzu. Seiner Kleidung nach verdingte er sich vermutlich als Dockarbeiter oder Schauermann am nahegelegenen Raumhafen. Seinem Akzent nach zu schließen stammte er allerdings von einem der Nachbarplaneten. Lara, Hambra, Gizeh, All'a'ha, Gilgamesch, Saharina. Oder Araquis? Für sie waren das alles die gleichen Drecklöcher, aber den Akzent hatte sie innerhalb weniger Sekunden eindeutig identifiziert. Ein Hambraner – wertlose Bauern, allesamt.

Sie hob den Blick, sah aber mehr durch den Barmann hindurch, als ihn wirklich anzuschauen. „Was zu trinken. Das ist doch immer noch eine Cantina hier." Feststellend, nicht fragend.

Der Hambraner kicherte. Neben ihm fiel ein Saufkumpan kehlig ein.

Sie drehte halb den Kopf und erblickte einen Berg aus schwarzem Fleisch hinter dem Dockarbeiter oder was immer er sein mochte. Er war riesig, aber seine mit Pocken und Blasen übersäte Haut war so dunkel, dass er ihr bei diesen Lichtverhältnissen kaum aufgefallen war. Er sah wie eine Kröte aus. Kein Wunder, denn rein biologisch gesehen war er auch nah mit einer Kröte der Urerde verwandt, aber eben ungleich größer und gemeiner. Ein Unash, der weit gereist sein musste und dem es auf dieser trockenen Welt sicherlich sehr dreckig ging. Momentan kümmerte ihn das offensichtlich wenig: Er schien stinkbesoffen zu sein.

Nun, irgendwie muss man sich ja hydrieren.

Der Barkeeper schaute die beiden Besoffenen mit einer Mischung aus Verunsicherung und Wut an. Er schien nicht zu kapieren, was diese beiden Idioten so lustig fanden.

„Klar ist das eine Cantina", sagte er und sie registrierte sofort, dass seine Hand näher zur Scatterpistole unter der Theke gewandert war. Denn nichts anderes pflegten die Barkeeper dieser Stadt jemals dort aufzubewahren.

„Lass deine Hand noch weiter in die Richtung wandern und du bist sie los", sagte sie in nüchternem Tonfall.

Er hielt inne. Musterte sie noch skeptischer.

„Ich will nur was trinken." Natürlich war das nicht alles, aber das brauchte der Tölpel ja jetzt noch nicht zu wissen.

Der Barmann rollte mit den Augen und ließ beide Hände an die Seiten sinken. Dann machte er eine weitschweifende Geste zu dem Schnapsschrank hinter sich. Flaschen in allen Regenbogenfarben hätte man dort sehr gut erkannt, wenn die Beleuchtung ein bisschen weniger schummrig gewesen wäre.

Sie winkte ab. „Rosa Milch. Die habt ihr doch noch?"

Der Barmann nickte bereits, als die Zecher wieder losprusteten. „Rosa Milch, das ist gut!"

Der grobe Kerl drehte sich zu ihr und fasste sich tatsächlich in den Schritt. „Nuckel mal an meiner Milch, Schätzchen, die ist zwar nicht rosa, schmeckt aber sehr lecker – bei den Heiligen Datteln von Nqub, das schwör ich dir!"

Aha. Natürlich. Auch damit hatte sie gerechnet. Die Männer aus dem Baantab-Sektor galten als besonders ungehobelt. Sie ballte zwar beide Fäuste, würde sich aber nicht den Gefallen tun, sich selbst zu gestatten, diese beiden Flachwichser zu töten. Oder wenigstens zu verkrüppeln. Sie wusste, unter einer ordentlichen Verkrüppelung würden sie ihr nicht davonkommen. Und dafür war es nun wirklich zu früh.

Während der Froschmann neben dem Dockarbeiter blubbernd lachte und etwas in seiner Sprache sagte, holte sie tief Luft und fixierte den Barkeeper.

„Rosa Milch. Jetzt."

Weniger als eine Minute später stand das Getränk vor ihr. Er hatte sogar Eiswürfel reingetan. Offenbar verfügte dieses Lokal über weit mehr Annehmlichkeiten, als sich auf den ersten Blick vermuten ließ. Das Glas – ein *Glas*, sie hatte mit einer Tonschale gerechnet! – war beschlagen und kleine Tropfen Kondenswasser ließen ihr schier das Wasser im Munde zusammenlaufen. Sie hatte heute einige Klicks da draußen zurückgelegt. Die Milch hatte sie sich verdient.

Sie ließ sich Zeit, das Glas zu leerem. Mit jedem Schluck der süßen rosa Masse, die ihre Kehle hinabrann, wurde der Barkeeper ein wenig entspannter – so, wie sie ihn haben wollte. Mit jedem Mal, das ihre Halsmuskulatur sich beim Schlucken an- und wieder entspannte, wurden die Blicke des Hambraners gieriger.

Der Typ widerte sie an, aber sie zwang sich zur Ruhe. Das bereitete ihr keine große Mühe. Sie war abgebrüht. Älter und erfahrener als sie aussah. Sie hatte sowas hier schon hundert Mal gemacht. Sie bewahrte einen klaren Kopf, auch wenn der Kerl sie immer mal wieder anstierte. Sie ertrug es.

Nach einer Weile winkte sie den Barmann wieder heran. Er legte den Kopf schief, die Stirn leicht gerunzelt.

„Darf's noch eine Milch sein?"

„Immer."

„Die Kleine ist ja unersättlich", kicherte der Dockarbeiter und sein Doppelkinn schwabbelte. Sein amphibischer Saufkumpan gurgelte etwas und klopfte ihm auf die Schulter.

Sie maß die beiden mit einem Blick, der selbst das Wasser der hiesigen Oase hätte gefrieren lassen. Dann wandte sie sich wieder dem Barmann zu, griff in ihre Tasche und legte einen matt glänzenden Solido auf den Tisch.

Der Barmann beugte sich vor. Seine zusammengekniffenen Augen wurden groß. Der Wert der Münze übertraf bei weitem den Preis von zwei Gläsern Milch, selbst wenn er versucht hätte, seinen merkwürdigen weiblichen Gast über den Tisch zu ziehen – was er sehr wohl erwogen, worüber er aber noch keine Entscheidung gefällt hatte.

Er nickte langsam. „Kommt sofort."

Ihre Hand zischte so schnell vor und umfasste sein Handgelenk so fest, dass er sichtlich zusammenzuckte. Nicht, dass sie ihm wehtat, obwohl nicht viel dazu fehlte, aber er war doch erstaunt über Kraft und Schnelligkeit der Fremden.

„Eine Sache noch." Mit der freien Hand bedeutete sie ihm, sich vorzubeugen.

Er tat, wie geheißen, auch wenn sein Puls sich unangenehm dabei beschleunigte. Um ihm die Frage ins Ohr zu flüstern, für deren Antwort sie hergekommen war, brauchte sie nicht mehr als fünf Sekunden.

Wieder weiteten sich seine Augen.

„Wo der Solido herkam, gibt's noch mehr", hauchte sie ihm

ins Ohr. Sie hatte eine rauchige Altstimme – überhaupt nicht sein Fall, aber dennoch stellten sich ihm die Nackenhaare auf. Ob aus sexueller Erregung wider Willen oder aus Furcht davor, was sie mit ihm anstellen würde, wusste er nicht zu sagen.

Sie lehnte sich wieder zurück und er schenkte ihr Milch nach.

Einen Moment lang maßen sie sich mit undeutbaren Blicken.

„Sie sind hier gewesen, ja." Seine Augen zuckten hin und her, als verfolge er eine Partie königlich-kaiserliches Tènìs.

„Das weiß ich schon, sonst würde ich nicht hier sitzen."

„Sie sind weitergezogen."

„Langsam glaube ich, dass du mich verscheißern möchtest." Sie sah, wie seine Augen abermals wanderten. Langsamer, zielgerichteter. Wie sie verharrten und einen Punkt über ihrer rechten Schulter fixierten.

Sie hob ihr Glas, drehte es im Halbdunkel und seufzte leise.

Wich der Hand aus, ehe sie sie zu packen bekam, packte sie ihrerseits und sprang vom Hocker.

Der Kerl, dessen Arm sie kurz davor war zu brechen, stöhnte vor Schmerz. Sein Gesicht küsste die Sitzfläche ihres Hockers. Sie belastete das Gelenk noch ein bisschen mehr und er verkniff sich einen spitzen Schrei.

Sie stand einfach da und sah seine Begleiter herausfordernd an.

Seine Freunde, die sie ebenfalls als dunkel im Glas reflektierte Schatten gesehen hatte, standen etwas ratlos da. Das würde aber nicht lange so bleiben. Sie sahen aus wie Leute, die sich auf Gewalt verstanden. Abgerissen, sandbedeckt, mit Shemaghs, Kapuzen und militärischen Wüstenkappen angetan. Sie stanken nach Schweiß, ihren Gnuka-Reittieren und der Wüste. Alle waren zumindest mit einem Messer bewaffnet. Alle wirkten derangiert und sonnenverbrannt.

Leckten sich immer wieder über die Lippen, die Augen manisch und hektisch. Suchten nach einem Ausweg. Sie machten – gelinde gesagt – einen geistesgestörten Eindruck auf sie. Geistesgestört auf die fanatische, brutale Art.

Ein Eindruck, der sich bestätigte, als sie die verschiedenen Patches auf den zusammengewürfelten Uniformen registrierte, die den Kerlen am Leib klebten. Vor allem das Symbol der stilisierten Keule, die den Computermonitor zertrümmerte, war stark überrepräsentiert.

Diese Männer waren Ludditen.

Diese Männer waren geisteskranke, primitivistische Wahnsinnige.

„In König Ludds Namen, lass ihn los, du Nutte!", zischte jetzt der offensichtliche Anführer der Kerle. Dürr, groß, schlechte Zähne. Grün gefärbtes Haar nach Art der Gizeh schaute unter seiner Wüstenkappe hervor.

„Loslassen, du Schlampe!", sagte der Zweite, der einen Staubmantel und eine nagelbesetzte Keule trug.

„Schlampe!", intonierte der Dritte, ein dicklicher Kerl mit zahlreichen Narben im Gesicht.

Ludditen. Fast hätte sie amüsiert geschnaubt. Fast angewidert ausgespien.

Ein lächerlicher Kult, der im Laufe der Jahrhunderte so wenige Anhänger gefunden hatte, dass es schon mit großem, großem Pech einhergehen musste, dass sie gleich vier dieser Typen ausgerechnet auf Queesh traf. Ausgerechnet hier in Piiq. Dann wiederum gab es kaum rückständigere Welten und kaum Städte, in denen Technologie eine kleinere Rolle spielte.

„Legt eure Waffen weg und verpisst euch, sonst reiß ich ihm den Arm aus", sagte sie beiläufig. So wie jemand anders vielleicht gesagt hätte, dass heute mal wieder ein sehr heißer und staubiger Tag werden würde.

Zur Unterstreichung ihrer Worte zog sie ein wenig am Arm des vierten Mannes, den sie mit Händen wie Schraubzwingen umklammert hielt. Der Luddit wimmerte, keuchte und schwitzte.

Seine drei Freunde wechselten Blicke.

Sie spannte sich unmerklich.

Hinter ihr klickte es. Dem Klicken folgte ein elektronisches Jaulen.

Sie schloss ihr Auge. Tatsächlich eine Scattergun. Aber eine große. Und kein Slugger, keine Projektilwaffe, sondern ein phasenkoordiniertes Plasmamodell.

„Hat das Ding eine 40er Reichweite?", fragte sie, das Auge noch immer geschlossen.

„Mein Pimmel hat eine größere Reichweite", lallte der Dockarbeiter zu ihrer Linken leise. Niemand lachte, nicht mal er selbst. Der Unash quakte fragend.

„Eine 50er Reichweite, du durchgedrehte Schnalle", knurrte der Barmann. Sie konnte es nicht sehen, aber sie spürte, dass er den Blick hob, als er anfügte: „Raus aus meinem Laden. Ich will hier keine Freischärler haben! Wenn die Söldner der Teegardianer euch hier finden, reißen sie euch den Arsch auf. Und mir auch."

„Du hast uns gar nichts zu befehlen!", begehrte der Dicke auf.

„Wir müssen sie töten!", zischte der vermeintliche Anführer.

Der Mittlere im Mantel nickte.

Der Vierte stöhnte in ihrem Griff.

Sie holte tief Luft.

„Ich zähle jetzt bis drei", sagte der Barkeeper.

„Eins."

Er kam nie bis zwei.

Sie brach dem vierten Mann den Arm und drückte ihm in derselben Bewegung mit solcher Gewalt das Schultergelenk aus der Pfanne, dass sein Arm tatsächlich abriss.

Gleichzeitig duckte sie sich und die Scattergun bellte auf, spie grellviolettes Plasma und verteilte den mittleren Ludditen im Raum.

Ihre Hand fand die Nagelkeule des Toten, löste sie blitzschnell vom Rest seines Gürtels und rammte sie dem Dicken mitten zwischen die Nüsse.

Der Anführer hatte sich auf den Boden geworfen und versuchte panisch, sich kriechenderweise in Sicherheit zu bringen.

Während der Mann mit der Keule in den Weichteilen spitz kreischend und breitbeinig rückwärts taumelte, richtete sie sich auf und sah dem Barkeeper in die Augen.

„Du weißt, wo sie ist."

Er schielte auf seine Waffe. Die Doppelläufe der Plasmakanone qualmten. Die Speisungszelle war verbraucht. Er musste nachladen.

Was sie natürlich wusste. Als sein Blick wieder auf sie fiel, blickte er in den Lauf eines surrenden M85 Lightning Repeaters.

„I-ich weiß, wo sie ist, a-aber ich –" Sein Stammeln ging in einem Knall und in einem Gurgeln unter, als das Geschoss, das der vierte Luddit abgefeuert hatte, die Theke durchschlug und seine Kehle zerfetzte. Der Barmann sah sich schockiert um, während Blut aus seinem Hals spritzte. Mit einem Krachen riss er das Schnapsregal mit sich zu Boden.

Sie wirbelte herum, trat die Waffenhand des am Boden Liegenden, die nunmehr auch seine einzige Hand war, zur Seite, richtete ihren Repeater auf ihn und drückte den Abzug.

Ein neongrüner, gezackter Blitz schoss aus der Waffe und röstete den Mann im Bruchteil einer Sekunde.

Rasch schwenkte sie die Waffe nach rechts, wo sie den Anführer vermutete.

Und schwenkte nach links, als alle Gäste im Raum wie ein Mann (beziehungsweise eine Frau, Neutralo oder Zwitterwesen) aufsprangen und zur Tür hasteten.

Vor ihren Füßen knackte es und sie senkte den Blick. Das schwarz verfärbte Skelett des Ludditen qualmte noch, brutzelte in einem See aus seinem eigenen Blut, als eine riesige Pranke sie im Nacken packte und mit dem Kopf gegen die Theke knallte.

Sie war benommen, aber nur für einen Moment. Da war ein scharfer Schmerz, aber nicht so scharf, wie er hätte sein können. Etwas Warmes lief an ihrer Stirn herab, aber eine ihr gut bekannte innere Stimme sagte ihr in gewohnt beruhigendem Tonfall, dass das halb so wild war.

Schlimmer war die schwarze, mit Schwimmhäuten versehene Pratze, die sich jetzt um ihre Kehle legte und unbarmherzig zudrückte. Sofort blieb ihr die Luft weg. Schon erschienen schwarze Ränder an der Peripherie ihres Sichtfeldes. Die andere Hand entwand ihr den Repeater.

Sie musste etwas tun.

Jetzt.

„Reiß ihr die Klamotten runter", forderte der Dockarbeiter. „Du musst ja richtig darin schwitzen. Lass uns Abhilfe schaffen", fügte er mit einem hässlichen Grinsen in ihre Richtung an. Seine dicke Zunge bahnte sich einen Weg an schlechten Zähnen und aufgesprungenen Lippen vorbei und hielt zielsicher auf ihre Wange zu.

Noch immer versuchte sie, sich seines Freundes zu entwinden. Versuchte, mit beiden Händen seinen Griff zu lösen.

„Ich mag es, wenn sie schwitzen", grunzte der Kröterich in kaum verständlicher Stan. Er sah sie hechelnd an. *Wie ein verdammter Köter. Mit Schwimmhäuten.*

Sie war pragmatisch gekleidet, aber für das Klima dieser sandigen Staubkugel im Grunde zu warm. Sie schwitzte in der Tat. So viel stimmte. Letztlich war sie aber der Typ Frau, der die Praktikabilität ihrer Kleidung über jeden Bequemlichkeitsfaktor stellte. Das hatte seine Gründe.

Wie sich jetzt herausstellte, als sie dem Unash ihr Milchglas ins Gesicht drosch und sein rechtes Auge zerstörte. Der Riese jaulte auf und sein Griff erschlaffte für eine Sekunde – eine Sekunde, die ihr völlig ausreichte, um seine Hand zu lösen und zu verdrehen. Während gelbliches Blut auf den Boden tropfte, suchte sie Halt an der Theke und gab dem Unash mit aller Gewalt einen Arschtritt, der ihn in einen Stehtisch voll weiterer Gläser beförderte.

Während es schepperte und klirrte und der hünenhafte Amphibienmann um seine Balance kämpfte, war sein Freund heran und rammte ihr das Messer in den Bauch.

„Erst steck ich dir das Messer rein und dann meinen Schwanz!" Sein Atem stank nach Alkohol, Kautabak und dem Saft der Ruun-Wurzel. Sie hatte sich schon gedacht, dass er auf Drogen war.

Als er mit einem geradezu wollüstigen Grinsen sein Messer zurückzog, um es ihr nochmals in den Leib zu treiben – tiefer und härter dieses Mal, so viel sagten seine geil funkelnden und ansonsten völlig toten Augen –, umklammerte sie mit beiden Händen den Kragen seines schäbigen Overalls.

Verspätet stellte er fest, dass sein Messer ein wenig leicht war – kein Wunder, die Klinge war abgebrochen. Während er auf den gezackten Stahl schielte und sein vorfreudiges, schmieriges Lächeln abrupt verblasste, rammte sie ihm mit aller Kraft die Stirn ins Gesicht.

Sie beließ es nicht bei einem Mal.

Sie ließ sich hinreißen.

Sie hatte ihm die Nase und das Jochbein gebrochen, sah ihn schwach einige Zähne ausspucken, ehe er das Bewusstsein verlor, und war drauf und dran, sein Gesicht in eine verdammte Ruine zu verwandeln, als die Pranke des Unash sie erneut von hinten packte und über die Theke schleuderte.

Sie landete auf der Leiche des Barkeepers und besudelte sich mit seinem Blut, rollte sich aber sofort ab und suchte nach seiner Scattergun.

Währenddessen hörte sie den überlebenden Ludditen Verwünschungen schreien.

„Ja, Großer! Hol sie dir! Wir machen Hälfte-Hälfte, Amigo-San!", feuerte er die zu groß geratene Unke an und lud, dem mechanischen Klicken nach, das seinen Worten folgte, eine

Schusswaffe durch. *Verdammtes scheinheiliges Ludditenpack! Von wegen Technologiehasser und Maschinenstürmer!*

Die Theke und die halbe Bar erzitterten, als der Unash mit einem basslastigen Quaken auf den Tresen sprang.

Sie warf den Kopf in den Nacken. Er ragte über ihr auf wie ein ganzes Massiv aus pockiger Haut und schwarzen Muskeln. Ein Stielauge fixierte sie hasserfüllt, aus dem anderen floss träge gelbes Blut, das sie an Eiter erinnerte.

„Jetzt haben wir beide ein Auge!", knurrte der Froschmann. „Dein verbleibendes nehme ich mir! Und danach zerquetschte ich dich Stück für Stück!"

Er sah wie einer der aufgeplusterten *Catcher* in dem Holotainment-Programm aus, das ihr kleiner Bruder früher so geliebt hatte. Pumpte sich auf, präsentierte seine Muskeln und deutete auf sie wie ein durchgedrehter Prediger. Aber er zögerte. Und er redete zu viel.

„Erst reiß ich dir deine Haare aus! Dann reiß ich dir deine Titten ab! Dann ..." Er schien zu überlegen.

Sie behielt ihn im Auge und zog ihr Kampfmesser aus dem Stiefel. Mit der anderen Hand suchte sie im Dunkeln weiter nach dem Gewehr des Barkeepers.

„Oh, süßer Ludd, gib uns die Kraft, diese unheilige Kreatur, diese Beleidigung der Natur, zu tilgen! Gib uns die Kraft!", rief der Ludditenheini aus dem Hintergrund. Sie fragte sich flüchtig, wieso diese Typen hier waren, aber die Erklärungen dafür waren so endlos wie naheliegend – Konkurrenz, angeheuerte Killer, militante Frauenhasser –, und sie verschwendete nicht viel Zeit damit.

Der Unash, offenbar zu keinem guten Schluss gekommen, wie er seine Drohung beenden sollte, schrie auf, die absurd muskulösen Arme erhoben. Und setzte zum Sprung an.

Sie war längst nicht mehr da, als er mit seinem vollen Gewicht – und das musste eine halbe republikanische Langtonne sein – auf den Bodendielen landete – und bis zu den Knien einbrach.

Er knurrte und fluchte in seiner blubbernden Sprache und sie ließ ihn stehen, wetzte durch die Dunkelheit und entging nur knapp einem halben Dutzend Kugeln aus der Waffe des Ludditen.

Gelbe Blitze brachten für Sekundenbruchteile Licht in die Finsternis, trockene, gedämpfte Explosionen zerrissen die Stille.

Splitter pfiffen durch die Luft.

Sie rollte sich ab, warf einen der billigen Plastotische um, der keine Kugel abhalten würde (erst recht keine Doppelwummer, wie der Kerl sie anscheinend benutzte), ihr aber als Sichtschutz diente, riskierte einen Blick über die runde Tischplatte, zog den Kopf vor dem nächsten Projektil ein, das ein Stück Wand hinter ihr vernichtete, warf sich dann auf den Rücken und schleuderte ihr Messer.

Ein spitzer Schrei überzeugte sie davon, dass sie ihn getroffen hatte.

Sie sprang auf und direkt in einen weiteren Mann hinein, der zum Glück ebenso überrascht war wie sie, dass sie sich so plötzlich so nahegekommen waren.

Die Tatsache, dass er einen Taser in der Hand hielt, verriet ihr genug über ihn, dass sie ihre Handkante auf seinen Kehlkopf einhacken ließ. Sein Adamsapfel dellte sich nach innen und er setzte sich auf den Arsch. Keuchte. Schnappte vergeblich nach Luft.

Sie sah auf.

Ihr Blick traf den des Ludditen. Er hielt sich die blutende Schulter, aus der noch immer der Griff ihres Messers ragte. Darüber hinaus schien sein Bein etwas vom Plasma der Scattergun abbekommen zu haben – es qualmte und warf Blasen. Sein Blick war voller Hass – Hass, der von einer Sekunde auf die andere von einem triumphierenden Funkeln abgerundet wurde.

Sie wusste, warum.

Hinter ihm waren drei weitere Männer eingetreten. Anders als der Typ, den sie gerade fertiggemacht hatte, trugen sie ähnliche Kleidung wie der Oberluddit.

Sie seufzte. „Wie viele Leute denkt ihr, dass ihr braucht, um eine einzelne Frau zu töten?"

„Du bist nicht nur eine *Frau*", hörte sie eine weibliche Stimme unweit ihrer Position sagen.

„Keine bloße *Frau* reißt einem Menschen einfach so den Arm aus."

Die Haut der Drachkmerianerin war weiß wie Elfenbein – ein fahler Spuk, ein blasses Trugbild. Ihre acht Augen leuchteten rot in der Dunkelheit. Wie die Arachniden, von denen sie abstammte, schälte sie sich mit gruseliger, außerweltlicher Grazie aus den Schatten.

Sie war nicht groß, aber ihr Anblick war schwer zu ertragen. Alle acht Augen funkelten sie an. In jedem ihrer vier Arme hielt sie einen Witwenmacher – winzige mehrläufige Pistolen, die ebenso winzige vergiftete Pfeile verschossen.

„Die Bezahlung kümmert mich nicht", sagte die Arachnidin mit dünner, zitternder Stimme, ohne den Blick von der Frau vor ihr abzuwenden. „Ich will ein saftiges Stück von ihr, wenn das hier vorbei ist." Von ihren Mandibeln troff der Speichel auf den Boden der Cantina.

Niemand antwortete ihr. Die Ludditen schienen unsicher zu sein, wer jetzt die größere Gefahr im Raum darstellte.

Hinter der Bar rumorte der Unash herum und schaffte es nicht, sich aus den Bodendielen zu befreien. Er fluchte und verwünschte sie in mehreren verschiedenen Sprachen.

Ansonsten sprach niemand. Niemand schien auch nur zu atmen.

„Sie ist nur eine einäugige Schlampe!", rief der Anführer schließlich voll herablassender Verachtung, während frisches Blut den Ärmel seiner zusammengeflickten Uniform rot färbte. „Vernichten wir sie! Treten wir sie in den Staub!"

Seine Männer und die Spinnenfrau hoben simultan ihre Waffen.

Genug Zeit vergeudet.

„Ich muss euch enttäuschen, Leute." Sie griff an das Lederband, das ihre Augenklappe hielt, und zog sie beiseite. An der gepanzerten Rückseite ihres Kampfhandschuhs war ein Touchpad verborgen, das sie nun mit einer beiläufigen Bewegung betätigte. Innerhalb ihrer Rüstung surrte es kaum vernehmlich.

Ihre Gegner sahen sie wie gebannt an.

„Syntho!", spie der Ludditenanführer alarmiert aus, die Augen bis zum Zerreißen aufgerissen, die Zähne gebleckt. Der Ekel in seiner Stimme war geradezu greifbar und fast glaubte sie, die plötzliche, unerwartete Furcht und wilde, beinahe empörte Panik, die er nun ausdünstete, in der Luft zu schmecken. Was er sah, schien ihn mehr zu interessieren, als sein sich noch immer langsam auflösenden, qualmendes Bein.

Die Drachkmerianerin öffnete ihren grässlichen Mund, um etwas zu sagen, schien aber nicht so recht zu wissen, was.

„Die hat ja doch zwei Augen!", knurrte der Unash kaum verständlich, griff an sein eigenes zerstörtes Auge, zuckte dabei leicht zusammen, und sah sich ratlos und noch immer blutend um.

Das war der letzte Satz, der in dieser Cantina fiel.

Ihr kybernetisches Auge – ein funkelnder Smaragd, der einen perfekten Kontrast zu den acht glühenden Kohlen im Gesicht der Drachkmerianerin darstellte – erfasste die Lage in wenigen Sekundenbruchteilen. Markierte die Ziele, leitete sie an einen Mikroprozessor weiter und ihre Rüstung erledigte den Rest.

Ihre Brust explodierte in den verrauchten Innenraum der Cantina und fünf hauchdünne Finger aus wütend strahlendem, kohärentem Licht stachen für wenig mehr als einen Augenblick nach ihren Opfern.

Sekunden später lagen fünf Leichen am Boden. Rauch kräuselte sich aus den perfekten runden Löchern in ihren Schädeln, drang aus ihren ausgebrannten Augenhöhlen, aus ihren offenstehenden Mündern und – wo vorhanden – aus ihren Ohren. Erst nach einer guten Stunde würden sie ausgeglüht sein. Die Drachkmerianerin hatte sich im Tode zu einem Ball zusammengerollt – ganz wie ihre Vorfahren.

Es roch verbrannt. Klar tat es das und trotzdem rümpfte sie die Nase.

Und schlug wild nach den nach ihrem Gesicht leckenden Flammen, klopfte den Brandherd auf ihrem Umhang aus. Ein Blick in Richtung ihres Brustbeins versicherte sie der Tatsache, dass ihr Kampfanzug intakt war. Die Verschalung zwischen ihren Brüsten fuhr zu, nachdem der Antipersonenlaser sich ausreichend abgekühlt hatte.

Sie hatte viel Geld für ihre funktionale Kleidung ausgegeben. Jeder einzelne Solido, jede Dukate und Sesterze, jeder Kreditchip und jedes Stück Unobtainium, das sie dafür zusammengekratzt hatte, machte sich bezahlt. Immer und immer wieder.

Das ist das Leben, das du gewählt hast. Sie pustete sich eine angesengte rote Haarsträhne aus dem Gesicht und verschloss ihr kybernetisches *gutes* Auge wieder mit der Lederklappe. Ihrer Erfahrung nach war es besser, wenn man nicht all seine Trumpfkarten offen und für jedermann sichtbar zur Schau stellte.

Sie warf einen letzten Blick auf das Chaos und wandte sich zum Gehen, als es hinter ihr verhalten quakte. Ohne große Eile machte sie kehrt.

„Hast du mir noch was zu sagen?", fragte sie den Unash mit

unverwandtem Blick. Erst jetzt dachte sie an ihren Repeater und näherte sich vorsichtig der Bar, den großen Nichtmenschen nicht aus dem Auge lassend, ohne ihre Vorsicht allerdings durch ihre Körpersprache zu verraten.

Ihr Blick war hart. Ihre Bewegungen entschlossen, jede Geste auf maximale Effizienz reduziert.

Der amphibische Koloss stand einfach da und starrte sie aus seinem gesunden Auge an. Offenbar steckte er noch immer in den Bodendielen fest.

Sie klaubte ihre Waffe vom Boden auf und musterte ihn von oben bis unten. Spuckte aus, auch wenn jeder Tropfen Speichel auf diesem Planeten lebenswichtig war.

„Das hab ich mir gedacht", knurrte sie und ließ ihn stehen. Draußen deutete sich bereits der Abend an.

Sie war bereit, die Stadt zu verlassen und einen anderen Weg zu finden, wie sie ans Ziel kam, als sie das unmissverständliche Geräusch von mehreren Dutzend Schnellfeuergewehren hörte, die durchgeladen wurden.

Sie hielt inne. Die tiefstehende Sonne blendete sie, aber sie hob keine Hand, um ihren Blick abzuschirmen.

Manchmal, so dachte sie sich, *wäre es aber doch von Vorteil, wenn man seine beschissenen Trumpfkarten öfter ausspielen könnte – vor allem dann, wenn man sie wirklich braucht.* Hätte sie ihr *gutes* Auge nicht abgedeckt, hätte sie die circa fünfundzwanzig Soldaten, die sie nun mit ihren Waffen bedrohten, durch die Wand gesehen. Zumindest, wenn sie einen Scan angestrengt hätte.

So dagegen war es wie es war.

Kein noch so teurer Panzer würde sie vor fünfundzwanzig Mal die Jägerin wusste wie vielen Kugeln schützen.

Sie machte sich bereit, zu sterben.

„Bringt's hinter euch", sagte sie schlicht. Keine besonders guten letzten Worte, aber sie reckte das Kinn vor und stand ihre Frau.

„Was denn, und die schönste Kopfjägerin im Blauen Korridor erledigen?"

Die Implantate in ihren Ohren analysierten die Stimme. Es dauerte ein paar Sekunden länger als üblich, weil die Jahre sie rauer und etwas tiefer gemacht hatten.

„Adlata", sagte sie schließlich matt. Musste aber zugeben, dass sie auch etwas aufatmete.

Die menschliche Frau, die nun vortrat, hatte bessere Tage gesehen – Wie alt mochte sie jetzt sein? Fünfundfünfzig, sechzig? –, aber sie strahlte noch immer eine soldatische Härte aus, die ihr vermutlich bereits in Kindertagen innegewohnt hatte.

„Ceda Kayne." Ihr Gesicht war dunkel, wettergegerbt und vernarbt. Sie stammte nicht von Queesh, stammte von keiner der sonnenverbrannten Drillingswelten, aber sie wäre hier in einer Menge nicht aufgehfallen. Jedenfalls, wenn das große Sturmgewehr, die Uniform und die gewaltigen Goldketten um ihren Hals nicht gewesen wären, hieß das. Das und die drei parallel verlaufenden Narben, die ihr Gesicht diagonal kreuzten.

„Hatte ich nicht gesagt, dass ich dich nie wiedersehen will?"

Ceda deutete ein Schulterzucken an.

„Sollen wir sie festnehmen, First Sergeant?", fragte ein jüngerer Mann, der die gleiche Felduniform trug wie Adlata, nur mit weniger Zierrat daran.

Adlata schmunzelte, aber es lag keinerlei Freude darin. „Kannst es ja versuchen, Junge. Aber du wirst dabei aussehen wie ein Einbeiniger bei einem Arschtrittwettbewerb."

Die Soldaten hätten wohl ratlos schauen sollen, aber sie alle schienen Veteranen zu sein, die Adlatas Repertoire an drei, vier ähnlichen Sprüchen in diese Richtung nur zu gut kannten.

„*First Sergeant*", wiederholte Ceda Kayne. Nickte anerkennend.

„Hab hart dafür gearbeitet. Hab viele gute Jahre investiert. Und du versaust mir das sicher nicht. Aber lass es uns auf die gute Art regeln."

Ceda nickte.

„Wirst du dich benehmen, Ceda Kayne?"

Wieder nickte sie. Adlata beäugte sie sehr genau. Legte den Kopf schief. Dann nickte auch sie – ein knappes, zackiges Neigen ihres kahlgeschorenen Kopfes.

„Gib den Repeater an Private Glinn weiter. Dein Stiefelholster scheint leer. Irgendwelche anderen Waffen?"

Ceda schmunzelte sacht.

Adlata verengte die Augen zu Schlitzen. „Bei allen Monden Aktas, scheiß doch auf alles."

Ceda übergab einem sichtlich nervösen Mann ihren schweren Repeater. Der Soldat sah die Waffe an wie eine gefährliche, aber im Moment schlummernde Würgeschlange.

„Was hast du nun mit mir vor?"

„Na, was wohl?" Adlata lachte auf – ein kurzer, unschöner, grunzender Laut.

„Wir gehen den Alten besuchen."

KAPITEL II – DUO MIT ZWEI HÖRNERN

„Na, das hat doch ganz wunderbar funktioniert", sagte Turnbull, als der Alarm losging.

Meek biss die Zähne zusammen, zog seinen übergroßen, kantigen Kopf ein und funkelte seinen Freund an, ohne ihn wirklich anzuschauen.

„Das gefällt dir wieder, oder?"

Um sie herum brachen ihre Begleiter in wildes Geschrei aus. Waffen wurden durchgeladen, entsichert, repetiert und was wusste Meek was noch alles

„Was gefällt mir?" Der Hüne hatte sich zu seiner vollen Größe aufgerichtet und stemmte die beeindruckend muskulösen Arme in die Hüften. Seine Tunika war ärmellos – natürlich. Selbst hier draußen in der Wüste schaffte er es, ein Outfit zu finden, das seine Arme betonte und seine Stammestätowierungen eindrucksvoll zur Schau stellte.

„Recht zu behalten!" Meek stemmte seinerseits die Arme in die Hüften und schaffte es trotz seiner geringen Körpergröße, sich vor Turnbull aufzubauen, nachdem er bis auf Armeslänge – eine seiner Armeslängen, wohlgemerkt – an ihn herangetreten war. Er reckte das Kinn samt buschigem Bart vor.

„Wem würde das nicht gefallen?" Turnbulls volle Lippen teilten sich und ließen mehrere Goldzähne sehen. Es erstaunte Meek immer wieder, wie oft es anscheinend bereits Leuten gelungen war, ihm eins auf die Fresse zu hauen – und das fest genug, ihn Zähne zu kosten. Die paar Male, die er es mitbekommen hatte, dass jemand es schaffte, Turnbull zu schlagen, konnte er an einer Hand abzählen. Vielleicht einfach schlechte Mundhygiene. Wenn er es recht bedachte, hatte er ihn sich noch nie die Zähne putzen sehen.

Um sie herum plärrte weiter der Alarm. Immer noch schrien Menschen – und auch einige Nichtmenschen – durcheinander. Im Foyer des Kontors tobte das Chaos, aber sie beide standen einfach da. Wie eine Insel der Ruhe.

So sah Turnbull sie beide manchmal. Bevor er Meek kennengelernt hatte, war er zwar weniger oft in Schwierigkeiten geraten, war aber auch mit sich selbst weit weniger im Reinen gewesen. Er war groß und stark und nicht auf den Mund gefallen und das konnte zu Problemen führen – erst recht, wenn die Leute kapierten, wie sie ihn an der Ehre packen konnten. Meek wirkte auf ihn wie ein Ruhepol. Seit sie beide Partner – Freunde hätten es vielleicht manche genannt, aber Turnbull war da vorsichtiger – waren, kam er besser mit sich klar. Hatte sich besser unter Kontrolle. Meek war sein Ruhepol. Meek war sein Denker.

Nicht, dass Turnbull blöde gewesen wäre. Er war immerhin so eine Art Ingenieur – er hatte sein Diplom zwar nie gemacht, war aber auf gutem Weg gewesen, ehe dieser Quatsch mit den Maschinenpriestern auf Gluu Beta passiert war –, aber er war schlecht darin, sich selbst und sein Leben zu managen. Das überließ er gerne Meek.

Weshalb er sich auch auf diesen Bruch eingelassen hatte. Na ja, Bruch konnte man kaum sagen. Es war ein Überfall. Ein klassischer Raubüberfall mit vorgehaltener Waffe und allem.

Er hatte Meek gesagt, dass es eine beschissene Idee war. Aber der kleine Penner hatte ja nicht hören wollen. Turnbull grinste. Nein, er war nicht blöde. Er überließ nur meist Meek das Denken – und amüsierte sich bisweilen umso mehr darüber, wenn er sich dabei auf den Arsch setzte. *Auf den Arsch setzen*. Eine menschliche Redewendung, der er viel abgewinnen konnte.

Es war nicht rational, so zu empfinden. Immerhin stand auch sein Leben auf dem Spiel. Aber bei allen Höllen, es machte Spaß, Meek aufzuziehen und ihn vor Wut schnaubend vor sich zu sehen.

Er blickte auf den Zwerg herab – und *Zwerg* nannten seine Artgenossen ihn, wenn auch selten, wenn er Turnbull bei sich hatte, was zu neunundneunzig Prozent der Zeit der Fall war – und grinste unverschämt. Er selbst nannte ihn nur so, wenn er wirklich wütend war. Was selten vorkam.

Momentan war er weit davon entfernt. Momentan fühlte er sich beinahe gelöst. Er wusste, Meek würde sich was einfallen lassen. Meek fiel immer was ein. Er würde einfach nur etwas warten müssen.

Was grinst dieser Ochse so? Meek spürte, wie ihm dicke Schweißtropfen von der Stirn perlten. Seine Gedanken begannen zu rasen, als der erste ihrer Mitstreiter einem Kontorangestellten den Flechettewerfer unter die Nase hielt. Wenn es hier Tote gab, war das ein Problem.

Er wandte sich mit einiger Anstrengung ab und sah sich zum

ersten Mal, seit der Alarm losgegangen war, richtig um.

Der Zwielichtigste der drei Gestalten, die sie (okay, er) angeheuert hatten, war kein Er, sah aber wie einer aus und würde in Meeks Kopf wohl auch einer bleiben.

Die Frau hatte einen Bürstenschnitt, enorm breite Schultern und finster funkelnde Augen in einem groben Bauerngesicht. Finster funkelnde, geradezu leuchtende Augen. Irgendetwas musste dieses Leuchten antreiben. Meek hatte eine Ahnung, was es war. Ihre Augen konnten nur sehr mühsam den Wahnsinn verhehlen, der in ihrer Birne vor sich hin lodern musste. *Hätte es wissen müssen. Wusste es. Hab sie trotzdem genommen. Scheiße, verdammte. Jetzt muss ich die Suppe auslöffeln, während dieser zu groß geratene Hirni hinter mir steht und schadenfroh grinst. Grinst! Ausgerechnet jetzt! Bezahlte Schläger des hiesigen Syndikats, die Miliz oder der bekackte Shire Reeve könnten jeden Moment hier aufkreuzen und er hat nix Besseres zu tun, als* …

Er räusperte sich und ging mit entschlossenen Schritten auf die Frau zu.

Ihre Begleiter waren noch immer dabei, die Kontorangestellten zu brutalisieren. Genau genommen fingen sie gerade erst richtig damit an. Der mit dem Flechettegewehr brüllte panisch Beleidigungen und forderte einen dicklichen Magronesen auf, die automatisch zugefallenen Sicherheitstore zu öffnen, aber der Insektoid sprach keine Stan und fiepte und summte nur durch den Rüssel, den er anstelle eines Mundes im Gesicht trug, die Facettenaugen weit aufgerissen. Der andere hatte die restlichen Angestellten gezwungen, auf die Knie zu gehen und fuchtelte wild mit einem langen Messer herum.

Die Frau, die wie ein Mann aussah und offensichtlich die Chefin in diesem Trio war, stand einfach stocksteif da, stierte und murmelte vor sich hin. Ihre großen, behandschuhten Hände ruhten auf den Perlmuttgriffen ihrer übergroßen Slugrevolver.

Es lag Blut in der Luft. Er musste nicht Turnbulls Nase haben, um das zu riechen. Die Tatsache, dass sein großer Freund dicht hinter ihm war, gab ihm den Mut, sich der Frau, die sich ihm als *Chessta* vorgestellt hatte, die er aber in Erinnerung an einen alten männlichen Urerdnamen für sich *Chester* getauft hatte, weiter zu nähern.

„Die haben uns verladen", knurrte die große Frau und sah den nächststehenden Angestellten mit Mörderblick an.

Turnbull zwang sich, ruhig zu atmen. Er maß sie mit möglichst neutralem, betont gelassenem Blick. Sie stank nach Ärger. Klar tat sie das, immerhin waren ein einschüchterndes Äußeres und brutales Gebaren die Kriterien, nach denen Meek sie ausgewählt hatte. Sie würde gleich ihre Revolver ziehen und irgendeinen Scheiß starten, das wusste er. Wenn Meek sie nicht davon abbrachte. Aber ihm würde was einfallen. Meek fiel ja immer was ein.

„Nun, ich denke nicht, dass am Verhalten der Angestellten etwas auszusetzen ist. Der Alarm wurde automatisch aktiviert, als die Scanner aktive Waffen erkannt haben." Meek legte den Kopf ein wenig schief und das kleine, halb verdorrte Pflänzchen, das er sich ins Hutband gesteckt hatte, neigte seine dornige Blüte nach rechts. Turnbull wusste nicht, was es mit dieser Marotte auf sich hatte, aber sein Partner bestand darauf, sich auf jedem Planeten, den sie besuchten, ein einheimisches Gewächs zu pflücken und seinen Hut damit zu schmücken. Seinen bekackten Hut! Diese räudige Dunstkiepe! Aber Meek ohne Hut – das gab es einfach nicht. Turnbull hatte gelernt, das zu akzeptieren.

Er löste sich gerade rechtzeitig aus seinen Überlegungen, um zusammenzuzucken, als die Alte einen Revolver zog und auf Meek richtete.

„Willst du damit sagen, das ist unsere Schuld?", fragte sie lauernd und ihre Kameraden ließen lang genug von den Angestellten ab, um Meek und Turnbull finster anzuschauen.

Meek lächelte milde und schloss für einen Moment die mandelförmigen Augen. In einer entwaffnenden Geste der Resignation hob er beide Hände.

„Hey, hey. Wer wird denn gleich? Schön locker bleiben. Das habe ich nicht gesagt. Was ich gesagt habe, also bevor wir dieses Etablissement betraten, war, wenn ich mich recht entsinne, dass wir die Waffen erst auf mein Kommando aktivieren. Stimmt's, oder hab ich recht?"

Einer der Begleiter Chesters grunzte und sah sie nickend an. „Irgendwie stimmt datt, hab ich datt Gefühl, wa?"

Das Mannweib drehte den Kopf in seine Richtung.

Verengte die Augen zu Schlitzen.

Und schoss ihm in den Kopf.

Turnbull hatte den halben Weg zu ihr zurückgelegt, noch ehe das Gehirn des Komplizen die Wand hinter ihm traf. *So viel zum*

Thema Meek fällt immer was ein.

Die Angestellten schrien in mehreren Sprachen auf, der Magronese fuhr seine Stummelflügel aus und machte einen kläglichen Flug- und Fluchtversuch und Meek rollte sich erstaunlich behände ab und huschte hinter eine große Packkiste, als hätte er mit genau dieser Situation gerechnet.

Turnbull erreichte Chester und nahm sie auf die Hörner.

Meek hatte das schon öfter gesehen, als er zählen konnte, aber es war immer wieder erstaunlich, was die eindrucksvollen gebogenen Hörner, die da aus Turnbulls Stirn wuchsen, anrichten konnte.

Vermutlich brach sich Chester das Schlüsselbein und einige Rippen – es war auch egal, jedenfalls landete sie hart in einem Stapel Kartons und riss zudem noch ein Regal voller Ersatzteile mit sich zu Boden.

Turnbull warf sich im nächsten Augenblick lang hinter eine Reihe Getreidesäcke – gerade rechtzeitig, denn der verbliebene Halsabschneider eröffnete das Feuer.

Meek hockte hinter der Kiste und spähte immer mal wieder hervor. Griff nach der winzigen Pistole, die er im Gürtel zu tragen pflegte, und wusste, er würde den Kerl nie damit erwischen. Ließ sie stecken.

„Kommst du klar?", rief er Turnbull zu und zog bereits seine Pfeife aus der Jackentasche.

„Bin ich jemals nicht klargekommen?", brüllte Turnbull aus seiner Deckung. Seine Stimme war mindestens eine Oktave höher als üblich. Auf Turnbull war einfach Verlass: Am Ende wurde er schließlich doch immer nervös.

Geschossgarben ließen Sackleinen platzen und Getreide auf den Boden rieseln.

„Dachte ich's mir doch." Meek nickte sich selbst zu, ließ sich auf kurzen Beinen im Schneidersitz nieder und stopfte die Pfeife mit bestem Bactarianischen Heidekraut.

Da Turnbull wie meistens auf eine Schusswaffe verzichtet hatte, würde das hier wohl ein Weilchen dauern.

Der verbliebene Kerl, den er wider besseres Wissen für diesen von vorneherein zum Scheitern verurteilten Job angeheuert hatte, schrie Zeter und Mordio. Feuerte immer wieder. Er schien eine Menge Munition zu haben.

Ja, das hier konnte dauern.

Er würde sich etwas einfallen lassen müssen.

Meek riss ein Streichholz an und entzündete die Pfeife. Eine Denkpfeife. Er musste nachdenken. Sie mussten hier raus. Und zwar besser jetzt als gleich.

Die Sicherheitstore mussten hochgefahren werden. Er bezweifelte, dass einer der Angestellten einen Schlüssel hatte. Vermutlich wurde das ganze System automatisch über eine simple CPU gesteuert.

Während weitere Getreidesäcke explodierten, irgendetwas klirrend zu Boden fiel und ein Angestellter mit mehreren Schusswunden zu Boden ging, suchte Meeks geschulter Blick nach Energieleitungen. Nach Kabeln. Nach irgendwelchen Anzeichen dafür, wo hier die Elektronik verbaut war.

Normalerweise hätte er das alles im Vorfeld in Erfahrung gebracht. Normalerweise hätten sie diese Hütte ausgespäht bis zum Gehtnichtmehr. Hätten alles minutiös geplant, wären keine Risiken eingegangen.

Aber Zeit war hier der entscheidende Faktor gewesen. Sie wurden gesucht und mussten Queesh verlassen. Ihr letzter Coup hatte ihnen weniger Solidos und mehr Ärger eingebracht, als er kalkuliert hatte. Vielleicht ließ er langsam nach. Wurde zu alt für den Scheiß.

Wie dem auch sei: Dieser Überfall hätte ihnen ein Ticket für einen Flug hier raus bescheren können. Konnte es noch immer, wenn er jetzt einen kühlen Kopf bewahrte.

Also. Die Türen. Und an die Kasse rankommen, bevor sie sich hier verabschiedeten, würde auch nicht das Schlechteste sein.

Eine weitere Salve schlug in eine der Wände ein. Querschläger jaulten davon. Etwas Putz landete auf Meeks Hut. Er nahm seine Kopfbedeckung herunter und klopfte sie ab. Zog an seiner Pfeife.

Das dauerte wirklich verdammt lange!

Er lugte gerade paffend um die Ecke seiner Kiste, um nach Turnbull zu suchen, als sein Blick auf eine stählerne Falltüre fiel.

Ein Kriechgang! Natürlich!

Er war schneller drüben, als man „Topf aus Gold am Ende des Regenbogens" sagen konnte. Er rieb sich die Hände, schickte ein Stoßgebet an Lupino, den Gott der Diebe, und griff beherzt zu.

Die Falltüre war nicht verschlossen. Er konnte sein Glück kaum fassen, dankte Lupino zur Vorsicht direkt, ehe er es vergaß, und ließ sich in einen staubigen, sandigen, schmutzigen, düsteren Kriechgang fallen.

Diverse Nagetiere und Insekten begrüßten ihn – er hoffte nur, dass keine giftige Schimäre oder Schlimmeres dabei war –, als er so schnell es ging in die Richtung kroch, die er für die richtige hielt. Es war dunkel, aber er hatte eine gute Nachtsicht und seine geschickten Hände waren es gewöhnt, an engen, schwer einsichtigen Orten die Götter wussten was zu tun.

Er umfasste den Kabelstrang, den er suchte, und folgte ihm, während über ihm weiterhin gebrüllt, gezetert und gefeuert wurde. Irgendetwas Schweres polterte zu Boden. Etwas splitterte. Jemand schrie – ob vor Angst, Wut oder Schmerz war nicht zu sagen.

Meek kroch weiter.

Einige Jiffys später gelangte er an eine Abzweigung. Der Kabelstrang führte ihn sicher zu einer kleinen Wartungsleiter, die ihn durch ein nicht abgesperrtes Metallgatter in den Technikraum des Kontors führte.

Ein greiser Mann saß an einem Schreibtisch, umgeben von 3D-Überwachungsmonitoren und kleineren Hologrammemittern. Er konnte den gesamten Innenraum des Kontors überblicken und verfügte offenbar auch über Drohnen, die ihm Außenansichten an seinen Securityfeed sandten.

Der Mann sah besorgt aus, aber nicht übermäßig. Er summte sogar leise. Irgendeine barbarische Weise aus der hiesigen Gegend vermutlich.

Er hatte Meek, der auf der Leiter verharrt war, eine Hand an der Luke, durch die er in den Raum gelangt war, noch nicht bemerkt.

Er erinnerte sich an die Pistole in seinem Gürtel und zog sie hervor. Leckte sich über die Lippen. Musterte die Profilansicht des alten Mannes.

Alte, faltige Haut, fast wie schwarzes Pergament. Wahnsinnsringe unter den Augen. Strähniges weißes Haar. Verdammt teurer Anzug aus Feyd-Seide. Meek respektierte es, wenn ein Mann sich zu kleiden wusste.

Er verließ die Leiter, ließ die Luke lautlos zu Boden sinken und näherte sich dem Mann flink und auf leisen Sohlen. Sein

Gang mochte stets etwas Watschelndes haben, über das unbesonnene Männer und Frauen sich Zeit seines Lebens lustig gemacht hatten, aber er war weit schneller und leiser, als man ihm zugetraut hätte.

„Hallo", sagte der Alte und Meek verlor a) beinahe die Kontrolle über seine Blase und entlud b) um ein Haar seine Waffe in einen Miniaturkühlschrank, der in einer Ecke brummte.

„Treten Sie vom Terminal weg!", zischte Meek barsch und fuchtelte mit der Waffe, obwohl der Alte nicht in seine Richtung blickte.

„Das wird sich schwierig gestalten", sagte der Greis mit hoher, brüchiger Stimme. Er hatte beide Hände gehoben, lange Finger mit klauenartigen, vergilbten Fingernägeln daran ließen Meek erschaudern, aber er machte keine Anstalten, sich zu erheben.

„Was soll das denn heißen, Großvater?" Wenn der Alte ihn verscheißern wollte, würde er bald feststellen, dass er sich mit dem falschen *Zwerg* angelegt hatte. „Strapazieren Sie meine legendäre Geduld nicht über!"

„Ich kann nicht aufstehen, junger Mann, weil ich gelähmt bin."

„Gelähmt?", wiederholte Meek blöde und schalt sich einen Narren. „Und da konnte man gar nichts machen?", schob er eine Frage nach, die relativ überflüssig war, deren Antwort ihn aber tatsächlich interessierte. Die Klamotten des Knilchs sahen teuer genug aus, um die Vermutung zuzulassen, dass er sich auch eine kostspielige Operation hätte leisten können.

„Eine Degeneration der Nervenleiter. Eine Spätfolge des Passak-Fiebers", sagte der Alte, der noch immer keine Anstalten machte, sich umzudrehen. „Meine Ärztin sagt, da sei nichts zu machen – zumal in meinem Alter."

„Eine hiesige Ärztin?"

Jetzt drehte der alte Knabe sich doch um. „Gibt es was Bestimmtes, mit dem ich Ihnen helfen kann?" Seine Augen waren von einem so tiefen Braun, dass sie beinahe schwarz wirkten. Man konnte darin versinken. Der Blick war Meek zutiefst unangenehm, wie er überrascht feststellen musste.

„Jetzt, wo Sie fragen: Da Sie nicht vom Terminal *wegtreten* können, könnten Sie vielleicht *zurücksetzen*." Meek deutete mit dem Lauf seiner Taschenpistole auf den Sessel, in dem der Mann saß.

Der Alte ließ einen Laut hören, der irgendwo zwischen einem belustigten Schnauben und einem unterdrückten Rülpsen lag.

„Was versprechen Sie sich eigentlich hiervon?"

„Wovon?"

„Von dieser ganzen Aktion hier. Reichlich unüberlegt, so scheint es mir. Sehen Sie sich das Chaos an, das Sie angerichtet haben." Der Alte machte eine Geste.

Meek leckte sich über die Lippen und schielte auf die Überwachungsmonitore. Auf einem davon zerlegte eine Salve gerade ein ganzes Regal voller Vasen und Töpfe, die ziemlich antik aussahen. Es gab keine Audioausgabe, aber er konnte sich das Scheppern und Klirren vorstellen. Bei dem Gedanken daran, welche Werte da vernichtet wurden, versetzte es seiner Diebes- und Hehlerseele einen Stich.

„War es das wert, mh?" Der Alte fixierte ihn wieder mit diesen Augen. Augen wie zwei dunkle, kalte Brunnen. Brunnen, die Meek zu rufen und ihn dazu anzuhalten schienen, kopfüber in sie einzutauchen.

„All die Toten, meine Ware, die zerstört wurde, die vielen tausend Solidos, die Sie mich bereits jetzt gekostet haben, und wofür? Sie werden hier mit einem riesengroßen Sack voll Nichts rausgehen, mein kleiner Freund."

Meek hielt seinem Blick stand – dachte er zumindest. Allerdings kam es ihm langsam vor, als sei der Alte die Ratternatter und er der Dünenhase, in den sie jeden Moment ihre Giftzähne schlagen würde. Diese Augen drohten, ihn zu verschlingen.

Etwas stimmte hier nicht. Die Stimme in seinem Kopf, die ihm dies mitteilte, war bisher nicht mehr als ein Flüstern, wurde aber mit jeder verstreichenden Sekunde energischer in ihrem warnenden Tonfall.

Er zwang sich, zu blinzeln.

„Na ja, was es wert war, sehen wir gleich. Wenn Sie vom Terminal zurücksetzen und mir den Schlüssel für den Riesentresor da drüben überreich haben." Er nickte zu einer dicken grünen Türe aus militärischem Raumschiffstahl rüber. „Oh, und dann sagen Sie mir noch, wie ich die Sicherheitstüren deaktiviere. Und machen eventuell einen Comruf an die hiesigen Ordnungskräfte, dass hier alles okay ist."

Der Alte sah ihn eine kleine Weile an. Meek traute sich nicht, seinem Blick nochmals zu begegnen.

„Und warum glauben Sie, dass ich Ihnen dahingehend behilflich sein werden?"

Meek deutete ein Schulterzucken an. „Nun, ich dachte eigentlich, das sei eindeutig, aber okay, weil Sie es sind und so nett gefragt haben: Weil ich Sie sonst niederschießen werde. Und ich fange nicht beim Kopf an, wenn Sie wissen, was ich meine."

Der alte Mann lachte so abrupt und so meckernd, dass Meek zusammenzuckte.

„Ich bin zweihundertsieben Jahre alt. Glauben Sie, ich fürchte den Tod?" Er wischte sich mit zitternden Klauenfingern eine Lachträne aus dem Augenwinkel.

„Na ja." Meek zögerte. Er hatte wirklich keine Zeit für weitere Plaudereien. Ein Blick auf den Monitor verriet ihm, dass Turnbull es noch immer nicht geschafft hatte, den schießwütigen Volltrottel zu erledigen. Soeben sprang der Mann auf und feuerte nun aus zwei Waffen in unterschiedliche Ecken des Raums. Wie viele Wummen hatte der Typ? Wie viel Munition?

Er seufzte. „Aber vielleicht fürchten Sie Schmerz und Folter."

Der Alte tat überrascht. „Sie würden einen Senioren wie mich foltern?"

„Ich habe Schlimmeres getan."

Meek sah nicht direkt hin, aber das spöttische Funkeln schien aus den Augen des Zweihundertsiebenjährigen zu verschwinden. Er schaffte es, seine faltigen, vollen Lippen zu nicht mehr als einem schmalen Strich zusammenzupressen.

„Soso", sagte er schlicht. Lauernd. Sein Blick schien sich zu intensivieren, schien auf Meeks Haut zu prickeln.

„Vielleicht wollen Sie mir das ins Gesicht sagen."

Er betätigte eine Kontrolle am Sessel und ein kleiner Antigravitationsgenerator erwachte mit einem leisen Brummen zum Leben. Die Sitzgelegenheit schwenkte schwebenderweise vollends zu Meek herum.

Meek sah überall hin. Auf die verkümmerten Beine des Alten, die in teuren Seidenhosen steckten. Auf die verschiedenen Schläuche, die vom Chassis des Stuhls in seinen Körper führten. Verschiedenfarbige Flüssigkeiten deuteten auf Zuleitungen für verschiedene Nährlösungen hin. Wieder andere auf Ableitungen für Ausscheidungen.

„Wollen Sie mir nicht in die Augen schauen, wenn Sie mich

schon mit Tod und Folter bedrohen?" Zentimeterweise schob der Greis im Hoverkrankenstuhl sich auf sein Gegenüber zu.

„Nein", antwortete Meek prompt und hob seine Waffe. „Was immer Sie versuchen, sparen Sie sich's. Ich falle nämlich nicht drauf rein."

„Kluger Zwerg." Der Sessel stoppte.

Meek spürte, wie Zorn in ihm hochkochte und die Beunruhigung über den merkwürdigen Alten zu verdrängen drohte. Er wusste es besser. Dieses Wort sollte eigentlich überhaupt keine Wirkung mehr auf ihn haben. Er hätte dem alten Sack ins Gesicht grinsen und es ihm danach einfach wegschießen sollen – aber er war eben nicht die Art Typ. Und auch nicht die Art, die einfach über solche Beleidigungen hinwegsehen konnte. Er zwang sich zu einem breiten Grinsen.

„Ich bevorzuge die Bezeichnung *vertikal eingeschränkt*." Das tat er nicht, stellte er gerade fest. Eingeschränkt, benachteiligt, das klang alles zu sehr nach behindert. Er verfluchte sich selbst – dieser alte Mann hatte eine Wirkung auf ihn, die ihn seine sämtliche Schlagfertigkeit einbüßen ließ.

„Zu kurz geraten, ja. In der Tat." Der Tattergreis im Hoverstuhl grinste unverschämt und zeigte viel zu ebenmäßige, viel zu weiße Zähne. Welch Gefühl es wohl sein würde, sie ihm einzuschlagen?

„Aber ja", sagte der Alte, den Faden von vorhin einfach wiederaufnehmend. „Ein kluger Zwerg. Das sagt man eurer Art ja nach."

„Was soll das denn heißen, *eurer Art*? Ich bin ein Mensch, so wie Sie auch, Sie … wieso sieze ich Sie eigentlich weiterhin? Das haben Sie kein Stück verdient, Sie unverschämter alter Scheißer!"

„*Mensch*." Der alte Mann lachte wieder sein nervtötendes, meckerndes, wissendes Lachen. „Wer ist hier der Zweihundertjährige? Du klingst wie ein waschechter Erdling. Nicht mal mein Vater konnte sich an Alterde erinnern. Und Urerde liegt noch weitaus länger zurück. Wir haben doch längst nichts mehr mit diesen Primaten gemein. Wir haben doch längst unsere eigenen Identitäten geschaffen. Neue, starke Identitäten. Ich bin Queeshianer und du … nun." Er musterte Meek. „Ein Zwerg, unübersehbar.

Meek ballte die Fäuste und musste erneut aufpassen, dass er nicht versehentlich die Waffe abfeuerte. Sie mochte klein sein, aber sie hatte einen ganz schönen Bums. „Es gibt in fast jedem Volk Zwerge, wenn Sie schon diese dämliche Rassen- oder Speziesschiene fahren wollen." Er holte gerade Luft, um seinen Ausführungen noch ein paar sehr faszinierende Sätze hinzuzufügen, die den uralten Spinner vor ihm sicher von seinem herablassenden, beleidigenden, engstirnigen Standpunkt abgebracht hätten, als Meek die Außenaufnahme sah.

Eine Drohne schien direkt über dem Haupteingang zu schweben. Ihre Kameras fingen sehr deutlich das Bild von mindestens einem Dutzend Schlägertypen – nein, nicht nur einfachen Schlägertypen, sondern professionell ausgerüsteten Vollstreckern, die sogar einigermaßen uniforme Kleidung trugen – ein, die vor dem Tor ihre Waffen überprüften. Ordnungskräfte, Shire Reeve oder hochbezahlte Killer? Nun, wer immer es war, er hätte sich denken können, dass sie hier nicht so einfach rauskommen würden.

Er richtete die Waffe auf den Kopf des alten Mannes.

„Jetzt ist hier Schluss, du mieser alter Penner." Kein Siezen, kein Respekt mehr. Das hatte der Typ ein für alle Mal verspielt.

Der alte Mann verengte für ein, zwei Jiffys die Augen, nur um sie direkt im Anschluss aufzureißen. Meek zuckte zusammen. Sie sahen aus wie zwei Teergruben. Wenn Teergruben verlockend geleuchtet hätten.

„Was glaubst du eigentlich, wen du vor dir hast, Zwergmann?", presste der Alte zwischen künstlichen Zähnen hervor.

Seine Augen übten jetzt einen wahrhaftigen Sog aus. Fast erwartete Meek, dass die verdörrte Pflanze in seinem Hutband ihren verkümmerten Kopf in Richtung des Alten neigen, dass die paar seiner Haarsträhnen, die unter der Krempe hervorschauten, im entstehenden Windsog flattern würden.

„Sieh mich an, *Zwerg*." Er spie das Wort geradezu aus. Meek verfluchte den Alten und seine kindischen Beleidigungen. Und sich selbst, weil er seinem Zorn nachgab.

Er blickte dem Alten direkt in die Augen. Ihre Blicke trafen sich frontal. Fast schien die Luft zu knistern, fast meinte man, Funken fliegen zu sehen.

Die finsteren Gruben, die der Mann Augäpfel nannte, standen so weit offen wie die Tiefraumtore von Capo Niemza und waren ebenso schwarz. Eine Art böse Unendlichkeit schien hinter ihnen zu lauern. Ein Schlund von unauslotbarer Tiefe – wenn er hineinstürzte, würde sein Fall niemals enden. Zwei schwarze Löcher, kollabierte, ultramassige Sterne, die ihn aufsagen wollten und deren Macht selbst das Licht zu brechen vermochte.

So schien es für einige Sekunden. Einige sehr brenzlige Sekunden, die Meek all seine Selbstbeherrschung kosteten und jeden Trick in seinem mentalen Arsenal. Selbst als er halbwegs sicher sein konnte, dass er dem Bann dieser Augen entronnen war, fühlte er sich noch ängstlich. Schwach, ausgelaugt, furchtbar.

Seine Waffenhand zitterte.

Der Alte blinzelte schließlich. Seine Pupillen waren noch immer groß und dunkel, aber das Weiße in seinen Augen war immerhin wieder zu sehen. Ein erstaunter Zug legte sich auf sein faltiges Gesicht.

„Interessant", sagte er schlicht.

„Sei nicht beleidigt, Opa, es hätte fast geklappt."

„Du bist wirklich ein interessanter kleiner Zwerg. Es wird mir großen Spaß machen, dich auseinanderzunehmen. Wir werden deinen Kopf aufmachen und ganz genau reinschauen."

Meek schmunzelte schmal und schoss dem alten Widerling ins Knie.

Zumindest hatte er das vorgehabt, aber einerseits brannten ihm die Augen und er sah doppelt und hätte ihn daher vermutlich so oder so verfehlt, selbst auf diese Entfernung, und andererseits beschleunigte der Hoverstuhl just in diesem Moment von null auf einhundert Prozent Leistung. Zumindest kam es Meek so vor, als er plötzlich mit dem Gesicht im Schoß des alten Mannes lag und erstickt aufschrie.

„Ich zermalme dich, du kleine Kanaille!", kreischte der Alte mit unmenschlicher Stimme und lachte. „Aber deinen Kopf lassen wir heil! Deinen Quadratschädel lassen wir ganz – den hänge ich an meine Trophäenwand!" Er meckerte wie ein Zibu-Bock, während Meek seine widerlichen Ausdüstungen einatmen musste. Der Schritt dieses alten Bastards roch wie ein Friedhof!

Der Alte wollte ihn wohl tatsächlich einfach an die gegenüberliegende Wand rammen – keine weite Reise, die ein verfrühtes und abruptes Ende fand.

Meeks Geschoss hatte zwar das Knie des Mannes verfehlt, dafür aber den Antigravgenerator des Stuhls getroffen. Der schwebende Sessel begann bereits nach zwei Metern, abzuschmieren.

Meek zog die Beine an, nutzte das körperliche Training, das er während seiner Reisen mit einem intergalaktischen Zirkus erfahren hatte, und katapultierte sich äußerst geschickt über den Greis hinweg.

Er landete trotz der akrobatischen Nummer unsanft auf dem Boden, während der Zweihundertjährige in seinem Flugsessel eine funkensprühende Kurve nach rechts zog. Stahl traf kreischend auf Stahl und blaue Blitze umzuckten die runde Unterseite des Hoversessels.

Meek kam schwankend auf die Beine und nickte seiner rauchenden Waffe anerkennend zu. Dann warf er den Tresorschlüssel in seiner anderen Hand mit einem triumphierenden Grinsen in die Luft, fing ihn wieder auf und war bereits im Begriff, sich von der sich anbahnenden Kollision ab- und dem gepanzerten Wertgutschrank zuzuwenden, als er aus dem Augenwinkel den Kurswechsel mitbekam.

Der Stuhl zog nicht direkt eine Furche in den Boden, kam aber metallisch kreischend und von einem Schweif aus gleißenden Funken begleitet direkt auf ihn zu! Der Alte hatte es irgendwie geschafft, das *Ruder* herumzureißen.

„Ach, verdammte Scheiße!“, schrie Meek, rannte Hals über Kopf in eine andere Richtung und gab gleichzeitig mehrere Schüsse auf seinen Verfolger ab.

Das dunkle Gesicht des alten Mannes hatte sich zu einer zahnbewehrten Grimasse verzerrt. Die dünne Haut schien bis kurz vorm Zerreißen über den kantigen, fleckigen, beinahe kahlen Schädel gespannt. Fadenscheinige Haarsträhnen flatterten im Flugwind. Flammen leckten aus dem Antigravitationsaggregat.

Löcher erschienen an verschiedenen Stellen im Stuhl. Ein weiteres Loch im Alten ließ Blut aufspritzen, das seltsam dunkel und unlebendig aussah. Nährlösung, Urin und Kot sprühten aus zerrissenen Schläuchen, Speichel aus dem zum Schrei aufgerissenen Mund der bösartigen Hoverstuhlmumie.

Meeks Waffe klickte. Und er stand mit dem Rücken zur Wand.

„Ach, so ist das“, sagte er.

Was für beschissene letzte Worte.

Turnbull ragte hinter dem schießwütigen Volldeppen – Teo, Meo oder Zeo oder irgendwie so hieß der Kerl, er erinnerte sich nicht, das war normalerweise Meeks Job – auf wie eine antike Götterstatue auf den Heiligen Steppen des Peqzoqat. Und wie er nun so auf den nichtsahnenden Menschen herabsah, kam er sich auch ein wenig wie ein Gott vor. Ein blasphemischer, größenwahnsinniger Gedanke, den er sofort verdrängte, auch wenn ein gewisser Teil von ihm diese Momente genoss. Nicht, dass es viele davon gab, wenn er ganz ehrlich war. Turnbull war ein großer Kerl und wenn er auch kein stumpfer Haudrauf war und erstaunlich leichtfüßig auf den Hinterhufen, wenn er es musste, war er doch keiner der Star Ninjas von Banzai, ein Adept einer der zahlreichen Assassinenschulen oder auch nur ein erfahrener einfacher Meuchelmörder. Er war einfach er. Und die noch immer heulenden Sirenen hatten ihm beim Anschleichen in die Karten gespielt, wie er zugeben musste.

Wie dem auch sei: Er war *er*. Er war *gut*. Und seine Fäuste konnten Verheerendes anrichten, wenn man sie ließ. Wenn man sie zum Beispiel auf den Hinterkopf dieses verdammten Waffennarren niedersausen ließ, würden sie seinen hohlen Schädel zerplatzen lassen wie eine …

Glas klirrte über ihm. Viel Glas. Stabiles Glas. Ein ohrenbetäubender Lärm, der ihn zusammen- und den bewaffneten Menschen vor ihm herumfahren ließ.

Die Augen seines Kurzzeit-Komplizen weiteten sich. Auch wegen Turnbull, vor allem aber wegen dem, was da über ihnen geschah.

Turnbull hatte sich nicht umgedreht, aber das musste er auch nicht. In dieser Sekunde sah er alles, was er wissen musste, ziemlich deutlich in den aufgerissenen Augen des Kerls vor sich gespiegelt.

Er packte den Menschen, hielt ihn wie einen Schild über sich und stieß sich mit muskulösen Beinen nach hinten ab.

Ein Regen scharfkantiger Scherben verwandelte den Mann in ein talakianisches Zackenschwein – nur weit weniger lebensfroh und possierlich und weitaus toter – und einige weitere Trümmerteile verfehlten Turnbulls Unterleib nur um wenige Zentimeter. Das Wegwerfen der Leiche und das seitliche Abrollen in die vermeintliche Sicherheit kosteten ihn nicht mehr als eine weitere Sekunde.

Bis dahin war der brennende Sessel längst zu Boden gekracht und hatte eine beachtliche Delle dort hinterlassen, wo Turnbull kurz zuvor noch gestanden hatte.

Er setzte sich gerade mit einem ungläubigen Blick und einem mächtigen Schnauben auf, als der Sessel sich kreischend in seine Richtung drehte und auf ihn zugefahren kam!

Funken sprühten, Metall schrie auf wie ein Chor aus Charr-Kastratenhummern im Kochtopf, und die in Flammen stehende Leiche – denn es konnte ja nur eine Leiche sein! –, die den Sessel zu steuern schien, wurde immer größer. Streckte die Arme aus. Starrte aus riesigen Augen, grinste mit riesigen Zähnen.

Und hinter ihr wedelte ein rußverschmierter Meek mit den kurzen Armen und brüllte Verwünschungen. Kletterte durch die Flammen, wurde dabei selbst angesengt und trat auf irgendeinen Schalter an der Armlehne des Höllengefährts.

Der Sessel drehte ab, kurz bevor er Turnbull mit sich auf seine groteske Todesfahrt nehmen konnte, und raste auf einen Stapel Kisten zu, der noch nicht durchlöchert worden war.

Kurz bevor er mit selbigem kollidierte, sprang Meek ab. Er kam auf federnden Ex-Akrobatenbeinen auf und schaffte es sogar, sich in eine Art Showpositur zu stellen.

Turnbull konnte nicht anders: Er musste applaudieren. Erst recht, als der ehemalige Hoverstuhl brennend und kreischend und mit einem eindrucksvollen Funkenregen in die erste Kiste einschlug und alles mit einem Mordsfeuerwerk in die Luft ging.

Meek verneigte sich, als bunte Flammen hinter ihm in Richtung Decke leckten.

Turnbull hielt inne und vergaß, weiter zu applaudieren. Sein Mund stand offen.

Er blinzelte erst wieder, als seine Augäpfel trocken wurden und wegen des aufquellenden Rauchs zu stechen begannen.

Meek kam zu ihm gehuscht. Der brennende Kistenstapel hinter ihm loderte heißer, die Flammen wuchsen und wechselten ihre Farbe zu gleißendem Weiß.

Sein kleinwüchsiger Partner musste ihm eine Ohrfeige geben, um ihn aus seiner Starre zu lösen, und zog ihn auf die Beine.

„Was, im Namen des Riesenarschlochs von G'nor, war das?!", keuchte Turnbull. Meek hatte seine Hand ergriffen und zog den sicherlich vier- bis fünfmal so schweren Koloss hinter sich her.

„Keine Zeit!" Sie hielten aufs Haupttor zu, während hinter ihnen die zweite Kiste explodierte – ungleich lauter und heftiger als die erste. Der Boden erzitterte. Die beiden schwankten.

Der verwirrte Turnbull sah das Haupttor vor sich aufschwingen und Meek hielt sofort fluchend inne und zog ihn in eine andere Richtung. Nur in welche?

„Wer sind diese Typen da?", hörte Turnbull sich fragen.

Waffen wurden auf sie gerichtet. Mündungsöffnungen ragten vor ihnen auf wie Hovertraintunnel.

„Und wer war die flambierte Dörrpflaume im Powerrollstuhl?" Turnbull deutete mit dem Daumen nach hinten.

Meek sah zu ihm auf.

Turnbull sah auf ihn herunter.

„Tut mir leid, Kumpel", sagte Meek, aber bei all dem Lärm und dem neu hinzugekommenen Fiepen in seinem Ohr musste Turnbull schon Lippenlesen, um den Sinn seiner Worte zu verstehen.

Das Feuer hinter ihnen loderte, knisterte, fauchte – die dritte Explosion würde die letzte sein, die sie jemals mitbekamen. Na ja, wenn sie sie mitbekamen.

Turnbull sah den kleinen Menschen an, dem Tränen in den Augen standen. „Tja. Immerhin werde ich Zeuge davon, wie der berühmte *Meek der Magnifiziente* sich einmal irrt. So richtig. Komplett. Irrt."

„Ich hoffe, du kannst diesen Moment jetzt so richtig auskosten." Meeks Lippen zitterten, als sie ein schiefes Lächeln formten. Sicherlich sein letztes auf dieser Welt.

„Auf jeden."

„Alter Ochse."

Turnbull öffnete den Mund, um etwas zu erwidern.

Es blieb bei dem Versuch.

KAPITEL III – DER KLEINE PRINZ

Ich hätte die Wüste hassen sollen, und doch übte sie einen nicht zu verachtenden Zauber auf mich aus. Die endlosen Dünen. Der Wind, der die Sandteufel vor sich hertrieb. Die intensive, aber trockene Hitze des Drillingsgestirns. Der tiefblaue Himmel, die Trugbilder am flirrenden Horizont. Die funkelnden Sterne in den bisweilen bitterkalten Nächten. Die vereinzelten Oasen mit ihren Herden von Golongos, Mahattas und anderen für mich exotischen Packtieren. Mir gefielen sogar die fremden Gerüche, die von den Kochfeuern der Einheimischen aufstiegen.

Kurzum: Ich war jung – gerade erst volljährig, wenn man es genau nahm –, idealistisch, hatte zum ersten Mal meinen Heimatplaneten verlassen und sog jede neue Impression, jede noch so nichtige Erfahrung mit der ungebändigten Leidenschaft und ungebremsten Begeisterung der Jugend in mich auf. Ich war ein Romantiker, ein Intellektueller, ein Forscher, ein Gentleman und Offizieranwärter. Ich war eine furchtbare, naive, trottelige Nervensäge und nur der Zufall, einige verlässliche Freunde und bittere Feinde und natürlich die Zeit, die uns alle irgendwann verändert und letztlich bezwingen muss, konnten mich kurieren.

Bis dahin würden allerdings noch viele Jahre in den Kosmos ziehen.

Ihr werdet es miterleben, wenn es mir vergönnt ist, meine Geschichte so weit zu erzählen, aber es wird noch eine Weile dauern. Bis dahin entschuldige ich mich im Vorfeld für diesen nassforschen, naseweisen Teegardianer, der in seiner akkurat gebügelten Uniform mit dem gestärkten Kragen auf einem Dünenkamm steht, einen albernen karierten Shemagh nach Art der Queesh um den Kopf gewickelt, das Fokulus auf höchster Zoomstufe an den Augen, ein altmodisches Notizheft in der freien Hand, das Gewehr über der Schulter und Shari, die gute, wachsame, unerschütterliche Gu'e'la A'Shantari, im Rücken.

Ich sehe ihn vor mir. Ich sehe mich ganz genau vor mir, so detailreich, lebensecht und nah wie in einer Holografieaufnahme. Ein Fluch meiner Ausbildung. Einer von vielen. Wäre ich gern wieder jung? Auf keinen Fall. Wie gesagt, ich war ein Narr. Und die Dinge, die sich auf Queesh noch zutragen sollten, auch wenn sie letztlich so bestimmend für mein weiteres Leben, meine Laufbahn und am Ende des Tages auch für die Geschichte mehrerer Galaxien waren, gehören nicht zu meinen schönsten Erinnerungen.

Aber manchmal sehe ich in die Vergangenheit, blicke zurück auf diesen oder jenen exakten Zeitpunkt, und komme nicht umhin, zu lächeln. Es war eine wilde Zeit.

Eine Zeit des Aufbruchs, des Krieges, der Entscheidungen. Eine Zeit der Freude, des Leids, der Liebe und Feindschaft, der Intrigen, des Verrats und der Furcht. Wie gesagt: Eine wilde, wilde Zeit.

An diesem Tag aber war es für mich vor allem eine Zeit des Müßiggangs. Ich war zwar noch vor Aufgang der ersten Sonne aufgestanden, war zum Morgenappell angetreten und hatte mit einigen der Männer vom Spähtrupp das Frühstück eingenommen, hatte aber seither eigentlich keine wirkliche Aufgabe – kein Novum seit meiner Ankunft auf Queesh. So war ich, Shari immer an meiner Seite, zu einer kleinen Wanderung aufgebrochen. Selbst in Sharis Anwesenheit – und sie war ja immer anwesend, schon seit ich denken konnte – entfernte ich mich dabei nie zu weit vom Lager.

Für die Ferne hatte ich das Fokulus. Schon seit einer Weile behielt ich den Horizont im Auge, schwenkte mal in diese, mal in jene Himmelsrichtung. Zunächst hatte eine Rauchsäule, die über einer der Städte in der Nähe – Piiq, soweit ich wusste – aufgetaucht war, meine Aufmerksamkeit beansprucht, aber nur für einige Minuten – offenbar hatte man das Feuer schnell unter Kontrolle bekommen.

Jetzt zoomte ich auf eine Karawane, die größtenteils aus großen, schwerfälligen Wüstenfahrzeugen, aber auch aus dem einen oder anderen Golongo bestand. Auf dem Führungstier saß ein gebeugter Manntu, dessen blauer Rüssel nur ungleich kürzer als der seines Reittieres war. Er saß zwischen dem ersten und zweiten Höcker des Golongos, zwischen dem dritten und vierten hatte er genug Fracht verstaut, um einen leichten Frachthopper damit zu füllen.

Ich grinste vor mich hin. Welch prächtige Wesen diese Golongos waren. Natürlich hatte ich zu diesem Zeitpunkt noch keines aus der Nähe gesehen und wusste weder, wie sehr sie stanken noch um ihre Übellaunigkeit. Ich werde nicht nochmals erwähnen, dass ich nicht besonders viel wusste.

Während ich so dumm grinste, piepte die Comeinheit an meinem Gürtel. Ich setzte das Fokulus ab, blickte auf die kleine Tasche, die ich für meine Kommunikationsgeräte reserviert hatte, und hoffte, dass es nicht wieder meine Tante Rosea war. Seit dem Tod meiner Mutter hatte sie es zu ihrer persönlichen Mission gemacht, sich um mein Wohlbefinden zu kümmern, wo doch schon mein in ihren Augen herzloser Vater nicht für mich da war, da er sich in, hinter und unter seinen Amtsgeschäften versteckte. Ihre Zuneigung war mir als Knabe willkommen gewesen, das gebe ich gerne zu, jetzt, als Teenager – als verdammter *Soldat* noch dazu! – war sie mir selbstverständlich nur noch peinlich.

„Es ist nicht deine Tante", sagte Shari in dem leichten Singsang, mit dem ihre Spezies Stan zu sprechen pflegt. „Das war das militärische Com."

„Das weiß ich!", zischte ich sie an. Natürlich hatte ich das nicht geschnallt, aber es ging ums Prinzip.

Ihre geduldigen braunen Augen blinzelten träge aus knöchernen Panzerwülsten hervor. Ihre mit kleinen Hörnern besetzten Brauen erhoben sich amüsiert – eine Imitation menschlicher Mimik, die sie im Laufe vieler Jahrzehnte perfektioniert hatte.

Mein Ausbruch tat mir natürlich sofort leid, ich war ja kein Soziopath, auch wenn ich verzogen sein mochte, aber manchmal musste man Shari an ihren Status erinnern. Und an meinen Stand. So war ich von Kindesbeinen an indoktriniert worden, so sollte es sein: Menschliche Teegardianer, die dominante Spezies, die herrschende Klasse, waren von den eigentlichen Ureinwohnern meines Heimatplaneten stets mit Respekt zu behandeln. In der Praxis sah das natürlich häufig anders aus.

Shari blinzelte nochmals. Dann schüttelte sie den dickhäutigen Kopf, der mich immer wieder an sprödes Stiefelleder denken ließ. Und den Wunsch in mir weckte, sie daran zu erinnern, dass meine Stiefel eingefettet und geölt werden mussten. *Später.* Ich hatte schon damals eine Neigung dazu, mich leicht ablenken zu lassen.

Mit einer Hand öffnete ich die kleine Ledertasche. Ich zog das Com hervor, natürlich zuerst das falsche, das hauchdünne, fast durchsichtige, zivile, dessen holovidfähiges Display dunkel war, und das ich rasch wieder verstaute, um umständlich das schwerere militärische Modell aus schlagfestem Kunststoff hervorzuholen.

Ich aktivierte es mit der freien Hand und las die allgemeinen Tagesbefehle des Colonels und die Meldungen seines Stabes. Nichts Berauschendes, nichts von besonderer Wichtigkeit. Ich sah Shari an und reichte ihr das Fokulus. Reichte es ihr länger, als hätte notwendig sein müssen.

Shari musterte das Fokulus missbilligend und machte keine Anstalten, es entgegenzunehmen. „Was soll ich damit?“

„Hier, nimm das Fokulus.“

„*Fokulus*“, schnaubte sie. „Andere nennen sowas Fernglas.“

„Nun: Es ist ein Fokulus.“

„Es ist ein überteuertes Stück Plunder. Ein Makazi Fieldmaster X18, die Sh'zen Supreme Goggles oder ein Soborrin Sensorview Mark II können mehr für weniger Geld.“ Sie verschränkte die knorrigen Arme vor der Schutzweste. Natürliche Panzerplatten rieben an reaktiver Schockkeramik.

Ich sah sie eine Sekunde an. Ich begann, wütend zu werden. „Vergiss nicht deinen Platz, Dienerin“, wies ich sie zurecht. Ich meinte es für den Moment tatsächlich halb ernst. Sie wusste das.

Shari seufzte. „Natürlich, mein Lord.“

„Ein Lord werde ich erst, wenn Vater tot ist“, zickte ich beleidigt zurück. Ich sollte erst viele Jahre später lernen, ein zurechnungsfähiges menschliches Wesen mit teegardianischem Alltagsverstand zu werden. Bis dahin sollte ich immer wieder solche Momente haben.

„Möge er noch viele Jahre unter uns weilen“, antwortete sie trockener als die Wüste, auf der ihre nackten, behornten Füße standen. Sie hasste meinen Vater – es beruhte auf Gegenseitigkeit. Mich aber liebte sie, wie sie ihren eigenen Sohn geliebt hatte. Damals war mir das noch nicht klar. Damals hielt ich sie vor allem für eine Nervensäge, für einen Schatten, den ich niemals loswerden würde. Für einen fünfhundert imperiale Pfund schweren indigenen Klotz an meinem adeligen Bein. Gerne würde ich den jungen Schnösel von damals ohrfeigen. Shari war weit mehr als eine Gouvernante, eine Aufpasserin oder Anstandsdame. Sie war meine Leibdienerin und sie rettete mir öfter das Leben, als ich zählen kann (eine Lüge, die sich gut anhört, und die ich deswegen so stehen lassen werde – ich kann mich selbstredend an jedes einzelne Mal erinnern).

Endlich nahm sie mir das Fernglas – das kostbare Fokulus! – ab und verstaute es in einer der zahlreichen Taschen an ihrem breiten Gürtel.

Ich hatte nun beide Hände frei, um mich ganz der Comeinheit zu widmen. Ich checkte den Wetterbericht – siedend heiß, trocken –, die neuesten Frontberichte unseres Geheimdienstes – der Feind befand sich noch immer im gesamten Sektor auf dem Rückzug – sowie die aktuellen taktischen Datenpulse der teegardianischen Flotte, die über uns im Orbit schwebte. Nun, Flotte war vielleicht übertrieben. *Flottille* traf es eher, auch wenn der Verband die fulminanten und bedeutungsschwangere offizielle Bezeichnung *3rd Teegardian Home Guard Fleet* trug. Sie bestand aus einem ehemals stolzen Linienschiff der Admiral-Hartys-Klasse, zwei recht modernen Zerstörern, mehreren konvertierten Frachtern, die wir in Kriegszeiten als Kaperschiffe nutzten, sowie den beiden großen Truppenträgern, welche die derzeitige Heimat unseres Regiments darstellten. Keine furchteinflößende Streitmacht, aber für diesen Konfliktherd mehr als ausreichend. So hatte zumindest unsere Admiralität befunden. Die 3rd Teegardian Home Guard Fleet (ich bin im Übrigen sehr neugierig, wie euer Universaltranslator zukünftig diese und ähnliche Begrifflichkeiten übersetzt – all die militärischen Einheiten, mit denen ich Kontakt hatte, hatten eine Vorliebe für archaische Miltärbegriffen aus den Sprachen von Alt- und Urerde, auf die ich nicht näher eingehen werde) war Teegardias Symbol der Überlegenheit hier auf den Drillingswelten – und darüber hinaus! Wir hatten in den letzten Wochen und Monate einige wirklich schnelle Siege errungen und – so dachten wir zumindest – Angst und Schrecken unter unseren Feinden gesät.

Ich persönlich zweifelte keine Sekunde daran, dass dies so weitergehen würde. Noch ein oder zwei Monate und wir wären mit dieser Chose durch. Dann könnte ich mit einem halben Jahr Praxis im Feld unter meiner Koppel nach Hause zurückkehren und meine Ausbildung beenden. Ob ich Heimweh hatte? Nein, auf keinen Fall. Zumindest log ich mir das selbst in die Tasche. Ich war ein so gut wie ausgelernter Offizier von Teegardia. Heimweh war ein Fremdwort für mich.

„Denk nicht so oft an zu Hause. Wir werden Teegardia bald

wiedersehen", sagte Shari mit einem impertinenten, schalkhaften Funkeln in ihren alten Augen.

Ich wurde ein wenig rot und wollte sie wieder zurechtweisen, doch dieses Mal lächelte ich. „Du kennst mich zu gut, Shari. Das gefällt mir kein Stück."

„Leb damit, Prinzling." Ich hasste diesen Kosenamen. Natürlich wurde ich ihn für viele Jahre nicht los.

Sie sah in die Ferne, wo die Karawane hinter dem Horizont verschwand. „Was für eine öde Kugel. Müssen wir noch lange hier herumstehen?"

Ich sah auf die Comeinheit und zuckte die Schultern.

„Wir müssen gar nichts. Aber mir fällt nichts Besseres ein."

Shari und ich wechselten einen Blick. Und stierten gemeinsam in die Ferne.

Es war leider so. Es gab absolut keine dringenden Neuigkeiten oder Aufgaben, die erledigt werden mussten. Niemand hatte nach mir geschickt. Es schickte ja ohnehin selten mal jemand nach mir. Nach drei Wochen im Stab des Colonels, die ich überwiegend mit zuhören, zugucken und Klappe halten verbracht hatte, die es mir aber immerhin ermöglicht hatten, an Besprechungen auf Stabsebene teilzunehmen, hatten sie mich über die Administration und die Rekrutierungsstelle inzwischen endlich zu meiner ersten Kampfeinheit abkommandiert.

Zu den Spähern. Den Scouts! Sicherlich eine der spannendsten Verwendungen in diesem Regiment – jedenfalls in meinen jungen, unerfahrenen Augen. Den Feind ausspähen und in flinken Fahrzeugen über den Wüstensand sausen, das sah doch nach einem Soldatenleben aus, wie man es sich vorstellte. Die Scouts waren die Speerspitze – *Spähr*spitze, wie ich auf einem der Fahrzeuge gelesen hatte, sie hatten Sinn für Humor, diese Scouts –, und ich war begeistert gewesen, dass man mich dort einsetzte.

Direkt an der Front. Nah am Feind.

Wenn denn ein Feind da war.

Und ein Kamerad, mit dem man dienen konnte.

Zwar hatte man mich nicht unfreundlich aufgenommen, aber selbst ich merkte, dass diese Männer, Frauen und Zwitterwesen Besseres zu tun hatten, als sich um einen Grünschnabel von Teegardia zu kümmern. Einen Prinzling, der noch feucht hinter den Ohren war, selbst auf solch einem drögen Planeten. Sie wussten nichts mit mir anzufangen, und das ließen sie mich spüren. Nach dem Frühstück waren die Soldaten, mit denen ich gespeist hatte, auf ihren Maschinen aufgebrochen. Perimeterpatrouille. Sie erwarteten keinen Feindkontakt. Queesh war so gut wie befriedet. Andere Einheiten waren noch in Kämpfe verstrickt, aber hier war alles friedlich. Letzte Widerständler wurden erwartet, aber der Großteil der feindlichen Kräfte war bezwungen oder auf der Flucht. Das jedenfalls sagten die Berichte.

„Na toll", sagte Shari. Wendete sich um und deutete hinter uns. „Und immer wenn man von den Aragosh spricht, kommen die Zenn!"

Ich wusste, was sie mit diesem alten Sprichwort sagen wollte, noch ehe ich mich ebenfalls umdrehte.

Zwei Scoutbikes und ein Dunecruiser kamen über die sandigen Hügel auf uns zu, sprangen dabei immer wieder über Dünenkämme und ließen ihre Fahrer dabei verdammt lässig aussehen.

Auf dem Führungsbike saß keine Geringere als Private Zinger – und Shari konnte Zinger nicht ausstehen. Ich verstand ihre Gründe damals noch nicht so recht, spürte aber instinktiv, dass sie nicht viel von Zingers Moralvorstellungen, ihrem Sozialverhalten sowie der Natur ihrer Absichten im Bezug auf meine Wenigkeit hielt. Ich habe vorhin gesagt, dass sie nicht meine Anstandsdame war – manchmal war sie es allerdings doch. Es war einfach Teil ihres Jobs.

Zinger brauste die Düne herauf, auf der wir Position bezogen hatten. Sie hielt direkt auf mich zu und ihr Bike hatte einen Korwiakzahn drauf. Ich war im Nachhinein ein bisschen stolz, dass ich nicht beiseite sprang oder ihr anderweitig auswich, aber es könnte sein, dass ich kurz davor war, mir in meine Funktionsunterhose zu pinkeln.

Die Späherin riss den Lenker herum, bremste und wühlte dabei mit den grobstolligen Reifen ihres Gefährts einen Schwall Sand auf, der uns natürlich vollends traf. Shari und ich standen staubbedeckt und stocksteif da. Ich hustete, versuchte aber, es möglichst mit Fassung zu tun.

Hinter Zinger, die ihre Schutzbrille lüftete und das Halstuch herunterzog, kamen der Cruiser und das zweite Bike zum Stehen. Die Fahrzeuge wurden mit Brennstoffzellen betrieben und waren so gut wie lautlos – eine Diskrepanz, die ihre wilde, ungebändigte und vor Kraft strotzende Optik Lüge strafte. Die Bikes waren aufs Wesentliche reduzierte All-Terrain-Modelle, graubraun und sandgelb bemalt, das Chassis flächig und eckig und aus einem widerstandsfähigen Karbon-Durabilium-Material, um die Sensorsignatur zu reduzieren. Sie sahen *benutzt* und eingetragen aus, nichts an ihnen schrie Hochglanz, Glamour, Rennmaschine, Spaßflitzer oder Luxusobjekt, auch wenn jedes ein kleines Vermögen gekostet hatte. Einheitsnamen und Fahrzeugnummern waren auf sie geprägt und beide Piloten hatten die üblichen persönlichen Modifikationen vorgenommen.

Zingers Maschine, die nun mucksmäuschenstill vor uns stand, trug einen sternförmigen Umriss auf dem Tank, in den sie *Zing when you're winning* gepinselt hatte. Wenn man sie sich in ihrer Bikerkombi aus Leder, Funktionsmesh und verstärkten Reaktivelementen so ansah – und bei allem, was Teegardias Wirtschaft und Gedeihen dient, insbesondere die mit Knieschonern versehene Lederhose, die sich einfach nur fantastisch eng an ihren nicht weniger fantastischen Hintern schmiegte, hatte es mir angetan, ich starrte quasi pausenlos darauf, wenn sich die Gelegenheit ergab – hätte man nicht gedacht, dass diese Frau mal eine gefeierte Sängerin gewesen war. Mit Auftritten in den Premium-Holoshows und allem Drum und Dran. Unter ihrem Helm, unter all den militärischen Klamotten steckte eine Schönheit. Shari nannte sie nur noch abfällig „die Scout-Braut" – vornehmlich, wenn sie mich aufziehen wollte. Was immer der Fall war. „*Oh, sieh nur, da ist wieder deine heiße Scout-Braut. Meine Güte, dieses Mädchen ist derartig schamlos – niemand sollte solch enge Hosen tragen!*"

Ja, meine heiße Scout-Braut. In ihrem wilden Blick und in dem verwegenen Grinsen, mit dem sie mich jetzt musterte, steckte eine gefährliche Person. In mehrerlei Hinsicht.

Natürlich fand ich sie hinreißend. Natürlich hatte ich Angst vor ihr und natürlich begehrte ich sie gleichzeitig.

Natürlich wusste sie das. Und natürlich wusste sie dies auszunutzen.

„Private Zinger", sagte ich endlich.

„Es spricht!" Sie stichelte bereits jetzt – das konnte heiter werden!

Shari hustete demonstrativ. Zingers Grinsen wurde eine Spur vorsichtiger. Ihr wilder Blick etwas abschätziger. Es hätte niemanden weiter gewundert, wenn zwischen der Menschenfrau und der Teegardianerin buchstäbliche Funken geflogen wären.

„Was kann ich für Sie tun, Private Zinger?" Ich klopfte mir Sand von den Klamotten und spuckte ihn zurück in selbigen. Die Situation war mir äußerst unangenehm.

„Ich soll dich abholen, Prince Charming."

Ich sah sie mit mattem Blick an. Obwohl ich quasi Offizier war, galt mein Status unter den einfachen Soldaten des Regiments wenig. Ich war, wie gesagt, ein Außenseiter, auch wenn ich von demjenigen Planeten stammte, dessen Regierung ihr Auftraggeber war und sie alle bezahlte. Ganz zu schweigen davon, dass ich obendrein der Neffe des Dogen war.

„Wohin geht's denn, *Private*?" Ich betonte ihren niedrigen Rang, aber das schien sie nicht zu stören. Ihr Grinsen wurde wieder eine Spur frecher und sie musterte mich mit einem dieser Blicke, die ich nicht so recht einordnen konnte, weil ich – auf die Gefahr hin, mich zu wiederholen – ein unerfahrener Junge war.

„Corporal Boak hat eine Überraschung für dich. Er hat persönlich nach dir verlangt. Meint, du solltest mal etwas in Augenschein nehmen."

Ich warf Shari einen Blick zu. Boak war einer der Truppführer und Sergeant Ratshs Stellvertreter. Ein erfahrener Soldat und geschickter Scout. Was konnte er von mir wollen? Ich fühlte mich gleichzeitig geehrt und ein stückweit verarscht.

Ich musterte Zinger, suchte nach Anzeichen für einen Scherz auf meine Kosten. Sie zwinkerte mir zu.

„Na los doch, *Sir*. Alle warten bereits." Sie deutete auf den Dunecruiser, der hinter dem zweiten Bike, auf dem Private V'rron saß, der mich wie immer an eine mies gelaunte Eidechse erinnerte (wohl, weil er im Grunde eine war) und der mir ein wenig unheimlich war, bereitstand.

Der Cruiser war ein gedrungener Buggy mit riesigen Stoßdämpfern und noch größeren Reifen. Am Steuer saß Private Hecks, ein breitschultriger Bauernsohn von irgendeiner Agrarkolonie, der mir fröhlich zuwinkte. Die beiden hinteren Plätze waren leer. Niemand bediente die Plasmakanone auf dem Dach.

Ich sah nochmals Shari an, die nur die Schultern zuckte und seufzend den Kopf schüttelte.

„Na spring schon rein, Fahnenjunker."

„Ja", erwiderte ich schlicht, machte einen großen Bogen um V'rron, der mich durch das halb durchsichtige Visier seines Helms mit finsteren gelben Augen anguckte, und schwang mich an Bord des Cruisers, der offenbar *Springwiesel II* hieß.

Hecks nickte mir freundlich zu. Der Motor erwachte lautlos zum Leben. Das Fahrzeug vibrierte. Shari nahm samt unseres Gepäcks neben mir Platz.

{Irgendetwas sagt mir, dass mir dieser Ausflug kein bisschen gefallen wird}, grollte sie leise im Dialekt unserer beider Heimat.

{Ach was. Du wirst sehen, das wird unser erster richtiger Feldeinsatz mit diesem Haufen, das wird spannend}, antwortete ich voll jugendlichem Leichtsinn. Jedenfalls wollte ich das antworten. Da ich aber unseres Heimatdialekts der Standardzunge, der viele Begriffe aus Sharis Muttersprache beinhaltete, die ich schlicht nicht richtig aussprechen konnte, nicht im selben Maße mächtig war wie sie (ich hatte zudem nie meine Vokabeln gelernt und das rächte sich jetzt), sagte ich wohl eher so etwas wie: „Was, ach. Wirf ein Auge, der Haufen wird im Feld sein! Einsatz, Einsatz!"

Shari erwiderte lediglich ein amüsiertes Schnauben.

Während wir lautlos und weit weniger Sand aufwirbelnd, als ich erwartet hätte – aber immerhin waren wir Scouts, wir arbeiteten verdeckt – hinter den Bikes von Zinger und V'rron her sausten, beugte ich mich zu Hecks vor.

„Hey, Private!", rief ich über den Fahrtwind, meinen Shemagh festhaltend.

„Sir?"

„Was ist denn mit *Springwiesel I* passiert?"

„Das ist eine lustige Geschichte, Sir."

„Ist sie lang?", seufzte Shari dazwischen.

„Sehr lang! Soll ich erzählen?"

„Aber auf alle Fälle", sagte ich.

„Das wollen wir um keinen Preis verpassen", sagte Shari. {Weck mich, wenn dieser Kartoffelpflücker uns ans Ziel gebracht hat.}

Eine Sekunde später war sie eingeschlafen.

KAPITEL IV – COUNTRY MOUSE

Kaum zu glauben, dass hier solch ein Andrang herrschte.

Kaum zu glauben, dass so viele Wesen so vieler unterschiedlicher Spezies sich aus freien Stücken für so etwas hergeben würden.

Militärdienst. In einem Söldnerregiment – und nicht gerade einem von der besonders glorreichen Sorte.

Und dennoch erschien ihr die Schlange schier endlos. Kaum zu glauben, dass jemand sich hierfür freiwillig meldete.

Kaum zu glauben, ja. Noch unglaublicher war, dass sie sich mittendrin befand, als eine von vielen hoffnungsvollen Rekrutinnen.

Und dennoch nur allzu wahr. Sie hatte in ihrem Leben schon vieles ausprobiert und würde ohne jeden Zweifel noch weit mehr ausprobieren. Dies hier war nur eine Station. Eine Station, die ihr helfen würde, noch besser zu werden. Noch mehr zu lernen. Über sich selbst. Über andere. Über komplexe soziale Zusammenhänge.

Soldaten waren ein verschworener Haufen, so sagte man. So wusste sie. Sie hatte schon einige kennengelernt, wenn auch auf andere Art und Weise. Selbst Soldatin zu werden? Und dann auch noch in einem solch bunten Haufen von Abenteurern und Vagabunden? Schwer vorstellbar. Aber es musste wohl sein.

Und so blieb sie artig in der Schlange stehen, ging alle paar Minuten einige Schritte vor. Ertrug die Blicke der anderen Möchtegern-Rekruten um sie herum. Sie fiel hier auf, allein schon rein äußerlich. Hob sich deutlich von den meisten anderen Bewerbern in der Warteschlange ab. Keine Tattoos, keine wilde Frisur, keine Narben, keine fehlenden oder kybernetischen Körperteile. Keine offensichtliche Bewaffnung, die von den Wachen des Regiments kritisch beäugt wurde. Keine gefährliche oder auch nur zwielichtige Aura. Sie passte in etwa so gut in diese Versammlung wie Beezy-Beezy-Beeren-Limonade in ein nimzianisches Rauchrumfass.

Die Blicke, die ihr manche der Anwesenden zuwarfen, sprachen Bände. *Außenseiter, Bauerntrampel, Flittchen,* **Beute.**

Das konnte Gefahr bedeuten, passte ihr aber im Prinzip ganz gut in den Kram. Würde sich sogar eventuell als hilfreich erweisen.

Sie würde jedenfalls vorsichtig sein. Das war sie immer. Vorsichtig und ein gutes Mädchen – das würde sie sein.

Als sie an der Reihe war, trat sie mit selbstbewusstem Blick vor. Sie war fest entschlossen, sich nicht unter Wert zu verkaufen. Sich kämpferisch zu geben. Trotzig. Sie sah vielleicht nicht wie eine Kämpferin aus, aber sie würde sich behaupten.

Musste sich behaupten.

Unter einem leichten, improvisierten Unterstand aus Tarnnetzen und einigen Durastangen hatte man einen klappbaren Kartentisch und zwei Stühle gestellt. In die Stühle hatte man eine menschliche Frau mit olivfarbener Haut und nichtssagenden Allerweltengesichtszügen und einen ergrauenden Vulprox-Rüden gesetzt, dessen spitze Schnauze und noch spitzere Ohren ihm ein keckes, gewitztes Aussehen verliehen. In der Kultur der Vulprox war das menschliche Wort *Rüde* verpönt, aber *Männchen* war ihr persönlich zu niedlich. Und ein *Mann* war für sie trotz allem automatisch menschlich. Ohnehin hatten geschlechterspezifische Begrifflichkeiten sie schon immer auf gewisse Weise irritiert. Mann, Frau. Neutro, Zwitter, Shemale. Bettler oder Bettler*in*. König, Königin oder beides – was zählte war doch, wer man in seinem tiefsten Innern war. Oder etwa nicht?

Natürlich: Die inneren Werte waren das Einzige, was Bestand hatte. Wusste sie das nicht am besten? Sie unterdrückte ein Schmunzeln. Jetzt kam es auf den angemessenen Ernst an.

Auch wenn der Blick des Vuplrox kaum als besonders ernst zu bezeichnen gewesen wäre. Da war etwas Schalkhaftes in seinen Augen, das ihr auf Anhieb missfiel. Dieses Wesen hielt sich für clever. Ganz bestimmt für cleverer, als es war. In der menschlichen Mythologie war der Fuchs als *Trickster* fest verwurzelt. Als gewiefter Manipulator und ressourcenreicher Possenreißer, der andere Wesen geschickt gegeneinander ausspielte und immer bekam, was er wollte. Ob ihm die Geschichten der Menschen zu Kopf gestiegen waren?

Die stämmige Frau, die man ihm zur Seite gestellt hatte, und die offensichtlich Protokoll führte, machte da schon einen wesentlich sachlicheren, nüchterneren und noch dazu eindeutig *abweisenden* Eindruck. Sie sah sie unverwandt an, das schlagfeste militärische Pad und den tatsächlich militärisch-olivgrünen Griffel einsatzbereit.

„Name?", fragte der Vulprox und unterdrückte ein Gähnen. Er mochte sich müde oder gelangweilt geben, seine Augen aber verrieten keine Spur von Ermattung. Er musterte sie sehr genau, sehr konzentriert. Augen logen nicht. Das wusste sie nur zu gut.

Dazu waren Münder da.

„Neria", sagte sie. Der Name kam ihr ohne jedes Zögern über die Lippen. Ihre Stimme war fest. Kein Anzeichen eines Zitterns.

„Und weiter?" Der Vulprox verzog die rotbraune Schnauze zu einem erstaunlich warmen Lächeln, das dennoch eine Reihe spitzer Zähne sehen ließ.

Sie blinzelte überbetont. „Sir?"

Die Menschenfrau seufzte. „Hast du keinen Familiennamen, Mädchen?" Sie schüttelte bereits jetzt den Kopf und murmelte leise vor sich hin.

„Ich habe keine Familie, Ma'am."

Der Vulprox und seine Mitstreiterin wechselten einen Blick. Der Nichtmensch seufzte theatralisch. „Du auch nicht! Beim Großen Bau im Himmel, dieser Planet ist voller Waisen und Straßenkinder."

Seine Augen funkelten, als sein Blick wieder auf sie fiel. „Hättest du gern einen Nachnamen? *Doe* ist bei Waisenkindern sehr beliebt."

Er wollte sie verulken. Sie würde sich verulken lassen.

„Schreiben Sie das ruhig auf. Was immer Sie meinen."

Der Vulprox schüttelte den Kopf. Sein rechtes Ohr zuckte. „Das können wir dir kaum antun. Barbra, lass da erstmal Platz. Davon ab: Sie wäre nicht die Erste, die unter Pseudonym bei uns einsteigt, und sicher nicht die Letzte." Er machte eine unwirsche Geste in Richtung der Frau, die ihn ein wenig entgeistert ansah.

„Neria, warum möchtest du dich dem Faun Prime 1st Freelance Regiment anschließen? Weißt du, was wir tun?"

Sie hatte ihren Text parat. Sie hatte alles genau ausgearbeitet. „Sie sind Söldner. Und Sie kämpfen für Geld. Aber auch für die gerechte Sache. Ihr Handwerk ist der Krieg, aber Sie bieten auch eine gute Bezahlung. Freie Kost und Logis. Und man sieht etwas vom Universum."

„Wenn man lang genug lebt", schnaubte die Frau, die Barbra zu heißen schien. Neria blinzelte sie unschuldig an.

Der Vulprox nickte langsam. „Da du schon den Krieg angesprochen hast: Du bist dir im Klaren darüber, dass der Beruf eines Söldners kein ungefährlicher ist? Selbst wenn du in der Verwaltung landen solltest, so wie wir beide. Oder in der Sanstaffel. Oder in der Küche. Oder beim Nachschub."

„Oder beim Ammo Train", warf Barbra ein.

Beide lachten. *Oh, wenn ihr wüsstet.* Sie war diese beiden Tölpel bereits jetzt leid, aber sie machte große Augen und lächelte unsicher, um den Schein zu wahren.

„Das weiß ich. Aber ich bin auf den Straßen von Piiq aufgewachsen. Ich kann auf mich aufpassen."

Barbra musterte sie. „Du bist reichlich blass für ein Straßenkind von Piiq."

Sie sah auf ihre bloßen Arme. Ihre Haut war nicht so dunkel wie die der Queeshianer, aber gebräunt von der Sonne. Dennoch wusste sie, worauf die Soldatin herauswollte. „Einheimische meiden die Sonne, wo immer es geht. Meine Eltern kamen wohl nicht ursprünglich von hier. Ich kann dazu leider wenig sagen."

Der Vulprox seufzte. „Also schön. Was kannst du dem Regiment anbieten, Neria?"

Na endlich! Hier konnte sie sicher punkten. „Wie wär's hiermit: Ich bin zertifizierte Munitionsschmiedin nach aktuellem republikanischem Technikerstandard."

Die Rekrutierer wechselten wiederum einen Blick. Der Vulprox nickte anerkennend. „Wie kam es denn dazu?"

„Und du hast sicher deine Bescheinigungen dabei."

Als Antwort schob sie der Frau einen verkratzten Datenchip über den Tisch. An den Vulprox gewandt sagte sie: „Ich hatte das Glück, an einem teegardianischen Sozialprogramm für elternlose Jugendliche teilzunehmen – noch ein Grund, warum ich gern bei den Lancers dienen möchte."

„Wir arbeiten aber nicht nur für Teegardia. Nicht exklusiv, verstehst du? Wir arbeiten für den Höchstbietenden", merkte Barbra in strengem Tonfall an.

Der Vulprox lächelte zahnreich. Es erstaunte sie, dass sie dieses Mal nicht direkt beurteilen konnte, ob das Lächeln echt oder gespielt war.

„Deine Qualifikationen?"

„Ich bin zertifiziert nach IS-SO-12 b und c. Und ich habe einen Zweierschein."

„Nur pyrotechnische Treibladungen oder auch Laser- und Plasmawaffen?"

„Alle drei. Sowie weitere Energiewaffenbescheinigungen. Mit Antriebstechnik kenne ich mich auch aus, aber das war nur ein Nebenfach."

Sie legte einen zweiten Datenchip auf den Tisch. Barbra nahm ihn entgegen, lud ihn in ihr Pad und hob eine Braue, als die gespeicherten Dokumente angezeigt wurden. Als sie dem Vulprox das Ergebnis zeigte, scheiterte dieser kläglich an der Imitation eines beeindruckten menschlichen Pfeifens.

„Ich hätte nicht gedacht, dass man so etwas auf Queesh findet."

Sie zuckte die Schultern. „Wie gesagt: Ich habe Glück gehabt. Die praktischen Kurse habe ich in der Waffenfabrik unweit der Sharaf-Oase abgelegt."

„Eine Waffenfabrik." Barbra schien eine Umgebungskarte aufzurufen.

„Sie wurde vorletztes Jahr zerstört. Bei einem Ludditenangriff."

„Diese bekackten Ludditen." Der Vulprox schüttelte seinen rotbehaarten Kopf. „Kaum vorstellbar, dass diese Sekte auch noch bei dieser ganzen Aufstandsgeschichte mitmischt. Eine unheilige Allianz, wenn ich jemals eine bezeugen durfte."

„Zum Glück gibt's nicht so viele davon. Aber die Mbiti-Freischärler sind nicht viel besser. Von den *Gerechten* ganz zu schweigen."

Barbra sah sie ernst an, den Kopf leicht schiefgelegt. „Wenn wir hier fertig sind, Schätzchen, wird's noch viel weniger von denen geben. Verdammtes Rebellengesindel."

Der Vulprox lachte leise und hechelnd. Der Blick, den er Neria jetzt zuwarf, war warm und aufmunternd. „Nun, es scheint jedenfalls, dass wir uns hier eine nützliche Expertin aufgetan haben. Du bist vielleicht die qualifizierteste Bewerberin, die ich heute gesehen habe. Ach was, diese Woche. Dieses Jahr! Ich weiß genau, wo wir dich einsetzen können, Neria."

Sie schaute peinlich berührt zu Boden und schaffte es sogar, ein wenig geschmeichelt zu erröten. „Das freut mich", sagte sie. Bescheiden, ein wenig kleinlaut.

„Wir haben eine Einheit, die spezialisiert ist auf Nachschub, Wartung sowie Waffen und Munition aller Art. Aber natürlich würdest du dennoch eine militärische Ausbildung erhalten. Wir Lancers sind zuallererst Soldaten und erst dann Spezialisten in unseren jeweiligen fachlichen Verwendungen. Wobei im Felde derzeit keine Vollausbildung stattfindet. Das wird noch eine oder zwei Wochen warten müssen, denke ich."

„Also Ammo Train?" Barbras sonst permanent nach unten gezogene Mundwinkel erhielten einen minimalen Drall nach oben.

„Ammo Train", nickte der Vulprox. „Das heißt, wenn du einverstanden bist, Neria."

Sie ließ bewusst unter den Tisch fallen, dass die beiden sich noch kurz zuvor offenkundig über diese Einheit lustig gemacht hatten. Stattdessen nickte sie.

„Wenn Sie denken, dass das das Richtige für mich wäre."

„Kommt darauf an, was du willst." Der Vulprox schaute sie eingehend an. Ihr fiel auf, dass er nie zu blinzeln schien.

„Ich denke, ich will genau das, was Sie vorgeschlagen haben." Sie hoffte, das hier würde nicht mehr allzu lange dauern. Sie wusste genau, wohin sie wollte. Ihre Entscheidung hatte sie bereits getroffen, bevor sie einen Fuß in diese Stadt gesetzt hatte. Auf diesen Planeten, um genauer zu sein.

„Sie denkt", sagte der Vulprox schlicht, offenbar zu niemandem im Besonderen. Sah sie an, ohne zu blinzeln. Seine lange Schnauze stand offen, er schien spitzzahnig zu grinsen. Aber vielleicht flehmte er auch nur.

„Formale Qualifikationen sind vorhanden. Und sind beeindruckend", brummte Barbra nickend. „Aber an deinem Selbstbewusstsein musst du arbeiten, sonst wirst du hier aufgefressen."

Diesen Moment suchte Neria sich aus, um ihr Kinn vorzurecken und Barbra aus kalten blauen Augen zu mustern. „Wer das versucht, wird feststellen, dass ich ungenießbar bin."

Mit diesen Worten sah sie auch den Vulprox an, der einigermaßen überrascht schaute und dann kurz und barsch hechel-lachte. „Guck mich nicht so an. Ich esse kein Fleisch. Seit vielen Jahren nicht mehr."

„Gibt ja hier auch kaum mal echtes Fleisch. Nur diesen Sojersatz-Kram."

Barbra schob ihr ein militärisches Pad rüber. Größer als ihres, robuster wirkend. Angesichts seines zerkratzten und abgeschabten Zustandes war sie vermutlich nicht sein erster Besitzer.

„Wir setzen dir einen Landsknechtkontrakt auf. Weißt du, was das ist?"

„Ein Arbeitsvertrag."

„So in etwa."

Der Vulprox beugte sich vor. „Lies ihn dir genau durch. Das hier ist nicht dasselbe, wie in einer Munitionsfabrik anzufangen. Der Kontrakt verleiht dir zahlreiche Rechte, verlangt dir aber mindestens ebenso viele Pflichten ab. Du wirst obendrein einen Eid leisten, den man nicht leichtfertig aussprechen sollte."

Barbra schnaubte. „Ja. Was Andùin sagt, ist weitestgehend richtig."

Erst auf seinen Seitenblick hin korrigierte sie genervt: „*Lieutenant* Andùin."

Der Vulprox schmunzelte. „Ganz recht, Sergeant Kyüss." Er musterte Neria noch einen kurzen Moment, dann nickte er ihr zu und klopfte auf den Tisch. „So soll es sein. Lies dir alles durch und komm mit dem unterschriebenen Kontrakt wieder, wenn du so weit bist. Der Colonel oder der Major wird dir dann bald den Eid abnehmen."

„Oder ein designierter Vertreter", mopperte Barbra Kyüss und machte sich daran, den Kontrakt weiterzuleiten.

Andùin nickte seufzend und bedeutete Neria, sich zu entfernen.

„Der Nächste!"

Neria barg das Pad an ihrer Brust wie ein Neugeborenes. Mit vorsichtigen, unsicheren Schritten entfernte sie sich vom Rekrutierungsstand. Einige Umstehende musterten sie argwöhnisch bis feindselig, aber sie störte sich nicht daran. Dennoch wich sie den Blicken aus. Besser, noch kein Aufsehen zu erregen.

Erst als sie außer Sichtweite war, wurde ihre Körperhaltung aufrechter. Wurden ihre Schritte sicherer, ihr Gang zielstrebiger. Ihre unschuldig leuchtenden Augen wurden zu Eis.

In einem schäbigen Straßencafé nahe eines unbedeutenden Suqs trank sie einen mäßigen Flari-Tee und unterschrieb den Kontrakt, ohne seinen Inhalt eines Blickes zu würdigen.

Erst jetzt spürte sie die Vorfreude in sich aufwallen. Es ging endlich wieder los!

Sie konnte es kaum erwarten, dieses neue Kapitel ihres Lebens aufzuschlagen und eine Pforte in eine unbekannte Welt aufzustoßen.

Zumindest für eine Weile.

Zumindest, bis sie hatte, wonach sie suchte.

KAPITEL V – DIE ALTE NEUE UND DER NEUE ALTE

Adlata unterdrückte ein Schmunzeln. Ceda war das nicht entgangen. Zugegeben, sie hatten sich fast ein Jahrzehnt nicht gesehen, aber Adlata war nie als Frohnatur bekannt gewesen und Ceda konnte sich nicht vorstellen, dass sich an diesem grundsätzlichen Wesenszug in der Zwischenzeit etwas geändert hatte. Was sie immer gewesen war, war schadenfroh. Wofür sie immer zu haben gewesen war, war ein guter, altmodischer Streich auf Kosten anderer.

Einen ebensolchen schien sie hier zu spielen. Ceda war sicher. Und ließ sich dennoch nichts anmerken.

Während sie, eskortiert von einem halben Dutzend menschlicher oder fastmenschlicher Grünschnäbel, auf das erstaunlich geräumige Zelt des Kommandanten zugingen, wandte Ceda ihrer Begleiterin und Ex-Kameradin das gesunde Auge zu.

„Ihr habt aufgerüstet. Ich hätte nie geglaubt, dass er mal so nobel residieren würde.“

Adlata schnaubte belustigt. „Krieg dich ein. Es bleibt ein Zelt.“

„Du weißt, was ich meine. ‚*Einem echten Soldaten reicht ein Einmann-Iglu völlig. Luxus ist der erste und bereits fatale Schritt auf dem Weg zur absoluten Verweichlichung*‘.“ Ihre Imitation Colonel Vests war noch immer passabel, auch wenn die Nachahmung der Altmänner-Reibeisenstimme sie bereits jetzt im Hals kitzelte. Außer Übung, eindeutig.

Adlata grinste. Nickte. „Du willst sagen: ‚*Ein echter Lancer friert nicht, er reibt sich an einem Eisblock und zittert vor Wut, dass es nicht noch kälter ist.*‘“

Die beiden Veteraninnen sahen sich an und fingen simultan an, krähend zu lachen. Die sie begleitenden Soldaten wechselten unbehagliche Blicke. Jeder unbeteiligte Zuhörer erkannte sofort, dass die Stimmbänder der beiden Frauen für derartige Frohsinnsbekundungen eher ungeeignet waren.

Adlatas Gelächter verstummte abrupt, als sie vor dem

Zelteingang stehenblieben.

Cedas Grinsen erstarb, als sie erkannte, wer da vor dem Eingang Wache hielt. Auch damit hätte sie rechnen müssen.

„Zum Henker noch mal, bist das wirklich du, Klopek?"

Ein circa zwei Meter großer, glatzköpfiger Mensch im sandfarbenen Utility-Overall, dessen unförmiges Gesicht und muskulöse Unterarme über und über mit Narben übersät waren, maß Ceda mit einem Blick, aus dem die Intelligenz eines Affen sprach. Die Intelligenz eines Affen, vermischt mit der Bosheit eines Menschen. Eines boshaften Menschen.

„Ceda Kayne", sagte er einfach. Er nickte langsam vor sich hin. Grinste mit seinen Riesenzähnen. Nickte. Sah Adlata mit gewölbten Brauen an.

„Im Ernst? Und die soll ich durchlassen?" Eine mit Brandnarben übersäte Pranke lag auf dem Griff eines geholsterten Kavalleriesluggers. Als hätte es dieser zusätzlichen Drohgebärde bedurft.

Adlata zuckte die Schultern. „Der Alte will sie sehen."

Cedas Hand wanderte zu einer Waffe, die sie nicht hatte. Verharrte. Ebenso wie ihr harter Blick auf Klopeks Gesicht.

„Will er das." Keine Frage. Keine Feststellung. Eine Herausforderung. Klopek hatte noch nie gewusst, was gut für ihn war, aber er war dem Colonel bis in den Tod ergeben. Das hatte er öfter bewiesen, als Ceda zählen konnte. Wenn es eines gab, worin Klopek gut war, dann darin, nicht zu sterben. Das Sterben überließ er anderen.

Adlata trat bis auf wenige Zentimeter an den größeren Mann heran. Als Klopek auf sie herabblickte, berührten sich beinahe ihre Stirnen.

„Mach den Weg frei, du übergroßer, unförmiger Klumpen Biomasse."

Klopek grinste noch immer, doch jetzt wirkte es eingefroren. Seine Augen sahen aus wie tot.

Ihre Eskorte spannte sich merklich. Nervosität und die Androhung von Gewalt lagen schwer in der Luft. Ceda konnte sie beinahe schmecken.

Doch dann trat Klopek zur Seite. Natürlich. Niemand hatte im Grunde etwas anderes erwartet.

Der große Wächter maß Adlata und Ceda mit kaltem Blick. Sein Grinsen war noch immer da.

„Dann mal viel Spaß, ihr Süßen. Grüßt ihn schön von mir."

Ceda war sich sicher, dass er ihr auf den Arsch glotzte, als sie sich an ihm vorbeischob und Adlata ins Innere des Zelts folgte. Drinnen war es nicht so schummrig, wie sie erwartet hatte. Im Gegenteil. Der helle Zeltstoff ließ reichlich Licht durch, hielt aber die Hitze draußen – obwohl die kühle Temperatur sicherlich auch dem Climagrat zu verdanken war, das neben dem Eingang leise surrte.

Das Mobiliar war reduziert – im Grunde sah Ceda nur ein wirkliches Möbelstück, das dafür umso eindrucksvoller war: Ein mächtiger Schreibtisch aus dunkelbraunem Holz nahm einen Gutteil des Raumes ein. Dahinter ein herkömmlicher Leichtbau-Bürostuhl, wie sie ihn in Dutzenden Konferenzräumen und Kommandoständen sowie auf zahlreichen Raumkreuzern gesehen hatte. Dahinter ein automatischer Kleiderdiener, neben dem ein wuchtiger, geschlossener Intergalaxiskoffer lag. Dahinter ein Ölgemälde, von dem sie nicht wusste, wie man es an der Zeltwand fixiert hatte, das sie aber nur zu gut kannte:

Es zeigte die Schlacht von Rasputiza II: Die nilgardischen Panzer halb im Schlamm versunken, die Körper Hunderter toter Soldaten über das Schlachtfeld verstreut wie Feuerholz. Rauch quoll aus den Wracks von Kampfläufern und AI-*Stalkern*, über ihnen die Schlachtdrohnen der Nimza mit züngelnden Raketenwerfern, auf dem Hügelkamm die triumphale Ankunft der Entsatztruppen unter Baron Hygemar Himmelschwert.

Sie stellte erstaunt fest, dass sie eine Gänsehaut bekommen hatte. Die Szene, die dort mit geschicktem Pinselstrich auf Leinwand festgehalten war, lag fast einhundertfünfzig Jahre zurück. Colonel Vest war der einzige Augenzeuge der Geschehnisse, den sie je kennengelernt hatte. Die korrekte Widergabe historischer Fakten spielte bei solch künstlerischen Interpretationen häufig keine Rolle, aber wenn ein Veteran wie der Colonel sich einen solchen Schinken an die Wand hängte, sprach dies vielleicht für die Authentizität der dargestellten Szene. Sie hatte ihn nie gefragt. Im Grunde kümmerte es sie auch nicht. Jedenfalls hatte das Bild schon immer Beklemmungen in ihr ausgelöst. Vielleicht auch, weil es schlimme Erinnerungen weckte.

An das Donnern der Haubitzen bei der Belagerung von Panto. An Grims Tod auf Narra IV. An die Nacht, in der die Flammen die

Bibliothek von ShO'nuf verzehren. An Harlerys Blut, das unaufhaltsam durch ihre Finger sickert. An die Fleischfetzen an Hizbollas blutiger Lanze, die feucht in der Morgensonne über Konash Beach schimmern. An Haudis brennenden Stalker, der unaufhaltsam im stinkenden Sumpf versinkt. An Ratshs Finger im Haarschopf des königlich-kaiserlichen Standartenträgers und an das letzte rote Rinnsal, das aus seinem Halsstumpf läuft, während sie seinen Kopf mit sich herumträgt wie eine Handtasche. An …

„Achtung!", knurrte Adlata pflichtbewusst und nahm Haltung an.

Ceda, die sich nach diesem erschreckend realen Tagtraum kurz neu im Zelt orientieren und sich des Hier und Jetzt gewahr werden musste, tat es ihr automatisch gleich.

Und sah erst auf, als der Mann, der nicht der Mann war, den sie erwartet hatte, bereits Platz genommen hatte.

Ihr Erstaunen musste ihr deutlich im Gesicht abzulesen gewesen sein, denn der unterdurchschnittlich große Mann mit dem überdurchschnittlich eindrucksvollen Bart lächelte.

„Ich bin ebenso überrascht wie du, Ceda. Willkommen zurück bei den Lancers, nehme ich an."

Die kleine Flagge auf seinem Schreibtisch, auf die er nun deutete, zeigte das Einheitswappen:

Der Planet Faun Prime, eine smaragdgrüne Kugel, vor zwei gekreuzten Speeren. Darüber das Wesen aus der griechischen Mythologie, nach dem er benannt war. Samt Hufen, Hörnern und einem Instrument, das man Panflöte nannte, thronte der kecke Waldgeist über allem und schien Ceda anzugrinsen. Sie hatte dieses bekackte Wappen noch nie leiden können.

„Hätte nicht erwartet, dich noch mal wiederzusehen. Adlata, korrigiere mich, wenn ich falsch liege, aber gab es nicht eine Unregelmäßigkeit bei Ceda Kaynes Austritt aus unserem Regiment?"

Adlata reckte das Kinn vor. Es war ihr unangenehm, aber sie war bekannt dafür, immer die Wahrheit zu sagen. Zumindest, wenn es wirklich wichtig oder offiziell war.

„Das ist korrekt, Sir."

„Mmh." Der Mann mit dem eindrucksvollen Bart fuhr sich nachdenklich durch selbigen. Ceda stellte fest, dass die Zeit ihm bereits ein wenig Grau in die Barttracht gemalt hatte. Ansonsten sah er aus, wie sie ihn in Erinnerung hatte. Nun, ein wenig braungebrannter vielleicht – seine Haut vertrug die Sonnen offenbar besser als die vieler seiner Soldaten.

„Ich hatte jemand anderes erwartet, wenn ich ehrlich bin", sagte Ceda schroff, das dumme Gerede über Unregelmäßigkeiten übergehend.

„Vest hat sich vor drei Jahren zur Ruhe gesetzt."

„Das erklärt noch nicht, warum du am Tisch des Alten sitzt. Ist Terrio gefallen?"

„Terrio hat in der Tat Seniorität, auch wenn es nur zwei republikanische Monate sind. Aber Terrio hat darauf verzichtet, sich zur Wahl zu stellen."

„Weil sie gewonnen hätte." Ceda musterte den kleinen Mann, der sich nun vorbeugte und sie mit amüsiertem Blick maß. Er hatte noch immer breite Schultern und große, starke Hände – warum auch nicht, denn für einen *Alten* war er immerhin gar nicht mal so alt, auch wenn er seinen Zenit vermutlich inzwischen überschritten hatte.

„Weil sie mich respektiert. Mich und meine Fähigkeiten. Weil sie früh erkannt hat, dass ich der Richtige für den Job bin."

Ceda warf Adlata einen Blick zu. Der Blick des First Sergeants allerdings ging frei geradeaus.

„Dann Glückwunsch zur Beförderung, nehme ich an."

„Danke."

„Tomaas *fucking* Arrara. Colonel des 1st Faun Prime Freelance Regiment." Sie schüttelte den Kopf. Aber sie hegte keinen Groll. Arrara war ein guter Mann. Dreimal der Stratege und Manager, der Terrio war. Wenn er ihr auch als Krieger nicht das Wasser reichen konnte. Nicht mal einen Fingerhut voll.

„Der Nämliche." Er wandte sich einem Pad zu, das in die Tischplatte eingelassen war. Scrollte darauf herum. „Zurück zu den Unregelmäßigkeiten …"

„Willst du mir keinen Sitzplatz anbieten?"

„Siehst du hier einen Stuhl?"

Ceda presste die Lippen zu einem Strich zusammen. Arrara sah sie mit undeutbarem Blick an. Seine Augen waren tiefblau. Sie erinnerte sich an eine Zeit, in der sie stundenlang in diesem Blau hatte versinken können. Das war lange her.

Schließlich zwinkerte Tomaas. Weiße Zähne blitzten im überwiegend schwarzen Bart. „Adlata?"

Die Sergeantin griff in eine Ecke des Zeltes und entfaltete mit unzeremoniellen Gesten einen uralten Klappstuhl aus

Plastmaterial. Nahm dahinter Aufstellung, noch immer im Habacht.

Ceda grunzte leise und nahm Platz. Der Stuhl quietschte. In ihrer Panzerung brachte sie ihn vermutlich an die Grenzen seiner Tragfähigkeit.

Aharra nickte und griff in eine Holzkiste, die auf seinem Schreibtisch stand. Zog eine kleine, dünne Fumara heraus.

Nickte in Richtung der Kiste, obwohl er wusste, dass sie nicht rauchte. Zuckte die Schultern, als sie ihren Kopf schüttelte.

Sekunden später hatte er die Fumara mit seinem Feldfeuerzeug entzündet und musterte Ceda durch gepustete Rauchringe hindurch.

„Die Unregelmäßigkeiten", wiederholte er in neutralem Tonfall.

Ceda stöhnte leise. „Verschone mich mit diesem Scheißdreck über irgendwelche verstaubten Vertragsregularien."

„Du hast gegen deinen Landsknechtkontrakt verstoßen …"

„Du jagst mir keine Angst ein, Tomaas."

Er ließ sich nicht beirren. „Unerlaubtes Entfernen von der Truppe vor Erfüllung der vereinbarten Dienstzeit zieht empfindliche Disziplinarmaßnahmen nach sich."

Ceda funkelte ihn an. Ihr gesundes Auge glühte. Sie hatte Lust, ihr *gutes* Auge freizulegen und dem Colonel einen Laserstrahl in seine makellosen Zähne zu jagen.

„First Sergeant, was steht auf Desertion während einer laufenden kontraktierten Kampagne?"

„Laut den neuesten Dienstrichtlinien der Feldgerichtsbarkeit, die in der aktuellsten Fassung des Landsknechtkontrakts dieses Regiments festgehalten wurden, einhundert Peitschenhiebe", ratterte Adlata herunter, ohne jemanden im Raum anzusehen.

Ceda warf ihr einen Schulterblick zu. „Bei der Jägerin, das waren mal fünfzig. Fünfzig hält man aus", meinte sie. „Fünfzig Hiebe oder zweitausend Solidos."

„Ich war noch nicht fertig", knurrte Adlata. „Viertausend Solidos, um sich Straffreiheit zu erkaufen. Natürlich hat beides den Ausschluss aus dem Regiment zur Folge."

„Danke, Adlata." Die Spitze von Tomaas' Fumara glühte.

„An Adlata ist ein Advocaat verloren gegangen."

„Das wäre ein Verlust fürs ganze Regiment gewesen. Ich wüsste nicht, was ich ohne Adlata machen würde."

„Vermutlich Ratsh zum First Sergeant befördern.“

Auf diese Worte Cedas folgte eine unangenehm lange Stille. Nur eine waschechte mechanische Uhr, die neben der bescheidenen Schlafstatt des Colonels in der hinterletzten Ecke des Zeltes stand, tickte leise.

Arrara räusperte sich. „Du weißt sicher, worauf ich hinauswill.“

„Du willst mir Angst einjagen. Und ich hab dir bereits mitgeteilt, dass du dir diese Einschüchterungsversuche klemmen kannst, *Boyo*.“

„Dann zwing mich nicht dazu, dich festzusetzen und auf einer Vollstreckung des Strafmaßes zu bestehen. Ich kann verstehen, warum du damals gegangen bist. Ich bin bereit, darüber hinwegzusehen. Aber nicht alle hier sind so nachsichtig.“

Adlata gab ein leises Knurren von sich. Wieder sah Ceda sie über die Schulter hinweg an. Sie waren einmal so etwas wie Freundinnen gewesen – auf alle Fälle gute Kameradinnen. Und ohne Adlatas widerstrebende Hilfe wäre ihr damals die Fahnenflucht nicht so einfach gelungen. *Sie* meinte Tomaas nicht. Aber sie konnte sich einige Kandidaten denken, auf die seine Einschätzung gewiss zutraf.

„Okay, Tomaas. Was willst du von mir?“

„Ich verstehe deine Beweggründe, uns zu verlassen. Ich hätte vermutlich ähnlich gehandelt. Jetzt lass mich auch deine Beweggründe für deine Rückkehr verstehen.“

Ceda schnaubte. „Verscheißere keinen Verscheißer, Tomaas. Ich bin nicht freiwillig hier. Adlata hat mich hergebracht.“

„Aber du wusstest doch, dass das Regiment derzeit auf Queesh gastiert.“

Sie sah ihn finster an. „Was willst du sagen? Dass ein inneres Bedürfnis, eure Gesichter wiederzusehen, mich hergeleitet hat? Ein unterbewusstes Verlangen, meinen Fehler aus der Vergangenheit zu korrigieren und Buße zu tun bei den einzigen Freunden, die ich je hatte?“

Tomaas hob eine säuberlich gezupfte Braue. Er war ein gepflegter Mann, selbst im Feld. „Wow“, sagte er schlicht und wechselte einen Blick mit Adlata. „Danke für den seelischen Offenbarungseid, aber nein. Ich wollte eher darauf hinaus, dass es wohl eine sehr wichtige Mission sein muss, für die du in Kauf nimmst, mit den Lancers aneinanderzugeraten.“

Ceda verfluchte sich und ihr loses Maul. Wie viel Wahrheit hatte in diesen unbedachten Worten gesteckt? „Ich habe keine Angst vor euch“, wiederholte sie und kam sich dabei wie ein störrisches Kind vor.

„Und das, obwohl du einst eine von uns warst.“ Adlata sah sie noch immer nicht an, lächelte aber grimmig. „Du weißt, dass man gut daran tut, uns zu fürchten.“

Ceda schloss das Auge und atmete tief durch. „Ich hatte vor, eure Stellungen weitläufig zu umgehen.“

Tomaas betrachtete schmunzelnd seine rauchende Fumara. „Offenbar waren meine Truppen nicht gewillt, an den dir bekannten Positionen zu verharren. So lob ich mir meine Lancers.“

„*Deine* Lancers.“ Ceda schüttelte den Kopf. „Ich hätte nie gedacht, dass Vest ausgerechnet dich als seinen Nachfolger dulden würde.“

„Er hatte nichts mehr dazu zu sagen.“

„Das Bild?“ Sie nickte in Richtung des unheilschwangeren Ölschinkens.

„Sein Abschiedsgeschenk. Damit ich nicht vergesse, meinte er.“

„Was denn vergessen?“

„Den Preis des Sieges, den Blutzoll? Dass Ruhm und Ehre hart erkämpft und teuer erkauft werden müssen? Dass die Bürde des Kommandos schwer wiegt? Dass er ein ziemlich finsterer, melancholischer alter Kerl mit fragwürdigem Kunstgeschmack war? *Ist.*“ Arrara zuckte die Schultern. Ceda nahm seine Antwort hin.

„Und Klopek ist auch in deinen Dienst übergegangen. Ich hätte erwartet, er würde Vest überallhin begleiten.“

„Klopek hab ich sozusagen geerbt. Vest hat ihn freigelassen, bevor er ging, aber Klopek kann mit Freiheit nichts anfangen.“

„Wo hat Vest sich zur Ruhe gesetzt?“

„Darüber sprechen wir ein andermal.“ Tomaas deutete mit der Fumara auf Ceda. „Warum bist du hier?“

Ceda sah wieder über die Schulter, wo Adlata stocksteif mit vorgerecktem Kinn stand, die Hände hinter dem Rücken verschränkt, Sand auf den Goldketten und im Haar.

„Alles, was du mir sagst, kannst du Adlata auch sagen.“

Ceda drehte sich um und musterte Arrara in seiner

olivfarbenen Dienstuniform mit dem hohen Kragen. Goldene Epauletten. Violette Litzen und Kragenspiegel. Colonel der Panzertruppe. Es hatte eine Zeit gegeben, in der sie sich im selben Rang gesehen hatte. Sich an der Spitze des Regiments gesehen hatte.

„Du bist jetzt Kopfjägerin", sagte Tomaas seufzend. Dem ließ er eine auffordernde Geste folgen. *Ich mache einen Schritt auf dich zu, du einen auf mich.*

„Ab und an. Aber dieser Tage suche ich öfter Dinge, die verloren gegangen sind."

„Dinge?"

„Auch Lebewesen."

Tomaas zog nachdenklich an der Fumara, die das Zelt mit einem erdig-würzigen Duft erfüllte. Er rauchte keine Billigstumpen, dieser Arrara, hatte er noch nie getan.

„Jemand von Interesse?"

„Für euch vermutlich nicht. Hat mit dem Krieg nichts zu tun."

„Ceda, ich würde ungerne Adlata bitten, die Informationen aus dir herauszuprügeln."

Beide Frauen maßen sich mit Blicken. Der Ausgang dieses Duells war ungewiss, wusste Ceda. *Wäre eine spannende Sache. Vielleicht für ein andermal.* Der Blick, den sie Arrara zuwarf, war dennoch amüsiert.

Der seine war todernst. „Adlata … oder Klopek."

Jegliches Amüsement wich aus Cedas Miene. Sie fürchtete Klopek nicht, aber sie wusste, wozu er fähig war. Eine sehr rohe Drohung, selbst in einer Situation wie dieser. Tomaas wusste zu überraschen.

Statt einer Antwort griff Ceda mit vorsichtigen Bewegungen zu einem geheimen Fach an ihrer Rüstung und präsentierten dem Colonel eine Microdatenscheibe.

Mit dem Daumen drückte sie einen winzigen Schalter und pustete gleichzeitig auf das kleine runde Ding, um es zu aktivieren und zu entsperren.

Der Chip warf ein Minaturhologramm in die Luft.

„Ich suche dieses Mädchen."

Das Hologramm zeigte eine junge Frau, die irgendwo zwischen sechzehn und zwanzig sein mochte. Ihr Haar war lang und wie gesponnenes Gold und fiel ihr über den rüschenbesetzten Kragen eines feinen Abendkleides – eines Kleides, wie es Ceda ohnehin niemals und jede modisch interessierte Frau, die keine Adelige von einem Hinterweltlerplaneten war, nur unter größtem Protest getragen hätte. Dennoch war sie unverkennbar schön. Die Lippen voll, sinnlich und leicht geöffnet, die Haut wie Porzellan. Der Blick unschuldig. Und traurig. Überaus traurig. Es lag eine Sehnsucht darin, die selbst Ceda auffiel und sie ansatzweise berührte.

Tomaas schüttelte den Kopf. „Ist das eine ältere Aufnahme?"

„Offenbar hat sie es gehasst, fotografiert zu werden und auch nie Selfos angefertigt. Ihr gesamter Datenfob wies keine Bilder von ihr auf. Ihr Vater hatte nur diesen. Also?"

„Wer ist sie?", stellte Arrara eine Gegenfrage, ohne auf Ceda einzugehen.

Diese seufzte. „Eine Prinzessin."

Adlata unterdrückte ein Prusten. „Bei allen Monden Aktas …"

„Aber offenbar aus keinem der größeren Häuser hier im Blauen Korridor. Sonst würde ich sie kennen."

„Ein unbedeutendes Haus von einem unbedeutenden Planeten. Ist es wichtig?"

Tomaas' Miene verfinsterte sich deutlich. „Wenn es mit meinem Regiment zu tun hat, ist alles wichtig."

„Ist sie hier, Tomaas?"

Der Colonel und sein First Sergeant wechselten einen Blick.

„Könnte die neue Rekrutin aus Bolzens Zug sein."

Arrara nickte. „Ja, auch wenn ihr das Bild nicht zu einhundert Prozent ähnlichsieht. Dass an der was faul war, wusste ich gleich."

Adlata zuckte die Schultern. „Yeah, aber das trifft auf die Hälfte unserer Leute zu. Wenn wir jeden ablehnen würden, der eventuell Dreck am Stecken hat, oder mit dem anderweitig was nicht in Ordnung ist, hätten wir bald keine Soldaten mehr."

Tomaas zog nickend an seiner Fumara. Dichter Rauch quoll zwischen seinen Lippen hervor.

„Was zum Henker will eine Prinzessin in einem Söldnerregiment?"

„Sich vor Daddy verstecken, nehme ich an. Ausreißen, eine wilde Zeit erleben." Adlata knurrte wiederum, dieses Mal hörte es sich halbwegs belustigt an.

Als Ceda nichts sagte, fügte sie an: „Obwohl man denken sollte, dass es einfachere Wege dafür gibt."

Arrara sah nachdenklich in die Rauchwolken, die träge in der Luft hingen und vor sich hin quollen, bis der Luftzug des Climagrats sie zerriss. „Du wirst mir die Daten überspielen, Ceda."

Nach kurzem Zögern nickte sie. „Was immer du willst. Wirst du mich zu ihr lassen?"

„Ich nehme an, ihr Vater bezahlt dir einen hübschen Stapel Solidos."

„Du willst einen Anteil." Sie verschränkte die Arme. Damit hatte sie gerechnet. Sie war darauf vorbereitet, harte Verhandlungen zu führen.

„Das wäre wohl das Mindeste, was du für uns tun könntest. Aber eins sage ich dir: Du wirst das Mädchen nicht gegen ihren Willen aus der Truppe entfernen. Auch sie hat einen Kontrakt unterzeichnet. Sie hat eine Dienstzeit abzuleisten – und während sie in diesem Regiment Dienst tut, steht sie unter meinem Schutz. Wenn sie sich freikaufen will, in Ordnung. Wenn sie bleiben will …"

Ceda runzelte die Stirn. „Prinzipien, Tomaas?"

„Habe ich immer gehabt." Nun, das war keine Lüge, das musste sie ihm zugestehen.

„Aber kannst du dir das leisten? Vielleicht ist ihr Vater mächtig genug, dir Probleme zu machen."

„Ich vertraue auf deine Diskretion." Arrara lächelte kalt. „Darüber hinaus hast du gesagt, sie stamme aus einem unbedeutenden Haus. Und ich habe mehr als zweitausend Wesen unter Waffen."

Ceda musterte ihn. Er musterte sie.

Er würde Cedas Daten dennoch genau studieren, um sich doppelt abzusichern, das wusste sie.

„Adlata wird dich zu ihr bringen. Allerdings kann das noch ein Weilchen dauern."

„Weil?"

„Weil ihre Truppe gerade draußen im Feld ist und nicht vor Anfang nächster Woche zurückerwartet wird."

„Nächste Woche?", ächzte Ceda.

„Bis dahin bist du natürlich unser Ehrengast. Versuch bitte, dich nicht zu offen im Lager zu zeigen. Es sind nicht mehr viele

Veteranen übrig, aber die Kunde deiner Rückkehr hat sich vermutlich bereits verbreitet."

„Mit Sicherheit." Sie seufzte, schüttelte den Kopf und sah sich abermals im Raum um. „Vest hatte immer eine große taktische Karte hier rumstehen."

„Aber ich nicht. Zumindest nicht, wenn ich Besuch erwarte, den die taktische Lage nichts angeht."

„Dann gib mir die Kurzfassung – die, die ich aus den Holo-Nachrichten nicht erfahre."

Arrara grinste überlegen. „Okay, dann die ungeschönte Wahrheit, direkt aus erster Hand. Aus dem Munde des Kommandanten." Er machte eine theatralische Geste, wurde aber sofort wieder ernst. Fixierte Ceda mit diesen ihr so vertrauten Augen.

„Wir haben ein Dutzend Rebellennester im Umkreis von eintausend republikanischen Meilen ausgehoben. Haben einen Haufen Mbiti-Freischärler mit mehr Mumm als Verstand in einer offenen Schlacht geschlagen. Mit minimalen Verlusten, versteht sich. Aber die *Gerechten* sind uns bisher durch die Lappen gegangen. Wir versuchen, ihre Truppen aufzuspüren und zu vernichten, wo immer es geht."

„Wie läuft das so bisher?"

Arrara gab einen knurrenden Laut von sich. „Es sind hartnäckige Bastarde."

„Der Wunsch nach Freiheit ist hartnäckig."

Der Colonel schnaubte. „Freiheit, dass ich nicht lache. Deren Anführer sind aus demselben Holz geschnitzt wie die republikanischen Machthaber. Es hat nur eine andere Maserung."

Ceda nickte. „Also haltet ihr die Städte, spielt Polizei?"

„Die Territorien der Republik zu sichern ist unser Auftrag. Für den Moment. Teegardia ist fleißig dabei, neue Sicherheitskräfte auszuheben. Weit weg von hier, wo die Rebellen nichts zu sagen haben."

„Das klingt ja noch einem grandiosen Plan." Und sagte ihr nichts über die derzeitige Lage, das sie nicht schon vorher gewusst hatte. Dennoch, es schadete nicht, bei jeder sich bietenden Gelegenheit nachzuhaken.

„Geht mich nichts an. Die Politik überlasse ich anderen."

Zumindest wenn es dir passt. Cedas rechter Mundwinkel verzog sich zu einem gekräuselten Schmunzeln.

„Willst du sonst noch was wissen?"

„Nichts, was du mir mitteilen würdest."

Tomaas pustete Rauch aus und erhob sich. „Dann bleibt mir wohl nur, dir einen angenehmen Aufenthalt zu wünschen. Willkommen zurück, Ceda Kayne."

Ceda stand auf und nickte. Sie fühlte sich kein Stück willkommen, war aber dazu entschlossen, das Beste aus der Situation zu machen. Was blieb ihr auch anderes übrig?

Ja, sie hatte gewusst, worauf sie sich bei dieser Sache einließ. Nur ein Narr hätte nicht damit gerechnet, mit dem Regiment aneinanderzugeraten. Jetzt musste sie den Blorsh auslöffeln. Bis zum letzten Schluck.

Und hatte etwas in ihr nicht insgeheim tatsächlich gehofft, dass sie ihre alten Verbündeten wiedertreffen würde? Dass sie ihr *unfinished business* würde klären können, wenn auch mit vielen Jahren Verspätung? Sie kämpfte den Gedanken nieder.

Ohne ein weiteres Wort wandte sie sich ab und folgte Adlata nach draußen.

KAPITEL VI – FAST FORMART

Das Verfahren dauerte keine fünf solaren Minuten. Wieso hier die Zeit in solaren Minuten gemessen wurde, wussten wohl nur die Pioniere, die Queesh einst besiedelt hatten. Vielleicht hätte man den Magistrat von Piiq fragen können, aber der war nicht zugegen. Ohnehin war als einziger organischer Offizieller ein Stellvertreter des Shire Reeves anwesend, ansonsten wurden sie voll und ganz dem Auto-Richter überlassen.

Der Auto-Richter, ein Androide mit einem komplexen KI-Hub, der vor etwas mehr als einhundert Jahren State of the Art gewesen war, und den seine Erbauer mit ähnlich zeitgemäßen Gesetzestexten gefüttert hatten, hatte die Fakten- und Beweislage analysiert und seine Entscheidung in weniger als drei Jiffys gefällt.

Das Urteil wurde durch die leistungsstarke Voxbox in seinem konischen, seltsam gezackten und nur sehr vage humanoiden Kopf mit blecherner Härte verkündet:

„Im Namen des Ewigen Gesetzes des Planeten Queesh, das alle Oasen und Lebewesen und auch den Sand überdauern wird, teile ich den Angeklagten ihre Strafe mit: Die Subjekte werden zu sieben Tagen Käfighaft auf dem Schnellmarkt für Sklaven im Shaaf-Suq der Provinzhauptstadt Piiq verurteilt."

Meek und Turnbull wechselten einen Blick und zuckten simultan die Schultern. Das klang so schlecht nicht. Aus einem Käfig konnte man fliehen. Aus einem Sklavendasein ausbrechen. Offenbar hatten sie Glück gehabt, dass es doch die Schläger des Shire Reeves und nicht die Schläger desjenigen, den sie hatten beklauen wollen und den sie danach versehentlich gegrillt hatten, gewesen waren, die ihrer habhaft geworden waren. Aber der Auto-Richter war noch nicht fertig.

„Sollte nach sieben Tagen kein Käufer für Sie gefunden worden sein, werden Sie auf Anordnung des Gerichts freigesetzt und in die Bio-Recycling-Grube geworfen, wo ihre Biomasse zum Wohle aller Bewohner von Piiq zersetzt und neues Leben spenden wird. Die Sitzung ist beendet."

Seine Augen leuchteten grell und aus seiner Voxbox drangen drei harsche Klopfgeräusche. Der Vertreter des Shire Reeves grinste sie beide an und zwinkerte. Ein Advocaat war ihnen natürlich nicht zur Verfügung gestellt worden.

Meek setzte gerade dazu an zu fragen, warum der Typ zwinkerte und grinste, als dieser die Antwort auch schon bereitwillig von sich aus lieferte:

„Na, da habt ihr aber *Mucho Lucko* gehabt, eh?"

Meek blinzelte. Turnbull legte den Kopf schief.

„Ich meine, ihr …"

„Wir wissen, was du meinst", grollte Turnbull. „Warum redest du mit uns? Halt's Maul und führ uns ab!"

Dann warf er noch einen letzten Blick auf den heruntergekommenen Gerichtssaal, registrierte die morschen Bänke und den Rost am Kegelkopf des Richters und bekam noch mit halbem Ohr mit, wie der Androide einen grässlich anzuschauenden Unash zu einem ähnlichen Schicksal verurteilte, ehe der Stellvertreter des Shire Reeve ihn ruppig am Arm packte und hochzuziehen versuchte. Turnbull ließ es geschehen. Er neigte seinen gehörnten Kopf in Richtung des Mannes und bedeutete Meek mit Blicken, dass es besser war, zunächst zu kooperieren. Wiederum hoffte er, dass dem kleinen Mann schon was einfallen würde.

Der Offizielle führte sie beide ab. Wenn sie gewollt hätten, hätten sie ihm problemlos entwischen können, aber er schien sich dessen nicht bewusst zu sein – und wohin hätten sie auch gehen sollen? Die Sicherheitsbehörden hier waren einigermaßen beschissen ausgerüstet, aber sie waren nur zu zweit, hatten keine Waffen, keine Zahlungsmittel und keine Kontakte und der nächste Raumhafen war weit weg.

Besser, den Shire-Reeve-Gehilfen gewähren zu lassen. Mit wichtiger Miene zerrte er sie zu einem stinkenden Transporter, riss noch ein paar miese Witzchen und überließ sie dann der Obhut mehrerer Sklaventreiber.

Zum Abschied winkte er ihnen zu, wobei man die braunen Schweißflecken unter seiner Achsel gut sehen konnte.

Turnbull hatte seinen Gestank nach Körpersäften, Alkohol und Ruun-Wurzel noch eine halbe Stunde später in der Nase.

Dann wiederum hatte Turnbull seit jeher ein empfindliches Riechorgan sein Eigen genannt.

Die Fahrt im Transporter hatte ihm daher wohl mehr zugesetzt als Meek und auch jetzt wirkte er sehr, sehr unzufrieden, während er da so im Käfig saß, die riesigen Hände um die Gitterstäbe geschlossen. Die Stäbe standen unter Strom, aber Turnbull schien es nicht zu merken, auch wenn seine Arme kaum merklich zitterten. Seine Schmerztoleranz war legendär. Eine Eigenart seiner Spezies. Eine von vielen sinnvollen Eigenarten, die ihm hier auf dem Sklavenmarkt sicherlich einige Vorteile verschaffen würden.

Meek war, gelinde gesagt, ein wenig besorgt, was seine eigenen Aussichten für die nächste Zukunft betraf. Interessenten und potentielle Käufer, die solche Märkte besuchten, waren erfahrungsgemäß häufig darauf aus, riesige Kerle – oder eben vergleichbar eindrucksvolle Damen oder Neutros, je nachdem – für ihre Gladiatorenschulen, Impact-Ball-Mannschaften oder Privatarmeen zu rekrutieren. Klar, manche suchten gewiss auch nach einer Konkubine, einem Stricher, einem Gespielen, einer Haushälterin oder seinetwegen auch nach einem bekackten Gärtner, aber vornehmlich waren es doch die martialischeren Berufsfelder, die durch die Arbeitskraft von Sklaven aller Art abgedeckt wurden. Vielleicht hatte er Glück und jemand suchte einen Gaukler oder Hofzwerg. Er hatte Schlimmeres getan. Was aber nicht hieß, dass er Bock darauf hatte, für irgendeinen verzogenen Adelsspross oder – Lupino möge ihn bewahren – geisteskranken Drogenbaron den persönlichen Chefanimateur zu spielen. Verrücktere Dinge waren passiert. Verrücktere Dinge würden passieren. Das taten sie seiner Erfahrung nach immer.

Weshalb es vielleicht die beste Idee wäre, sich schnell einen Fluchtplan einfallen zu lassen. Und zwar bevor irgendein steinreicher, gewaltgeiler Depp Turnbull wegkaufte und Meek auf sich allein gestellt war. Er war früher natürlich auch ohne den Großen zurechtgekommen, aber irgendwie musste er doch zugeben, dass er sich sehr an seine Anwesenheit gewöhnt hatte. Und zu zweit war man immer besser dran als allein. Zudem wollte er ungerne in einer verdammten Bio-Recycling-Grube enden. Was immer das sein sollte! Eine Sache war glasklar: Den nächsten Planeten, den sie besuchten, würde er im Vorfeld so lange studieren, bis er als Einheimischer durchgehen konnte. Nur dazu musste es zunächst ein nächstes Mal für ihn geben.

Turnbull musterte seinen Partner. Er konnte ihm nicht in den

Quadratschädel sehen, dazu hätte es schon eines X-Ray-Implantats oder den Fähigkeiten eines Mentators bedurft, aber er konnte es dennoch hinter seiner massiven Stirn rattern sehen. Ja, in Meeks *Bumskopp* arbeitete es. Er war gespannt, welchen Plan er aushecken würde, um sie aus dieser massiven Scheiße zu ziehen. Es musste ja nicht immer alles an ihm hängenbleiben!

Daher würde er ihn einfach denken lassen. Massig Zeit, um sich weiter umzuschauen.

Den leicht schockierten Blicken des blassen Menschen aus dem Nebenkäfig nach zu urteilen, war es an der Zeit, dass seine zitternden Arme die Käfigstangen losließen. Erst jetzt spürte er den Schweiß auf seiner Stirn. Den Krampf in der Kiefermuskulatur. Seine Zähne knirschten. Er verbiss sich den Schmerz – das war einfach. Schwieriger war es, seine Hände von den Stangen zu lösen.

Als er es geschafft hatte, schnaubte er. Funkelte den Menschen böse an. Rammte sogar zur Untermalung seiner raubeinigen, kraftstrotzenden, tierischen Wildheit sehr klischeemäßig das Gitter mit seinen Hörnern. Was er überhaupt nicht spürte, was aber schön schepperte und den Testosteronspiegel in die Höhe schnellen ließ. Er hatte über die Jahre eine Kunst daraus gemacht, den gängigen Vorurteilen und Präkonzepten seiner Spezies gegenüber zu entsprechen. Er machte sich einen Spaß daraus. Und es vereinfachte es ihm, andere hinters Licht zu führen und seine weniger offensichtlichen Stärken zu verbergen. Jetzt, da er hier in einem Sklavenkäfig saß, hatte sein rabiates Imponiergehabe zudem den netten Nebeneffekt, potenzielle Käufer anzulocken.

Nicht, dass er scharf darauf war, in der privaten Menagerie irgendeines Bonzen zu landen, oder sich mit anderen Muskelprotzen um Essensreste um die Wette zu prügeln. Aber es schlug die Recyclingtonne oder was auch immer dieser KI-Heini da erwähnt hatte. Und jeder potentielle Käufer, der sich ihrem Käfig näherte, würde Meeks graue Zellen noch ein wenig mehr unter Druck setzen. Sie brauchten einen Plan. Und zwar bald. Sie waren gerade einen halben Tag hier und schon hatte er die Schnauze gehörig voll. Und schon hatten sich zahlreiche Interessenten eingefunden – teils auch ohne sein Zutun.

Gerade stolzierte eine grünhäutige Aphrona – eine, der gängigen Ästhetik von Menschen und Menschenähnlichen nach, bildhübsche Humanoidin, die Turnbull kein Stück attraktiv fand, die hier auf dem Markt aber alle Blicke auf sich zog – um einen der Sklaventreiber herum und deutete immer wieder mit herrischen Gesten in seine Richtung. Auch dem krötenartigen Unash ein paar Käfige weiter galt ihr Interesse, aber der Fleischberg mit der pockigen Haut und dem kaputten Auge war wohl eher zweite Wahl im Angesicht eines solch offensichtlich im Saft stehenden *Bullen* von Caproner, wie sie ihn in dem kleineren Käfig neben dem hässlichen Menschenzwerg sitzen sah. Sie sprach eine distinguierte Stan und ihre Stimme trug. Ihr Akzent mochte jeden Satz in ein Gurren verwandeln, aber ihre Wortwahl war die einer knallharten Geschäftsfrau. Auch das Geschmeide, das sie über einem teuren weinroten Kleid trug, deutete auf ein nicht unbeträchtliches Vermögen hin. Ebenso die beiden bewaffneten Humanoiden, deren Spezieszugehörigkeit man dank ihrer Ganzkörperrüstungen nur erraten konnte. Turnbull beneidete die beiden fast ein bisschen. Rüstungen wie diese waren garantiert mit Klimakontrollsystemen ausgestattet. Die schlimmste Mittagshitze war zwar vorüber, aber die drei Sonnen am Himmel taten ihr Bestes, um die Sklaven in ihren Käfigen regelrecht zu backen.

Der Sklaventreiber, ein etwas unbedarfter Kerl mit einer dicken Wampe, die unter einem zu kurzen Dienstkaftan hervorschaute, machte einige beschwichtigende Gesten in Richtung der Interessentin und verzog sich, um seinen Vorgesetzten zu holen.

Die Aphrona nutzte die Gunst der Stunde, um an den Käfig des Unash heranzutreten. Sie musterte ihn eingehend, doch Turnbull entging nicht, dass ihre Augen immer wieder in seine Richtung wanderten. Ihr Blick war hungrig. Und es war nicht die Art von Hunger, die den Magen zu füllen suchte.

Turnbull verzog das Gesicht und warf Meek einen Blick zu.

„Und?"

Sein Partner hob den Kopf. Er schwitzte wie nichts Gutes.

„Und?"

„Na, hast du schon eine Idee?"

„Wie wir am hellichten Tag aus einem gesicherten Sklavenkäfig rauskommen, uns an den Wachen vorbei und durch den halben Schnellmarkt im Shaaf-Suq schleichen – oder wahlweise kämpfen – und uns Zugang zum Raumhafen verschaffen? Einem Raumhafen, der vermutlich schneller abgeriegelt wäre, als ein Rangar einen Knorix zum Tambar einlädt. Und vor dem wir dann ohnehin mit leeren Händen stünden. Wir haben keine Solidos, keine Zahlknete, keine Credits, kein Scrip, gar nix. Nicht mal was zum Tauschen."

„Du faselst wieder."

„Okay, kurze Antwort: Nein."

„Keine Idee."

„Keine Idee, keinen Plan." Meek funkelte seinen Freund an. In Turnbulls Miene hatte sich Gleichmut breitgemacht. In seinen Augen aber glänzte auch ein gewisser völlig unangebrachter Funke, der darauf schließen ließ, dass er ihn mal wieder aufziehen wollte – und das ist in dieser Situation!

„Übrigens eine Situation, die du durch dein aufgepumptes Machogebaren nur Schlimmer machst."

„Ey, ich versuche, die Konkurrenz in die Schranken zu weisen. Einige der Kerle in den Käfigen sehen echt fies aus. Die sollen keine krummen Touren versuchen. Respekt ist wichtig."

„Die sind eingesperrt, du Ochse. Wie wir auch, falls dir das nicht aufgefallen ist."

„Tja, aber das wird nicht ewig so bleiben. Und man sieht sich immer zweimal im Leben."

„Ich verstehe, wenn du nicht aus der rohen, gewaltbereiten Haut kannst. Aber halt dich doch wenigstens zurück, wenn so Charaktere wie diese scharfe grüne Braut da auftauchen. Die stinkt nach Geld und Ärger."

„Ich weiß. Meinst du, ich hab da Bock drauf? Aber ich will auch nicht auf den Biokompost oder was der Boilerkopf da vorhin gelabert hat, und von dir kommt einfach kein Plan. Also besser mein Plan als kein Plan."

„Die *Bio-Recycling-Grube*", korrigierte Meek murmelnd und ganz automatisch. „Du würdest mich also hier zurücklassen?" Seine Empörung war nur halb gespielt.

„Na, ich würde mich natürlich für dich stark machen. Dass du unverzichtbar bist und ebenfalls gekauft werden musst. Dass wir als Partner auftreten oder so. Gemeinsam kämpfen. Stimmt ja irgendwie auch!"

„Ja, ich schleiche mich von hinten an den Gegner ran, gehe auf alle viere und du rennst brüllend auf ihn zu und schubst ihn, damit er über mich fällt."

„Klar. Das haben wir doch schon mal gemacht. Ich nenne es das *Meek-Turnbull-Manöver*. Erinnerst du dich nicht an Celonia?"

„Wer könnte Celonia vergessen?" Meek grinste, für den Moment ganz in der Erinnerung versunken.

„Scheiße, was ist bloß aus den guten alten Zeiten geworden?", brummte Turnbull.

„Sie könnten gute neue Zeiten werden!"

Die Aphrona hatte sich erstaunlich rasch und lautlos genähert. Ihre violetten Augen musterten Turnbull sehr eingehend und blieben verdächtig lang auf seinen Hörnern sowie seinem Schritt haften. Sie besaß sogar die Unverfrorenheit, sich mit der gespaltenen Zunge über die vollen Lippen zu lecken.

„Es könnten in der Tat sehr gute Zeiten werden", gurrte die sicherlich sehr gut betuchte, sicherlich sehr skrupellose und auf jeden Fall – zumindest im Auge der meisten anwesenden Betrachter – kompromisslos attraktive Dame.

Meek spürte, wie sich in seiner Hose etwas regte. *Lupino steh mir bei, nicht jetzt!*

In Turnbulls Hosen*stall*, über dieses Bonmot amüsierte der kleine Penner Meek sich auch nach Jahren noch, wie er sehr wohl wusste, regte sich dagegen gar nichts. Er sah die potentielle Käuferin kalt an. Schnaubte stierhaft.

„Ich bin kein Sexsklave, Gnädigste", sagte er rundheraus. Es war die einzige Art, wie er Dinge zu sagen wusste. Rundheraus, auf den Punkt, direkt in die Fresse. Er bemerkte, wie Meek neben ihm geradezu schmerzhaft das Gesicht verzog.

„Was er sagen möchte", setzte der Mensch an, doch Turnbull schubste ihn leicht, was ihn mit einem protestierenden Schrei auf die Bretter schickte und für den Augenblick zum Schweigen brachte.

„Damit will ich genau das sagen." Er lächelte die Aphrona an.

Diese lächelte ebenfalls. Hungrig, als würde sie ein schönes Stück gut abgehangenes Fleisch anschauen. Eine Analogie, die Turnbull als strikter Pflanzenfresser ein wenig pervers fand.

„Du wirst genau das sein, was ich dir befehle", sagte sie und in ihrer gurrenden Stimme klang Stahl mit. „Das hat das Sklavendasein so an sich, verstehst du?"

„Aber wäre er in deinem Bett nicht absolut verschwendet, Desmonnah?"

Die neue Stimme lenkte die Aufmerksamkeit sämtlicher

Anwesenden auf sich. Tief, fest, mit einem unbestimmbaren Akzent.

Turnbull runzelte die wulstige Stirn und musterte den Mann, zu dem sie gehörte. Er musste ihn nicht lange mustern, um zu wissen, woran er war.

Er war ein Mensch und seine Haut war dunkel, aber da hörte auch bereits jede Ähnlichkeit mit einem nativen Queeshi auf. Seine Züge waren feiner, die Nase spitzer, die Augen von einem so hellen Braun, dass sie an glänzende Goldmünzen erinnerten. Oder an Pisse im Schnee. Der Mann trug einen dunklen Leinenmantel über schockverstärkter Funktionskleidung, die den Gegenwert eines kleinen Planetenhüpfers gekostet haben musste. An seiner rechten Hand trug er einen dünnen Lederhandschuh, an der linken einen goldenen Siegelring, mit dem er sich vermutlich jeden Sklaven hier hätte kaufen können. Seine Haare waren kurz geschoren, ohne dass es zu soldatisch ausgesehen hätte. Sein vornehmer Akzent war auf einer Welt zu Hause, die sehr weit von dieser hier entfernt war. Und er sprühte nur so vor Charisma und einer Intelligenz, die man erst auf den zweiten oder dritten Blick als heimtückisch erkannte. Kurzum: Er versprach eine mittlere Frachterladung voll Ärger.

Und er wusste es. Jetzt grinste er, strahlte geradezu. Seine Präsenz stellte selbst die herrliche Aphrona in den Schatten. Dieser schien das kein bisschen zu gefallen.

„Was suchst du hier?", knurrte sie den Menschen an, der im Übrigen nicht allein gekommen war. Auch die grünhäutige Humanoidin hatte eine Entourage mitgebracht, die sich bisher diskret im Hintergrund gehalten hatte und die im direkten Vergleich mit den hochgewachsenen Begleitern des Neuankömmlings – ein menschlicher Mann, eine menschliche Frau sowie ein pelziger, kleiderschrankgroßer Somwat – geradezu harmlos wirkte.

„Desmonnah." Der Mann schürzte die Lippen und schüttelte bedauernd den Kopf. „Bist du etwa immer noch eingeschnappt? Es war eine faire Wette."

„Die mich viele Solidos gekostet hat. Ein abgekartetes Spiel!" Sie maß ihn wie Turnbull eine Wüstenschimäre angeguckt hätte. Eine besonders große und hässliche. „*Naza-watt-naka!*", spie sie aus und machte eine Geste, die in ihrem Kulturkreis als äußerst beleidigend gelten musste. Ihre gepanzerten Begleiter langten an ihre Gürtel, in denen allerhand Hieb- und Stichwerkzeuge steckten.

Die Frau zur Rechten des gutgekleideten Menschen schlug ihren Mantel zur Seite und offenbarte einen verchromten *Adjudicator*, der in der Sonne glänzte. Turnbull wandte geblendet den Blick ab.

Und sich seinem Partner zu. Meeks Kiefer mahlten. Er ließ die Menschentruppe keinen Moment aus den Augen.

Er dachte nach. Das war gut.

Er sah sehr besorgt aus. Das war vermutlich weniger gut.

Bevor es zu einer Schießerei kommen konnte, die Turnbull auf gewisse Weise fast begrüßt hätte, denn sicherlich hätte sich dann a) eine Fluchtmöglichkeit ergeben oder sie wären b) eines raschen Todes durch Querschläger oder Ähnliches gestorben, durchschnitt ein heiseres Organ im besten Kasernenton die Luft.

„Der Warenmeister! Leute, macht Platz für den Warenmeister!" Die paar lebensmüden Zuschauer, die sich inzwischen um Desmonnah, den süffisant grinsenden Kerl und ihre Spießgesellen versammelt hatten, teilten sich auf wie das Tote Meer in einer dieser alten Erdlegenden. Der von Noah und dem Wal, vermutete Meek. Er war nur einmal in einer dieser Kirchen gewesen und es war eine Weile her. Davon ab hatte er jetzt keinen Sinn für alte Legenden oder halbgare Vergleiche. Dieser neue Typ war gefährlich. Das allein war nun weder überraschend noch ungewöhnlich im Angesicht des Lebenswandels, den er und sein Kumpel zu führen pflegten, aber etwas an diesem Mann war anders.

Meek fragte sich, ob er diese Art von Männern heute anzog. Erst der unheimliche alte Mann mit den bodenlosen Augen und jetzt dieser scharfzüngige, akkurat gekleidete Dandy mit dem gefährlichen Lächeln und den bewaffneten Goons im Rücken. Das war nicht normal. Das war nicht die normale Art von gefährlich. Noch dazu sagte ihm etwas, dass er den Kerl irgendwoher kannte. Und wenn schon nicht persönlich, dann vom Hörensagen. Aber wie konnte er das zu diesem Zeitpunkt schon beurteilen? Er hatte keine Ahnung!

Jedenfalls wurde noch ein wenig mehr gebrüllt und ein paar Schaulustige zur Seite geschubst und dann war der Warenmeister heran. Er war ein kleiner, runzeliger Ginapp, ein Vertreter einer der wenigen intelligenten indigenen Spezies der Drillingswelten.

Ihnen hing der Ruf nach, mit Geld umgehen zu können. Ein Vorurteil, das Meek so nicht bestätigen konnte, aber gut.

Der kleine Kerl hatte bereits sein Pad gezückt und tippte eifrig darauf herum. Flankiert wurde er von dem dicklichen Sklaventreiber sowie dessen Vorgesetztem, der neben seiner Amtspeitsche eine ziemlich lächerliche Ledermaske sowie einen perlenbesetzten, bestickten Kaftan trug.

„Was geht hier vor sich?", näselte der Warenmeister in einer Stan, die klebrig und verschnupft klang.

„Gar nichts!", grinste der gefährliche Mann. „Nur ein Gespräch unter Geschäftspartnern."

Der Ginapp blinzelte humorlos. Besah sich den Mann von oben bis unten. Dann seine Begleiter.

Meek beobachtete ihn genau. Weshalb er auch sofort erkannte, dass der Warenmeister sich in der nächsten Sekunde geradezu in seine staubbedeckte Lederhose schiss.

Das Grinsen des gefährlichen Mannes blieb gänzlich ungerührt.

Der Ginapp schluckte.

Die Aphrona trat vor und deutete auf Meeks und Turnbulls Käfig.

„Genug der Worte. Ich kaufe den Stier."

„Er ist ein Caproner", korrigierte sie der gefährliche Mann. „Den ich kaufen werde."

Der Ginapp sah zwischen den Kontrahenten hin und her. Er räusperte sich mehrfach. Es klang sehr verschleimt. „Nun, Sie können gern ein Gebot abgeben. Aber eigentlich warten wir damit bis zur großen Auktion."

„Ich will den Stiermann", knurrte die Aphrona.

Der gefährliche Mann lachte. Kein unsympathischer Laut, das musste Meek ihm lassen. „Komm schon, Desmonnah. Du wirst ihn zuschanden reiten. Und wofür?"

Die grünhäutige Dame knurrte ihn an. Hass blitzte in ihren Augen. Der Ginapp mochte den gefährlichen Mann fürchten, aber sie hatte nichts als unverhohlene Verachtung für ihn übrig. „Ich biete fünftausend Solidos für den Caproner."

Turnbull machte ein Geräusch, das Meek nicht einordnen konnte. Fühlte er sich geschmeichelt? Befand er den Kaufpreis für zu niedrig? War er empört darüber, dass sie über ihn verhandelten wie über einen Zuchtbullen? Nun, sie waren hier nichts als reine Objekte. Dass ein *Waren*meister über sie wachte, sagte wohl alles. Meek für seinen Teil hatte nichts anderes erwartet. Sein Partner blieb schwer zu lesen – ausnahmsweise.

„Der Caproner ist doch mindestens das Doppelte wert!" Der Mensch zeigte auf Turnbull. Dann sah er Meek an. Sah ihn ein wenig zu eindringlich an für dessen Geschmack. Er fühlte sich wie ein Insekt unter einem Mikroskop.

„Ich zahle dir elftausend und nehme dir auch noch den Gnom dort ab."

Zwerg, Gnom. Das wird ja immer bester.

Turnbull schnaubte amüsiert. Meek warf ihm einen wütenden Blick zu.

„Der Gnom", sagte der Ginapp, als habe er Meek zum ersten Mal wirklich registriert. „Tja, der wird kaum viel Geld einbringen."

„Es sei denn, der Zirkus kommt in der Stadt!", warf ein Schaulustiger aus dem Hintergrund ein und erntete einige Lacher.

„Oder einer der Auguren des Khanats! Wie man hört, schneiden sie Zwerge auf und lesen in ihren Eingeweiden." Die Frau, die das gesagt hatte, sah sich nach Applaus heischend um. Doch das Gelächter blieb verhalten. Selbst hier draußen fürchtete man die unheimliche Macht der Auguren.

„Mach mal das Tor hier auf, dann siehst du, wer hier wen aufschneidet!", knurrte Meek kampfeslustig. Die Menge buhte und schalt ihn Dinge wie *Possenreißer*, *Hundsfott* und *Landlügner*. Es war die Art Stadt, die Art Planet.

Der gefährliche Mann lachte abermals. Er schien viel Sinn für Humor zu haben. „Sieh nur, Warenmeister! Der hat richtig Mumm in den Knochen. Vielleicht täuschst du dich in ihm. Vielleicht ist der Betrag, den ich dir anbiete, doch nicht hoch genug."

Der Warenmeister drückte zitternd auf seinem Pad herum. Er ließ die Aphrona nicht aus den Augen, doch seine Furcht galt dem gefährlichen Mann. „Euer Angebot ist großzügig", sagte er mit schwacher Stimme.

„Wirst du es annehmen?" Der Mann sah auf den Nichtmenschen herab, würdigte die beiden Sklaventreiber nicht eines Blickes.

Turnbull für seinen Teil konnte den Blick nicht von der Ledermaske des einen Typen abwenden. Es war verdammt unpassend, aber er musste echtes, hysterisches Gelächter unterdrücken. Der Kerl sah aus wie ein Folterknecht aus einem Sado-Maso-Keller auf Pitzsh.

„Wenn die Dame Desmonnah kein höheres Gebot abgeben möchte. Das sind die Regeln einer Auktion." Der Ginapp klang fast entschuldigend.

Die Aphrona hatte die vollen Lippen fest zusammengepresst. Turnbull kannte solch einen Gesichtsausdruck nur zu gut von sich selbst. Das letzte Mal hatte er ihn aufgesetzt, als er sich eine viel zu teure razmanische Hure geleistet hatte. Und davor, als er sich verschuldet hatte, um den stahlblauen Speedracer zu kaufen, den Meek dann kurz darauf zu Schrott gefahren hatte.

Irgendwie kam es ihm nur verspätet in den Sinn, wie merkwürdig die ganze Situation hier war. Da feilschten zwei äußerst zwielichtige Gestalten um ihn wie um irgendein Prestigeobjekt und er saß nur mäßig beteiligt da und investierte in etwa so viele Gefühle in diese ganze Sache, wie er für die Handlung eines mäßig interessanten Holodramas aufgebracht hätte. Was war nur los mit ihm? War es ihm wirklich egal, wer ihn kaufte? Wäre er in den schlanken, manikürten Händen dieser amtlich beglaubigten Sexbombe nicht besser dran gewesen, als in der fragwürdigen Obhut eines beunruhigend selbstsicheren, alarmierend oft grinsenden, mit hundertprozentiger Sicherheit äußert verschlagenen Außenweltlers, der die Steppenmütter wussten was mit ihm anfangen würde? Würde er ihn in den Käfig schicken, um gegen andere Gladiatoren anzutreten? Zu den Verzehrungsspielen anmelden, falls es die Sendung noch gab? Ihn mit Magnastase überschütten und als Deko in den Salon stellen? Ihm ein Kleid anziehen und ihn besteigen?

Er bekam erst mit, dass längst weitergesprochen worden war, als Meeks Ellbogen seine Rippen fand. Sein Interesse an der Auktion schien spontan zurückgekehrt zu sein. Der kleine Mann machte ein ungläubiges Gesicht und zeigte auf die Aphrona, die ihr Checkpad geöffnet hatte und auf einem interaktiven Hologramm herumdrückte.

„Dreizehntausend für beide. Für den Zwerg finden wir auch noch eine Verwendung."

„Ich muss doch sehr bitten!", zischte Meek unvermittelt und hätte sich am liebsten selbst aufs Maul geschlagen. Besser, einfach still zu sein.

Er musste sich keine Sorgen machen. Keiner der Anwesenden nahm Notiz von ihm. Nun, abgesehen von einem der Begleiter des gefährlichen Mannes. Der große, schlanke Mensch trug einen halbdurchsichtigen Sonnenvisor, der anscheinend nicht hatte verhindern können, dass die Drillingsgestirne ihm ordentlich die Haut verbrannten. Er grinste Meek zu und zwinkerte. Was kein bisschen dazu beitrug, dass er sich beruhigte.

„Ach, Desmonnah. Muss das denn sein?" Der gefährliche Mann seufzte, drohte ihr mit dem Zeigefinger und stolzierte auf und ab. „Musst du es mir so schwer machen? Und viel wichtiger: Seit wann bist du so gut bei Kasse?"

Die Aphrona schien komplett humorbefreit. Es hätte sicher nicht viel gefehlt und sie wäre dem Typen an die Kehle gesprungen. Nicht, dass Meek den Kerl sonderlich komisch fand. Irgendetwas verband diese beiden, dazu musste man kein Mentator sein. Eine gemeinsame Vergangenheit, wie aufregend! Vielleicht eine Affäre? Eine verpatzte Geschäftspartnerschaft? *Wenn wir nicht in einem Käfig sitzen würden, könnten wir drauf wetten!*

„Hey, Turnbull", flüsterte Meek.

„Wieso flüsterst du?", grollte dieser. „Die beachten uns doch kein Stück. Als wären wir Vieh. Blökenden Mahattas würden sie mehr Gehör schenken, ich schwöre auf alles."

Meek grinste freudlos. „Kann sein. Wie wär's mit 'ner Wette?"

„Ernsthaft?"

„Na komm schon."

„Jetzt?"

„Wann sonst? Vielleicht sind wir gleich tot oder werden verschiedenen Herren zugeteilt oder ein Asteroid stürzt uns auf den Kopf oder ich kriege einen Herzanfall oder …"

Turnbull seufzte erschöpft. Es war manchmal besser, dem Kurzen seinen Willen zu lassen. „Schön. Also?"

„Ich wette mir dir, der undurchsichtige Typ mit dem feinen Mäntelchen hatte mal was mit der grünen Schnitte."

Turnbull stieß geräuschvoll Luft durch die Nüstern. „Das würde ich auch sagen."

„So funktioniert das mit dem Wetten aber nicht."

„Dann ist das wohl scheiße gelaufen."

„Im Ernst jetzt?"

„Wett du doch dagegen, aber für mich ist die Sache klar. Der Mensch hat die Aphrona sitzenlassen."

„Könnte doch auch sein, dass er sie bei einem Deal übern Tisch gezogen hat."

„Eher aufm Tisch geknallt."

Meek gefiel nicht, in welche Richtung sich diese Wette entwickelte. „Na, die sieht doch eher so aus, als hätte sie ihn geknallt."

„Ich sag jedenfalls, die hatten was."

„Aber das war doch mein Tipp." *Unverschämter Ochse!*

„Das hab ich am Wetten nie verstanden."

„Dass es zwei Meinungen geben muss?"

Turnbull zuckte die Schultern. „Ich bleib jedenfalls dabei."

„Aber …"

Weiter kam Meek nicht, denn plötzlich veränderte sich die Lage vor ihrem Käfig. Desmonnah hatte ihr Gebot noch mehrfach erhöht, nur um prompt vom Menschen überboten zu werden. Dessen Begleiter redeten bereits leise auf ihn ein, aber er winkte nur ab und lächelte die Aphrona lediglich unverschämt an.

Jetzt machte sie einen Schritt auf den Mann zu und zischte etwas in ihrer Sprache. Ihre Leibwächter griffen nach ihren Waffen.

Ehe einer ihrer Begleiter ein Messer, einen Knüppel oder eine Feuerwaffe ziehen konnte, hatte die große Frau mit dem Chromblaster diesen längst auf die gegnerische Interessentin gerichtet.

Ihr Blick war unterkühlt. Jagte einem selbst bei dieser Hitze einen Schauer über den Rücken. Ihre Waffenhand war absolut ruhig. In einer leichten Backofenbrise, die von der Wüste aus über den Suq getrieben wurde, wehte eine silberne Strähne ihres Haars.

Der riesige Somwat hatte sich hinter ihr aufgebaut, reglos bis auf das stetige Heben und Senken seines mächtigen, haarigen Brustkorbs. Aus seinem Maul drangen kehlige, rasselne Atemgeräusche, die Meek an einen dieser alten Fossilstoffgeneratoren im Leerlauf denken ließen.

Die Zeit schien stillzustehen. Er hatte unmenschlich lang die Gelegenheit dazu, jedes Detail zu studieren.

Doch solch ein Zustand währte nie lang.

Der Warenmeister und seine Leute waren tatsächlich mutig genug, sich zwischen die Streithähne zu stellen. Wohl weil sie wussten, was passieren würde, wenn eine der beiden Parteien wirklich zu Schaden kam. Die Götter mochten wissen, wer hinter den potentiellen Käufern stand und ihnen die Rücken stärkte. Und letztlich wollte man ja auch andere vermögende Kunden auf keinen Fall abschrecken. Tote und fehlende Körperteile waren immer schlecht fürs Geschäft.

„Ich nehme an, Sie wollen nicht überbieten?", näselte der Warenmeister in Desmonnahs Richtung.

Ihre violetten Augen blieben auf den gefährlichen Mann fixiert. Wenn Blicke hätten töten können, hätte sie inzwischen längst seine Leiche geschändet. *Absoluter Overkill.*

Einen quälenden Moment lang schien es, als würde sie den Angriff befehlen.

Dann schüttelte sie den Kopf.

„Kein Sklave ist zwanzigtausend Solidos wert. Egal, wie prall gefüllt seine Hose ist."

Sie warf Turnbull einen Schulterblick zu, der Meek einen spürbaren Stich der Eifersucht versetzte und den der Caproner überaus gelassen erwiderte. Dieser übergroße Muskelberg hatte schlicht und ergreifend überhaupt keinen Geschmack. Meek für seinen Teil lächelte ihr mit entschuldigendem Bedauern zu – und wurde komplett ignoriert. Erst dann realisierte er, welchen Betrag die Frau genannt hatte.

„*Zwanzigtausend*", ächzte er leise.

„Da hat er einen Schnapper gemacht."

Die Aphrona gab ihren Leuten einen Wink. Ohne weitere Zwischenfälle marschierten sie davon und waren bald außer Sichtweite.

Der gefährliche Mann sah der Prozession nach. Dann bedeutete er dem Mann mit dem Visor, ihm sein Checkpad auszuhändigen.

Der Warenmeister und seine Handlanger standen einfach da. Der Ginapp sah erleichtert aus, aber noch nicht entspannt. Das war wohl ein Gefühl, das er sich erst wieder gestatten würde, wenn die Typen verschwunden waren.

„Mach einundzwanzigtausendfünfhundert draus, Gysbert", befahl er und lächelte den Warenmeister an. „Für Eure Geduld, Warenmeister", erklärte er mit großzügiger Geste.

Der Mann mit dem Visor murmelte Unverständliches und einer der Handlanger des Warenmeisters verband sein Pad mit dem der Käufer. Sekunden später war die Transaktion abgeschlossen.

„Sie sind zu großzügig, Sir."

„Das stimmt!" Der gefährliche Mann grinste und zeigte dabei eine Reihe makelloser, überaus weißer Zähne. „Du wirst die Besitzurkunde sofort ausstellen", stellte er fest.

Der Warenmeister nickte dienstbar. „Selbstverständlich, Sir. Auf Ihren Namen, *Massa* Sulla?"

Der gefährliche Mann hob eine Braue.

Turnbull ebenso.

Meek zeigte keine Reaktion.

„Du kennst meinen Namen?", fragte Sulla. „Ausgezeichnet." Doch er schien sich nicht sicher, ob das wirklich ausgezeichnet war. „Mein Ruf eilt mir offenbar voraus."

Der Warenmeister lächelte unsicher und zahnlos. „Die Urkunde ist sehr bald fertig. *Roshi nara gara wa!*"

Der dickliche Handlanger mit dem zu kurzen Kaftan rannte los.

„Sehr gut", sagte Sulla, nickte dem Warenmeister zu und schlenderte ein paar Schritte zu Meek und Turnbull herüber. Nur sehr kurz fiel sein Blick auf Meek und wurde für einen Moment ein wenig missbilligend, so als wäre ihm ein winziger Makel in einem ansonsten perfekten Kunstwerk aufgefallen. Dann betrachtete er Turnbull – ganz der stolze Vater.

Der dickliche Handlanger, außer Atem und schwitzend, riss ihn aus seinen Gedanken. Präsentierte die Besitzurkunde in seiner besten, unterwürfigsten Imitation einer offiziellen Geste, die vielleicht Teil einer Art rituellen Sklaventreiberzeremonie werden sollte.

Sulla beäugte die Urkunde und den Mann, der sie überbracht hatte, wie einen eitrigen Pickel. Der Visorträger trat vor und steckte sie ein.

Turnbull und Meek sahen sich an. Normalerweise war Meek derjenige, der sich in der Galaxis besser auskannte und Zusammenhänge schneller verstand. Aber es gab gewisse Aspekte in der Politik und Zeitgeschichte, die Meek nicht verfolgte. Turnbull wusste das.

So wie er auch wusste, wen sie da vor sich hatten. Zumindest hatte er eine vage Ahnung. Meek hatte gar keine, so viel stand mal fest.

„Wie heißt der, *Mullah*?", murmelte Meek.

Turnbull warf ihm einen warnenden Blick zu. Und suchte

sofort den ihres Käufers, der jetzt bis auf wenige Schritte an den Käfig getreten war, stets beobachtet von seinen Leibwächtern, Freunden oder was immer sie sein mochten. Insbesondere die Frau behielt ihn im Auge. Der Somwat dagegen hatte nur Augen für Turnbull.

Turnbull drehte den Kopf in seine Richtung. Ein kurzes Starrduell folgte. Turnbull hielt Stand. Mit Somwats war nicht gut Beezy-Beeren essen. Er hatte da so seine Erfahrungen. Aber einschüchtern lassen würde er sich ganz bestimmt auch nicht.

Als sein Blick wieder auf Sulla fiel, stand dieser direkt vor ihm, die Nase nur Millimeter von einem Elektroschock durch die Gitterstäbe entfernt. Die Elektrizität musste ihn bereits in der Nase kitzeln, aber der Mensch schien unbesorgt.

„Du wirst eine wunderbare Ergänzung meiner Sammlung abgeben", sagte er nicht unfreundlich.

Turnbull setzte ein ganz und gar gespieltes Lächeln auf. „Es wird mir eine Ehre sein. *Uns* wird es eine Ehre sein!" Er zog Meek zu sich und ruschelte ihm durch die Haare, wobei natürlich sein Hut herunterfiel. Dieses dümmliche Ding hatte die Eigenschaft, niemals verloren zu gehen. Vielleicht hatte er dieses Mal Glück, aber Turnbull bezweifelte es.

„Ey! Lass das!", zeterte Meek. Setzte den Hut wieder auf – *natürlich.* Und sah Sulla gelinde gesagt trotzig an. „Aha, soso. Eine Sammlung also! Klar, reihe mich gern ein in Ihre *Sammlung.* Darf man fragen, was für eine Art Sammlung das ist?"

Sulla musterte den Kleinwüchsigen. In seinen goldenen Augen flackerte so etwas wie Interesse auf. Oder war es Amüsement?

„Man darf! Zu gegebener Zeit. Wie lauten eure Namen?"

Sie verrieten sie ihm. Er schien eine Weile über sie zu sinnieren. Dann nickte er.

Wandte sich ohne ein weiteres Wort ab und deutete auf den Warenmeister.

„Ich werde noch eine Besitzurkunde benötigen."

„Ist dem so?" Der Ginapp schien nur Raumbahnhof zu verstehen.

„Ja, weil du mir den Unash obendrauf legen wirst."

Der Warenmeister zuckte zusammen ob der Dreistigkeit dieses Vorschlags. Dann schien er abzuwägen. „Ist dem so?", wiederholte er.

Sulla nickte. „Er hat nur ein Auge und wird morgen Abend ausgetrocknet sein, wenn er weiter in diesem Käfig bleibt."

„U-und wenn nun ein weiterer Käufer auftaucht?"

Sulla machte eine allumfassende Geste und drehte sich um die eigene Achse. „Ich sehe hier keinen weiteren Käufer. Und vermutlich wird heute auch keiner mehr auftauchen."

Meek musste diesem Gecken, wer immer er war, dieser gefährliche Mann, dieser *Sulla*, recht geben: Er und die Aphrona hatten vermutlich alle weiteren potentiellen Käufer vergrault mit ihrem Imponiergehabe und ihrer Gewaltbereitschaft und mit den Summen, die sie hier auf den Tisch gelegt hatten.

„Ist dem so." Es war im Grunde keine Frage mehr. Die näselnde Stimme des Warenmeister klang matt. Resigniert. Schließlich nickte er. „Der Unash gehört Ihnen, Sir."

Er gab dem dicklichen Sklaventreiber einen Wink. Dieser stöhnte leise auf und schlurfte davon, um den nächsten Brief zu holen.

Sulla wandte sich ab und rieb sich die Hände – eine im Lederhandschuh plump wirkend, eine nackt, feingliedrig und wohlgeformt, und Meek kam nicht umhin zu denken, wie unangenehm das beim Händereiben sein musste, so mit nur einem Handschuh – und sah seine neuesten Errungenschaften an.

„Dann wollen wir euch mal aus eurem unwürdigen Gefängnis befreien."

„Wohin geht's denn?", konnte Meek sich die Frage nicht verkneifen.

„Zu euren neuen Freunden. Zum Rest meiner Sammlung."

Meek wollte etwas erwidern, wurde aber von Turnbulls Ellbogen daran gehindert. Er hustete schmerzhaft.

„Na, dann nichts wie weg hier." Turnbull grinste. „Wir haben lang genug in diesem Scheißkäfig gesessen."

Sulla lächelte schmal. In seiner Kehle schien es zu brummen. Aus dem Brummen wurde ein leises Lachen, das er zustande brachte, ohne den Mund zu öffnen.

Es lag keine Freude darin.

Und so begab es sich, dass Meek und Turnbull einen der berüchtigtsten und skrupellosesten Männer des Blauen Korridors kennenlernten. Welch schicksalhaftes Treffen dies sein würde, ahnte zu diesem Zeitpunkt noch niemand.

Auch Stunden später nicht, als der überraschend klapprige zivile Dunecruiser, mit dem Sulla und seine Begleiter – namentlich Jeromina, Van de Mer und Fegh'nittik – sich auf Queesh fortzubewegen pflegten, endlich mit der Karawane zusammentraf. Der Abend dämmerte bereits und es war merklich kühler geworden. Meek und Turnbull trugen noch immer die Garnitur Tageskleidung, in der man sie verhaftet hatte. Bald würden sie vermutlich ziemlich darin frieren – Meek mehr als Turnbull, dessen Temperaturempfindlichkeit in Sachen Kälte kaum vorhanden war.

Und der für Meeks Geschmack erstaunlich still war und sich verdächtig manierlich verhielt. Dieser Sulla schien ihm zu imponieren. Und auch Meek musste ja zugeben, dass der Kerl Stil hatte. Stil und diese gewisse Aura von Gefahr, Gerissenheit und Schurkität. Das letzte Wort hatte er sich wohl gerade ausgedacht, aber es passte zu diesem aalglatten Motherfucker. Letzteres Wort hatte er sich nicht ausgedacht. Es war archaisch, aber angebracht. Meek durchforstete seinen nicht unbeträchtlichen Erfahrungs- und Erinnerungsschatz sowie die dunkelsten Ecken seiner Hirnwindungen nach dem Namen Sulla. Und ja, da klingelte irgendwas. Aber was immer es war klingelte so leise, dass er es kaum hören konnte.

Er beschloss, vorsichtig zu sein. Sich ebenso wenig respektlos wie Turnbull zu betragen. Nur dieses eine Mal. Immerhin waren sie jetzt Sklaven. Wie die Disziplinierungssonden, die sie nun beide im Nacken trugen, ihm ohne jeden Zweifel aufzeigten. Sulla und seine Vertrauten hatten sie nun unter Kontrolle. Vielleicht hätten sie es nicht so weit kommen lassen dürfen, aber so war es nun. Nicht zu ändern. Sie würden damit klarkommen müssen. Meek würde schon etwas einfallen. Natürlich setzte das voraus, dass sie lang genug am Leben blieben.

Jedenfalls erreichten sie die Karawane, die aus ein paar uralten, beinahe schrottreifen Frachtcruisern und anderen schwergängig aussehenden Wüstenfahrzeugen bestand. Aus denen und einem halben Dutzend Golongos, bis über alle Höcker beladen mit Stückgut. Um was genau es sich handelte, war schwer zu beurteilen. Allerdings sahen die Karawanisten nicht sonderlich vermögend aus – eher im Gegenteil. Vermutlich handelte sich also um Produkte aus der Region. Feigen, Fuzzkos, vielleicht ein paar handgemachte Wüstenanzüge und die eine oder andere Slugflinte – ebenso ornamentiert wie antiquiert.

Die Karawane hatte bereits für die Nacht Rast gemacht. Die Fahrzeuge standen in grober Wagenburgformation, wie es seit der Erfindung des Rades gemacht worden war. Fahrzeuge außen, Tiere, andere Lebewesen und deren Unterkünfte innen und in der Mitte ein Feuerchen, das bereits loderte.

Rustikal, aber nicht uncharmant. Und es schlug einen Käfig oder die Bio-Recycling-Grube um Längen. Und vermutlich würden sie hier tatsächlich einigermaßen sicher sein. Vor Banditen, Freischärlern oder hungrigen Kriegsflüchtlingen. Immerhin wurde auf diesem Planeten noch gekämpft, auch wenn die Rebellen hier als besiegt galten. Meek hatte die politischen Entwicklungen der letzten Monate nicht verfolgt, wohl aber wie üblich nach potentiellen Gefahrenquellen Ausschau gehalten. Das Risiko sollte sich in Grenzen halten. Um diese Karawane anzugreifen, würde es schon mindestens eine Kompanie gut bewaffneter Soldaten brauchen. Und Sullas Leibwächter sahen durchaus fähig aus.

Turnbull und Meek nahmen am Lagerfeuer Platz und ein einfaches Mahl zu sich. Die Karawanisten behandelten sie freundlich, aber zurückhaltend. Auch Sullas Leuten gegenüber legten sie ein zögerliches Gebahren an den Tag.

Der augenscheinliche Anführer der Truppe war ein blauberüsselter Manntu mit wettergegerbter Haut, traurigen Knopfaugen und einem krummen Rücken. Er sprach eine gebrochene, aber trotzdem gut verständliche Stan und schien sehr verträglich. Für Turnbull war ebenso evident wie nachvollziehbar, dass er Sulla einerseits abzulehnen schien, andererseits aber auch ohne jeden Zweifel seine Befehle befolgte. Sulla schmiss diesen Laden hier. Das war seine Show.

Und aus gutem Grund. Turnbull fragte sich, wann Sulla sich ihnen offenbaren würde. Unter den Sternen, bei einem Schluck Rakh? Wenn die notwendige wildromantische Stimmung aufgekommen war? Oder hatte er ganz andere Pläne mit ihnen? Pläne, die sich selbst der Caproner mit seinem vergleichsweise großen Gehirn nur schwerlich vorzustellen vermochte?

Es blieb fürs Erste bei seichtem Geplänkel – wenn denn überhaupt geredet wurde. Sie saßen mit den Ärschen im Sand, aßen Brei aus Tcaikorn und Salat aus süßen Rüben und tranken Wasser und verdünnten Rakhextrakt. Sie wurden nicht direkt wie Sklaven behandelt, aber die Blicke, die Sullas Leute ihnen zuwarfen, sagten Turnbull alles, was er wissen musste.

Ebenso wie die geflüsterten Gespräche in einem halben Dutzend Sprachen, die er am Lagerfeuer mitbekam, ihm mitteilten, was er längst befürchtet hatte. Sein Blick fiel auf den Unash, dessen Auge man notdürftig verbunden hatte, und der trübe und dennoch unverkennbar wütend in die Flammen stierte.

Er fiel auf den bewaffneten Wächter am größten und am besten gesicherten Frachtcruiser. Auf die Tätowierung auf seinem Unterarm.

Auf die notdürftig unter alten Decken verborgenen Frachtkisten auf der Pritsche eines alten, aber noch immer rüstigen Halftracks, der sicherlich schon mehr Schlachten gesehen hatte als Turnbull Sonnenaufgänge. Auf die Stempel, die ihre Herkunft geradezu fahrlässig leicht erkennbar machten.

Auf Meek, der in das Bein irgendeines gebratenen Tiers biss und schmatzte, dass ihm das Fett in den Bart lief. Der kleine Kerl hatte in der Tat keine Ahnung, wer diese Männer waren. So paradox es sein mochte, es überraschte Turnbull nicht. So klug, so gerissen, so belesen und wach er die meiste Zeit über sein mochte, manche Dinge gingen Meek entweder komplett an seinem kleinen Arsch vorbei oder wollten nicht in seinen dicken Quadratschädel. So gefährlich dies auch manchmal sein mochte. Er fragte sich, ob die Sache mit dem Kontor auch in eine solche Kategorie fiel.

„Fahren wir morgen eigentlich noch lang?", fragte Meek schmatzend und sah Sulla durch die Flammen des Lagerfeuers hindurch an.

Der dunkelhäutige Mensch lehnte sich zurück. Er lag neben der silberhaarigen Jeromina, die sich so positioniert hatte, dass sie den offen zur Schau gestellten *Adjudicator* jederzeit problemlos ziehen konnte, auf einer Art Divan. Ein klein gewachsener Magronese, der ein Stirnband trug und einen Fumarillo rauchte, reichte ihm gerade ein wenig frisches Obst. *Westentaschenpascha.*

„Noch lang? Wohin denn, mein kleiner Freund?"

Die Frau lächelte. Sulla lächelte. Der Typ mit dem Visor zwinkerte wieder. Und der Somwat aß ein vollständiges gebratenes Hekk-Hekk mit einem Bissen. Rülpste zufrieden.

„Na zu Ihrer *Sammlung*.“

Turnbull behielt die versammelten Leute genau im Auge. Dank der Inhibitoren, die man ihnen eingepflanzt hatte, würde er vermutlich wenig ausrichten können, aber er würde es natürlich versuchen. Also *etwas* auszurichten. Wenn *etwas* passierte. Was auch immer das sein mochte. Man musste immer auf der Hut sein – erst recht in dieser Gesellschaft.

„Meiner Sammlung?“ Sullas Lachen klang hell und aufrichtig.

Er erhob sich mit einer fließenden, eleganten Bewegung und deutete einmal in die Runde.

„Aber sieh dich doch um. Das hier ist meine Sammlung.“

„Sie … sammeln abgerissen aussehende Wüstenkaufleute?“ Meek sah seine fettigen Finger an und wischte sie schließlich in Ermangelung einer Alternative im Sand ab.

Turnbull hielt den Atem an und biss die Zähne zusammen.

Alle Anwesenden starrten den kleinen Menschen an.

Das Feuer knisterte. Ein Ast knackte. Funken stoben.

Sulla maß Meek mit hartem Blick.

„Ich sammle Freiheitskämpfer“, sagte er dann ohne jeden Anflug eines Schmunzelns, ohne jede noch so kleine Spur von Humor in der Stimme.

Meek sah sich um. Schien zu erwarten, dass einer der Anwesenden in Gelächter ausbrach. Sein schiefes Lächeln verblasste zusehends.

„Ihr seid Rebellen?“

Turnbull schloss die Augen und murmelte einen Fluch.

Im nächsten Moment war die Hälfte der Karawanisten auf den Beinen. Eine Hälfte der Hälfte hatte Waffen gezogen. Alle schrien auf Meek ein. Die Empörung war groß.

„Freunde, bitte.“ Sulla hab seine Hände und sofort kehrte Stille ein.

Er wandte sich Meek zu. „Wir sind mitnichten Rebellen. Wir sind *Die Gerechten*.“

„Ja, so nennen die Reb … die Freiheitskämpfer sich, ich hörte davon.“ Meeks Magen knurrte vernehmlich. Turnbull schüttelte den Kopf. Der abgebrochene Riese konnte fressen wie ein Schwarm Mottenmänner.

„Und Sie sind … was, der Anführer der Truppe? Sie sind der berühmte Rebellenführer? Cé? Der Messias, der Gottes Willen ausführt?“

Nun schmunzelte Sulla, aber seine Augen blieben zwei harte Goldmünzen. „Nein, der Messias bezahlt mich nur, damit ich ihm Freiheitkämpfer bringe."

„Und das tun Sie jetzt? Denken Sie, ich bin ein besonders fähiger Freiheitskämpfer?"

Sulla schüttelte den Kopf. „Das sind ja gleich zwei Fragen auf einmal." Er hob einen Finger. „Zu Frage eins: Ja, eine meiner Aufgaben ist es, Cés Kreis an Jüngern zu vergrößern. Aber ich bringe euch nicht direkt zu ihm. Nein, nein. Dieses Vorrecht muss man sich verdienen."

Das klang nach etwas, das Meek überhaupt keine Freude bereiten würde. Sulla hob einen zweiten Finger. „Zweitens habe ich euch rekrutiert, weil ich gehört habe, wie ihr im Alleingang das Warenhaus von Stergio Campaan gestürmt und abgefackelt habt – mit dem Alten drin. Eine Sache, an der in fast zweihundert Jahren mehr fähige Leute gescheitert sind, als ich Frauen verführt habe – und ich will anmerken, dass das einige waren."

Jeromina neben ihm bleckte die Zähne wie eine Raubkatze und legte eine Hand auf seinen Oberschenkel.

Meek blinzelte ungläubig. Was fanden die alle an diesem aalglatten Motherfucker?

„Mal ganz davon ab, dass ein Caproner in unseren Reihen so gut ist wie ein Platoon königlich-kaiserlicher Gardisten." Hier schnaubte der Somwat und auch der Unash gab einen Knurrlaut von sich.

Turnbull stieß grollend die Luft aus. Er setzte dazu an, etwas zu sagen, als Meek ihm ins Wort fiel. Ihm hektisch, beinahe ängstlich ins Wort fiel.

„Moment, Moment, Moment – bevor Sie mir erklären, warum wir bei dem Scheiß mitmachen sollten, hab ich eine Frage."

Sulla legte den Kopf schief.

„Sagten Sie Stergio Campaan?" Meek schien einen trockenen Hals zu haben, schluckte mehrfach und musste scheinbar mit aller Macht gegen ein Zittern ankämpfen. Turnbull konnte es ihm nicht verdenken. Ihm ging es ähnlich. Campaan war eine Legende. Ein Mythos. Und keiner von der guten Sorte.

Sulla nickte. „In eurer Haut möchte ich jetzt nicht stecken. Versteht mich nicht falsch, ihr habt dem Cluster, dem Sektor und dem ganzen Korridor einen Gefallen getan, aber sicherlich werdet ihr jetzt für den Rest eures Lebens die Kopfjäger im

Nacken haben. Aber ich habe auch gute Nachrichten: Wir können euch beschützen. Was dann auch deine Frage danach beantworten wird, warum ihr an unserer Seite kämpfen werdet."

Er griff in die Tasche seines Mantels. „Nun, mal ganz abgesehen hiervon natürlich." Er drückte etwas auf etwas und Turnbull und Meek schrien wie ein Wesen auf. Wanden sich am Boden. Nässten sich ein.

Der Schmerz war unfassbar.

Er kam aus Turnbulls Nacken.

Er beherrschte seinen Körper, ergriff von jeder Faser Besitz. Ein perfekter, reiner Schmerz.

Der nicht auszuhalten war. Selbst für ihn nicht.

Irgendwann schrie er nicht mehr. Dafür waren die Schmerzen bei weitem zu stark.

Er wollte einfach nur noch, dass es aufhörte.

Er zog sich in sich selbst zurück.

Zog sich nach Hause zurück.

Zurück auf die Endlose Steppe.

Zurück zu seiner Mutter.

Zurück zu …

Als er wieder zu sich kam, sah er zunächst nur einen blauen Fleck. Dann ein langes, diffuses Etwas, das wie eine Saphirschlange aussah. Dann das ebenso verschwommene wie besorgte Gesicht des Manntus.

„Icha glauba Sie verstanda!", rief er jemandem außerhalb von Turnbulls Blickfeld zu. Sein Rüssel zuckte dabei lustig hin und her.

Turnbull grinste. Etwas Sabber lief ihm warm am Kinn und die Mundwinkel herunter. Hinter dem Manntu schienen mehrere Monde.

„Entzückend. Dann besorg ihnen bitte frische Kleidung. Danach heißen wir die neuesten Soldaten der *Gerechten* in unseren Reihen willkommen. Serviert den Rakh. Und holt die Instrumente raus."

„Ja, ich höre gern etwas Musik, während ich vor Schmerz stöhnend in meiner eigenen Pisse liege. In der Wüste. Bei Nacht. Umringt von Geisteskranken." Meeks Stimme war ein heiseres Flüstern.

Die alarmierte Stimme in Turnbulls Kopf war eher als panischer Schrei zu bezeichnen.

Was sie ihm zurief, war eindeutig.
Sie mussten hier irgendwie verschwinden.
Und zwar schnell.

AMMO TRAIN – Band I: Wüstenbeben

Was sie ihm zurief, war eindeutig.
Sie mussten hier irgendwie verschwinden.
Und zwar schnell.

KAPITEL VII – DIE NACHT HAT VIELE AUGEN

Wenn ich nicht gewusst hätte, dass Camo neben mir lag, hätte ich keine Ahnung gehabt, dass er existierte. Nur Zentimeter neben mir existierte. In der Tat warf ich immer wieder fasziniert-entgeisterte Blicke zu der Stelle im Sand, wo er sich etwa eine Stunde zuvor eingegraben hatte. *Eingraben* – so nennen es die Soldaten, aber in Wahrheit hatte er sich lediglich auf die Brust gelegt, sein Longrail Rifle ausgerichtet und daraufhin ein wenig mit den Gliedern im Sand gescharrt. Und war dann einfach verschwunden.

Nun, verschwunden war nicht das richtige Wort. Camo konnte vieles, aber sich zu entmaterialisieren gehörte nicht dazu. Er war lediglich auf so perfekte Art und Weise mit dem Sand verschmolzen, dass er sich in Ermangelung eines anderen, treffenderen Begriffs schlichtweg in Luft aufgelöst hatte. Man musste ihn bewundern. Nicht nur, dass er komplett still lag, er gab auch keinen Mucks von sich. Ich hatte natürlich meine Ausrüstung nach bestem Wissen *geräuschgetarnt* und gab mir damals größte Mühe, diszipliniert zu sein, mich nicht allzu viel zu bewegen und es, wenn sich doch einmal nicht ändern ließ, leise zu tun, aber im Vergleich mit Camo klang ich vermutlich wie ein Kesselflicker, der seinen klappernden Ersatzteilkarren über den Suq schiebt.

Shari, die zu meiner Linken lag, kriegte das mit dem Leisesein besser hin. Andererseits wäre sie auch ohne ihre Keramikpanzerung weit massiger als ich gewesen und besaß nicht Camos Tarnfähigkeiten. Dann wiederum sah sie auch an guten Tagen mehr wie eine Felsformation als wie ein Lebewesen aus, weshalb sie nun, wo sie so leicht mit verwehtem Sand bedeckt neben mir lag, auch einem aufmerksamen Beobachter nicht weiter aufgefallen wäre.

Zu dritt lagen wir auf der Lauer. Wir waren *auf Posten*, wie man richtigerweise sagen muss. Auf Spähposten, um genauer zu sein. Und da wir dies schon eine Weile waren und ich ein ungeduldiger Frischling war, wurde ich langsam nervös. Noch dazu drohten mir diverse Glieder einzuschlafen. Gleichzeitig taten mir

Knochen weh, von denen ich vorher nicht gewusst hatte, dass es sie gab. Böse Zungen, allen voran die meines guten Herrn Vaters, mögen schon damals behauptet haben, dass ich nicht zum Soldaten taugte, und an schlechten Tagen glaubte ich das selbst, aber ich wollte verdammt sein, wenn ich jetzt schon aufgab. Aufgab, weil ich nicht mehr imstande war *zu liegen.*

Lächerliche Vorstellung.

Und dennoch war es ein schmerzhafter Tag.

Dabei hatte es nach der wilden Fahrt im *Springwiesel II* doch so spannend angefangen.

Zinger, V'rron und Hecks hatten uns zu Corporal Boak gebracht, einem vierschrötigen, altgedienten Scoutveteranen, der in seinem Leben schon alles gesehen und an wenig davon Gefallen gefunden hatte. Der Corporal und sein Trupp waren von Sergeant Ratsh höchstselbst damit beauftragt worden, sich ein wenig auf dem Schnellmarkt im Shaaf-Suq umzuschauen. *Piiq,* hatte ich gedacht. *Eine richtige Stadt,* hatte ich gedacht – voller Vorfreude, mal wieder unter Zivilisten zu kommen. Und auf einem Sklavenmarkt war ich auch noch nie gewesen. Ein doppelter Gewinn, sozusagen.

Boak hatte mir mitgeteilt, dass dort öfter Rekrutierer der Rebellen unterwegs waren – woher sie die Solidos nahmen, um Sklaven zu kaufen, fragte ich ihn damals nicht. Er hätte mir vermutlich auch nicht geantwortet. Stattdessen hatte er weitergeredet und mir erklärt, dass sicherlich auch kriminelle Elemente dort ihr Unwesen treiben würden – und da wir ja von der Republik Teegardia auch einen gewissen polizeilichen Auftrag erhalten hatten, und so weiter und so fort – kurzum: Wir würden dort nach dem Rechten sehen. Und ich als unverbrauchtes, unsoldatisches Gesicht (mein junger Stolz als Offizieranwärter der Streitkräfte von Teegardia hatte hier einen ordentlichen Knacks erlitten) sei ja wohl die perfekte Wahl, um diesen Auftrag anzuführen. Ich hatte natürlich sofort eifrig eingewilligt.

Irgendwer hatte sogar meine zivile Jacke – ein purpurfarbenes Prinzengewand, für das ich mich fast schämte, das aber der neuesten Mode entsprach und meinem sozialen Status auf Teegardia angemessen war – aus meinem Zelt geholt, was ich noch nicht einmal anmaßend gefunden hatte. Im Gegenteil: Ich schlüpfte hinein und brannte förmlich darauf, bei dieser Mission die Federführung zu übernehmen. Mein erstes Feldkommando, fürwahr! Shari sah dies mit ernstem Blick. Ihr schwante Übles.

Und natürlich wich sie nicht von meiner Seite, als wir uns, begleitet von V'rron und Hecks (Zinger blieb zurück bei den anderen, was ich mit einer Mischung aus Bedauern und Erleichterung ertrug), auf den Sklavenmarkt begaben. Ich war ihr nicht böse – jedenfalls nicht sehr lang. Ich hatte ja damit gerechnet. Sie begleitete mich seit meiner Geburt fast überallhin. Und wenn ich ehrlich bin, half mir ihre vertraute Anwesenheit sogar, die Nervosität, die nun in mir aufkeimte, zu bekämpfen. Ich gab mir größte Mühe, diesen Trupp, der mich natürlich kein bisschen als solchen sah, als Offizier und Gentleman zu führen. Und dabei gleichzeitig meine Rolle als unwissender reicher Außenweltler zu spielen. Ersteres fiel mir schwer, Zweiteres war – es wird euch nicht überraschen – die Rolle, die ich im wahrsten Sinne des Wortes zu spielen geboren worden war.

Der Rest dieses Teils der Geschichte ist schnell erzählt: Wir liefen einige Stunden herum, ich tat an einigen der Sklavenkäfige interessiert, obwohl der gesamte Markt mich bis in Mark abstieß, entdeckten – mal davon ab, dass hier *Sklaven* verkauft wurden – keine verdächtige Aktivität und dann rief uns auch schon Boak, um uns zu sagen, dass es Entwicklungen gab und dass wir zurückkommen sollten. Entwicklungen?

Ja, denn er und der Großteil des Rests seines Trupps hatten, wie ich nun erfuhr, ihrerseits Nachforschungen am anderen Ende des Markts angestellt, während wir die Lockvögel für etwaige Rebellenspione oder anderweitige Agenten gespielt hatten. Ich fühlte mich benutzt, aber nur ein wenig. Zinger lächelte mir sogar zu, was ich als Aufmunterung empfand, auch wenn etwas in mir unschlüssig darüber war, ob sie sich nicht nur über mich lustig machte. Shari jedenfalls war weiterhin kein Stück amüsiert über das Gebaren des Privates.

Aber zum Punkt: Boak und seine Leute hatten offenbar tatsächlich eine interessante Entdeckung gemacht, wenn all das hektische Geflüster an Langstrecken-Com-Systemen und die vielen zackig gezischten „Jawohl, Sir!"-Ausrufe des Corporals irgendein Anhaltspunkt waren. Sir? Dann hatte er wohl mindestens mit einem der Captains gesprochen, vielleicht mit Terrios Vize, dem stellvertretenden Kommandanten des Zwoten Bataillons, dessen Namen mir ständig entfiel. Oder vielleicht gar mit dem Colonel persönlich? Ich erfuhr es an diesem Tag nicht.

Was ich sehr wohl erfuhr, war die Tatsache, dass wir schnellstens aufsitzen und handeln mussten. Und das taten wir dann auch – ich ein wenig verwirrter und orientierungsloser als die anderen.

Aber ich ließ mich von der plötzlich herrschenden Aufbruchstimmung und der aufgekratzten Atmosphäre unter den Söldnern mitreißen. Neben Shari nahm ich wieder im Heck von *Springwiesel II* Platz, während Zinger, V'rron und vier weitere Soldaten auf ihre Bikes stiegen und loszischten. Wir folgten den Krädern nach, die bald nach links und rechts ausscherten und uns flankierten. Zinger übernahm als Vorhut die Spitze. Hinter uns folgten Corporal Boak und sein Dunecruiser sowie ein weiterer Buggy, der schwerer gepanzert und bewaffnet war.

In recht beachtlicher Geschwindigkeit ließen wir Düne um Düne hinter uns. Ob des aufgewirbelten Sandes war ich froh um meine Schutzbrille, ob des ständigen Auf und Abs dankbar dafür, dass meine letzte Mahlzeit schon so lang zurücklag.

So fühlte es sich also an, wenn man mit den *Outriders* in die Schlacht zog. So dachte ich zumindest, auch wenn meine erste richtige Schlacht noch eine Weile auf sich warten lassen würde. Aber in meinem Kopf erklangen bereits die aufpeitschenden Kavallerietrompeten und heroischen Fanfaren, während in der Realität nur surrende Antriebsaggregate, leise quietschende Stoßdämpfer und das sachte, verstimmte Murmeln meiner Leibdienerin zu hören waren.

Ihr wisst, was ich von meinem jüngeren Selbst halte, also erspare ich euch weitere Details. Die Fahrt dauerte jedenfalls eine ganze Weile und die anfängliche Euphorie, die ich tatsächlich verspürt hatte, verflog doch recht rasch. Und wich Neugierde. Und vager Besorgnis. Besorgnis darüber, dass man mir mit keinem Wort mitgeteilt hatte, wohin die Reise ging und wieso wir so überstürzt aufgebrochen waren. Wie sollte ich so jemals etwas über das Führen von Männern lernen? Und über Taktik, Strategie und das große Ganze?

Erst auf Anfrage erfuhr ich von Hecks, wie unsere Befehle lauteten.

Erst als Shari leise und kehlig kicherte, bemerkte ich, dass mein Mund vor Staunen offenstand. Ich hatte einen waschechten Aussetzer gehabt vor Überraschung. Hecks warf mir merkwürdige Schulterblicke zu.

Shari seufzte und legte mir eine ihrer ledrigen Hände auf die Schulter. „Offenbar bekommt Ihr endlich Euren Willen, Prinzling. Besser, Ihr macht Euch bereit." Ihr Tonfall war offiziell, auch wenn die von ihr gewählte Anrede ihm simultan Hohn zu sprechen schien.

Aber offiziell war das Stichwort der Stunde: Wir schienen nämlich ganz offiziell einem gesuchten Kriegsverbrecher auf der Spur zu sein. Ich hatte einen Kampfeinsatz gewollt. Es schien, als würde ich ihn bekommen.

Dazwischen lag allerdings eine lange Periode des Wartens, die ich euch ja schon zu beschreiben begonnen hatte. Auf den ersten Tag der Observation der Karawane, die offenbar vollständig aus Agenten der Rebellen bestand, folgte ein zweiter.

Etwas Abwechslung brachten die Phasen ins Spiel, in denen wir *mobile Beschattungen* durchführten. Dieses sperrige Stück Söldnersprech bedeutete natürlich nichts anderes, als dass wir der Karawane dicht auf den Fersen blieben, ohne ihnen *zu* dicht auf die Pelle zu rücken. Sie sollten uns nicht *aufklären*. Unsere Anwesenheit nicht bemerken. Den sprichwörtlichen Mantikorus nicht an seinem giftigen Schwanz erkennen und auch den Braten nicht riechen. Die Tatsache, dass die Karawane sich im Vergleich zu uns quälend langsam fortbewegte, machte es nicht einfacher. Aber irgendwie bekamen wir es hin. Wie gesagt, diese Scouts hatten was auf dem Kasten – das konnte ich zwar damals noch nicht beurteilen, kann es aber heute durchaus. Sie waren gut, das musste man ihnen lassen.

Wir rasteten, wenn die Karawane rastete. Und wenn sie ihr Nachtlager aufschlug, spähten wir sie schichtweise aus. So wie Camo und ich und einige andere es taten – mit Feldstecher, Fokulus und Zielfernrohr –, aber auch mithilfe getarnter Drohnen, von denen jeder Dunecruiser mindestens eine trug. Ja, wie hatten mehr als nur ein Auge auf diese Bande. Auch wenn all diese Augen nicht besonders viel Aufregendes sahen.

Sie machten jede Nacht ein Feuer. Sie tranken Rakh. Manchmal sangen sie ihre merkwürdigen Rebellenlieder. Es war ziemlich schnell klar, dass wir in der Tat einer Splittergruppe folgten, die hier auf Queesh nie richtig Fuß gefasst hatte, uns (und anderen Regimentern) aber anderswo bereits Ärger bereitet hatte.

Auch wenn ich zu diesem Zeitpunkt noch nicht dabei gewesen war, hatte ich doch schon von den *Gerechten* gehört. Natürlich nichts Gutes. Von ihnen und von dem Mann, der sie anführte.

Cé Nuerta war vom einfachen Raumschiffschrauber zum Führer einer Revolutionsbewegung aufgestiegen, die den gesamten Blauen Korridor entzündet hatte. Ähnliche Gruppen waren wie Pilze aus dem Boden geschossen. Es gab lose Allianzen und Verbrüderungen, aber auch Antipathien und Abgründe tiefen Misstrauens, welche die diversen Republiken, Monarchien und Planetenstaaten, die ihnen in diesem Interessenskonflikt als – wie ihre Propaganda es ausgedrückt hätte – hyperkapitalistische, absolutistische, tyrannische, Minderheiten unterdrückende, habgierige Raffzähne und erbitterte Feindbilder gegenüberstanden, stets gut zu nutzen gewusst hatten.

Aber gegen die *Gerechten* schien bisher kein Kraut gewachsen. Nuerta verstand etwas von militärischer Taktik und die kleinen Leute zahlreicher Welten waren ihm treu ergeben. Zudem verfügte er anscheinend über reiche Unterstützer, denn sonst hätte er sich niemals die Hilfe von Männern wie Sulla kaufen können.

Klingt merkwürdig, nicht wahr? Dieses *Sulla*, einfach so. Sulla. Ohne Nachname – oder sollte das gar sein Nachname sein? Aber so hieß er. Und ebenso merkwürdig und geheimnisvoll wie sein Name war auch der Ruf, der dieser Type nachhing.

Einer Type, der wir offenbar dicht auf den Fersen waren. Blöderweise existierten kaum Holographieaufnahmen oder anderweitige Bildzeugnisse dieses Mannes und die Beschreibungen der paar wenigen Leute, die seiner angesichtig geworden waren und es überlebt hatten, waren widersprüchlich. Gelinde gesagt.

Unsere Drohnen hatten bereits reichlich Daten gesammelt. Wir wussten, wie viele Karawanenfahrer da unten waren und wie gut sie bewaffnet waren. Wir waren nicht sicher, ob es sich bei allen vierundfünfzig Lebewesen um Rebellen handelte, was aber auch nicht ausschlaggebend war. Wer mit den Rebellen am Feuer saß, würde auch wie ein Rebell behandelt werden. Da waren unsere Einsatzregeln ziemlich eindeutig. Ich befand diesen Umstand für wenig ritterlich, für unter meiner Würde, aber ich hatte nichts dazu zu sagen – und natürlich würde ich mich vermutlich daran halten. Ich war ein Junge unter Kriegern, verdammt, auch wenn ich das damals nicht wahrhaben wollte.

Wir hatten ihre Waffen gescannt, ihre Fahrzeuge, sogar ihre Tätowierungen und den Tabak, den sie rauchten, den Alk, den sie tranken und die Wurzeln, die sie kauten. Aber eindeutig identifiziert hatten wir Sulla noch nicht. Ohnehin bekam man denjenigen, den wir für Sulla hielten, nicht annähernd so oft zu sehen, wie wir es gern gehabt hätten.

Am dritten Tag lag ich abermals mit Camo und Shari auf der Lauer. Auf einer weiteren Düne, in einer weiteren kalten Nacht. Meine Uniform war zumindest ansatzweise thermoreguliert und dennoch fror ich.

Ich wollte gar nicht wissen, wie es dem splitterfasernackten Camo neben mir ergehen mochte.

Wenn er zitterte, tat er dies so diszipliniert, dass man es nicht sah. Außer einer Sandverwehrung war neben mir rein gar nichts auszumachen. Wenn sich dort etwas bewegte, dann war der Wind daran schuld.

Oh ja. Wie gesagt: Camo war beeindruckend.

Lieutenant J'arnys war Chief Scout und trug diesen Titel zurecht – niemand hatte schärfere Augen und ihr Sinn für Terrain, Topographie und das Wetter war nur als übernatürlich zu bezeichnen. Sie war stark, gerecht und klug. Ihre Scouts liebten sie.

Sergeant Ratshs Name wurde im selben Atemzug mit dem diverser Todesgottheiten genannt und sie war die beste Jägerin des Regiments – wem Ratsh auf den Fersen war, war geliefert. Um die Dinge, die sie im Krieg getan hatte, rankten sich die düstersten Gerüchte. Über die Dinge, die sie im Frieden getan hatte, wurde allerhöchstens geflüstert.

Aber wenn es einen geborenen Späher, sozusagen eine Quintessenz eines Scouts gab, der den Weg fand und dem Feind auf den Fersen blieb, egal, was dieser auch anstellen mochte, dann Zsheb „Camo" Shishnic – schnell, leise und tödlich. Seine Geduld war legendär, sein Umgang mit dem Longrail der Stoff, aus dem Heldengeschichten waren.

Oh, und er besaß die Fähigkeit, die Farbe und Beschaffenheit seiner Umgebung anzunehmen. Fürs bloße Auge war er unsichtbar, wenn er es wollte. Und ich glaube, er betete dabei jedes Mal, dass der Feind keine Wärmebildfilter einsetzte – mal ganz davon abgesehen, dass ein herkömmlicher Bioscanner uns natürlich sowieso jederzeit aufgespürt hätte, weshalb einige von uns stets entsprechende Störsender bei sich trugen, die unsere Anwesenheit vor Scannern verbargen.

Das hieß aber eben auch, dass Camo im Feldeinsatz jederzeit nackt war, denn mit Kleidung funktionierte seine Tarnung nicht. Es gab natürlich damals schon die Chamäleon-Anzüge und Predator-Rüstungen, die ihre Träger mit der Umgebung verschmelzen ließen und ihnen eine gute Tarnung verschafften, aber das waren krude Dinger im Vergleich zu den natürlichen Fähigkeiten, die Mitgliedern von Camos Spezies in die Wiege gelegt wurden.

Gegenargument: Er war, wie erwähnt, nackt. Jederzeit. Das erkannte ich jetzt, da er aufstand und sich erhob, nur allzu deutlich. Nun, eigentlich bemerkte ich es nicht direkt, denn im Grunde erhob sich da eine humanoide Silhouette aus Sand und Staub vor mir. Der aber eindeutig ein Penis aus Sand und Staub zwischen den Sand- und Staubbeinen herumbaumelte.

Ich versuchte, es zu ignorieren. Aber, wie man unschwer erkennt, und die Doppeldeutigkeit ist eigentlich nicht gewollt, aber vorhanden: Camo war nicht nur ein absoluter Profi-Späher, er hatte auch Eier. Nackt in den Kampfeinsatz zu gehen, nun … Dazu braucht es Eier, Ladies and Gentlebeings. Dass man daran bei seinem Anblick unentwegt erinnert wurde, machte Camo im Gesamtpaket schwer zu ignorieren.

Er hängte das Longrail Rifle, das fast ebenso lang wie er hoch war (und er war nicht unbeträchtlich großgewachsen, ein dürrer, schlaksiger Kerl), um und wandte sich zum Gehen. Das Gewehr hatte dank einer polymimetischen Beschichtung ebenso die Farbschattierungen der Umgebung angenommen und Camo hatte es zusätzlich abgetarnt, um die optische Silhouette der Waffe aufzubrechen.

Ich schüttelte den Kopf. Die Scouts waren in der Tat ziemlich beeindruckend – und Camo war ihr König. Für mich jedenfalls.

Ich folgte ihm nach wie ein Welpe seinem Herrchen, Shari murrte und schlurfte leise, sehr leise, hinter mir her.

„Was ist los?", wisperte ich hektisch. Ich ging gebeugt, geduckt und gehetzt und die diversen Monde über uns ließen mich multiple verrückte Schatten auf den Sand werfen.

„Er ist es", sagte Camo nur. Seine Stimme war nie mehr als ein Flüstern – egal, ob Tag oder Nacht, ob getarnt oder ungetarnt.

Vor dem Dunkel des nächtlichen Himmels nahm er langsam wieder seine normale Gestalt an.

„Bist du sicher?" Ich sah ihn an.

Er sah unspektakulär aus. Er war komplett haarlos. Er war sehr dünn. Seine Haut war bleich und glatt wie ein unbeschriebenes Blatt Papier. Seine Augen waren groß, dunkel und traurig. Seine Mimik war nicht vorhanden, aber seine Augen vermittelten alles, was vermittelt werden musste. Zumeist Stoizismus und Pflichtbewusstsein. Manchmal auch Resignation. Trauer. Und noch mehr von diesen Dingen.

Mit diesen Augen blickte er nun auf mich herab.

„Ich bin sicher."

„Aber wie?", platzte es aus mir heraus. Ich hatte Sulla heute nicht mal gesehen! Wie konnte er sicher sein?

„Ich bin es."

Damit ließ er mich stehen und ging auf seinen langen Beinen weiter. Ich erhaschte einen Blick auf seinen merkwürdig bleichen, merkwürdig faltigen Hintern und die Spitze seines langen Glieds, das zwischen seinen Schenkeln hin und her baumelte, und verzog das Gesicht.

„Hey, nicht dass die Bikerbraut noch eifersüchtig wird", knurrte Shari mir zu und lachte grunzend.

Ich warf ihr einen wütenden Blick zu, der ihr leises Gelächter noch verstärkte.

„Was hältst du davon?", grollte ich. Ich gab es nicht gerne zu, aber Shari wusste Dinge. Hatte eine sehr gute Intuition. Und hatte mehr brenzlige Situationen gesehen, als ich ahnte.

„Wovon? Sein *Prish* scheint überaus lang, aber auch ziemlich schmal. Nicht empfehlenswert, sich von einer Nadel stechen zu lassen. Und sein Hintern ist bei weitem zu faltig für meinen Geschmack. Ich brauche etwas mehr Fleisch. Etwas mehr Masse."

Ich merkte, wie ich rot wurde, was mich natürlich nur noch mehr ärgerte. Shari solche Anzüglichkeiten sagen zu hören, glich dem peinlichen Moment, wenn die eigene Mutter in geselliger Runde einen schmutzigen Witz erzählt. Nicht, dass das bei meiner lieben Frau Mutter je der Fall gewesen war.

Shari griente und zeigte dabei ihre großen, stumpfen Pflanzenfresserzähne. „Nicht verzagen, mein Prinz. Ich denke, dieser Lulatsch ist überaus gerissen und überaus fähig. Er weiß, was er tut. Er erkennt, was er sieht. Und er spricht wahr."

Sie fügte etwas in unserem nativen Dialekt an, das mir zu hoch war, von dem ich aber heute weiß, dass es ein altes Sprichwort war. Oder eher ein Zauber- oder Bannspruch. Sharis Aberglaube zeigte sich nur selten, aber wenn, dann immer auf die unheimliche Art. Die Art, die eine unangenehme Gänsehaut am ganzen Körper erzeugt.

Sie sah mich ernst an, dann drückte sie meine Schulter und schob mich weiter. Camo war schon außer Sicht.

Wir holten ihn an einem der Dunecruiser wieder ein. Boak hatte bereits eine Hochleistungs-Comeinheit in der Faust und suchte eine Verbindung. Zinger samt Bike standen neben ihm. Sie war offenbar bereit, jederzeit loszudüsen. Ihr Pistolenholster war aufgeknöpft, das Standard-Sturmgewehr auf ihrem Rücken aus seiner Schutzhülle gelöst. Sie ignorierte mich völlig, die perfekten Lippen leicht geschürzt, der Blick ernst, konzentriert, abgebrüht und auf einen Punkt in der Ferne gerichtet, während sie Boaks Bemühungen am Com lauschte.

Ich wollte sie. Gleich hier und jetzt. Das wurde mir schlagartig klar.

Aber ich wandte den Blick ab, schon wieder errötend, und verfluchte meine Libido und das Gefühlschaos in meiner Brust, das ein ganz anderes Gefühlschaos in meinem Gehirn anrichtete. Einem Gehirn, das ich für ziemlich kühl, analytisch und leistungsstark hielt, das aber im Grunde nichts davon war. Jedenfalls noch nicht.

Boaks Fahrer saß am Steuer des Cruisers, ein Bordschütze hatte die Plasmakanone am Dachgerüst feuerbereit gemacht. Ich konnte in einigen Dutzend Metern Abstand Perimeterposten sehen. Die anderen Bikes und Cruiser waren in der Nähe, die restlichen Soldaten auf einem weiteren Dünenkamm postiert, um das Lager der Rebellen aus anderer Perspektive zu observieren.

Camo hatte längst Bericht erstattet. Jetzt begann er, seinen Kampfanzug anzulegen. Als Veteran mehrerer Kriege trug er einen aufwändigeren Overall, der diverse technische Features, die ihm im Wüstenklima nützlich waren, sowie einige leichte Panzerelemente aufwies. Nichts, was es mit Sharis Schockkeramik aufnehmen konnte, versteht sich. Oder gar mit dem hochgezüchteten, ultramodernen Pendant dazu, das ein Abschiedsgeschenk von Tante Rosea gewesen war und das sich nützlicherweise in meiner Intergalaxiskiste in meinem Zelt befand – natürlich, wie hätte es anders sein sollen?! –, aber dennoch ein wirksamer Schutz. Er schloss den Reißverschluss. Camo glaubte aus gegebenem Anlass nicht an Unterwäsche und schwor auf Overalls, weil man die schnell an- und ausziehen konnte. So weit, so logisch.

Die anderen Soldaten schienen ebenfalls bereit. Na ja, sie schienen bereit geboren zu sein, aber es erstaunte mich immer wieder, wie sie von jetzt auf gleich von Null auf Überlicht schalten konnten. Das unangenehme Gemisch aus Nervosität, Vorfreude und einem kleinen bisschen echter Angst, die ich nicht verleugnen konnte, ließ meine Eingeweide blubbern, doch der Anblick der völlige Kompetenz und Abgebrühtheit ausstrahlenden Söldner um mich herum hatte eine nicht zu unterschätzende beruhigende Wirkung auf mich.

Allerdings würde ich überschnappen, wenn es nicht gleich losging – so viel stand mal fest! Ganz fickerig sah ich immer wieder zu Boak herüber, der nun endlich ein Signal empfing, wie es schien.

„*Reaper Actual*, hier *Rider One*, kommen.“

Es dauerte eine Weile. Keine atmosphärischen Störungen begleiteten die leise, raue, eindeutig weibliche Stimme, als sie endlich sprach. „*Reaper* hört.“

Ich warf Shari einen Seitenblick zu, doch sie hörte ebenso gebannt zu und war ebenso auf Boak konzentriert wie die meisten anderen.

„Wir haben die Zielperson eindeutig identifiziert.“

„Kein Raum für Zweifel?“

Boak schüttelte den Kopf, auch wenn seine Gesprächspartnerin das nicht sehen konnte. „Keiner. Camo hat ihn aufgeklärt.“

Ein Grunzen. Dann: „Okay. Ich informiere HQ und komme zu euch. Behaltet den Hurensohn im Auge. Wir sind noch vor Morgengrauen da.“

Boak bestätigte und kappte die Verbindung. Hob den Kopf und sah in die Runde. „Okay, ihr habt den Sarge gehört. Saßa-Kè, ich will, dass du eine Comdrohne hochschickst und die Nachricht nochmals ans HQ weiterleitest – aber verschlüsselt und unauffindbar, klar? Doppelt hält besser.“

Die Begründung war zumindest zum Teil fadenscheinig, aber

selbst ich verstand, warum Boak sich doppelt absicherte. Jeder seiner Leute hier hätte Ratsh sein Leben anvertraut, aber das hieß nicht, dass sie es besonders gern oder mit hundertprozentigem Vertrauen taten.

Ich hatte Ratsh bisher nur zwei oder drei Mal gesehen – zum Glück, wie ich anmerken muss –, aber ich hatte natürlich genug gehört, um zu wissen, dass sie auch in dieser Hinsicht mit Vorsicht zu genießen war. Sie und das, was sie so von sich gab. Manchmal waren das, was sie sagte, und das, was sie tat, nämlich zwei unterschiedliche Paar Magboots.

„Was machen wir jetzt?", fragte ich in die darauf folgende Stille.

Boak sah mich an, als hätte ich völlig den Verstand verloren. „Wir warten, Fähnrich Grünschnabel", grollte er. Zinger lächelte mich schmal an. Mir wurde heiß und kalt.

„Sie meinen wohl *Fahnenjunker*, Corporal", korrigierte ich ihn zähneknirschend.

„Komische Dienstgrade habt ihr bei euch", sagte Zinger. „Fahnenjunker-Corporal. Ich bleibe bei Prince Charming."

„So ist es", sagte Boak und deutete mit dem behandschuhten Finger auf sie. „Im wahrsten Sinne des Wortes. Wenn der Scheiß hier beginnt, weichst du ihm nicht von der Seite. Der LT, der Captain, der Major *und* der Colonel reißen uns den Arsch auf – in dieser Reihenfolge, ich schwöre auf den Koran, die Bibel und die Schriften Dessajas –, wenn dem Grünschnabel was passiert. Hab ein Auge auf ihn."

Zinger grinste und sah mich mit einem durchtriebenen Blick an, der mir das Blut nicht nur ins Gesicht schießen ließ. Ich hörte Shari hinter mir leise aufstöhnen.

Private Zinger schob einen Streifen Snackgum in den Mund und kaute nonchalant schmatzend mit offenem Mund. „Keine Sorge, Gouvernantchen. Ich nehm ihn dir schon nicht weg, deinen kostbaren Prinzling." Sie musterte mich mit eindeutigem Blick. „Zumindest nicht für lange."

Sie ließ eine Snackgumblase ploppen, startete den beinahe lautlosen Motor ihres Bikes und beschleunigte.

„Ich fahr noch einmal den Perimeter ab."

Während ich wie vom Donner gerührt dastand, sah Boak ihr kopfschüttelnd nach. Und dann mich an.

„Ich sag dir was, Junge: Verbrenn dir nicht deine Finger."

„Er weiß doch eh nicht, was er mit seinen Wichsgriffeln anfangen soll, außer … na ja, sich einen zu wichsen!", sagte der Fahrer, ein grobschlächtiger Klotz namens Tannen, mit einem bescheuerten Grinsen, das ihn als den Hinterwäldler brandmarkte, der er war.

„Deine Mama ist da anderer Meinung", brachte ich hervor, ohne groß über die Sinnhaftigkeit des Spruchs nachzudenken.

Boak sah mich ein wenig ungläubig an und auch Camo hielt im Polieren seines Longrails inne – offenbar schockiert ob der unflätigen Worte, die da meine adeligen Lippen verließen.

Tannens Grinsen erstarb. „Du Mistfliege", knurrte er, doch Boak wirbelte im selben Moment zu ihm herum und schüttelte den Kopf.

Tannen wollte noch etwas sagen, aber dann überlegte er sich anders. Neigte das kantige Haupt in Richtung Boak, wenn auch zögerlich und widerwillig.

Erst als der Corporal sich wieder mir zugewandt hatte, machte er eine reichlich eindeutige Geste in meine Richtung, die Shari sämtliche Sicherungen an ihrer Rüstung deaktivieren ließ.

Ich warf ihr einen strengen Blick zu.

Nach einer schier endlosen Weile nickte sie.

Tannen würde leben. Vorerst.

Boak bedeutete mir mit unmissverständlichen Gesten und Blicken, mich hinzuhauen. Mein Schlafsack lag unweit seines Fahrzeugs im Sand.

Eine dritte Nacht unter den Sternen.

Ich würde mich nicht beschweren. Ich hatte die Sterne immer gemocht. Ich trollte mich einfach zu meiner Schlafstätte, Shari immer in meiner Nähe. Dort rollte ich mich in meinen Schlafsack ein, das Gewehr griffbereit neben mir.

Bevor ich einschlief, dachte ich an Zinger. Und an all die Dinge, die sie mit mir anstellen würde, wenn sie mich Shari wegnahm – nicht für lange, aber lange genug.

Es dauerte eine Weile, bis der Schlaf sich endlich einstellte.

Der nächste Tag wurde hart.

Aber davon hatte ich jetzt noch keine Ahnung.

Ich schlief den Schlaf der unbedarften Jugend.

Es war eine der letzten Nächte, in denen dieser Schlaf mir vergönnt sein sollte.

KAPITEL VIII – IN THE ARMY NOW

„Willst du mich verscheißern, Rekrut?“

Der Ausbilder war ihr nah genug, dass sie riechen konnte, was er zum Mittag gehabt hatte. Ein feiner Speichelnebel begleitete Geruch und Ausruf. Sie sah seine gelblichen Zähne und den kleinen Schnurrbart darüber und die Schweißperlen auf seiner pinken Oberlippe.

Darüber rotgeäderte Augen, die vor boshafter Freude funkelten. Darüber buschige Augenbrauen. Dann der kahle Kopf und die kleinen Hörner, die zu beiden Seiten spitz aus seiner Stirn wuchsen.

Sie blinzelte. Schielte am Visier des Sturmgewehrs vorbei auf die Zielscheiben des improvisierten Schießstandes.

„Tut mir leid, Sergeant.“ Sie bemühte sich, es aufrichtig klingen zu lassen. In so etwas war sie inzwischen ziemlich gut.

„Rekrut Neria, ich glaube, ich lüge! Du bist eine der besten Technikerinnen, die ich hier in letzter Zeit gesehen habe, aber mit einem Gewehr bist du verdammt noch mal hoffnungslos!“

„Immerhin weiß sie, an welchem Ende sie's anfassen muss“, feixte Rekrut Dexxta, eine dralle Blondine mit unreiner Haut und dem IQ eines einheimischen Mahattas. Neria würdigte sie keines Blickes.

Das übernahm der Sergeant für sie, der jetzt, vor Zorn bebend und das ohnehin pinke Gesicht puterrot angelaufen, zu Dexxta herumwirbelte und ihr einen verbalen Einlauf vom Allerfeinsten verpasste. Neria hatte schon reichlich unflätige Verwünschungen und beleidigende Herabwürdigungen vernommen, aber Sergeant Bolzen hatte eine Kunst daraus gemacht.

Bolzen. Natürlich hieß dieses Wesen vom Volk der Dengor eigentlich anders, aber sein für all die unbedarften menschlichen Söldner unaussprechlicher Geburtsname kam diesem Wort nahe und die Statur des Feldwebels verleitete geradezu dazu, ihm diesen Alias zu verpassen. Er war bullig, gedrungen, breitschultrig. Erinnerte sie an manch kompakte Hundespezies, die man dereinst für blutrünstige Kämpfe gezüchtet hatte. Er sah aus, als könne man ihn aus einer Kanone schießen und ein Haus mit ihm einreißen, ohne dass er nennenswerten Schaden nehmen würde.

Als Dexxta zitternd und kleinlaut dastand und keinen Mucks mehr von sich zu geben wagte, wandte Bolzen sich ab, stellte sich vor der kurzen Reihe von Rekruten auf und räusperte sich.

„Na gut! Im Stehen schießen haben wir. Nächstes Mal zeige ich euch, wie man abgehockt feuert. Und vielleicht kommen wir irgendwann sogar noch zum liegenden Feuern. Aber bis dahin sind die meisten von euch vielleicht schon tot. Verdurstet. Von Rebellen aufgeknüpft. Von Schimären gefressen."

Er grinste in die Runde, gelb und breit. Neria maß ihn mit kaltem Blick. Dieser Kerl war ein Witz, ebenso wie seine Ausbildungsmethoden. Wenn das, was sie hier im Ammo Train die *Beschleunigte Grundausbildung im Felde* nannten, für alle Truppenteile des Regiments galt, wunderte es sie stark, dass diese Einheit so lange überlebt und sich diesen halbwegs respektablen Ruf erkämpft hatte. Sie musste wohl alternativ daran glauben, dass es einen guten Grund dafür gab, dass die Rekrutierer sich über den Munitionszug lustig gemacht hatten.

„Ihr glaubt hoffentlich nicht, dass es das schon war! Ich werde euch noch richtig schleifen, Leute. Richtig. Schleifen. Dass euch das Wasser im Arsch kocht!"

Er konnte stundenlang solch einen Machounfug reden. Sie hörte nicht hin. Sie hing weiter ihren Gedanken nach.

So oder so: Es war auch völlig egal. Sie wollte ja nicht den Rest ihres Lebens hier verbringen. Sie wollte nicht mal ein Jahr oder einen Monat Söldnerin sein. Sie wollte lediglich das, weswegen sie hier war. Und dann würde sie verschwinden. Auf Nimmerwiedersehen, 1st Faun Prime Freelance Regiment. Neria würde nicht mal eine Fußnote in dem ruhmreichen ledergebundenen Traditionsbuch sein, in dem diese Söldnerbande angeblich ihre Heldentaten, Errungenschaften und Abenteuer niederschrieb. Niemand würde sich an sie erinnern. Es würde nicht das erste Mal sein.

„Rekrut Dexxta, du sammelst alle Waffen und die Muni ein und bringst den Kram zum Waffenwart des Tages. Und dass mir keine Patrone fehlt!"

Die Rekruten begannen, mit dem üblichen Klicken und Klacken ihre Waffe zu entladen. Dexxta sammelte nach und nach die Standard-Sturmgewehre des Regiments ein – ältere, aber sehr verlässliche Waffen, die beinahe jeder Soldat im Regiment ausgehändigt bekam. Die Technik dahinter hatte schon Jahrhunderte auf dem Buckel, aber die Gewehre waren günstig und robust und Munition dafür in Hülle und Fülle vorhanden. Und im Zweifel konnte ein Magazin mit fünfzig hülsenlosen Stahlmantelgeschossen mit Explosivkern ebenso viel Schaden anrichten wie ein Schuss aus einem Plasmagewehr.

Dexxta ließ sich das Gewehr von Nerias Nebenmann aushändigen und legte es auf eine kleine Hoverschubkarre, die erstaunlicherweise ein sehr gängiges Transportmittel für kleinere Lasten hier im Ammo Train darstellte. Als sie vor Neria stand, war diese bereit.

Sie hatte das Gewehr in weniger Zeit entladen, gesichert und Dexxta zur Inspektion vors Gesicht gehalten, als es diese gekostet hatte, einmal zu blinzeln.

Dexxta glotzte ungläubig und sah mit offenem Mund gleich doppelt so dämlich aus. Neria lächelte sie kalt an. Die andere wich ihrem Blick aus. *Gut so, Mädchen.*

Dexxta zog ohne ein weiteres Wort ab, Bolzen gab ein barsches Kommando zum Abmarsch und los ging es. Gemeinsam marschierten die Rekruten hinter dem Sergeant her über den Schießstand, den staubigen Exerzierplatz und in Richtung der Baracken, die sie in einem heruntergekommenen ehemaligen Gewerbegebiet der Hafenstadt Suurion bezogen hatten.

Diese Welt war ein seltsames Fleckchen. Queesh erinnerte sie ein wenig an zu Hause, ohne klimatisch, kulturell oder in sonst einer wahrnehmbaren Art und Weise etwas mit ihrem Heimatplaneten zu tun zu haben. Wenn man von einer *Heimat* in diesem Sinne sprechen konnte.

Wenn es tatsächlich etwas gab, das beide Planeten verband, dann ein allgegenwärtiges, unterschwelliges Gefühl der Angst, das man hier auf Schritt und Tritt spürte. Sie konnte die Angst geradezu riechen. Nicht wie den Gestank einer Kloake, aber wie einen vage unangenehmen Geruch, den man nicht exakt einordnen und dessen Ursprung man nicht bestimmen konnte. Angst, Verzweiflung, Unzufriedenheit. Unruhe.

Die Verantwortlichen des Regiments mochten glauben, die Lage hier auf Queesh im Griff zu haben. Sie mochten darüber hinaus überzeugt davon sein, im Grunde für die Bevölkerung zu kämpfen. Auf der Seite der kleinen Leute zu stehen, die von der Wirtschaftsmacht von Playern wie der Republik Teegardia abhängig waren. Sie mochten sogar recht damit haben, aber irgendwo im Untergrund – oder besser im *Unterbewusstsein* – dieser Sandkugel rumorte es.

Wenn sie abends mit ihren Kameraden durch die Straßen von Suurion ging, sei es auf Patrouille oder auf Landgang, bemerkte sie die Zurückhaltung der Einheimischen – ihre Reserviertheit, ihre Furcht. Keine offene Feindseligkeit, aber doch zumindest große Skepsis. Begleitet von Abneigung und einer geballten Faust in der Tasche.

Neria glaubte kaum, dass der Colonel sich diesbezüglich etwas vormachte, denn sonst hätte er kaum so viele Soldaten bei Suurion stationiert. Wenigstens einer dieser ach so harten und gerissenen Söldner, der ein Mindestmaß an Kompetenz bewies. Ob der zuständige Captain hier vor Ort die Ansichten des Colonels teilte und über ähnlich gute Instinkte verfügte, wagte sie dagegen zu bezweifeln. Die Art und Weise, wie er seine Kräfte verteilt hatte, erschien ihr nicht sonderlich ausgewogen. Die meisten Söldner schoben im Lager ihren Dienst. Im Raumhafen unweit der Basis dagegen, wo diverse gewaltige Angriffsgaleonen auf ihren nächsten Einsatz warteten, sah man nur selten einen der Lancers nach dem Rechten sehen.

Ja, die meisten dieser *Landsknechte*, die sie bisher kennengelernt hatte, waren Ignoranten. Wie dieser Bolzen. Oder Dexxta. Oder jeder andere Rekrut, neben, vor und hinter dem sie jetzt marschierte.

Sie hörten das Rumoren im Untergrund nicht. Und wenn alles um sie herum zusammenbrach und der Planet in seinen Grundfesten erschüttert wurde, würden sie unter den Trümmern begraben werden.

Dabei war Queesh kein Munitionstransporter, in dem man willentlich Feuer gelegt hatte. Queesh glich eher einem instabilen Fusionsreaktor, dem unverantwortliche Ingenieure immer mehr Leistung abverlangt hatten und der jeden Moment kollabieren und eine Explosion erzeugen konnte, die sie alle davonfegen würde. Vermutlich fehlte nicht viel. Doch eines war klar: Neria würde dann nicht mehr hier sein, um es herauszufinden.

Sie erreichten die Baracken, die einen kurzen Fußmarsch von den hohen Mauern um den großen Raumhafen situiert waren.

Suurion war eine Hafenstadt – in zweierlei Hinsicht, denn sie lag an einer Flussmündung und verfügte über den am besten ausgebauten Raumhafen in der Region. Ihre Baracken waren die Art von präfabrizierten Einheitsplastik-Armeebauten, die man problemlos mit einem schweren Lifter von Planet zu Planet bewegen konnte. Sie boten kaum Komfort und sahen mitleiderregend aus, aber sie erfüllten ihren Zweck.

Neria ging zu ihrer Koje, ignorierte das Gebrülle des Sergeants, setzte sich, zog die Stiefel aus und begann, ihre Ausrüstung zu säubern und den ganzen anderen furchtbar geistlosen Routinekram zu tun, den Soldaten eben tagtäglich mehrfach zu erledigen hatten. Sie behielt den Kopf unten, sie beschwerte sich nicht, sie versuchte, nicht aufzufallen. Die kleine Einlage, die sie sich gerade mit Dexxta geleistet hatte, sollte für heute reichen. Sollte am besten für ihre ganze Zeit hier reichen.

Sie zwang sich, sich auf das Wesentliche zu konzentrieren. Auf den Grund für ihre Anwesenheit hier. Sie hatte eine lange Reise hinter sich, die besser nicht umsonst gewesen sein sollte. Sie würde dafür sorgen. Wie sie es immer tat.

Aber dafür brauchte sie ein wenig Zeit für sich – hier drinnen undenkbar. Sie teilte sich die Baracke mit elf weiteren Soldaten, die alle zu ihrem Squad gehörten. Man trichterte ihnen ein, stets dicht zusammenzubleiben, sich gegenseitig zu unterstützen und zu beschützen. Privatsphäre war Mangelware. Sie musste sich etwas einfallen lassen.

Sie nahm ihr Schuhputzzeug und fing an, ihre verstärkten Einsatzstiefel zu wienern. Eine banale Tätigkeit, die ihr leicht von der Hand ging, sie aber zu Tode langweilte. Bald wanderten ihre Gedanken. Ihr Blick folgte ihnen nach.

Wie schon so oft suchte sie nach Möglichkeiten, unbemerkt das Gebäude zu verlassen und kam wieder einmal zum gleichen Schluss: Es gab nur die Tür. Nicht mal ein Fenster, durch das sie hätte schlüpfen können. Und auch durch die Nasszelle gab es keinen Weg nach draußen.

Nicht, dass sie sich Sorgen machte, sich nicht irgendwann davonstehlen zu können. In den ersten Tagen würde man sie alle genauestens beobachten, doch schon beim Landgang sowie bei der einen oder anderen Patrouille durch die Straßen von Suurion war es ihr bereits erfolgreich gelungen, sich von ihren Kameraden zu entfernen. Lediglich auf eigene Faust das Lager zu erkunden, war ihr noch nicht geglückt. Es war ein Segen, dass sie geduldig war. Andernfalls wäre sie sicherlich bereits nervös geworden. Es passte ihr nicht, hier eingesperrt zu sein. Natürlich hatte sie gewusst, worauf sie sich einließ, aber diese Situation war spezieller, als sie angenommen hatte.

Sie musste es wohl so sehen: Es war gut, etwas Neues über sich zu lernen. Nur so konnte sie wachsen: Durch neue Erfahrungen. Denn Stillstand bedeutete ja bekanntlich Tod, wie ein Sprichwort von Urerde es wollte. Und sie musste stets auf der Hut sein, sich stets weiter verbessern, wenn sie am Leben und auf dem rechten Pfad bleiben wollte. *Ihrem* Pfad, der sie aus ihrem alten Dasein und bis hierher geführt hatte. Ihr altes Dasein, das … sie hielt im Putzen inne.

„Oh hey, sieh an. Eine neue Nachbarin."

Dass die Schritte jemandem gehörten, dem sie noch nicht begegnet war, hatte sie sofort bemerkt. Auch die Stimme kam ihr nicht bekannt vor. Hell, freundlich. Jung. Sie roch Aftershave. Darunter frischen Schweiß. Und noch etwas anderes.

Sie setzte ihr echtestes Lächeln auf und wandte sich um.

„Ich bin Neria", sagte sie und nutzte ihr gesamtes schauspielerisches Talent, um dem gutaussehenden jungen Soldaten, der da vor ihr stand, die Unschuld vom Lande zu präsentieren, als die sie sich hier geben wollte.

„Timotheus", stellte der Junge sich vor. Wie alt mochte er sein? Achtzehn? Zwanzig? Er war schlank, hatte ein zartes Gesicht und ein gewisses spöttisches Funkeln in den blauen Augen, das sicher schon so manches Mädchenherz gebrochen hatte. Auf Neria hatte es erstmal keine nennenswerte Wirkung, aber sie zwang sich dennoch, ein wenig zu erröten.

„Hallo", sagte sie schüchtern.

„Hi", sagte er, auf seine Weise nicht weniger peinlich berührt, wie es schien. „Äh, bist du schon lange hier?"

„Vorgestern eingetroffen. Und du?"

„Oh, ich bin schon etwas länger hier." Er stellte einen kompakten Bordsack auf die Koje neben Nerias, die bisher leer geblieben war.

„Wie kommt's, dass ich dich hier noch nie gesehen hab?"

Als er sich mit einem schiefen, humorlosen Lächeln den Bauch rieb, wusste Neria, was sie da gerade an ihm gerochen hatte.

„Ich war im Lazarettzelt. Bei der Sanstaffel. Hab wohl auf dem hiesigen Suq irgendwas Schlechtes gegessen. Lebensmittelvergiftung." Er zuckte die Schultern.

Krankheit, ja. Das konnte es gewesen sein. Er sah auch in der Tat nicht ganz gesund aus, wenn man die leichten Ringe unter seinen Augen betrachtete.

Er schien Nerias aufmerksame Blicke auf die einzige Art und Weise zu interpretieren, zu der junge Männer imstande waren. Folglich hob er eine Braue und lächelte sie an.

„Na, jetzt bin ich jedenfalls hier. Erzähl mir was, Neria." Er ließ sich schwer auf die Koje fallen. „Hat Bolzen euch schon ordentlich geschliffen?"

Sie zögerte mit ihrer Antwort. Das tat sie bewusst. Sah zu, dass ihre langen Wimpern und großen Augen gut zur Geltung kamen. Stellte fest, dass sie ihre Wirkung bei Timotheus nicht verfehlten. Nickte sich in Gedanken zu. Sie war auf einem guten Weg. Wenn Timotheus derjenige war, über den sie einige Kameradinnen schon hatte sprechen hören, würde sie gut daran tun, sich mit ihm anzufreunden.

Darüber hinaus war er ein angenehmer Anblick für ihre Augen. Und er schien sympathisch zu sein – nicht, dass ihr das in der Regel viel gab. Nicht bei dem Leben, das sie geführt, und all den Erfahrungen, die sie gemacht hatte.

„Rekrut Neria, ein Vorgesetzter spricht mit Ihnen", sagte er in scherzhaft tadelndem Ton.

Einer von der witzigen Sorte war er also auch. Sie zog ihm einige der wenigen Sympathiepunkte wieder ab und sah auf das Trooper-Abzeichen auf seinem Ärmel, direkt unter dem Einheitswappen mit dem muszierenden Faun und den Lanzen sowie dem Patch des Ammo Trains. Rekrut, Trooper, Private, Corporal und so weiter. Das Rangsystem des Regiments glich dem von hundert anderen.

„Vorgesetzter?", fragte sie dämlich.

Timotheus seufzte. „Neria, du hast noch viel zu lernen, wie es scheint."

Sie wollte etwas Scharfes erwidern, war aber selbstredend diszipliniert genug, es nicht zu tun. Sie schluckte alles herunter, was er auch nur ansatzweise als Angriff hätte empfinden können. Stattdessen sah sie ihm tief in die blauen Augen. Wenn sie schon einmal hier war, konnte sie genauso gut auch etwas Spaß haben.

Wer wollte es ihr verbieten?

„Und du willst mein Lehrmeister sein, Timotheus?“

„Äh, nenn mich Timo, bitte.“

Für eine Sekunde drohte ihre Fassade zu bröckeln. Welcher Trottel entschied sich für diesen Spitznamen, wenn er den weit weniger dümmlichen *Tim* hätte haben können?

„Timo also.“

„Timo also.“

„*Awesomatic.*“ Alles in ihr zog sich vor lauter Peinlichkeit zusammen. Oder hätte sich zusammengezogen, wenn sie es zugelassen hätte. Sie pflegte sich zu sagen, dass sie über den Dingen stand. Zumeist stimmte das auch. Sie würde alles tun, alles sagen, was sie schnell ans Ziel brachte.

„Hehe“, machte Timo und kratzte sich den Nacken. „Also, Neria, dann lass uns doch mal sehen, was wir mit dir anfangen. Hat man dich schon rumgeführt?“

„Nein“, log sie. „Ich bin noch gar nicht wirklich herumgekommen im Lager.“

„Na dann.“ Er sah auf das taktische Miniaturpad an seinem Handgelenk – ein Stück Technik, das sich hier vermutlich nicht jeder Mannschaftsdienstgrad leisten konnte. „Wenn wir jetzt losgehen, schaffen wir's vor dem Mittagessen.“

„Wird denn der Sergeant nichts dagegen haben?“

„Den lass mal meine Sorge sein.“

Sie war gewillt, ebendies zu tun. Einer der Schreibtischhengste des Ammo Trains hatte sie herumgeführt, zusammen mit den anderen Rekruten. Kurz, lieblos, in aller Hast. Es würde nicht schaden, sich etwas genauer umzusehen.

Und Ausschau zu halten.

Sie zog ihre Stiefel an und folgte Timo nach draußen.

In Timo hätte sie einen annähernd akzeptablen Mentor für ihren Start in der Truppe und darüber hinaus einen guten Freund gefunden, wenn sie solcher Dinge bedurft hätte. Sicherlich hätte sie ihn auch ohne Probleme ins Bett gekriegt, wenn ihr der Sinn danach gestanden hätte, aber das tat er selten. Und dann nie auf die Weise, die ihr Gegenüber wohl erwartet hätte.

Dennoch nutzte sie über die nächsten beiden Tage die Gelegenheit, das Lager genauestens zu erkunden. Zuerst mit

Timo an ihrer Seite, dann, als man ihr offenbar immer mehr vertraute, auf eigene Faust. Wann immer sich die Gelegenheit ergab, fragte sie Timo über die Truppenstärke vor Ort aus. Über Wachwechsel. Über die Erfahrung von Soldat X oder Soldatin Y. Über besondere Fähigkeiten, die die Männer und Frauen aufwiesen. Über die Funktionsweise der verschiedenen Fahrzeuge, die es hier in Hülle und Fülle gab. Insbesondere über ihre Bewaffnung. Über die Scaneinrichtungen, die Perimeterverteidigung, Luftabwehr und so weiter und so fort.

Es stellte sich heraus, dass Timo zwar kein absoluter Experte für militärische Hardware war, ihr dafür aber umso bereitwilliger und ausschweifender Auskunft erteilte. Er gefiel sich in der Rolle des Mentors, so viel war sicher. Die überschaubaren Fachkenntnisse, die er in Sachen Fahrzeugtechnik vorzuweisen wusste, walzte er lang und breit auf abendfüllende Länge aus.

Deutete auf einen vorbeiflitzenden Schwebekraftwagen vom Typ *David*, einem schnellen, offenen Vehikel, mit dem die Offiziere sich von A nach B chauffieren ließen.

Zeigte ihr ein *Tyr*-Halbkettenfahrzeug mit den Worten „Das hier ist allerdings die *Hermes*-Konfiguration, das sieht man ja", als sei das allgemeinverständlich. Sie nickte, als wüsste sie Bescheid, und Timo ging nicht weiter darauf ein – vermutlich, weil er selbst nicht so recht wusste, was das hieß.

Kletterte mit ihr auf Personentraktoren der *Goliath*- und die weit größeren Munitionstraktoren der *Ares*-Klasse – allesamt in Wüstentarnfarben und noch dazu von jeder ihrer Crews mit kleinen Zeichnungen, Patches und Sprüchen dekoriert. Einmal sah sie sogar einen sicherlich sechs reguläre Stockwerke hohen *Olyfant*-Universal-Großtraktor und war sogar tatsächlich einigermaßen beeindruckt.

Fütterte mit ihr die zahlreichen Zugtiere, darunter vornehmlich Njakki, die mit ihren langen, gezwirbelten Hörnern, wuscheligen Bärten und ihrem strengen Geruch an enorme Ziegen erinnerten. Njakki, Golongos und Shew-Mulis sorgten dafür, dass einfache Lastenkarren und leichtere Schwebeanhänger mit Munition und Ausrüstung auch in schwer zugänglichem Terrain transportiert werden konnten und begleiteten nicht-motorisierte Infanterieeinheiten im wahrsten Sinne des Wortes auf Schritt und Tritt.

Warnte sie vor den KI-Einheiten wie den Wachdrohnen, die

über ihren Köpfen ihre Patrouillenkreise zogen und alles aufzeichneten, was sich in ihrem Scanbereich ereignete. Vor den „Death Disc" Fast Attack Crafts – flinken, scheibenförmigen Hovergefährten, die Feinde mittels ihrer umlaufenden Laserschnittflächen zerteilten oder mit einer an ihrer Oberseite montierten Maschinenkanone in Stücke schossen. Und insbesondere vor der Handvoll Auto-Scouteinheiten des Typs *Nuckelavee*, die nicht nur besonders grässlich anzusehen seien, sondern angeblich bisweilen auch zwischen Freund und Feind nicht zu unterscheiden wussten. Ob er schon mal solch eine Einheit gesehen habe, fragte sie ihn, was er verneinte. Trotzdem zeigte sie sich angemessen schockiert und äußerte ihre Bedenken, die Timo dann erwartungsgemäß großspurig beiseiteschob, um sie zu beruhigen. Diese beschützerische Geste hätte beinahe niedlich sein können, wenn sie nicht so nach Bevormundung und Patriarchat gestunken hätte.

Er stellte sie auch einigen der länger gedienten Söldner des Ammo Trains vor. Keiner von ihnen beeindruckte sie besonders, aber für Kreaturen wie den schnodderigen Squad Leader Corporal Zcislowski, den alle nur Schissloswski nannten, empfand sie auf Anhieb Antipathie. Sie war froh, dass er nicht ihr Squad Leader war. Auf dieses Thema angesprochen nickte Timo, wenn auch ein wenig zerknirscht.

„Was ist los, passt dir Gearmeyer nicht?" Auch Corporal Gearmeyer hieß eigentlich anders, Neria wusste nicht, wie, und es kümmerte sie auch nicht, aber die schräge Mittvierzigerin mit dem wirren Haarschopf schloss sich die meiste Zeit in ihrer kleinen mobilen Bastelwerkstatt ein und ließ ihr Squad, Nerias und Timos, weitestgehend in Ruhe, was ihr nur recht war. Beide Squads bildeten zusammen mit einem dritten, das allerdings gerade zu einem anderen Stützpunkt abkommandiert war, Bolzens 2nd Platoon, einen von zwei Zügen der als Ammo Train bekannten Munitions- und Nachschubkompanie.

„Doch, doch", antwortete er. „Gearmeyer ist in Ordnung. Sie wirkt vielleicht etwas konfus und bastelt vielleicht zu gern an fragwürdigen Gerätschaften rum, aber sie ist tatsächlich auch eine gute Vorgesetzte, soweit ich das beurteilen kann."

Sie saßen beide auf einer riesigen, verstärkten Frachtkiste, in der der Beschriftung nach Fusionsgranaten aufbewahrt wurden, und ließen die Beine baumeln. Teilten sich Rationswürfel und nippten an ihren Feldflaschen.

„Aber?“

„Na ja, Schisslowski.“

„Was ist mit dem? Anderer Trupp, nicht unsere Sache. Also, so würde ich es zumindest beurteilen.“

Timo lächelte, als wolle er ihr gerne sagen, wie wenig sie eigentlich wusste. Dass ein Veteran wie er wohl den besseren Durchblick hätte. Sie war darauf vorbereitet, doch dann wurde sein Blick traurig und er seufzte resigniert.

„Er ist ein fauler, nichtsnutziger Geselle.“

Neria legte den Kopf schief. *Interessante Wortwahl für einen Söldner.* „Ich hab seine fehlerhaften Ausführungen zu diesem Schaltplan neulich mitgehört. Und von seinem Vorhaben, die Sprengkraft der A-23er mit einer plasmatischen Volatilinfusion zu erhöhen. Nichtsnutzig – sogar fahrlässig – würde ich unterschreiben, und ich bin erst ein paar Tage hier.“

„Er lässt einen seiner Speichellecker die meisten dieser Vorschläge machen und verkauft sie dann als seine. Die fabrizieren also völlig unsachgemäßen Quatsch und er ist obendrein auch noch zu faul, ihn sich selbst auszudenken.“

„Inkompetenz gibt’s überall, gerade unter Technikern. Ich bin zwar noch nicht lange mit der Ausbildung durch, aber so etwas hört man immer wieder.“

„Ja, aber es nervt, dass solch ein fauler Nichtsnutz ein Squad kommandiert. Es ist nur eine Frage der Zeit, bis eine seiner Entscheidungen eine Katastrophe heraufbeschwört.“

Neria sah ihre Chance und nutzte sie. „Seine Leute sind nur zu bedauern. Kennst du jemanden in seinem Trupp?“

Timo zögerte. Dann nickte er mit einem schmalen Lächeln. „Kann man so sagen. Meine…“ Er stockte, leckte sich über seine wohlgeformten Lippen. „Meine Verlobte dient in seinem Trupp.“

„Deine *Verlobte*?“ Und da hatte sie ihn.

„Ja, ganz recht.“

„Moment, deine Verlobte dient mit dir hier im Regiment?“

Er nickte heftig. Für einige Sekunden wurden sie von zwei *Stalker*-Spähpanzern und einem Mannschaftstransporter abgelenkt. Die *Stalker* waren gedrungen und geräuscharm, in Stealth-Bauweise gefertigt und zogen beinahe lautlos vorüber. Der klobigere Transporter dagegen rumpelte im direkten Vergleich zu den Panzern geradezu an ihnen vorbei. Die kleine

Kolonne kam am Haupttor des Lagers zum Stehen. Einige Soldaten kamen angerannt. Jemand brüllte Befehle.

„So ist es, ja. Wir sind zusammen nach Queesh gekommen, um uns dem Regiment anzuschließen."

„Und dann geben sie euch nicht mal ein gemeinsames Bett?"

„Wenn wir in bessere Quartiere kommen, haben sie gesagt. Also vielleicht. Besser wär's, wenn wir verheiratet wären, haben sie gesagt."

„Wusste nicht, dass sowas beim Militär geht."

„*Beim Militär* vielleicht nicht, aber dies ist eine Söldnereinheit. Der Drill mag hart sein – und wird für dich sicher noch härter werden, ihr Rekruten steht ja noch ganz am Anfang und gerade haben sie wenig Zeit für euch –, aber ansonsten sind die Regeln im Vergleich wohl eher als lax zu bezeichnen. In manch anderer Armee dürfen Ehepartner womöglich nicht mal in derselben Einheit dienen. Und romantische Beziehungen unter Kameraden wären sicher sogar verboten."

Er schien unsicher, stützte sich aber offenbar auf fundiertes Hörensagen und die eine oder andere Scheißhausparole. Neria hätte ihm sagen können, dass es Armeen gab, die ausschließlich Liebespaare anwarben und diese auch als Team kämpfen ließen. Sie hätte ihm von der Kompanie der Zwillinge erzählen können, vom Dualen Bund oder von den Bipartisanen, wo Mann und Frau, Mann und Mann oder Frau und Frau vor der Schlacht aneinandergekettet wurden und in Paaren den Feind zerfleischten. Sie kämpften verbissen, denn sie kämpften direkt mit und unmittelbar um das Überleben des liebsten Wesens, das sie in diesem Universum hatten.

Sie erzählte ihm nichts davon. Stattdessen nickte sie und legte ihm eine Hand auf den Arm.

Er sah ihre Hand an und lächelte traurig.

Spürte sie da trotz allem ein Knistern in der Luft? Wie wichtig war seine Verlobte ihm? Wenn sie jetzt ihren Blick intensiviert, ihren Griff um seinen Arm verstärkt hätte, hätte sie ihn dann küssen können? Hätte er sie geküsst?`

Die Versuchung, dies auszuprobieren, war nur von sehr kurzer Dauer.

„Die Zeit wird euch eine bessere Lösung bringen. Ganz sicher."

Timo schnaubte leise, schien sie gar nicht zu hören. „Und

dann landet sie ausgerechnet bei Schisslowski."

„Und wir alle landen bei Bolzen. Der scheint mir auch nicht ganz richtig im Kopf zu sein."

„Bolzen schreit gerne rum, aber er ist ein anständiger Kerl. Ein guter Sergeant. Aber Schisslowski …", er spie den Namen geradezu aus. „Schisslowski ist der hinterletzte Abschaum."

Jetzt, wo er angespannt war, wütend gar, trat sein Akzent deutlicher hervor. Sie wusste ihn nicht genau zu platzieren, hatte aber eine vage Ahnung. Sah eine einigermaßen malerische, einigermaßen kleine und unbedeutende Welt mit einem archaischen Herrschaftssystem und einer Kultur, die dem intergalaktischen Mainstream um einige Jahrhunderte hinterherhinkte. Sein Akzent gehörte klar der Oberklasse an, war aber auch nicht mit dem eines Teegardianers oder Gamma-Lianers zu vergleichen. Interessant.

„Deine Verlobte, wie oft siehst du sie?"

„So oft, wie ich kann. Sie ist die letzten Tage in der Stadt gewesen, um dort Wasserleitungen zu reparieren und ein wenig Proviant an die Armen zu verteilen." Er lachte leise auf. „Für Ersteres ist sie kein Stück qualifiziert – ich würde sie so gerne knietief im Abwasser stehen sehen, wirklich. Aber Letzteres, nun … das ist ihr wahrlich auf den Leib geschneidert! Sie hatte immer eine sehr soziale Ader."

Was auch immer das bedeuten sollte. Sie beschloss, einfach verständnisvoll zu nicken. Sie war nahe dran. Sehr nahe.

„Ich würde sie gerne mal kennenlernen."

„Das musst du unbedingt."

„Vielleicht heute Abend?"

„Ich werde sehen, was ich tun …"

Weiter kam er nicht, denn schwere Schritte näherten sich, gefolgt von Bolzens charakteristischem Räuspern und Ausspucken. Das tat er immer, bevor er richtig zu brüllen anfing.

„Trooper Vinzor, Rekrut Neria!", bellte er und eine wahre Schallwelle schien sie geradezu physisch von der Kiste zu fegen.

Sie waren heruntergesprungen und ins Habacht gesprungen, ohne es richtig zu realisieren. Neria hätte beinahe über ihre Reaktion gelacht. Stattdessen ärgerte sie sich darüber, dass sich ein solcher Automatismus so schnell bei ihr hatte einschleichen können.

„Schluss mit Händchenhalten und aufgemerkt, ihr

Zuckerpüppchen!" Bolzen umrundete die Kiste und baute sich vor ihnen auf. Er hatte eine dicke Fumara im Mundwinkel stecken, die entsetzlich stank.

„Wir rücken aus! Ab zur Waffenausgabe und Sturmgewehre fassen. Seien Sie in fünf wieder hier!"

„Wohin geht es denn, Sarge?", fragte Timo alarmiert.

„In fünf sind Sie wieder hier!", brüllte der Sergeant und Timo erzitterte. „Details während des Transits! Und jetzt Beeilung, bevor ich Ihnen ein zweites Arschloch bohre!"

Während Neria und Timo losrannten, blieb Bolzen grübelnd stehen.

„Menschen haben doch nur ein Arschloch, oder?", hörte sie ihn noch zu sich murmeln.

Dann sah sie schon den Waffenwart des Tages vor sich. Und die Reihen von Soldaten, die zum Abmarsch bereit waren.

KAPITEL IX – GIRL U WANT

Gemeinsam sahen sie der Staubwolke hinterher, die sich nach Westen bewegte. Adlata und die paar Soldaten, die sie mitgebracht hatten, tauschten sich dabei leise mit einer der hiesigen Wachen über das mögliche Angriffsziel aus.

„Zwei Drittel von Bolzens Zug, zwei *Stalker* und ein *Hermes* voller Fernspäher unter dem Chief Scout." Adlata nickte in Richtung der sich rasch in Richtung Wüste entfernenden Fahrzeuge. Die kaum nennenswerten Antriebsgeräusche der Spähpanzer wurden vom dröhnenden V18-Surtriummotor des *Hermes'* problemlos überdeckt.

„Wie geht's ihr?"

„Wem, J'arnys?" Die gepanzerten Schulterstücke ihres Schlachtanzuges schienen das Achselzucken, das Adlatas Worten folgte, um ein Vielfaches zu verstärken. Ceda nahm an, dass sie ihren besten Kampfanzug eher aus repräsentativen Gründen trug. Als sie und ihre Leute sie in Piiq aufgegriffen hatten, war sie nicht so martialisch herumgelaufen.

„J'arnys ist J'arnys. Ist für ihre Leute da. Ist der beste Scout, den wir je hatten. Konzentriert sich auf ihren Job. Steckt ihren Schnabel nicht in Angelegenheiten, die sie nichts angehen."

Etwas an der Betonung des letzten Satzteils störte Ceda. „Hast du mir was zu sagen?"

„Nah." Adlata winkte ab. Schaute Richtung Westen.

Ceda drehte den Kopf und bekam gerade noch mit, wie der letzte Rest aufgewirbelten Staubs hinter dem roten Horizont verschwand. Die untergehenden Sonnen brachten den Himmel zum Glühen.

Sie gingen einen breiten Weg aus festgewalztem Sand entlang, der sich einmal quer durch das Feldlager nahe des Raumhafens erstreckte. Es war kein besonders beeindruckendes Lager und vielleicht mit einhundert oder einhundertfünfzig Mann besetzt – vor Wegfallen des Angriffstrupps, der da gerade losgezogen war. Weitere Fahrzeuge waren gerade dabei, in Richtung anderer derzeitiger Stellungen des Regiments aufzubrechen.

„Sie haben Sulla?", fragte Ceda, während sie an einer

Messebaracke vorbeiliefen. Der aus der offenen Türe strömende Geruch weckte unangenehme Erinnerungen. An Durchfall, hauptsächlich. Verschiedene Durchfälle in verschiedenen Schützengräben, wenn man es genau wissen wollte. Was niemand wollte, als Allerletzte Ceda Kayne, weshalb sie die Erinnerungen an den widerlichen Nährbrei, der darauf abgestimmt war, möglichst für alle Spezies im Regiment verdaulich zu sein, und der mit viel Wohlwollen nach nasser Papper schmeckte, mit aller Macht verdrängte. Das Essen in der Messe war immer beschissen gewesen, weshalb der kluge Söldner zusah, dass er der Messe fernblieb. Es gab andere Möglichkeiten, sich etwas Essbares zu besorgen. Die Erinnerungen an all die Plünderungen, Requirierungen und Beutezüge waren nicht alle unangenehm.

Diesen hing sie nach, während sie an Adlatas Seite weiter an den Baracken und Zelten und Maschinenwerkstätten und improvisierten Munitionsbunkern und abgestellten Fahrzeugen vorbeimarschierte. Ihre kleine Eskorte hatte sich bereits verabschiedet. Gingen vermutlich mit denjenigen Kameraden Würfeln oder Saufen, die sie länger nicht gesehen hatten.

Als sie schon dachte, dass der First Sergeant der Lancers gar nicht mehr antworten würde, drehte Adlata ihr den behelmten Kopf zu. Fummelte am Kinnriemen und am Verschluss der gepanzerten Kopfbedeckung herum und riss sie sich schließlich herunter. Sie hatte stark darunter geschwitzt, das Wasser lief ihr nur so am Gesicht herunter. Einer der Gründe, warum Ceda Kayne nicht an Helme glaubte.

„Sulla oder nicht Sulla, irgendwas ist da draußen. Ratsh und ihre *Outriders* sind schon am Start. Overwatch. Captain Parr hat angeordnet, dass sie auf Verstärkung warten sollen.“

„Und Ratsh hat sich daran gehalten?“

„Was denkste, warum der Chief Scout und ihre Leute so'n Aufriss machen, um schnell bei ihnen zu sein, und sich ausgerechnet auf die grad verfügbaren Munitionsschieber als Backup verlassen? Wenn denen Sulla durch die Lappen geht, wird der Colonel den Sciattama in ihrer Schokoladenfabrik tanzen.“

„Komisch, dass wir im HQ nichts davon gehört haben.“ Sie waren erst vor einer Stunde aufgebrochen, ein Bereitschaftsgleiter der teegardianischen Flotte hatte sie hergeflogen. Wohlgemerkt erst, nachdem sie Ceda tagelang in der Basis hatten schmoren lassen.

„Wer sagt, dass ich nichts mitbekommen habe?" Adlata schmunzelte dünn.

„Dein Gesicht gerade, als euch die Wache die guten Neuigkeiten mitgeteilt hat."

„Du hast noch immer ein scharfes Auge, ich sag's ja." Ausnahmsweise schien dies keine Spitze hinsichtlich ihrer Behinderung zu sein. Kein Spott, lediglich Anerkennung.

Cedas scharfes Auge besah sich die Verteidigungsanlagen. Die AA-Laser auf ihren Hoverkissen. Die Maschinenkanonen auf den Mauern. Die unter Tarnnetzen verborgenen Railguns. Die *Death Disc*, die an ihnen vorbeischwebte, das Schnittfeld ein schmaler roter Laserschimmer, die Maschinenkanone auf ihren Servos surrend, suchend hin und her schwenkend.

„Sicherheitsvorkehrungen sind recht hoch", stellte sie fest.

Adlata grunzte. „Der Colonel hat alles hochschrauben lassen nach der Schlacht von Jemarki."

„Ich hab davon gelesen."

„Es war ein beschissenes Massaker. Hätte dir gefallen."

„Früher vielleicht."

„Jedenfalls fand die Bevölkerung von Sanu-Habi es nicht besonders gut, dass wir den Kopf ihres Magistrats auf einer Lanze aufgespießt haben."

„Einer Lanze. Wie passend."

„Ja. Ratshs Idee."

„Überraschend."

„Ein makabres kleines Detail, das sie sich hätte sparen können. Der Kerl war ein Rebellenanführer und hatte den Tod verdient, wir hatten kaum eine Wahl, die Republik hat eindeutige Befehle erteilt, aber er war beliebt bei den Leuten in der Umgebung. Macht uns die Sache hier nicht einfacher, obwohl wir versuchen, die Zivilisten so höflich wie möglich zu behandeln. Was mich zu unserer Zielperson bringt."

„Du sprichst ja schon wie eine Kopfjägerin."

„Heh", machte Adlata und blieb vor einer Baracke stehen. „Private Nada Erehwons derzeitiges zu Hause", sagte sie mit einem Nicken auf das schäbige Prefab-Gebäude.

„Nada?"

„Erehwon."

Ceda hatte nun von archaischen Erdensprachen wenig Ahnung, meinte aber zumindest, dass Nada ziemlich eindeutig nach gar nichts klang. Und alles insgesamt sehr erfunden. Dass Söldner sich neue Namen zulegten oder von ihren Kameraden erhielten, wenn sie frisch ins Regiment kamen, war nichts Neues. Adlata hieß ebenso wenig Adlata, wie Bolzen Bolzen hieß. Aber das … nun. Wenn Nada war, wer Ceda hoffte, dass sie war, dann war sie zumindest klug genug gewesen, sich eine Art von Tarnidentität zuzulegen, so durchschaubar sie auch sein mochte.

„Private Erehwon müsste jeden Moment von einer unserer Nachbarschaftsaktionen zurückkehren."

„Deshalb ist sie nicht mit den anderen rausgefahren."

„Du merkst echt alles. Sie und noch eine Kameradin haben in einem der Slums in der Ecke die Toiletten repariert oder was weiß ich."

„Wieso ist sie eigentlich schon Private? Sie kann noch nicht lange hier sein."

„Ich glaube, Schisslowski will unter ihren sprichwörtlichen Rock. Aber angeblich zeigt sie auch Führungspotenzial. Anders als …"

„Ich glaub, ich brech zusammen!", röhrte eine heisere Stimme dazwischen.

Ceda und Adlata wandten sich simultan um. Ceda spannte sich sofort, als sie sah, wer da vor ihnen stand.

Ruuten Cobba war etwas fülliger geworden, aber er sah noch immer wie ein mieser, gemeiner Drecksack aus.

„Shit, Kayne. Shit, Shit, Shit. Wenn Ratsh dich sieht, bist du geliefert. Sie hasst Verräter."

„Ratsh hasst alles und jeden. Nette Gesichtsmöse hast du da, Cobba."

Der große Mann fuhr sich ans Kinn und strich sich über das kleine Bärtchen, das wohl ein beginnendes Doppelkinn kaschieren sollte. Die andere Hand ballte sich zur Faust. Ein zorniger Glanz erhellte seine erweiterten Pupillen.

Ceda zählte drei Waffen an ihm, die sie sehen konnte. Das hieß, dass er mindestens fünf bei sich trug. Cobba war immer ein gut vorbereiteter, paranoider Wichser gewesen. Ceda hatte ihren Antipersonenlaser – entweder hatte man sich nicht dem Risiko aussetzen wollen, sie dazu zu zwingen, sich ihrer Rüstung zu entledigen, oder man hatte die Bewaffnung übersehen –, war aber ansonsten unbewaffnet. Jetzt wünschte sie sich ihren Lightning Repeater herbei.

„Wenn du irgendeinen Scheiß starten willst, Cobba, denk lieber noch mal drüber nach", knurrte Adlata nun.

Cobbas hässlicher Mund verzog sich zu einem Grinsen. Er deutete eine Verbeugung an. „Aber wo werd ich denn, Fist Sergeant? Aber mir ist sicherlich die Frage gestattet, was die ehemalige Kameradin Kayne hier sucht ... und wie der Colonel mit dem Umstand umzugehen gedenkt, dass es sich bei ihrer Person um eine Fahnenflüchtige handelt."

„Das geht dich alles einen feuchten Scheiß an, Cobba. Verpiss dich."

Cobba funkelte Adlata an. Dann salutierte er spöttisch. „Ja, *Ma'am*."

Ceda sah ihm direkt ins Gesicht. Sie blinzelte nicht. In ihrem Auge glühte grünes Feuer.

„Wir können gerne mal ein privates Pläuschchen halten. Und dann kannst du versuchen, mir heimzuzahlen, was du mir zu schulden glaubst."

„Ich schulde dir eine Menge, Kayne. Ich werde nur zu gern mit dir abrechnen."

„Chinten anstellen, *Boyo*." Die Stimme war tief, aber nicht männlich. Rauchig, aber nicht unattraktiv.

Ceda wusste, wem sie gehörte, noch bevor die hochgewachsene Lanzenpriesterin die Baracke gänzlich umrundet hatte.

„Bei den Göttern", murmelte Ceda.

Sie sah noch immer fantastisch aus. Groß, aber keine Riesin. Muskulös, ohne ansatzweise maskulin zu wirken. Lange, wohlgeformte Glieder. Die Beine eines Laufstegmodels, das fünfzig Kilometer mit vollem Sturmgepäck marschieren konnte, ohne aus der Puste zu kommen. Ein ebenmäßiges, erhabenes Gesicht mit beinahe aristokratischen Zügen. Drei Brüste, die im gewagten Ausschnitt ihres Priesterinnengewandes mehr als deutlich als perfekte Rundungen zu erkennen waren.

„Warrrum bist du chiercherrr gekommen, Ceda Kayne? Du weißt, dass ich dich nicht davonkommen lassen kann. Nicht nach allem, was passiert ist." Ihre Stan würde ihren harten, rollenden Akzent niemals ganz verlieren. Ceda hatte ihn immer sympathisch gefunden, aber jetzt hatte er etwas Unerbittliches.

Hizbolla marschierte schnurstracks auf Ceda und Adlata zu und Cobba wich ihr mit einem leisen Schrei aus – halb

Überraschung, halb Furcht.

Alle fürchteten Ratsh wegen ihres Könnens und ihrer Grausamkeit, aber Hizbolla, Priesterin der Auto-Lanze und Standartenträgerin der Lancers, war die mit Sicherheit fähigste Kämpferin, die Ceda jemals gesehen hatte. Niemand legte sich mit Hizbolla an. Nicht mal ein Vollidiot wie Ruuten Cobba, der sich jetzt prompt verzog.

Adlata war schon im Begriff, ihre Dienstwaffe zu ziehen, und Ceda fragte sich, ob die Zeit ausreichen würde, ihr *gutes* Auge abzudecken und Zielpeilung aufzunehmen, als die Deirdranerin in drei Schritten Entfernung zum Stehen kam. Sie trug ihre Lanze nicht bei sich – ein ungewohnter Anblick –, doch auch ohne Waffe strahlte sie eine unerschütterliche Selbstsicherheit und vollendete martialische Physis aus, die eine einschüchternde Wirkung hatte.

Sie legte den Kopf schief und ihr langer Zopf streifte ihre freiliegende, mit schlanken Muskeln bepackte Schulter.

„Ceda, du chast mich *sehrrr* enttäuscht"; sagte sie schleppend.

„Und ich erwarte dein Urteil beizeiten."

„Ich chabe für dich gebetet, Ceda."

„Und was haben die Lanzengöttinnen dir geraten?"

Hizbolla schien nachzudenken. „Du musst bestraft werden für das Versprechen, das du gebrochen hast."

Ceda wusste, dass sie nicht den Eid meinte, den sie durch den Bruch des Landsknechtkontrakts verletzt hatte. Das Versprechen, von dem sie sprach, war von anderer, persönlicher Natur gewesen.

„Ich habe dich sehr unglücklich gemacht. Und das tut mir leid."

„Er chat mich gefordert, als die Zeremonie nicht vollzogen werden konnte."

Ceda biss sich auf die Unterlippe und schlug das Auge nieder. Sie schwieg. Sie wusste nicht, was sie darauf hätte erwidern sollen.

Hizbolla nickte schwer. „Ich chabe ihm einen schnellen Tod gewährt, denn ich liebte ihn."

Ceda hob den Kopf, nahm ihren Mut zusammen und begegnete Hizbollas Blick.

„Ich erwarte dein Urteil beizeiten", wiederholte sie.

Wiederum nickte die Priesterin. „Ich werde weiter für dich beten, Ceda Kayne."

Damit wandte sie sich ab.

Adlata stieß erleichtert die Luft aus und nahm eine verkrampfte Hand von ihrer schweren Pistole.

„Bei allen Monden Aktas", stöhnte sie leise. „Ich dachte echt, sie würde dich hier und jetzt plattmachen."

„Ich würde mich teuer verkaufen", entgegnete Ceda mit stoischer Miene.

„Nur nützen würd's dir nix."

„Mach ruhig so weiter, Adlata. Vermutlich findest du die Wahrheit schneller raus, als uns allen lieb ist." Sie schüttelte den Kopf. „Es ist nicht so, dass ich ihr Urteil nicht verdiene."

„Vielleicht fällt es milde aus."

„Sie hat ihn *getötet*!"

„Tja, das weiß ich. Ich war nämlich dabei. Hat ihm das Herz mit der Lanze durchbohrt, kaum dass er sein Schwert gezogen hatte."

Ceda verzog das Gesicht. „Mit Milde kann ich da wohl nicht rechnen."

„Na ja, das war ja recht milde, in gewisser Weise. Sie hätte ihn langsam töten können. Aber warte ab, bei Hizbolla weiß man nie. Bin nie schlau aus dem Weibstück geworden."

Sie musterte Ceda, die in die Ferne starrte. „Woran denkst du?"

„Wie sie es schafft, dass ihre Titten so gut in Form bleiben. Wie alt ist die jetzt?"

Adlata schnaubte. „Kein Kommentar. Und dann hat sie auch noch drei von den Dingern. Fair is das nich."

„Ein wahres Wort."

„Yeah."

„Yeah. Wo bleibt nun diese Nada?"

Private Nada Erehwon, beziehungsweise das Mädchen, das sich diesen Namen gegeben hatte, betrat etwas fünfzehn solare Minuten später die Baracke und fand den First Sergeant des Regiments in voller Schlachtmontur vor, den Helm auf den Knien balancierend. Neben ihr auf der Pritsche saß eine jüngere Frau, die einen ebenso harten Eindruck machte. Sie trug eine hochwertig wirkende persönliche Schutzrüstung aus einem Material, das Xem oder Dura oder Trita sein mochte, und sie hatte nur ein Auge.

Ein Auge, das Ceda genauestens auf die junge Frau richtete.

Sie war gut gebaut unter ihrem Technikeroverall samt Koppeltragegestellt.

Sie war überaus hübsch unter dem ganzen Dreck in ihrem Gesicht.

Sie war garantiert keine herkömmliche Soldatin, Technikerin oder anderweitige Handwerkerin.

Sie war nicht die Frau, die Ceda Kayne suchte.

„First Sergeant?", fragte die Söldnerin und nahm so etwas wie Haltung an.

Adlata sah Ceda an, die den Kopf schüttelte.

Die dienstgradhöchste Unteroffizierin der Faun Prime Lancers überlegte. Sah abermals Ceda an. Machte ein brummendes Geräusch. Und erhob sich, ging auf Private Erehwon zu.

„Da sind Sie ja, Private. Wir dachten schon, Sie wären mit dem Rest Ihrer Leute ausgerückt."

Besorgnis machte sich in Nadas Gesicht breit. Ceda analysierte die Regung jedes einzelnen Gesichtsmuskels.

„Nein, First Sergeant."

„Exakt. Da haben wir ja Glück gehabt. Aber weshalb sind Sie nicht mit denen los?"

„Trooper Ermiak und ich sind als Einzige vom zweiten Platoon hiergeblieben, weil wir in der Stadt auf Nachbarschaftsmission waren. Ein humanitärer Einsatz, First Sergeant. Aber glauben Sie mir, ich wünschte, ich könnte bei ihnen sein! Ich glaube nämlich, dass die Scheiße die Turbine treffen wird, wo die Jungs und Mädels gerade hin düsen. Und zwar kräftig."

Sie sah weiterhin besorgt aus. Aber etwas sagte Ceda, dass ihre Besorgnis nicht nur ihren Kameraden galt.

„Was ist los, First Sergeant? Wer ist das?" Sie nickte mit skeptischem Blick in ihre Richtung.

Ceda stand auf und holte den Datenchip hervor.

Projizierte das Holo ihrer Zielperson in die Luft.

„Private, ist Ihnen diese Frau bekannt?"

Nadas Augen weiteten sich für einen Sekundenbruchteil.

Dann schüttelte sie den Kopf.

Ceda und Adlata wechselten einen Blick.

„Yeah", sagte Adlata.
„Yeah", erwiderte Ceda Kayne.

KAPITEL X – WHAT WE DO IN THE SHADOWS

Turnbull warf den Arm voll Feuerholz auf den Boden. Meek legte die drei kärglichen Äste daneben, die er gesammelt hatte.

„Was denn, du weißt doch, dass ich nicht so viel tragen kann!", ereiferte er sich mit einem finsteren Blick auf seinen großen Freund.

Turnbull sah in Richtung untergehende Sonne. „Ja, ich weiß. Du bist nur stark hier oben." Er tippte sich gegen die Stirn. „Und im Geruch, natürlich." Er ließ eine Reihe breiter Zähne sehen.

Dann wurde er schlagartig wieder ernst. „Ich hoffe nur, Sulla drückt nicht auf seinen kleinen Endlose-Höllenqualen-Knopf, weil wir so wenig Holz mitgebracht haben."

„Ach, so'n Scheiß. Das wäre pure Schikane. Er hat seit Tagen nicht mehr draufgedrückt."

„Seit vorgestern, ja. Aber gestern war's knapp."

„Ja, das war's. Der Tee war aber auch echt beschissen heiß."

„Ich fand ihn gut trinkbar."

„Ja, deine Leute fressen auch Feuergras."

Zusammen besahen sie sich den kleinen Haufen Holz. Sie hatten überhaupt nur Holz gefunden, weil sie heute die Nacht in der Nähe einer kleinen Oase verbringen würden, an der sie sich mit einer weiteren kleinen Rebellentruppe getroffen hatten. Weitere *Gerechte*, in noch abgerissenerem Zustand.

„Sie haben sowieso Brennmaterial im *Lovebus*." So nannten sie den großen Transporter, den Sulla inzwischen für sich requiriert hatte. Er und seine silberhaarige Freundin machten bisweilen einen ganz schönen Lärm da drinnen. Zu seiner Schande musste Meek gestehen, dass die spitzen Lustschreie ihn ein wenig anmachten. Es war zu lange her. Mal wieder bei einer Aphronahure vorbeischauen. Oder bei einer Deidranerin. Seinetwegen auch bei einer menschlichen Nutte, verdammt. Hauptsache mal wieder Druck ablassen.

Stattdessen sammelte er hier Feuerholz wie der letzte Depp und brachte diesem Schleimscheißer Sulla seine Pantoffeln. Letzte Nacht hatte er tatsächlich am Lagerfeuer Kunststücke vorführen müssen. Nun, er war ein ehemaliger Zirkusakrobat, aber was er in *Freakowskis großem Intergalaktischen Familien-Spektakulum* gemacht hatte, hätte er am liebsten verdrängt. Sowas hier brauchte er nicht. Kein bisschen.

Was er aber noch weniger brauchte, war nochmals vor Schmerz ohnmächtig zu werden und in seiner eigenen Pisse wieder aufzuwachen. Äußerst unnötig. Niemand brauchte sowas. Also spielte er mit.

Spielten *sie* mit. Turnbull schien es geradezu in Demut zu ertragen. In Meek kochte es da etwas offensichtlicher. Er wartete nur auf eine Chance, es diesem Sulla heimzuzahlen.

Dabei musste er zugeben, dass die meisten der Rebellen ganz in Ordnung waren. Sogar Van de Mer mit seinem lachhaften Visor schien kein schlechter Kerl zu sein.

Als sie etwas später mit den anderen am Feuer saßen und ihre schwindenden Vorräte zubereiteten, unterhielt er sich recht rege mit einem Menschen, der beinahe ebenso klein wie er selbst war – allerdings ohne offensichtlich kleinwüchsig zu sein, soweit er das sagen konnte.

Der Mann hieß Shobushi O'Brien und stammte von der Grünen Kolonie, die einst ein asiatischer Großkonzern gegründet und mit bettelarmen Menschen aus den wirtschaftlich benachteiligteren Regionen von Alterde besiedelt hatte, wo sie sich dann naturgemäß hatten totschuften dürfen. Terraforming, Old-School-Ackerbau unter quasi-lebensfeindlichen Umständen in Ermangelung funktionierender Hydroponik, all sowas. Seine Eltern hatten nichts gehabt. Ebenso wenig wie deren Eltern vor ihnen. Shobushi hatte sich in Piiq als Tagelöhner verdingt und war als Kammerjäger in Sanu-Habi tätig gewesen, bevor er sich den Rebellen angeschlossen hatte. Hatte sich für Kleingeld von Schimären stechen und von Wüstenratten beißen lassen. Dann war das Massaker von Jemarki gekommen und er hatte seinen Blaumann, seine Fallen und seine Luftpistole gegen ein Sturmgewehr und den orangefarbenen Turban der Gerechten eingetauscht – einen Turban, von dem Meek übrigens heute zum ersten Mal hörte und den hier niemand zu tragen schien. Er fragte sich, ob die Kopfbedeckung eher als reines Symbol zu verstehen war.

„Wenn die Zeit kommt, werden wir die Republik vernichten und ihre Handlanger töten", wusste Shobushi. Meek stimmte ihm zu. Je mehr er über die Taten der Republikaner und ihrer Söldner hier hörte, desto mehr meinte er es ernst.

Neben dem kleinen Menschen saß ein magerer Magronese namens Zzt, der ein Import-Export-Geschäft geführt hatte, bis von der Republik subventionierte Händler ihn verdrängt hatten. Auch er hatte der Republik und ihren Steuern und ihren Gesetzen, die Nichtmenschen benachteiligten, ewige Rache geschworen. Meek fand ihn selbst nicht sehr beeindruckend, dafür aber seine Art zu essen geradezu erstaunlich eklig, verdaute er doch das Stück hartes Brot, das er gerade aus der Schüssel genommen hatte, indem er ein ätzendes Sekret darauf spuckte und den Brei danach mit dem rüsselförmigen Maul aufsaugte. Nun, das *war* beeindruckend. Das sah man nicht alle Tage. Meek schüttelte sich.

Die Sitznachbarin des Insektoiden war eine Aphrona, deren Haut eine schöne Blauschattierung aufwies, und die nun im Schein des Feuers mal violett, mal grünlich schimmerte. Ihre Schauspielkarriere im lokalen Holotainment war beendet gewesen, nachdem ihr Sender von der Teegardia Interfun Corporation gekauft worden war – offiziell, weil sie in ihrer Show neue kreative Wege hatten gehen wollen. Inoffiziell und, so war sie zumindest fest überzeugt, in Wahrheit allerdings wohl eher deswegen, weil ihre sexuelle Orientierung den konservativen Republikanern ein Dorn im Auge gewesen war.

Und so ging es weiter. Meek hörte sich das alles an und beteiligte sich rege an Gesprächen.

Auch Turnbull hörte zu, nickte an den passenden Stellen, zeigte sich an anderen passenden Stellen entrüstet, ganz so wie er meinte, dass es von ihm erwartet wurde. Nicht, weil die Geschichten ihn nicht berührten – er war ja kein bekackter Soziopath! – oder weil er keine Meinung dazu gehabt hätte. Er selbst hatte immerhin live miterlebt, wozu Menschen im Allgemeinen und Teegardianer und andere Republikaner und Monarchos im Besonderen imstande waren, aber er hatte beschlossen, weiterhin vorsichtig zu bleiben. Er beobachtete lieber. Lauschte aufmerksam. Musste sich seine Meinung erst noch bilden – zu allem hier. Und zu jedem. Wenn die Zeit für entschlossene Handlungen, die das Risiko ihrer Durchführung lohnten, gekommen war, würde er es wissen. Das war bisher immer so gewesen.

Insbesondere blickte er immer mal wieder verstohlen zu Sulla herüber, wenn er sich halbwegs sicher war, dass der Kerl nicht hinschaute. Er und Jeromina waren die meiste Zeit mit sich selbst beschäftigt. Nur ab und an warf Van de Mer etwas ein.

Wie auch jetzt. Der schlanke Mann beugte sich vor und flüsterte Sulla etwas ins Ohr.

Der schaute ein wenig alarmiert und erhob sich. Griff nach einem Pad und verschwand in den Schatten zwischen zwei geparkten Fahrzeugen und einem schnarchenden Golongo.

Turnbull sah ihm nach. Und bemerkte zu spät, dass Jeromina ihn beobachtete. Ihre Blicke trafen sich. Er deutete ein Nicken an. Sie grinste wölfisch und drückte pantomimisch auf einen imaginären Knopf.

Turnbull schauderte es. Die mächtigen Muskeln in seinem Rücken verkrampften sich.

Solchen Schmerz wie in der vorletzten Nacht wollte er nie wieder spüren. Allein der Gedanke daran ließ seinen Puls rasen. So etwas war er nicht gewohnt. Was immer genau sie ihnen da auf dem Sklavenmarkt so rasch, problemlos und unbemerkt eingepflanzt hatten, kam direkt aus einer der vielen Höllen, an die im ganzen Universum geglaubt wurde, da war er sehr sicher. Seine Mägen blubberten nervös. Er musste verhindern, dass es wieder dazu kam, dass er solche Schmerzen leiden musste. Koste es, was es wolle.

Die Androhung derartiger Gewalt hätte ihn nicht überraschen sollen. Er hatte sein Volk sterben sehen. Hatte einstmals stolze Krieger, Handwerker, Künstler und Gelehrte als Schatten ihrer selbst weiterexistieren sehen. Als domestizierte Subjekte einer vermeintlich höher entwickelten Zivilisation.

Das hier war nichts anderes. Nur, dass diejenigen, die seine Welt unterjocht und sein Volk ermordet und in die Reservationszonen verbannt hatte, ihnen keine unfassbare Schmerzen auslösenden Sonden implantiert hatten.

Sulla mochte davon sprechen, dass sie innerhalb der *Gerechten* alle gleich waren, aber selbst der hinterletzte Idiot hätte verstanden, dass es hier mindestens drei Klassen gab. Sulla als Entsandter des Messias ganz oben, Meek und Turnbull und dieser asoziale Unash als Sklaven – auch wenn hier natürlich niemand sie so nannte – ganz unten. Und Turnbull war zwar kein Ulya oder Einstein, aber er war auch nicht der hinterletzte Idiot. Er wusste genau Bescheid.

So wie er mit einem Mal wusste, dass jetzt der rechte Moment gekommen war, um endlich aktiv zu werden. *Scheiß aufs Risiko.*

Als Jeromina das Interesse an ihm verloren hatte, nutzte er eine kurze Gesprächspause, um Meek anzustupsen.

„Was gibt's, ich hab mich grad sehr gut über die horrende Gewerbesteuer unterhalten sowie über die Gesetzesänderung zur Hyperraummaut, die … was ist denn?"

Turnbull hatte seinen besonderen Gesichtsausdruck aufgesetzt. Den, den er immer aufsetzte, wenn etwas besonders ernst, wichtig und vor allem dringlich war.

Meek seufzte, beugte sich zu Turnbull rüber und lauschte.

„Unser Gastgeber ist grad mit seinem Pad losgezogen und hat sich in die Schatten verdrückt", flüsterte der Caproner.

„Na und, vielleicht muss er mal schiffen."

„Vielleicht siehst du mal nach."

„Ob er Hilfe dabei braucht?"

Verdammt, konnte der kleine Penner nie ernst sein? „Was er treibt. Könnte nützlich sein."

„Könnte mir ein unmarkiertes Grab im Sand bescheren. Oder eine Runde Blackout und in Pisse aufwachen."

„Willst du nicht wissen, was die vorhaben?"

„Na, uns zum glorreichen Sieg über die Republik führen. Scheiß Reps, ich spucke auf sie", entgegnete Meek unmotiviert.

Turnbull stierte ihn an (wobei er natürlich tatsächlich an einen Stier erinnerte, nur mit prächtigeren, gebogeneren Hörnern).

„Okay, okay, okay! Mach dich locker", wisperte sein Partner unwirsch. Und fügte lauter an: „Ich muss eh selbst dringend mal schiffen. Verdammter Rakh."

Turnbull nickte ihm dankbar zu. Und hoffte, er würde vorsichtig sein.

Er rutschte etwas auf und setzte sich neben die Aphrona, die ihm aufreizend zulächelte. Innerlich seufzte er – was war bei diesen bunten Fastmenschen kaputt, dass sie so auf ihn abfuhren? –, äußerlich machte er gute Miene zum bösen Spiel.

Als Meek eine Minute später wiederkam, war er ungewohnt bleich. Zittrig ließ er sich zwischen Turnbull und das Ex-Starlet fallen und grabschte nach der Flasche mit dem Rakh.

„Und?", flüsterte Turnbull.

„Ich habe meine Blase entleert!", sagte Meek laut, steif und mit entgleisender Stimme.

Dann ging er mit seinen Lippen dicht an Turnbulls Ohr, wozu dieser sich weit herunterbeugen musste.

„Ich hätte meine Blase tatsächlich fast in meine Hose entleert – zum wiederholten Mal diese Woche!"

„Komm aufn Punkt, Alter."

„Wir sitzen in der Scheiße. Richtig tief drin." Er nahm einen großen Schluck Rakh. Dann noch einen. Sein Blick wanderte nervös, fast schon panisch, über das Lager. Über die Teile der Oase, die sie von hier aus sehen konnte. Über die Dünen um sie herum.

Turnbull folgte dem Blick. Sah, wie die Monde sich auf der glatten Wasseroberfläche spiegelten. Sah die finsteren Dünen. Und Jeromina und ihre Gefährten.

Niemand beobachtete sie. Dennoch ließ eine vermeintliche Bewegung in der Dunkelheit ihn jetzt den Kopf ein wenig drehen. War da nicht etwas in seinem Augenwinkel gewesen? Fehlanzeige. Nichts zu sehen.

Nun, vermutlich nur eine der Wachen. Oder Einbildung. Überspannte Nerven.

„Details, bitte."

Meek leerte die Flasche. „Okay, hör mir zu. Ich hab ein paar Details für dich: Wir überwältigen jetzt Sulla und seine Arschlöcher, bevor es zu spät ist. Und dann hoffen wir, wir können was mit den Infos anfangen, die ich da grad bekommen habe – war übrigens doch eine gute Idee von dir, mal nach unserem Freund zu sehen."

„Was meinst du damit?" Turnbull verstand nichts.

Meek rülpste leise. Dann kicherte er, offenbar der Hysterie nahe. Oder bereits betrunken, denn er vertrug nicht viel, obwohl er gern und häufig trank. Oder, was am wahrscheinlichsten war, beides.

„Sie werden aus den Schatten zuschlagen." Er lachte. Es klang ein wenig psychotisch. „Oh ja. Pass auf: Wir gehen wie folgt vor …"

KAPITEL XI – VOLLEYED AND THUNDERED

{Möge der Himmel uns segnen.}

Ich lud die Smeck & Fissom 52er *Megalodon*, die Tante Rosea mir zum achtzehnten Geburtstag geschenkt hatte. Eigentlich für den Fangschuss bei der Lyndwyrmjagd gedacht, erwartete ich dennoch, dass sie mir gute Dienste im Felde leisten würde und steckte die Waffe ins Holster zurück.

{Möge die Erdmutter uns segnen.}

Meinen zeremoniellen Kurzsäbel hatte ich in meinem Zelt gelassen, weshalb ich nun zum gefühlt zweihundertsten Mal in den letzten zweihundertdreiunddreißig Jiffys das Sturmgewehr überprüfte, das das Regiment mir gestellt hatte. Für solch ein klobiges Ding war es unerwartet leicht. Und einfach zu bedienen, selbst für einen Söldnergrünschnabel, der von den Streitkräften, die ihn an den von ihnen bezahlten Haufen gedungener Mörder ausgeliehen hatten, weit moderneres Equipment gewohnt war. Ich hängte das Gewehr um.

{Möge der Fluss uns segnen.}

Ich trug keine nennenswerte Panzerung, denn auch die lagerte in meinem Zelt. Niemand hatte mit waschechten Kampfhandlungen gerechnet, am allerwenigsten ich. Aber ich brauchte auch keine Panzerung. Ich hatte Gu'e'la A'Shantari. Ich hatte eine Leibdienerin und teegardianische Elitewächterin mit mehr als einhundert Standardjahren Kampferfahrung.

Während ich hinter Zinger auf das Krad stieg, versetzte Shari ihre Rüstung in den vollständigen Schlachtmodus und setzte ihr Takular auf. Im Gegensatz zu meinem Fokulus, das treu an meinem Gürtel baumelte, hatte sie dieses technische Gerät mit dem nicht weniger beknackten Namen nie gestört. Im Gegenteil: Sie nutzte es rege.

{Möge der Fährmann uns segnen.}

An Sharis gesamtem Körper klickte und surrte es. Scharniere rasteten ein. Panzerplatten schoben sich für den anstehenden Kampf zusammen. Sensoren fuhren hoch. Waffen und Gegenmaßnahmen wurden entsichert und final freigegeben.

{Möge der Pförtner uns gewogen sein.}

Shari drehte sich mir zu, der ich nun hinter dem wie eine Stahlfeder gespannten Körper Zingers auf dem Bike saß und krampfhaft versuchte, mich vorbeugend irgendwo festzuhalten, ohne Zinger zu berühren, die schier aus ihrer hautengen Kradmontur zu platzen drohte. Auf die gute Art, versteht sich. Selten hatte ich sie attraktiver gefunden als in diesem Moment. Selten hätte ich weniger wahrscheinlich einen hochgekriegt, denn mir war vor lauter Aufregung ein wenig schlecht.

Shari maß mich mit finsterem Blick.

„Hast du dein Gebet gesprochen?", fragte sie ernst. Kein *Prinzling*, kein Lächeln, kein schalkhafter Unterton.

Aus Zingers Comeinheit drangen gepresste Befehle und Bestätigungen. Hinter dem Hügel neben uns näherte sich etwas.

Ich nickte Shari zu. Natürlich hatte ich seit meiner Kindheit keines der Schutzgebete mehr gesprochen, die sie mir beigebracht hatte. Ich hielt dies für infantilen Unsinn. Für fehlgeleiteten indigenen Aberglauben. Für ein überholtes, obsoletes Ritual.

Doch ich nickte. Trotz all meiner rebellischen Triebe zu dieser Zeit lag mir etwas daran, Shari beruhigt zu sehen.

Und sie schien tatsächlich zufrieden. Zumindest, bis ihr Blick auf Zinger fiel.

„Hör zu, Mädchen."

Zinger sah Shari direkt an. Eine Snackgummiblase platzte von perfekten Lippen, das konnte ich hören, das musste ich nicht sehen, ebenso wie ich ihren arroganten, renitent-mädchenhaften, traumhaft unangepassten Blick nicht sehen musste, damit mir die Haut am ganzen Körper prickelte.

„Ich weiß, wie die Befehle lauten. Der Junge bleibt bei dir. Bringe ihn nicht unnötig in Gefahr, egal welchen Kick es dir oder euch geben mag. Ich weiß, ihr wollt Geschlechtsverkehr miteinander haben. Euch paaren. Den horizontalen *Shan-Noogie* tanzen. Ein *Schez* im *Snuz* verpacken. Einfach *eine schöne Nummer schieben*."

Ich wäre im Boden versunken, wenn mir diese Gnade vergönnt gewesen wäre. Stattdessen krallte ich mich nun doch auf Hüfthöhe in Zingers funktionslederner Kradkombi fest. Dass nicht ein Gramm überschüssiges Fett an diesen Hüften war, brauche ich nicht extra zu erwähnen.

„Doch bedenke eins, junge Dame: Ich bin die Beschützerin dieses Edelmannes, bin es seit seiner Geburt. Uns verbindet das

Qess-Hao. Solange ich lebe, werde ich nicht zulassen, dass ihm ein Haar gekrümmt wird. Ich werde immer über ihn wachen. Und ich bin nie weit hinter euch, auch wenn ich kaum so schnell wie deine Mühle hier sein werde. Überlass den Kampf mir, wenn er euch sucht. Dafür bin ich da."

Keine besonders erhabenen Worte, aber ich nickte automatisch, ein wenig ergriffen von der aufopfernden Haltung, die Shari an den Tag legte. Ich war derlei Reden von klein auf gewohnt, sicher. Doch jetzt waren wir in der Tat kurz davor, in einen echten, scharfen, gefährlichen Kampfeinsatz zu gehen. Mit geladenen Waffen, gewaltbereiten Rebellen, schnellen Wüstenrädern, hyperattraktiven Soldatinnen, die selbige lenkten, und allem.

Und Shari meinte es völlig, unumstößlich, ohne jeden Zweifel todernst.

Zinger merkte das. Ließ trotzdem noch laut eine Snackgummiblase platzen. Und nickte dann. „Bleib cool, Gouvernantchen. Wir passen gemeinsam auf ihn auf."

Sharis Körperhaltung verlor kein bisschen von ihrer Anspannung. Sie deutete auf mich, der ich da verkrampft hinter Zinger auf dem Bock saß und mich an sie klammerte wie ein Grollo an die Dattelpalme.

„Kein Leichtsinn. Fokussiere dich. Erinnere dich an deine Ausbildung. Vergiss nicht deiner Eltern Antlitz. Und mache die Republik Teegardia stolz."

Ich ließ Zinger lang genug mit der Rechten los, um Shari tatsächlich und aufrichtig zu salutieren.

Jetzt lächelte sie über ihr gesamtes, breites, graues, dickhäutiges Gesicht.

„Ich bin immer dicht hinter dir, Prinzling."

„Und ich vor dir, Süßer." Zinger aktivierte den Antrieb. Das Krad schnurrte unter uns. Ihr Com knackte. Befehle flogen durch den Äther.

„Treten wir ihnen in den Arsch." Ich war stolz darauf, dass meine Stimme kein Stück zitterte.

Ich sah zum Himmel auf. Sah die Monde scheinen. Die zahlreichen Sterne glitzern.

Und über einem der Dünenkämme ein paar terranische Klicks weiter ein orangerotes Flackern. Lagerfeuer. Die Rebellen. Nahe der Oase, wo sie sich erfrischten und sicher die nächsten ruchlosen Anschläge auf unschuldige republikanische Bürger und deren Verbündete planten.

Ich biss die Zähne zusammen. Überprüfte nochmals den Sitz meines Helms.

Sekunden wurden zu Minuten.

Die Zeit schien sich ins Unendliche zu dehnen. Der Adrenalinschub, den ich bisher verspürt hatte, drohte nachzulassen. Nachzulassen und bleierner Müdigkeit zu weichen, Furcht und der Erkenntnis, dass ich nur ein dummer Junge mit einem Gewehr war, der auf einem halsbrecherisch schnellen Zweirad saß, auf Gedeih und Verderb dem Geschick einer kein bisschen vertrauenswürdigen Ex-Künstlerin ausgeliefert, die mit großer Wahrscheinlichkeit nachweislich verrückt war.

„*Outriders*, hier *Reaper Actual*. Alle Einheiten bestätigen." Ratshs Stimme war heiser. Wer sie kannte, und zu diesem Kreis zählte ich mich zu diesem Zeitpunkt nicht, konnte aber auch heraushören, dass sie voller Vorfreude steckte. Mehr noch: Mordlust.

In kurzen Abständen trudelten nacheinander rasch geflüsterte Anwesenheitsbekundungen von Boak und seinem Dunecruiser, dem schwerer gepanzerten Buggy, Hecks' Fahrzeug sowie allen Kradführern ein.

„Chief, melde *Outriders* voll einsatzbereit."

Eine neue Stimme übernahm, höher, ein wenig zittrig, aber durchaus nüchtern und befehlsgewohnt.

„Task Force *Dunedoom*, hier spricht der Chief." Lieutenant J'arnys, Clan Sp'a, hatte kein Callsign. Sie brauchte keines. Sie meldete sich einfach mit ihrem Dienstposten und niemand zuckte mit der Wimper.

„Befehle wurden übermittelt. Sergeant Bolzen und die Unterstützung vom Ammo Train gehen mit uns rein. Unsere Scouts und Sniper sind abgesessen und in Position. *Outriders* ebenfalls auf ihren Zielmarkierungen. Ich möchte euch nochmals ins Gedächtnis rufen, dass wir wegen der ZP hier sind, Sulla. *Big Show* ist sein Codewort für diese Operation für diejenigen, die es brauchen. Ich nutze aber bewusst seinen Klarnamen, um euch in Erinnerung zu rufen, was hier auf dem Spiel steht. Wenn wir diesen Bastard heute schnappen, können wir die Rebellion eklatant schwächen. Die *Gerechten* verkrüppeln. Also: Wir schlagen schnell zu. Wir schlagen hart zu. *Die Nacht bringt den*

Tod."

„*Jede Nacht, die ganze Nacht*", wisperte ich zeitgleich mit Zinger.

Sie drehte ihren Kopf und sah mich aus dem Augenwinkel an.

„Wenn das hier vorbei ist, unterhalten wir uns. Eingehend", sagte sie. Das, was in diesem Satz mitschwang, als Appetit zu bezeichnen, wäre eindeutig untertrieben gewesen.

„Natürlich", sagte ich unbedarft. Ich war damals nicht sonderlich eloquent. Ferner wusste ich damals nicht zu schätzen, was für ein Glückspilz ich war. Heute tue ich es, auch wenn man rückblickend bisweilen Abstriche machen muss.

Dennoch: Zinger war ein Prachtweib und legte jetzt den Gang ein.

Ich konnte neben uns vage die Schemen anderer Bikes ausmachen. V'rron, Nied, Cras, Tiebulsky. Ich wusste, Camo und andere Scharfschützen würden längst auf Posten liegen. Keine Chance, sie jemals zu erspähen. Nicht einmal bei Tageslicht.

Ich sah ferner mindestens einen Dunecruiser, sicherlich Boaks.

Ratshs Leute, die Spähpanzer unter direktem Befehl des Chief Scouts sowie die reguläre Infanterie, die uns unterstützen sollte, würden von der anderen Seite aus angreifen.

Eine klassische Zangenbewegung. Gar kein Problem.

Gar kein Pro – es klickte im Com und Zinger gab unvermittelt Gas.

Ich bekam noch gerade eben so mit, wie Shari – auf ihre Art unfassbar schnell, wenn sie es wollte oder musste, viel schneller, als man einem Wesen mit ihrer Masse jemals, unter irgendwelchen Umständen, zugetraut hätte – sich in Bewegung setzte, aber wir waren längst vorgeprescht.

Ich klammerte mich mit der Kraft der Angst und Verzweiflung an Zinger und nur der Zufall sorgte dafür, dass ich ihr dabei nicht an die Möpse griff. Trotzdem spürte ich ihren harten Körper unter meinen Fingern. Ich stellte mir, trotz der akuten Lebensgefahr, der wir uns in unmittelbar bevorstehender Zukunft aussetzen würden, vor, wie ich sie von hinten nahm. Obschon ich noch nie jemanden oder etwas von hinten genommen hatte. Das Holotainment beflügelte meine Fantasie.

Allerdings sollten wir sehr wohl den Feind von hinten nehmen. Ich war fest überzeugt, dass ich nun genau das tun würde.

Ich sollte ausnahmsweise recht behalten.

Das Bike setzte über die Düne hinweg, als würde es eine Sprungschanze nehmen. Im Flug drehten die Reifen durch – ein Vorgängermodell hätte sicherlich mit einem röhrenden Motor aufgewartet, doch Zingers Krad surrte lediglich zurückhaltend.

Sterne funkelten. Monde schienen.

Vor uns und unter uns loderte ein Lagerfeuer und warf lange Schatten.

Ich sah Golongos, die aus dem Schlaf hochfuhren, riesenhafte Schatten mit vier Höckern, die fragend trompeteten.

Ich sah Schemen vom Lagerfeuer aufspringen und hörte sie in diversen Sprachen durcheinanderbrüllen.

Ich hörte, wie unsere Männer und Frauen das Feuer aus einem halben Dutzend verschiedener Waffentypen eröffneten.

Eine todbringendes Plasmageschoss, ein grellgrüner, wabernder Klumpen, der mich an ein radioaktives Stück Rotz erinnerte, ließ ein Golongo wie einen Luftballon zerplatzen und wirbelte zwei humanoide Schemen umher, die schreiend im Sand landeten.

Mehrere Maschinenkanonen ließen ihre abgehackten, harten, zutiefst mechanischen Stimmen hören. Das Lagerfeuer zerplatzte im Hagel der Explosivgeschosse und setzte mehrere Rebellen in Brand, die kläglich aufkreischten.

Eine Granate traf ein ebenso altes wie gewaltiges Transportfahrzeug, riss seine weiche Hülle auf und brachte es mit einem unfassbar lauten Knall zum Zerbersten. Seine Fracht rieselte als gleißende Funken, brennende Trümmerstücke und feine Ascheflocken zu Boden.

Irgendwo krachte ein Scharfschützengewehr. Der Schuss hallte lange nach. Ein Kopf explodierte – ein Schatten, der in kleinere Schatten zerbarst.

Die Schreie der Rebellen waren allgegenwärtig.

Ebenso wie die Angriffsfahrzeuge und Soldaten, die nun aus den Schatten auf das Lager einströmten.

Sporadisch wurde Feuer erwidert, aber wir störten uns nicht daran.

Zinger langte an einen Kontrollschalter am Lenker ihres Bikes und feuerte den computergestützten Antipersonenlaser in die Menge ab.

Ein Magronese wurde in zwei Hälften geteilt. Er qualmte,

rauchte, zischte. Schrie. Sein Pulsgewehr fiel unbenutzt in den Sand.

Ein riesiger Unash duckte sich unter dem schlecht gezielten Feuerstoß eines Sturmgewehrs weg, packte den unvorsichtig vorgepreschten Söldner, der ihn abgegeben hatte, und schleuderte ihn in unsere Richtung.

Zinger riss den Lenker herum – zum Ausweichen war es zu spät, aber sie nahm dem Aufprall damit seine Wucht.

Wir streiften die Leiche des Kameraden, das Krad brach aus und ich fiel vom Rücksitz.

Zinger schaffte es, sich auf dem Bock zu halten, und steuerte das sich störrisch windende Bike die nächste Düne hoch. Um sie herum schlugen Projektile ein, wirbelten Sand auf.

Ich selbst lag im Dreck und wusste für einen Moment nicht mehr, wie ich hieß. Flüche, Gebrüll, Schmerzensschreie überall um mich herum.

Unwirklich lautlose Kampfmaschinen donnerten die Dünen herunter in Richtung der Oase, in der bereits erste Leichen schwammen.

Mündungsfeuer flammten überall im Lager auf, entfalteten sich wie gleißende Blüten.

Ich sah einen Dunecruiser ausbrechen und mit einem Frachthauler kollidieren und beobachtete seltsam teilnahmslos, wie ein Kamerad über die Plasmakanone geschleudert wurde, die er bediente. Er kam außerhalb meines Sichtfeldes auf, aber ein unangenehmes Geräusch verriet mir, dass er sich mit großer Wahrscheinlichkeit den verdammten Hals gebrochen hatte.

Ich setzte mich auf. Mein Gewehr war fort. Ich zog meinen klobigen Jagdrevolver. *Megalodon*. Kaliber .52. Wenn ich damit nichts ausrichten konnte, womit dann?

Mir schwirrte der Kopf, als ich mich mit zittrigen Armen auf wacklige Knie stemmte.

Ich sah mich um. Erblickte eine Aphrona, die ich unter anderen Umständen als exquisites Exemplar erkannt hätte. Die mir eventuell vielleicht sogar bekannt vorgekommen wäre. In diesem Moment aber sah ich nur einen Feind. Sah ihr zu einem wilden Kampfschrei verzerrtes Gesicht. Und die Scattergun, die sie auf mich gerichtet hatte.

Ich drückte den Abzug durch und ihr Unterkiefer verschwand. Knochensplitter, Blut und Hirngewebe stoben aus ihrem Hinterkopf. Sie fiel lang hin, ohne ein weiteres Wort, einen Mucks, eine Regung irgendeiner Art.

Der Rückschlag prellte mir beinahe die Waffe aus der Hand, aber ich fing sie ab und versuchte, mich neu zu positionieren.

Eine silberhaarige Frau feuerte ihren riesigen Blaster auf mich ab. Er brüllte regelrecht. Bockte in ihrer Hand auf. Die Plasmaprojektile jaulten, kreischten. Wollten mich zerfetzen.

Vor mir eine Wand aus Schockkeramik. Ich sah bleiche Splitter davonexplodieren, hörte Shari grunzen, sah, wie sie bei jedem Treffer, den ihre Reaktivpanzerung absorbierte, einen Schritt zurücktaumelte.

Ich drückte gegen sie, versuchte, sie zu stabilisieren, mich selbst zu schützen, während der *Adjudicator* unablässig gleißend grünen, kreischenden Tod auf uns spuckte.

Aber Sharis kostbare Panzerung war ihr Geld wert. Mein Vater war vieles, aber er war nicht geizig. Sie hatte das Ziel bereits vor dem ersten Treffer angepeilt, das Gefahrenpotential analysiert und geeignete Gegenmaßnahmen formuliert.

Während – ohne, dass ich oder sie oder sonst wer davon Notiz genommen hätte – weitere Gegner auf der Bildfläche erschienen und ihre Waffen auf uns richteten, klappte ein verstecktes Fach in Sharis Rüstung auf. Ein kurzer Lauf fuhr heraus, richtete sich aus und blies der Silberhaarigen eine Wolke rasiermesserscharfer, ultraschneller Flechettes ins Gesicht.

Sie keuchte, spuckte Blut und Zahnsplitter und Teile ihrer Zunge aus. Aus ihren zerfetzten Augen quoll rote und durchsichtige Flüssigkeit. Die Schmerzen mussten immens sein. Nase und Mund waren völlig zerstört. Ihr Gesicht war eine Ruine. Sie taumelte, stolperte, fiel nach hinten und starb. Nun, nicht sofort, versteht sich: Erst eine Stunde später sollte sie von ihren Qualen erlöst werden.

Shari schnaufte. Ihre Rüstung feuerte eine Flashbang-Granate in eine Gruppe Männer und Frauen, die primitive Projektilwaffen in unsere Richtung schwenkten. Versengte ihre Netzhäute, ließ ihre Trommelfelle platzen, blendete sie, machte sie taub.

Setzte eine winzige Köderdrohne ab, die tatsächlich eine computergesteuerte Gewehrgranate abfing, die jemand auf uns abgefeuert hatte. Und fuhr einen Antipersonenlaser auf einem Stativ an ihrer Schulter aus, der nach und nach und sehr gezielt einzelne Rebellen herauspickte und wie lästiges Ungeziefer aus dem Leben pflückte.

Währenddessen versteckte ich mich hinter ihr und jammerte und weinte wie ein Kind, die große Waffe in meiner Hand, mit der ich Sekunden zuvor einer wunderschönen Frau den Kopf weggeschossen hatte, völlig vergessen. Ich biss die Zähne zusammen, spürte heiße Tränen in den Augenwinkeln und auf den Wangen. Während Shari kämpfte, zwang ich mich, die Augen offen zu halten.

Die Schlacht tobte um uns herum.

Auf der anderen Seite des Lagers feuerten die *Stalker*-Spähpanzer ihre leichten Kanonen in Fahrzeuge ab, die hektisch gestartet wurden. Ein rostiger Sattelschlepper büßte sein Führerhaus ein. Auf seiner Ladefläche machten sich drei oder vier Gestalten derweil daran, eine Segeltuchabdeckung zu entfernen. Sekunden später wurde eine alte, aber gewaltige Railgun aktiviert.

Eine der *Stalker* feuerte, eine Granate zischte über die Köpfe der Rebellen auf der Ladefläche hinweg und explodierte irgendwo wirkungslos im Sand. Die Railgun nahm Zielpeilung auf.

Die gesamte Ladefläche erzitterte, einer der Rebellen wurde von der Vibration von der Plattform geworfen.

Das Geschoss der Railgun durchbohrte die Panzerung des *Stalkers*, die dem hyperschnellen Geschoss aus abgereichertem Unobtainium nicht mehr entgegenzusetzen hatte als ein Pappkarton einem Stilett. Ein sauberes Loch, wo es eintrat. Ein sauberes Loch, wo es austrat. Eine tote Crew und ein schrottreifes Panzerfahrzeug dazwischen

Ein sachter, sich bereits verflüchtigender Rauchtunnel, der die Flugbahn nachzeichnete.

Jubelschreie der Rebellen.

Automatisches Feuer von rechts. Einige *Gerechte* mit Sturmgewehren nahmen den gepanzerten Dunecruiser der *Outriders* aufs Korn. Die Plasmakanone rülpste einen hochenergetischen grünen Klumpen auf sie und zerfetzte sie in ihre Atome.

Alle, bis auf eine junge Frau, die es schaffte, mit nur einem Arm und furchtbaren Verbrennungen am ganzen Körper ihre Bazooka auszurichten.

Die leichte Panzerabwehrwaffe gab ein leises, beinahe verhaltenes Zischen von sich. Rauchwolken quollen aus dem Rohr. Eine primitive Hohlladung pfiff durch die Nachtluft und traf den Dunecruiser frontal.

Er war zwar gepanzert, aber bei weitem nicht stark genug. Seine gesamte Front wurde eingedrückt, als sei er gegen einen unsichtbaren Betonpfeiler gerast. Explosionsdruck von innen trieb die Panzerplatten auseinander. Feuer leckte aus aufgeplatzten Nähten.

Die Schützin schaffte es noch, schwach zu lächeln und etwas zu murmeln, das ein Gebet oder ein Motto oder ein zufälliger Gedanke gewesen sein konnte, den sich ihr sicherlich vor Schmerz und Schock halb wahnsinniges Gehirn zu verbalisieren beschlossen hatte, dann fällte Sharis Laser sie.

Ich hörte ein Golongo trompeten, spürte Erschütterungen wie von einem sehr schwachen Erdbeben, und vernahm die Schreie mehrerer Männer. Ich sah nicht hin.

Ich erhob mich mit schmerzenden Knien und umrundete Shari mit vorsichtigen Schritten.

Ihre eingerasteten Beinschienen und waren wohl das Einzige, was sie aufrecht hielt. Von ihrer Panzerung stieg Rauch auf. Reaktivelemente aus Schockkeramik waren weggeplatzt, stellenweise schwelten Einschusslöcher in ihrem Oberkörper. Es roch nach verschmortem Kunststoff. Ihre Augen hinter dem halb durchsichtigen Takular waren geschlossen. Dass sie auf ihrem HUD nichts als hektische Warnmeldungen gesehen hätte, verriet mir das flackernde rote Licht, das deren Projektionen auf ihr Gesicht warfen.

Eine panische Sekunde lang war ich davon überzeugt, dass sie tot war. Ich stand wie erstarrt da. Hinter mir und um mich herum wurde noch immer gefeuert und geschrien. Aus meinem Com drangen Befehle, Rufe und weitere Schreie.

Ich brüllte auf, gab mir einen Ruck, verfluchte mich für meine Untätigkeit und war dabei, eine Abdeckung von ihrer Bauchpanzerung zu lösen, um an die Vitalanzeigen zu kommen, als eine große, kräftige Hand mein Handgelenk packte.

Die Servos in Sharis Handschuhen surrten kaum hörbar. Ich sah erschrocken auf und ihr in die halb geöffneten Augen.

„Lass deine Patschepfoten bei dir, Prinzling. Du machst noch was kaputt."

„Viel kaputtzumachen ist da nicht mehr, glaube ich", brachte ich erstickt hervor.

Shari lächelte. „Du hast überhaupt keine Ahnung von

Schockkeramik, was mich nun überhaupt nicht *schockt*.“

„Shari, lass das mit dem Humor, du kannst das nicht.“

„Pah!“ Sie hustete. Ein Ruck ging durch ihren Panzeranzug. Die Beinschienen lösten sich aus ihrer Arretierung. Sie machte probehalber einen Schritt nach vorn.

„Alles okay. Brustharnisch, Schulterstücke und so weiter müssen allerdings beizeiten ausgetauscht werden.“ Ihre Augen wanderten. Sie las vom HUD ab.

„Kein Schuss ist durchgedrungen. Mir geht es gut.“

„Abbanichmahrlanga!“, grölte etwas. Überaus laut, überaus schleimig, überaus unverständlich.

Etwas war hinter Shari.

Es traf sie in den Rücken, während die beschädigte, überforderte Panzerung noch dabei war, nach einer wirkungsvollen Verteidigung zu suchen.

Ich sprang mit einem überaus unmännlichen – ganz zu schweigen von unsoldatischen – Kreischen beiseite. Ein riesiger schwarzer Schatten hockte auf Sharis Rücken, die sich unter dem protestierenden Kreischen der Servos hochzustemmen versuchte.

Ich hatte zwar noch nie eine Kröte gesehen, sie mir aber immer so vorgestellt. Nur weniger hässlich, weniger riesig und muskelbepackt, weniger einäugig und weniger damit beschäftigt, meine erste und beste Freundin zu töten.

Sharis Panzerung surrte und sirrte und machte Anstalten, diverse Fächer zu öffnen, die dem Unash unangenehme Dinge entgegengespien hätten. Seine große Hand drückte das Fach mit den Flashbangs zu und zwang den Flechettewerfer zurück in seine Verschalung. Dabei grunzte und quakte er.

Shari stöhnte und fluchte Verwünschungen in ihrer Sprache, die ich nicht in ihrem Wortschatz verortet hätte. Sie schlug nach dem Gegner, aber er war groß, schwer und vor allem in einem für sie sehr ungünstigen Winkel positioniert.

Der Unash packte den Antipersonenlaser auf seinem Stativ und riss daran herum. Drückte seinen Lauf in den Dreck. Mit der anderen Hand packte er Shari im Nacken und versuchte, dasselbe mit ihrem Gesicht zu machen.

Ihr Stöhnen und Fluchen wurde zu einem erstickten Murmeln.

Und ich stand da, mit dem sprichwörtlichen Schwanz in der

Hand, und tat nichts.

Wobei der riesige Revolver in meiner Hand mit meinem Schwanz relativ wenig zu tun hatte, um der Ehrlichkeit den Vorzug zu geben. *Richtig, der Revolver.* Ich packte ihn fester, auch wenn meine Hand und mein Arm und mein gesamter Körper zitterten.

In diesem Augenblick war er selbstredend weitaus nützlicher als ein Schwanz es je hätte sein können. Ich zwang mich, meine Angst in Entschlossenheit zu verwandeln. Das Adrenalin, das durch meine Adern pumpte, als Initialfunken zu nutzen. Aus Panik wurde so etwas wie *gerechter Zorn* – ein ebenso blumiger wie treffender Begriff.

Ich schrie auf, riss den Revolver hoch und schoss. Der Lauf stieg Richtung Sternenhimmel.

Das Geschoss verfehlte den Unash, der mit kräftigen Beinen zum Sprung angesetzt hatte. Er flog direkt auf mich zu, quakend und mit seiner langen Zunge schlabbernd.

Ich war geistesgegenwärtig genug, mich zur Seite zu werfen. Für ein Wesen seiner Ausmaße kam der Unash erstaunlich sanft auf. Trotzdem ging eine sachte Erschütterung durch den Boden.

Als er zu mir herumwirbelte, zischte ein grellpink glühender, hauchdünner Laserstrahl an ihm vorbei. Er zog den Kopf ein und brüllte Shari an, die sich auf ein Knie hochgewuchtet hatte.

Sand rieselte ihr vom Gesicht und sie atmete schwer, aber ihr Blick war der einer zornigen Kriegsgöttin. Der Laser auf seinem Stativ richtete sich neu aus.

Die Kugel, die ich aus dem Liegen auf den Unash abfeuerte, verfehlte ihn ebenso wie Sharis nächster Schuss, dellte dafür den Brustharnisch eines Menschen ein, der einen ziemlich dämlichen Sonnenvisor trug – ich erwähnte ja bereits, dass es Nacht war! – und sich irgendwie an uns herangeschlichen hatte. Er landete mit einem Schrei im Sand. Sein Karabiner landete neben ihm.

Der Unash lachte triumphierend – er war ja immerhin auch gleich zwei Angriffen ausgewichen! – und brüllte uns etwas in einer überaus schlechten Standardzunge entgegen, präsentierte seinen Bizeps und deutete mehrfach in einer eindeutigen Schmähgeste auf Shari.

Und fiel nach hinten, als Zingers Bike in seinem Gesicht landete.

Er schrie, als der durchdrehende Vorderreifen Hautschichten

von seinem Gesicht riss. Blut spritzte auf und Fetzen des Unash landeten im Wüstensand.

Zinger gab Gas und überrollte ihn.

Dabei kam sie allerdings aus dem Gleichgewicht, stürzte, rollte sich ab und stand wieder auf den Beinen. Ihr Krad fuhr noch ein paar Meter, ehe seine Sensoren merkten, dass seine Führerin fehlte. Es hielt an, fuhr einen automatischen Seitenständer aus und tuckerte kaum hörbar im Leerlauf.

Der Unash rührte sich nicht.

Shari war aufgestanden und stampfte auf ihn zu, um ihm den Rest zu geben. Ich klappte die Trommel des *Megalodon* aus und zählte mit zitternden Fingern die verbleibenden Patronen.

Zinger kam auf mich zu. Ihre Bewegungen waren weniger geschmeidig als gewohnt, sie wirkte wacklig auf den Beinen. Ihre schönen blauen Augen waren groß. Ich ließ die Revolvertrommel zuschnappen und kam ihr entgegen.

Kurz bevor wir uns berühren konnte, knackte es in unseren Comkanälen.

„Alles bei mir sammeln, wir haben *Big Show* eingekreist", schnarrte Ratsh Stimme aus dem Com. Sie markierte ihre Position auf der taktischen Karte, hatte ihren Transponder aktiviert. Das hieß wohl, der Feind war so gut wie besiegt, denn nun war sie auch auf feindlichen Taktikpads sichtbar.

Zinger grinste wild, die Pupillen groß. Ich erinnerte mich daran, dass es Gerüchte über eine Art Fokussierungsdroge gab, die die Scouts zu sich nahmen. Nichts von dem, was ich in den letzten Tag gesehen hatte, deutete darauf hin, dass daran etwas Wahres war. Dennoch musste ich sie ein wenig misstrauisch angeschaut haben.

Sie machte einen langen, raschen Schritt auf mich zu, packte mich am Hinterkopf und zog mich zu sich.

Der Kuss hätte beinahe das geschafft, was mein erster Kampfeinsatz nicht vermocht hätte. Ich schaffte es irgendwie, auf den Beinen zu bleiben.

Sie zog ihre Zunge aus mir heraus und schubste mich weg.

„Weiter geht's, Prince Charming. Schnappen wir uns dieses Stück Scheiße."

Ich schluckte und sah ihr nach. Fragte mich nicht, warum sie nicht wieder aufs Bike stieg – vermutlich lohnte die kurze Strecke es nicht. Wirbelte herum, um nach Shari zu sehen, die über dem

Unash stand und auf ihn herabblickte.

Ich eilte zu ihr herüber.

Der Krötenmann lag vor uns. Er war grässlich entstellt und sein Blut färbte den Sand um ihn herum rot. Aber er atmete noch, wenn auch kaum merklich.

„Was ist, Shari? Gib ihm den Rest, du hast den Sergeant gehört."

Shari schnaubte. „Ich töte keinen wehrlosen Feind. Er hat nichts Unehrenhaftes getan."

„Er hat sich an dich herangeschlichen. Er wollte uns töten."

„Ich hätte besser aufpassen müssen. Habe mich zu sehr auf die Keramik verlassen." Sie berührte mich an der Schulter. „Er geht nirgendwo hin. Wir müssen das nicht jetzt entscheiden."

„Aber er … er ist ein mieser Rebell. Darauf steht die Todesstrafe."

Sie tippte gegen ihr Takular. „Ich würde eher behaupten, das ist ein verdammter Sklave. Und mit Sklaventum kenne ich mich aus."

Das verletzte mich mehr, als ich erwartet hätte.

Shari musste das bemerkt haben, denn sie musterte mich mit gütigem Blick und fuhr mir durchs Haar. Meine Kopfbedeckung war irgendwo auf der Strecke geblieben.

„Du weißt, was ich meine."

Das wusste ich nicht. Nicht sicher. Aber ich nickte.

„Komm." Sie wandte sich um und stapfte los, ihre Bewegungen durch die Panzerung verstärkt und beschleunigt.

Ich musste mich sputen, um mit ihr mitzuhalten.

KAPITEL XII – FEUERTAUFE

„Links von dir!"

Ihre Warnung kam zu spät. Ihre Kameradin, eine junge Schrauberin von einer Welt, von der keiner der anderen je gehört hatte, hatte keine Chance, zu reagieren.

Die Nailgun des Feindes rasselte ihr Tod und Verderben entgegen – Dutzende spitze Stahlkerngeschosse durchsiebten die junge Frau und bespritzen Neria mit ihrem Blut.

Der Schütze schwenkte seine automatische Waffe, deren kompakte Läufe mit jedem abgegebenen Schuss wie Kolben stampften, hin und her. Weitere Kameraden wurden gefällt – alles eher Mechaniker, Techniker und Fahrzeugführer als geborene Soldaten. Sie waren es gewohnt, Munition zu transportieren – sie selbst abzufeuern rangierte auf der Liste ihrer Aufgabenbeschreibungen recht weit unten. Sie hatten nie eine Chance gehabt.

Neria duckte sich in den zerfetzten Überresten des Zeltes, das sie angegriffen hatten, hinter einem Feldbett ab. Fünf Zoll lange Stahlnadeln pfiffen über ihren Kopf hinweg. Sie biss die Zähne zusammen, kämpfte jedwede Emotion nieder, wartete ab. Geduld würde sie ans Ziel bringen.

Wenn der Kerl sie nicht vorher in ein Sieb verwandelte.

Sie sah eine Bewegung links von sich. Jemand setzte über einen Haufen Rücksäcke hinweg, rollte sich ab und legte in kniender Position auf den Rebellen an.

Der erstaunte Ausdruck, der sich auf das Gesicht des Kerls legte, war die letzte mimische Facette, die er je zustande brachte. Ein 10-Millimeter-Geschoss durchschlug seinen Kopf und er brach auf der Stelle zusammen, als hätte ihm jemand die Beine abgeschnitten.

Das Stahlmantelgeschoss traf auf das geparkte Transortfahrzeug hinter ihm und zerplatzte in einer dumpfen Explosion an der Außenhülle, wo es eine deutliche Delle hinterließ. Derartige Munition war gegen ungepanzerte Ziele overkill, aber wer war die arme Neria schon, dass sie den hartgesottenen Söldnern in ihr Handwerk reingeredet hätte?

Sie sprang auf und sah sich um. In der näheren Umgebung lagen vier tote feindliche Soldaten. Drei davon hatten sie im Schlaf überrascht. Einer von den dreien hatte sich noch in Unterhosen gewehrt, was sie recht tapfer gefunden hatte. Als Belohnung für seine Tapferkeit hatte sie ihm drei Kugeln in die Brust gejagt. Im Fallen hatte er das halbe Zelt zum Einsturz gebracht. Jetzt sah man nur noch einen seiner Stiefel.

Es stank nach Blut, verschmortem Fleisch, Nitramin und Fäkalien.

Sie ließ den Blick weiter schweifen, das Gewehr im Anschlag.

Drei Kameraden tot, einer bewegte sich noch schwach. Und ihr Retter erhob sich nun endlich auch, wobei er ganz leicht schwankte. Sein Atem ging stoßweise.

Als sie Timo eine Hand auf die Schulter legte, zuckte er zusammen. Beinahe hätte sich ein Schuss gelöst.

Selbst jetzt, in Panik, die Augen aufgerissen, mit für jedes reguläre Militär zu langen Haarsträhnen, die ihm wirr von unter seinem Gefechtshelm ins bleiche, schweißbedeckte Gesicht fielen, sah er noch gut aus.

Sie lächelte ihm zu.

„Du hast mich gerettet", wisperte sie, dabei nun die Umgebung im Auge behaltend und sichernd. „Danke."

„Gern geschehen", sagte er tonlos.

„Wo hast du das gelernt? Ist das Teil der Grundausbildung im Ammo Train?"

Es dauerte einige Sekunden, bis er verstand.

„Nein. Das hab ich wohl meinem Vater zu verdanken", antwortete er zähneknirschend. „Rhythmische Sportgymnastik."

Neria hob eine Braue. „Von dieser Kampfkunst habe ich noch nie gehört. Vielleicht kannst du sie mir beibringen." Sie hatte schon bessere Angriffe gesehen, aber es konnte nie schaden, etwas dazuzulernen.

Zu ihrer Überraschung lachte Timo leise. „Na ja, Kunst vielleicht. Kampf eher weniger. Hast du noch nie …" Er fluchte. „Runter", zischte er. „Runter."

Direkt vor dem Zelt rammte der *Hermes*, der sie hergefahren hatte, in das Transportfahrzeug, an dem gerade noch das Geschoss explodiert war.

Jemand schrie. Von der Ladefläche des Halbkettenfahrzeugs sprangen Schemen in den Sand.

Projektile prallten von seiner gepanzerten Hülle ab. Weitere Schüsse und Schreie.

Neria warf Timo einen Blick zu. Dieser nickte und preschte geduckt vor.

Direkt in ein Feuerteam des Feindes hinein.

Ein blauhäutiger Manntu nuschelte etwas und deutete auf sie, ein quadratischer Mensch, ein spindeldürrer Mensch und eine weibliche Zasspetta, die vier Arme mit Messern bewehrt, wirbelten zu ihnen herum.

Timo schrie unartikuliert und riss sein Gewehr hoch.

Der gedrungene Mensch tat es ihm gleich und sie drückten simultan ab.

Timos Gewehr ließ die Brust des Typen zerplatzen, dessen alte Flinte nur trocken geklickt hatte.

Der dürre Mensch hätte ihn mit seinem Schuss geköpft, wenn in diesem Moment nicht ein Schatten aus einer Nische zu seiner Rechten gewankt wäre – Dexxta, die den linken Arm hängen ließ und den rechten an eine blutende Wunde am Unterleib presste.

Die halbe Sekunde, die er abgelenkt war, reichte Neria, um ihm zwischen die Augen zu schießen.

Der Manntu kreischte, als Hirnmasse und Blut ihn besudelten. Er taumelte zurück und setzte sich auf den Hintern. Dexxta floh stöhnend, übersah ihn im Halbdunkel, stolperte über ihn und blieb liegen.

Timo war dabei, sich bei Neria zu bedanken, als die Zasspetta zischend vorsprang, einem weiteren Schuss Nerias auswich und Timo eines ihrer Messer in die Nierengegend und ein zweites zwischen die Rippen stach.

Neria feuerte auf sie, verzog den Schuss und die Waffe klickte – wie schnell fünfzig Patronen verbraucht sein konnten!

Die Angreiferin hatte nur einen Streifschuss abbekommen, ließ nun vom ächzenden Timo ab, der sofort zusammenklappte, und sprang Neria an.

Messer funkelten im Mondlicht.

Neria wich aus, aber nur mit Mühe. Sie war schnell – verdammt schnell. Sie parierte einen Messerhieb mit dem Gewehr, dann prellte ihr ein Knie der Rebellin die Waffe aus der Hand.

Das andere Schienbein traf ihren Bauch.

Sie spürte, wie sich Muskeln und Organe in ihrer

Magengegend protestierend verschoben.

Sie wurde zur Seite geschleudert.

Dennoch traf ein Messer etwas.

Neria landete im Sand und blieb liegen.

Die Angreiferin sah die Klinge an und murmelte etwas in ihrer Sprache – da sie zwei Zungen hatte, klang das Gemurmel auf gespenstische Art wie ein Miniaturchor. Dazu passend besaß sie zwei Münder, die sich jetzt zu einem Fluch verzogen. Ihre vier Augen huschten zu einem Punkt hinter Neria.

Zu den dunklen Schatten zwischen zwei durchlöcherten Karawanenfahrzeugen, aus denen etwas sehr Schnelles, kaum Hörbares hervorsprang.

Die Zasspetta wich dem Scoutkrad aus und machte eine seitliche Drehung in der Luft. Kam in Kampfstellung wieder auf die Beine, halb gehockt, alle Messer erhoben. Grünliches Blut tropfte von der Streifschusswunde in den Sand, kleine Smaragde, die im Mondschein funkelten.

Ratsh bremste und beschrieb auf ihrem Bike einen Halbkreis.

Neria, noch immer auf dem Rücken liegend, sah sie als hochgewachsenen Schatten über sich aufragen, vom Mondlicht eingerahmt und bedrohlich, das schlanke Fahrzeug unter ihr wie ein sprungbereites Raubtier schnurrend.

Ratsh trug einen aerodynamischen Visierhelm, auf den irgendeine Dämonenfratze gemalt war. Eine Lederkombi mit Sergeantstreifen schmiegte sich eng an ihren muskulösen Körper – keine Knie- oder Ellbogenschoner oder anderweitige Panzerung. Ein Waffengurt und spitze Stiefel komplettierten ihre Kampfmontur. Sie schien völlig ruhig.

Die Zasspetta dagegen war in Rage. Zischte, geiferte.

Und griff an.

Ratsh kickte einen Gang in ihr Bike, riss am Gashebel und das Zweirad preschte in einer Wolke aus Sand und Staub auf die Rebellin zu.

Gleichzeitig sprang die Scout-Sergeantin rücklings von ihrem Sitz und kam scheinbar ohne jede Anstrengung auf den Füßen auf.

Die Zasspetta machte einen Satz zur Seite, um nicht vom führerlosen Bike getroffen zu werden.

Ratsh erwartete sie bereits.

Die Zasspetta war schnell.

Ratsh war schneller.

Die Klingen ihrer Kurzschwerter, Dolche, oder was immer sie sein mochten, waren nichts als schattenhafte, verschwommene Schemen, als sie auf die Zasspetta zuzischten.

Tödliche Schatten, die nach ihrem Gesicht stachen, ihren Hals suchten oder andere ungeschützte Stellen anpeilten.

Die zerschneiden, durchbohren und zerreißen wollten.

Klingen zischten durch die Luft. Körper wichen aus, verbogen und duckten sich und sprangen beiseite.

Wenn Stahl auf Stahl stieß, kreischten die Messer auf wie wütende Tiere.

Die Kontrahentinnen umtanzten sich. Anders konnte man es nicht nennen. Es war ein schneller, tödlicher Tanz – beinahe schön in der formvollendeten Ausführung der beiden erst auf den zweiten Blick gegensätzlichen Nahkampftechniken.

Neria beobachtete beide genau. Analysierte jeden Schritt, Stich, Hieb und Hebel.

Die beiden linken Klingen der Zasspetta zuckten vor.

Ratsh blockte die obere mit der rechten Klinke ab und traf mit der Spitze ihres linken Dolchs den zweiten Unterarm ihrer Feindin.

Deren rechte Arme versuchten nun, trotz der Schmerzen, die sie verspüren musste, Ratsh von links in die Seite zu stechen.

Sie drehte sich blitzschnell weg und die Klingen verfehlten nur um Haaresbreite den lediglich durch Leder geschützten Oberkörper des Scouts.

Ratsh duckte sich, sprang vor und stieß zu. Die linke Klinge fand das Schlüsselbein der Zasspetta, schabte über Knochen und bohrte sich tief ins Fleisch. Grünes Blut sprudelte hervor.

Sie schrie.

Versuchte, den gesunden linken Arm einzusetzen. Der obere rechte hatte längst das Messer fallenlassen und hing nutzlos herab, der untere grabschte panisch nach der blutenden Wunde und dem Fremdkörper darin. Ratsh ließ die vom Blut schlüpfrige Klinge los, die sich in ihrer Gegnerin verhakt hatte, packte den Arm, der ihr das Messer entgegenstreckte, und brach ihn mit einem Ruck.

Dann trat sie der Zasspetta die Beine weg, wobei eine wild und ungezielt durch die Luft sirrende Klinge ihren Oberschenkel aufschlitze.

Mit einem tierischen Zischen sprang Ratsh weg. Ein dünnes Rinnsal Blut quoll aus der Wunde und lief ihr Bein hinab.

Die verkrüppelte Zasspetta wand sich vor ihr am Boden.

Starrte hoch zu der Fratze des Todes, die sie auf sie hinabstierte.

Ratsh lachte kehlig; ein ungeübt und eingerostet klingender Laut.

Neria hätte wohl sicherlich ob dieser Zurschaustellung animalischen Triumphs die Augen verdreht, wäre sie nicht durch und durch von der Brutalität dieses blutigen Schauspiels fasziniert gewesen. Es fesselte sie gänzlich. Vor allem, weil sie nicht verstand, warum Ratsh es nicht beendete. Ihrer Meinung nach hätte der Sergeant die andere bereits mehrfach töten können, ließ sich jedoch Zeit damit.

Es schien, dass die Legenden und Gerüchte, die sich um Sergeant Ratsh rankten, mehr als nur ein Quäntchen Wahrheit enthielten.

Die Zasspetta murmelte etwas. Kroch, grünes Blut im Sand verschmierend, vor Rastsh herum. Schloss die Hand um ein heruntergefallenes Messer.

Ratsh rührte sich nicht.

Sie wartete.

Ein leises Knurren drang aus ihrer Kehle, blechern gefiltert durch ihren Helm.

Die Zasspetta machte einen verzweifelten Satz nach vorn, einen letzten Ausfall, mit zwei Messer zustechend. Woher sie angesichts ihrer Verletzungen die Kraft dafür nahm, war Neria schleierhaft.

Ratsh wich mit einer seitlichen Drehung aus, drosch ihr Knie gegen das Gesicht der Gegnerin und packte beide Messerhände mit den ihren.

Neria verstand nicht, was sie der Zasspetta zuflüsterte, während sie sie herunterdrückte, in einer Drehung ihr Knie auf die Kehle ihrer Feindin presste und sich dabei zu ihr herunterbeugte.

Sie wollte es auch lieber nicht wissen. Die Zasspetta keuchte erstickt. Etwas knackte in ihrem Hals.

Ein abgehacktes, schleimiges Husten ließ sie zu Timo herumfahren. Er blutete, war aber bei Bewusstsein. Rasch sprang sie auf und lief zu ihm herüber, wobei sie geistesgegenwärtig genug war, ihr Magazin zu wechseln. Ging neben ihm in die Hocke.

Untersuchte ihn schnell und tastend. Die Weste schien ihn vor größerem Schaden geschützt zu haben. Sie sah wenig Blut. Gut.

„Glückwunsch zur Feuertaufe", sagte er und lächelte schwach.

Neria erwiderte das Lächeln. Sie wusste, wie traurig ihre Augen wirken mussten, aber sie konnte es nicht abstellen. Der Kampf hatte sie mehr Kraft gekostet, als sie erwartet hatte. Sich zu verstellen war ihr im Moment tatsächlich zu viel. „Dir auch."

Hinter ihr erklang ein metallisches Singen, gefolgt von einem schweren, dumpfen Schlag, der in ein feuchtes Reißen mündete.

Sie wandte sich um und erhob sich in der gleichen Bewegung, dabei Timo auf die Beine ziehend.

Gemeinsam sahen sie Ratsh an.

Die Kommandantin der *Outriders* hielt einen taktischen Tomahawk in der rechten Hand. Grün schimmerndes Blut klebte an der geschwärzten Klinge. Mit der Linken hob sie den abgehackten Kopf ihrer Feindin auf Augenhöhe. Murmelte etwas. Dann lachte sie.

Drehte sich zu dem Manntu um, der panisch keuchend unweit ihrer Position unter der bewusstlosen Dexxta lag. Die Knopfaugen des blauhäutigen Rüsselträgers weiteten sich, als der Scout Sergeant sich ihm näherte. Bei jedem ihrer Schritte baumelte ihre Trophäe sanft am Haarschopf ihrer ehemaligen Besitzerin hin und her.

Der Kopf landete im Schoß des Manntus, wo er Dexxtas knapp verfehlte. Der Nichtmensch nuschelte etwas in schlechter Stan, sein Rüssel zuckte.

„Pass darauf für mich auf. Ich hole ihn später ab." Ihre heisere Stimme hallte blechern aus dem Helmfilter.

Der Manntu nickte circa einhundert Mal. Beteuerte vermutlich seine ewige Treue und Wachsamkeit. Neria verstand ihn nicht.

Ratsh nickte. „Danke", sagte sie höflich.

Und ging auf Neria und Timo zu.

„Trooper. Rekrut. Bei mir sammeln. Jetzt schnappen wir uns diesen Wichser."

Hinter ihr schrie jemand auf, Schritte wurden laut.

Sie wirbelte herum, Tomahawk und Dolch in den Fäusten.

Ein großer gelber Alien, den Neria nicht einordnen konnte, rannte auf sie zu, sein einziges Auge von Hass erfüllt, der riesige zweihändige Krummsäbel, den er über den Kopf schwang, mehrfach gebogen, die Klinge auf einer Seite böse gezackt.

Er machte noch zwei lange Schritte, ehe er von hinten erschossen wurde. Das riesige Auge des Zyklopen weitete sich noch mehr. Er strauchelte, fiel hin und blieb tot zu Ratshs Stiefelspitzen liegen.

Sie legte den behelmten Kopf schief.

Neria und Timo trauten sich, die Sergeantin zu flankieren.

Schisslowski grinste hinter seinem rauchenden Gewehr, auch wenn sein Grinsen etwas zu zittern begann, als er sah, wem er da vermeintlich das Leben gerettet hatte.

Ratsh atmete knurrend aus.

Hinter dem Squad Leader und Techniker kamen weitere Männer und Frauen des zweiten Platoons in Sicht.

„Nix zu danken, Sergeant. Der Ammo Train ist stets zur Stelle., um den Scouts die Ärsche zu retten.“

Neria musste zugeben, dass dies angesichts der Situation eine mutige Aussage war. Eine, die sie an Schisslowskis Stelle für sich behalten hätte.

Der Corporal war aber entweder zu ignorant und dämlich oder in der Tat zu stolz auf seine Tat, um das zu realisieren.

Er grinste noch immer, als ein überaus haariger Fastmensch mit einer Keule auf ihn zugesprungen kam und noch in der Luft von einer Kugel aus dem Hinterhalt ausgeschaltet wurde.

Der Fellklumpen kollidierte mit Schisslowski und beide landeten reglos am Boden.

Der Schuss hallte noch etwas nach. Rollte über die mondbeschienenen Dünen. Über die Toten im Sand. Über die brennenden Fahrzeuge um sie herum.

Ratsh stand da, reckte einen Arm in die Höhe und zeigte dem unsichtbaren Scharfschützen den erhobenen Daumen.

Neria musste ihre Meinung über einige dieser Söldner revidieren.

Sie würde weitaus wachsamer sein müssen, als sie geahnte hatte.

KAPITEL XIII – RÜCKEN, TRIFF WAND

Das Mädchen saß einfach da auf seiner Pritsche, ließ den Kopf hängen, die Finger im Nacken verschränkt, und starrte auf den Boden der Baracke. Draußen waren die Sonnen inzwischen untergegangen. Die Monde warfen lange Schatten durch das schmale Fenster und die erste kühle Abendluft vertrieb die Bruthitze des Tages.

„Werden Sie mich foltern?", fragte sie schließlich mit flacher Stimme, von der man nicht sagen konnte, ob sie ängstlich oder gleichgültig oder etwas von beidem klang. *Na, das ging erstaunlich schnell.*

Ceda und Adlata wechselten einen Blick. Adlata deutete ein Schulterzucken an. Ceda schüttelte entschieden den Kopf.

„Warum sollten wir dich foltern? Ich habe nur ein paar Fragen an dich."

„Sie wollen sie zurückbringen." Sie hob den Blick. „Zurück nach Hause. Zurück zu ihrem Vater." Jetzt begann ein Anflug von Zorn in ihren Augen zu flackern. Eine verhaltene, schüchterne Flamme. Ihre Unterlippe zitterte.

Ceda nickte langsam. „Das ist mein Auftrag."

„Sie tun alles für ein paar Solidos, was?" Sie zog die Nase hoch und setzte sich auf. „Wenn es Ihnen um Geld geht, ich kann welches auftreiben."

„Nicht so viel. Und darum geht es auch nicht."

„Ihrer Art geht es doch immer nur um Geld."

„Du klingst, als hättest du bereits viel Erfahrung mit Kopfjägern gesammelt."

Dazu sagte sie nichts. Aber der Trotz in ihrem Blick sprach Bände darüber, was die junge Frau von Kopfjägern im Allgemeinen und Ceda Kayne im Speziellen hielt. Wie sie Cedas Narbe betrachtete und ihre Augenklappe. Eventuell bildete sie sich das ein, aber ein wenig Interesse, ein Quäntchen Faszination, schien ebenfalls in ihrem verachtenden Blick mitzuschwingen.

„Sie gehört nach Hause. Und du auch, nehme ich an. Wo ist sie?"

„Was wissen Sie schon über mich?"

Ceda schmunzelte sacht. „In der Tat relativ wenig. Aber ich habe so eine Ahnung.“

„So, haben Sie das?“, fragte sie und ihre Stimme klang auf gewisse Weise lauernd.

Sie mochte aus gutem Hause stammen, aber wie sie jetzt so vor ihr saß in ihrem ölverschmierten Militäroverall, hätte Ceda ihr tatsächlich zugetraut, handgreiflich zu werden. Natürlich war sie nicht besorgt. Wohl aber ein wenig erstaunt. *Gib einem verzogenen Gör ein paar Monate in der Gesellschaft von Söldnern und sie wird die erstbeste Gelegenheit nutzen, um dich mit einem Schraubenschlüssel niederzustrecken.* Denn zu einem solchen, der, entgegen verschiedener Regularien fahrlässigerweise völlig unbeaufsichtigt, neben einem Wartungsspind in der Ecke der Baracke lehnte, war ihr Blick gewandert, während sie dies gesagt hatte.

Ceda grunzte. „Hör zu. Ich glaube, ich weiß, was passiert ist. Und wenn die ganzen Puzzleteile – und so viele sind's zugegebenermaßen auch nicht, sonst wäre ich nie so weit gekommen, ich bin ja kein verdammter Mentator, Augur oder genialer Privatdetektiv – so zusammengehören, wie ich mir das vorstelle, ist es eure beste Option, wenn ich euch hier rausschaffe.“

Adlata räusperte sich. „Auch wenn dein Landsknechtkontrakt da noch ein Wörtchen mitzureden hat“, sagte sie. Ihr Blick wirkte selbst auf Ceda bedrohlich. „Zudem darf ich dir vom Colonel höchstselbst mitteilen, dass niemand dich gegen deinen Willen aus diesem Regiment entfernen wird.“ Damit wandte sich sie Ceda zu.

Diese nickte wiederwillig, bevor sie ihre Aufmerksamkeit wieder auf die junge Frau lenkte. „Nada, hör zu …“

„Sie ist nicht hier. Und Nada ist nicht mein Name, wie Sie sicher wissen, wenn Sie ach so schlau sind.“

„Natürlich ist sie hier.“ Sie schloss ihr Auge, atmete durch, zwang sich zur Ruhe. „Wenn auch nicht in diesem Moment. Und deinen echten Namen kann ich nur raten. Wenn auch mit ziemlicher Treffsicherheit.“

„Hören Sie, Sie können sich diesen ganzen Scheißdreck sparen. Diese Farce, die Sie hier veranstalten. Ich komme nicht mit. Sie kommt nicht mit.“

„Vielleicht fragen wir sie persönlich, wenn sie zurückkommt.“

Jetzt schaute Nada – oder wie immer sie heißen mochte,

obwohl Ceda ihr wahrer Name in der Tat mit großer Wahrscheinlichkeit bekannt war – alarmiert. „Zurückkommt? Von wo?" Die Worte kamen ihr schnell und abgehackt über die Lippen. „Ich weiß nicht, wovon Sie reden."

Jetzt war es Adlata, die entnervt das Wort ergriff. „Hör mal zu, Kleines. Es jetzt zu leugnen bringt dir nichts. Damit machst du dich nur lächerlich. Seit du zugegeben hast, dass du diese Prinzessin auf der Erbse auf dem Holo kennst, ist uns allen die Sache klar. Wenn du es vehement verneint hättest, nun … Dann hätte es vielleicht funktioniert. Aber so … Es ist peinlich genug für uns, dass ihr so lange damit durchgekommen seid. Aber jetzt verkauf uns nicht für dumm." Sie schüttelte den Kopf. „Euch drohen keine Konsequenzen von unserer Seite. Mach es aber nicht schlimmer, als es ist."

„Ich werde sie warnen", sagte Nada leise und heiser. Ihr Blick bohrte sich in Cedas.

„Das kannst du gerne versuchen. Ich finde euch wieder."

„Wenn sie flieht, gilt das als Fahnenflucht", grollte Adlata. „Für dich gilt das Gleiche. Ich wäre an deiner Stelle sehr vorsichtig, was meinen nächsten Schritt betrifft." Ceda fragte sich, auf wessen Seite sie stand. Auf Cedas? Auf der des Regiments? Auf ihrer eigenen, irgendwo dazwischen?

Nada schien sich dasselbe zu fragen. Wieder wanderte ihr Blick. Hin und her. Her und hin. Sie schien fieberhaft nachzudenken.

Ceda setzte an, etwas Beruhigendes zu sagen, ihr die Sache näher zu erklären, vor allem die Beweggründe ihres Auftraggebers, als der Alarm losging.

Die Sirene schrie auf wie ein gequälter Dämon aus der siebenten Sphäre der Ewigen Hölle der kopfüber Gekreuzigten.

Es war ein urtümlicher, alle Fluchtinstinkte und anderen felsenfest in der tiefsten Psyche verwurzelten biochemischen Mechanismen ansprechender, gellender, klagender, alles und jeden auf der Stelle von seiner unausweichlichen, nicht aufschiebbaren Dringlichkeit und alles überschattenden Wichtigkeit überzeugender Warnruf, der exakt darauf zugeschnitten war, dass Jung und Alt, Mann und Frau, Mensch und Deidraner auf der Stelle schnallten, was er besagte. Er schrie *Gefahr*. Für Leib und Leben. Eventuell sogar für die Seele, falls man an so etwas glaubte.

Gleichzeitig Kreischen und Klagelaut, tat er noch etwas anderes: Er forderte auf. Aufzuspringen, zu den Waffen zu greifen, zur Stelle zu sein, auf die Zinnen der Burg, auf die Verteidigungsstationen eines Kriegsschiffes, an die Plasmakanonen vor der eigenen Stellung zu eilen, um dem Feind ins Auge zu sehen.

Es ging um alles.

Ceda und Adlata waren zur Tür hinaus, noch ehe die ersten paar Noten des Gefechtsalarms verhallt waren.

Draußen herrschte geordnetes Chaos.

Weitere Sirenen und Warnrufe – mechanischer und biologischer Natur – wurden im Lager laut. Soldaten liefen gehetzt auf Posten. Über ihren Köpfen schwirrten die Drohnen und richteten ihre Waffen aus. Automatische Abwehrgeschütze auf Behelfswehrmauern aus Instaplast scannten die nächtliche Umgebung nach Feinden ab.

Adlata aktivierte die winzige Comeinheit in ihrem Ohr und wechselte einige Worte mit jemandem, bei dem es sich nur um den Wachhabenden handeln konnte.

Ceda beobachtete sie mit kritischem Blick. Adlata musterte ihre alte Weggefährtin mit konzentriertem Gesicht, die Kiefermuskulatur angespannt, die Augen dunkel und unergründlich.

„Habe verstanden, Captain." Sie drückte ihren Zeigefinger tief ins Ohr und knurrte. „Bei den Monden Aktas! Verdammte Scheiße."

Ceda strich sich eine Haarsträhne hinters Ohr. In ihrem verbliebenen grünen Auge funkelte es. „Zeit, dass ihr mir meinen Repeater zurückgebt?"

Adlata grunzte. „Deine Instinkte sind definitiv noch die alten. Komm, wir beeilen uns besser. Zum Haupttor!" Damit rannte sie los – natürlich mit erstaunlicher Geschwindigkeit für eine Frau, die nicht mehr die Jüngste wahr. Adlata mochte kein junger Hüpfer mehr sein, aber sie zu unterschätzen war nach wie vor ein Fehler. Mit potentiell tödlichen Konsequenzen.

Ceda, die sich nicht erinnern konnte, ein wirkliches Tor gesehen zu haben, warf noch einen Schulterblick zurück in die Baracke.

„Private?", rief sie ins Halbdunkel. Wartete einige Sekunden, stapfte dann zurück in die Unterkunft.

Die Pritsche, auf der Nada Erehwon gesessen hatte, war leer. Der Abdruck ihres Hinterns war noch in der Formschaummatratze zu sehen. Durch das offene Fenster wehte der kühle Abendwind Sand hinein.

„Gar nicht so blöd wie angenommen." Ceda musste gegen ihren Willen lächeln. Dann machte sie auf dem Absatz kehrt und wetzte Adlata hinterher.

Der Repeater in ihren Händen vermittelte ein beruhigendes, vertrautes Gefühl. Es war keine besonders schwere Waffe – und auch keine besonders effiziente, wenn sie ehrlich war –, aber er war solide, verlässlich, hatte sie noch nie im Stich gelassen. Er sah auf seine ungeschlachte Art brutal aus, schüchterte ein und schreckte ab. Und wenn er richtig loslegte, legte er alles und jeden in Schutt und Asche. Es brauchte nicht die jahrzehntelange Kampferfahrung einer Ceda Kayne, um festzustellen, dass sie genau das sehr bald brauchen würde.

Es gab tatsächlich ein Haupttor, das jetzt mit einem ebenso vorsintflutlichen wie wenig widerstandsfähigen Maschendrahtelement verschlossen wurde. Links und rechts des Haupttors befanden sich zwei Wachkabinen, die mit einem gepanzerten, vom Wüstenwind sandgestrahlten Auto-Wächter und einem vor lauter Nervosität schweißgebadeten Private besetzt waren, der bereits sein Sturmgewehr auf die Straße vor seinem Häuschen angelegt hatte und der äußerst erleichtert schaute, als Adlata – in voller Montur, mit Gefechtshelm und aktiviertem Plasmagewehr –, Ceda und die Handvoll Soldaten, die sie hierher begleitet hatten, zwischen den Baracken auftauchten.

Flutlichter flammten auf und tauchten die Szenerie in kaltes, fast schon klinisches Licht.

Über ihnen surrte das halbe Dutzend Patrouilledrohnen, zudem hatte Captain Parr zwei bewaffnete *Hermes*-Transporter nach vorn beordert, die – jeweils lediglich mit einem Fahrer und einem Schützen am schweren MG besetzt – das Tor verstärken sollten. Nun, im Grunde das Tor *sein würden*, wenn es hart auf hart kam.

Der Captain selbst, XO des zweiten Bataillons und wohl eher zufällig momentan hier verantwortlich, saß in einem *David*-Flitzer und gab geschäftig Anweisungen. Der Schwebekraftwagen war in einem ungewöhnlichen gardaukarnischen Sandtarnmuster angestrichen, das nicht hundertprozentig zu den landschaftlichen Gegebenheiten auf Queesh passte, mit seinen verschiedenen scharfeckigen Tarnflecken in Ocker und Rostbraun auf Ceda aber fast schon anheimelnd martialisch wirkte. Es machte sie ein wenig nostalgisch, erinnerte auf unerwartete Art und Weise an andere Zeiten. Zwar nicht an die *guten alten*, nicht mal an *bessere*, aber immerhin an *andere*.

Der Captain winkte Adlata zu sich und Ceda und die anderen Soldaten folgten dem First Sergeant zum Schwebeflitzer. Parr stand wie ein waschechter Feldherr in seiner wüstengetarnten Schockkeramik im Heck des Wagens, eine sandfarbene Feldmütze auf dem schmalen Kopf, ein taktisches Pad in der Faust. Sein Fahrer war eine junge, nervös aussehende Söldnerin, die immer wieder abwechselnd über die Schulter und in Richtung Tor schaute.

„Wir sind da", meldete Adlata überflüssigerweise.

Parr nickte ihr knapp zu und schaute erstaunt, als er Ceda Kayne hinter ihr erblickte. Er musste gewusst haben, dass sie hier war, hatte es aber eventuell verdrängt. Er war nie ein großer Denker gewesen. Oder annähernd fokussiert. Oder in irgendetwas besonders gut. Seniorität, eine unauffällige Dienstzeit und der verfrühte Tod geeigneterer Kandidaten konnten einen in einem Regiment wie diesem weit über die eigenen Fähigkeiten hinaus die Rangleiter nach oben katapultieren. Ceda war zwar nicht überrascht, gleichzeitig aber fest entschlossen, jeden von Parrs Befehlen schon aus Prinzip zu hinterfragen – zumindest innerlich.

„Sergeant, wir haben ein Problem", sagte Parr.

Adlata sah ihn mit übertriebenem Ernst an. Beugte sich vor. „Ist nicht wahr! Erzählen Sie mir mehr Neuigkeiten, Sir, ich bin ganz Ohr." Damit deutete sie auf ihr rechtes Ohr, aus dem leise der Comverkehr zu hören war. An ihrem Ohrläppchen klimperten mehrere goldene Ringe gegeneinander.

Parr, der Adlata nur deswegen überragte, weil er auf dem Heck eines schwebenden Fahrzeugs stand, schien sich für einen Moment aufplustern zu wollen, dann konnte man regelrecht sehen, wie er geistig abwinkte. Sie hatten Besseres zu tun, das schien selbst er zu verstehen.

„Uns liegen Berichte von Truppenbewegungen innerhalb des Raumhafendistrikts vor."

Adlata musste selbiges bereits über Com vernommen haben. Sie sah Parr ungeduldig an, während dieser fortfuhr:

„Freischärler, irreguläre Rebellenkräfte. Sie haben unsere Spähdrohne abgeschossen und der Trupp, den ich zur Aufklärung entsandt habe, meldet sich nicht. Bei allen Teufeln, wie gern ich jetzt unsere Scouts hier hätte."

Zustimmendes Gemurmel und Gegrunze. Das eine oder andere anzügliche bis stolze, wilde Grinsen. Sie wussten, was sie an ihren Scouts hatten. Blöd nur, dass Parr sie weggeschickt hatte. Ceda gefiel das nicht. Ganz und gar nicht.

„Wir werden mit dem arbeiten müssen, was wir haben. Es könnten mehrere Dutzend Feinde sein. Eventuell *Gerechte*. Eventuell andere lokale Gruppen. Wir haben Feuerwaffen gesichtet, aber nichts größeres als Sturmgewehre und der eine oder andere Laser."

„Bis jetzt", knurrte Adlata.

„Aye, bis jetzt."

„Was ist ihr Ziel?" Ceda, die schon Einsatzbesprechungen geleitet und Fireteams geführt hatte, als Parr sich noch als Sergeant im HQ-Stab die Landkarten aus allernächster Nähe angesehen hatte, beschloss, dass es ihr zustand, dazwischenzureden.

Parr sah sie für einen Moment undurchsichtig an. Schien zu überlegen, ob er sie maßregeln, herausfordern oder um Rat fragen sollte. „Nun, ich nehme an, unser Lager."

„Keine anderweitigen Hinweise?" Er sollte selbst darauf kommen.

„Für den Moment scheinen feindliche Kräfte einfach auf uns zuzumarschieren. Private Baxter, den Drohnenfeed auf mein Pad." Den letzten Satz richtete er per Com an einen der Operator, die sicher irgendwo abseits des Geschehens in einem Zelt oder Bunker hockten.

Wenig später präsentierte er per Holoprojektion, was die Drohnen sahen. Ihre Nachtsichtfilter zeichneten die Welt in Grün und Schwarz nach. Da war eine große Menschentraube von so hellem, gleißendem Grün, das sie beinahe weiß wirkte, die sich durch die engen Gassen von Suurion auf das Haupttor zubewegte. Der Feed, aus den Blickwinkeln verschiedener AI-

Spione zusammengefügt, zeigte unterschiedliche Perspektiven. Wann immer herangezoomt wurde, sah man Hieb- und Stichwaffen. Alte Projektilgewehre. Die eine oder andere Railgun, die ziemlich nach Marke Eigenbau aussah. Zum Henker, manche der Männer und Frauen hielten sogar waschechte Mistgabeln und Fackeln! Fackeln, die auf dem Infrarot einer der Drohnen sehr dominant loderten – fast wie kleine Sonnen.

„Sehen Sie? Halten direkt auf uns zu."

„Was wollen die von uns?", fragte ein junger Soldat. „Da sind doch ganz viele normale Bürger drunter."

„Anscheinend, Trooper. Das wissen wir nicht sicher."

„Ja, anscheinend. Aber Sir, ich war bis gerade eben noch in der Stadt und habe Hilfsgüter verteilt. Meine Kameradin hat denen die Tage einen neuen Brunnen fertiggestellt. Nach modernsten Standards."

„Tja, undankbares Pack eben, Junge", grollte ein älterer Söldner hinter Ceda. „Gewöhn dich dran. Willkommen in der Realität."

„Was immer dahinter steckt", hob Parr die Stimme, „wir müssen uns aufs Hier und Jetzt konzentrieren. Und das bedeutet: Bereitmachen zur Verteidigung des Lagers."

Was er nicht sagt. Ein Könner, wie er im Feldhandbuch steht.

Die Bilder des Feeds wechselten die Perspektive. Aus Seitengassen und Suqs strömten noch mehr Menschen und Nichtmenschen auf die Straße Richtung Lager. Das Gewusel in der Stadt ließ sie einem Ameisenhaufen gleichen.

Ceda musterte die Instaplast-Mauern. Sie würden Kugeln abhalten. Zumindest eine Zeit lang. Die AI-gesteuerten Abwehrkanonen würden Hackfleisch aus dem Mob machen. Zumindest, bis ihnen die Munition ausging. Die mobilen AA-Laser auf ihren Schwebekissen würden Attacken aus der Luft abwehren. Zumindest, solange kein massierter Luftangriff stattfand. Technologisch gesehen hatten sie einen großen Vorteil.

Sie sah in die Runde. Zählte die Köpfe der anwesenden Soldaten.

Zahlenmäßig waren sie eklatant unterlegen.

„Das ist nicht mal ansatzweise witzig", murmelte Adlata, die natürlich längst zu demselben Schluss gekommen war.

Die Söldner wechselten unheilschwangere Blicke.

„Jede Kugel zählt", sagte Ceda tonlos.

„Gut, dass wir noch Teile des Ammo Trains hierhaben." Parr versuchte sich an einem verwegenen Lächeln, doch sein zitternder Mundwinkel zeugte von Nervosität.

„Na ja, Sir", knurrte eine Söldnerin, der man wenig fachmännisch das Gesicht mit gummiartigem Synthfleisch rekonstruiert hatte, „die meisten sind vor einer knappen Stunde abgezogen, wenn man's genau nimmt. Zwei *Goliaths* und ein *Ares* sind noch da und die sind größtenteils voll mit Ersatzteilen und Konserven für die Stadtbevölkerung. Und der *Olyfant*, aber den würd ich mal komplett ausklammern, außer wir wollen jemanden damit überfahren."

„Ausschließen würd ich's nicht", sagte Adlata kopfschüttelnd. Die großen Traktoren wie der einzelne *Olyfant*, den man dieser Basis temporär zugeteilt hatte, waren zumeist nicht oder nur unzureichend bewaffnet und dienten den paar zivilen Angestellten, die sich noch im Lager befunden hatten, als der Alarm losgellte, jetzt als Unterschlupf.

„Also, was haben wir noch zur Verfügung, Captain? Und wir beeilen uns besser mit der Bestandsaufnahme."

Parr tippte auf seinem Pad herum und AI-Ressourcen- und Strategiemanager luden Informationen in die jeweiligen taktischen Geräte der Soldaten hoch.

Das Ergebnis war ernüchternd.

Die Spähpanzer und anderen bewaffneten Einheiten sowie die am besten ausgebildeten Soldaten, die in dieser Einsatzregion verfügbar gewesen waren, hatte man auf die Jagd nach diesem Rebellenführer geschickt. Vermutlich würden sie nicht rechtzeitig hier sein, um ihnen zu helfen. Selbst wenn sie konnten. Selbst wenn das alles nicht Teil des Plans des Feindes war. Selbst wenn sie nicht tot waren.

Und selbst wenn sie, die Besatzung dieser Basis, einen Comruf in ihre Richtung hätten absetzen können. Wenn man dem Captain Glauben schenken konnte, wurde sämtliche Langstreckenkommunikation des Stützpunktes gestört. Nicht eine Comfrequenz war offen.

So mussten sie mit dem auskommen, was sie hatten. Zwei Dutzend Schrauber, Fahrer und Schreibtischtäter, zwei Dutzend grüne Soldaten, eine Handvoll Drohnen, ein Dutzend automatische Abwehrgeschütze unterschiedlicher Art, die Transporter sowie Adlata, Ceda und ihre Veteranen.

Sie mussten wohl darauf hoffen, dass sie genug der Angreifer würden blutig töten können, ehe sie begriffen, dass sie zu viele waren, um alle umgebracht zu werden. Sie würden auf Abschreckung setzen müssen. Ceda lächelte grimmig, als ihr Blick auf ein flaches, schwebendes, schwarzes Gefährt fiel, das wie ein von einem roten Schimmer umgebener Diskus aussah. Ein Diskus, der an das Blatt einer Kreissäge erinnerte, und aus dessen oberer Rumpfschale eine kurzläufige Maschinenkanone herausschaute. Die *Death Disc* war ein Fast Attack Craft, vollständig von einer Computerintelligenz gesteuert. Zehn von diesen Dingern wären durch den rebellischen Aufmarsch da draußen durchgesaust wie die Sense durch das Korn. Ein einzelnes war zu verwundbar, verfügten diese AI-Einheiten doch über keine nennenswerte Panzerung.

Ja, AIs konnten verdammt schnell und tödlich sein. Und unheimlich noch dazu! Irgendwo im Lager sollte es auch eine *Nuckelavee*-Einheit geben. Wie Ceda wusste, würde man dieses technologische Schreckgespenst erst sehen, wenn es zu spät war. Für einen selbst, für den Feind? Das zeigte erst die Zeit. Sie konnte nur hoffen, dass man diese unberechenbaren Technodämonen inzwischen generalüberholt hatte. Da dies Zeit und Geld kostete, konnte sich selbst eine so fantasielose Frau wie Ceda Kayne ausmalen, wie wahrscheinlich dies war.

Unterm Strich waren sie so arm gar nicht dran. Wenn sie sich geschickt anstellten, mit ihren Ressourcen sparsam umgingen und nicht in Panik gerieten, konnten sie diesen Angriff trotz massiver Unterzahl zurückschlagen.

Davon war Parr überzeugt.

Das kommunizierte Parr überdeutlich.

Adlata nickte, deutete einen Salut an und schickte alle Soldaten auf Posten.

Sandte einige der besseren Schützen auf die Mauern. Gezielte Schüsse in die Menge sollten die Reihen des Feindes ausdünnen.

Schickte Ceda und die Hälfte der Veteranen und Greenhorns, die überraschenderweise nicht zweimal fragten, wer die merkwürdige Fremde mit der Augenklappe war, um das Tor zu verstärken.

Schnappte sich die andere Hälfte und positionierte sich auf den Dächern der verschiedenen Baracken und anderen Gebäude.

Parr befahl vier der Drohnen zum Eingang, behielt eine als

schnelle Reserve zurück und ließ die letzte weiterhin die Meute aus großer Höhe beobachten.

Stationäre Railguns wurden von ihren Schutzhüllen und Tarnnetzen befreit und feuerbereit gemacht.

Captain Parr zog im Gefechtsstand seines Wagens seinen Blaster und leckte sich über die Lippen. Wartete. Kaute an den Nägeln.

Adlata entsicherte das Plasmagewehr und legte über das leistungsstarke Holovidvisier auf die rasch näherkommende Menge der Angreifer an. Lobte beiläufig einen Veteranen, der zwei tragbare Mörser aufgetan hatte, und ließ einige vertrauenswürdige Männer diese besetzen.

Ceda kauerte sich neben dem jungen Soldaten im Wachhäuschen nieder. Das Gesicht des Mannes war schweißüberströmt. Sein Finger am Abzug des Gewehrs, das er durch ein geöffnetes Transpariplast-Fenster Richtung Straße angelegt hatte, zitterte.

„Ich hab gleich gesagt, wir hätten Panzersperren aufstellen sollen. Einen Graben ausheben." Er leckte sich immer wieder nervös über die Lippen, stierte nach draußen.

„Krähenfüße auslegen. Fallgruben mit gespitzten Pfählen drin ausheben", spielte Ceda tonlos mit.

„Ja, und auf die Pfähle ordentlich Kot schmieren", murmelte er frenetisch, ließ die Straße keinen einzigen Jiffy aus den Augen. „Damit den Ärschen garantiert was abfault."

„Pfui", machte Ceda belustigt, während sie Waffen und Ausrüstung überprüfte. Sie hatten ihr auch ihr Kampfmesser zurückgegeben und nun vergewisserte sie sich von seinem sicheren Sitz in seiner Stiefelscheide.

„Hat Sergeant Bolzen uns beigebracht. Und der will den Tipp von Sergeant Ratsh bekommen haben."

„Aha", erwiderte Ceda, während sie die E-Zelle des Repeaters überprüfte.

„Kennen Sie Sergeant Ratsh?"

„Habe von ihr gehört."

Jetzt wandte er doch den Blick für einen Moment von der Straße ab, wo man jetzt bereits mit bloßem Auge die ersten Angreifer im Licht der paar schummrigen Straßenlaternen und anderweitigen Quellen fragwürdiger Lumineszenz erkennen konnte. Sie marschierten geschlossen die Straße herunter. Eine

Wand aus Fleisch, Stoff, Leder und Stahl. Aus gebleckten Zähnen, erhobenen Fäusten und blitzenden Augen.

„Ich dachte, Sie wären auch so 'ne Art Veteranin", sagte der Soldat leise und musterte Cedas Kampfpanzerung und Feuerwaffe mit großer Ehrfurcht. „Eine von den ganz Harten."

Ceda lachte rau und freudlos auf. „Ich bin ganz in Ordnung, keine Sorge. Wenn man mich erstmal kennenlernt, bin ich handzahm."

Der Private musterte sie unsicher. „Ihr Ernst?"

Ceda lüftete ihre Augenklappe. Ihr *gutes* Auge kam zum Vorschein. Ein smaragdfarbenes Glühen tauchte die Kabine in unwirkliches Licht, in dem das bleiche Gesicht des Privates kränklich schimmerte.

„Kann dieses Auge lügen?"

Er schluckte. Konzentrierte sich auf die Nacht vor ihm. Auf die Grenzen der Lichtkegel der Suchscheinwerfer und Flutlichter.

Auf die Fackeln in der Dunkelheit.

Und das lauter werdende Gebrüll des Mobs.

Cedas *gutes* Auge sah alles. Analysierte die Gefechtssituation. Empfahl ihr die geordnete Flucht, solange noch Zeit blieb. Ceda grummelte leise und befahl dem installierten AI-Kanonier, nach den lohnenswertesten Zielen Ausschau zu halten. In ihrer Brust surrte es.

Der Repeater in ihren Händen vibrierte, als er auf Betriebstemperatur hochfuhr.

Der Private entsicherte sein Gewehr.

„Ruhig Blut, Private. Erstmal Einzelschuss. Kurze, kontrollierte Feuerstöße, wenn es sich anbietet."

Er klappte ein Visier von seinem Gefechtshelm herunter. Nicht alle Söldner der Lancers waren mit Schlachtprozessoren ausgerüstet und die, die es waren, verfügten über eine ganze Reihe unterschiedlicher Modelle in abweichender Leistungsstärke, aber der kleine Computer des Privates verband sich nun mit den verfügbaren Gegenstücken seiner Kameraden. Würde deren Blickwinkel und möglichen Schussfelder anzeigen, Vorschläge zum weiteren Vorgehen machen und auch in geringem Umfang eigenständig Ziele markieren und vor Angriffen warnen.

Der taktische CPU, der über Cedas *gutes* Auge mit ihrem Nervensystem verbunden war, war den Einheiten, die bei den Lancers ansonsten vorherrschten, haushoch überlegen. Dennoch verließ sie sich für den Fernkampf gerne auf ihre eigenen Fähigkeiten. Sie hatte sie lange genug geschult. Sie war stolz auf sie. Und wie ein Muskel mussten sie von Zeit zu Zeit trainiert werden.

Sie legte den Repeater an, suchte ein Ziel und wartete auf den Feuerbefehl.

„Lasst sie noch etwas rankommen", raunte Adlata über Com.

„Bis ihr das Weiße in ihren Augen seht", fügte ein Witzbold hinzu. Niemand lachte.

Auch Ceda nicht. Dennoch machte sich ein grimmiges Lächeln in ihrem vernarbten Gesicht breit. Das alte Adrenalin schoss durch ihre Venen.

Das *Jagdfieber* erwachte wieder. Der *Blutdurst*. Und bald würde das *Schlachtenlied* erklingen.

Sie verdrehte beide Augen so weit, wie es ihr physisch möglich war. Die Worte Colonel Vests hallten noch immer nach. Er war ein Freund blutrünstiger, schwülstiger, pathetischer Motivationsreden gewesen. So sehr sie seine Ansprachen manchmal peinlich berührt hatten, so sehr hatten sie auch manches Mal eine Gänsehaut ausgelöst. Sie fragte sich, ob Arrara zu Ähnlichem imstande war.

Etwas zischte aus dem Mob hervor, zog eine Rauchspur hinter sich her und bohrte sich mit einem Knall und sprühenden Funken ins Erdreich kurz vor dem Haupttor.

Splitter prasselten gegen das Wachhäuschen.

Der Private ächzte.

„Kontakt!", brüllte jemand.

„Wartet noch!", schrie Adlata bestimmt.

„Bericht?" Parrs Stimme klang überraschend nüchtern.

„RPG", hörte man die quietschig-mechanische Stimme des Auto-Wächters aus dem anderen Wachhäuschen. Er ratterte einige technische Daten herunter, die darauf hinausliefen, dass es sich vermutlich um eine selbstgebaute Panzerabwehrwaffe handelte.

„Okay, das ist nah genug. Feuer nach eigenem Ermessen!"

„Feuer frei", bestätigte Parr.

Kurz darauf bellten die ersten Sturmgewehrsalven.

Die Maschinenkanonen richteten sich blitzschnell auf ihren Servos auf die Ziele aus, peilten sie an und feuerten. Ihre Suchscheinwerfer fuhren über die Menge. Menschen zerplatzten.

Alles dauerte nur Sekunden.

Die Drohnen peilten ausgesuchte Ziele an, nach denen dünne, präzise Lasernadeln stachen. Rebellen fielen, um von nachfolgenden Kameraden einfach niedergetrampelt zu werden.

Adlatas Plasmagewehr verwandelte einen Mann in eine grün schimmernde Salzsäule, die vor Pein und Überraschung grässlich aufkreischte und schon eine Millisekunde später nur noch ein unförmiger Klumpen Fleisch war, der mit einem feuchten Laut zerplatzte. Dem Nächsten erging es nicht besser. Seine Augen explodierten, sein Gesicht zerfloss, seinen Körper zerriss es wie einen mit Wasser gefüllten Ballon.

Die schweren MGs der *Hermes*-Transporter gaben kurze Feuerstöße ab. Gehärtete Geschosse durchschlugen ungepanzerte Körper fast ebenso problemlos und ungebremst wie die einfachen Pappkameraden auf dem Schießstand.

Die von Adlata postierten Heckenschützen verteilten Kopfschüsse, Schulterschüsse, Brustbein- und Streifschüsse. Einige Kugeln verfehlten ihr Ziel ganz. Die meisten jedoch trafen und richtete grässliche Verletzungen unter den Angreifern an.

Aus dem Wachhäuschen des Auto-Wächters erklangen helle, warnende Glockenlaute, wann immer sich dem Kriegsandroiden, dessen Programmierung einfach besser für die Bekämpfung anrollender Ziele als für Pförtnerdienste geeignet war, ein klares Ziel bot. Unbarmherzige Zielsensoren bissen sich geradezu in den Zielen fest und schickten kohärentes Licht und rasiermesserscharfe Flechettegeschosse auf den Weg. Körperteile flogen, verschmortes Fleisch brutzelte, Männer und Frauen schrien, Blut spritze, färbte die Straßen rot, grün und gelb.

Der Lightning Repeater krachte und sandte einen neonfarbenen Blitz in eine breitschultrige Frau, die einen Vorschlaghammer trug. Die Abendbrise verwehte ihre Asche. Ihre mit Brandblasen bedeckten Nebenleute husteten und schrien vor Angst und Qual auf.

Und noch immer kam die Menge näher! Sie schien sogar noch schneller zu werden; klar, denn nun nahmen selbst die diszipliniertesten Rebellen, Aufständischen; Freischärler, Revolutionäre, Wutbürger – was immer sie sein mochten – die Beine in die Hand. Denn jetzt wussten sie, wie ernst die Lage war. Jetzt wussten sie, dass sie ihr Überleben nur sichern konnten, wenn sie den Feind schnell erreichten und überwältigten.

Es gab kein Zurück: Die Söldner verfügten über größere Reichweite, mächtigere Waffensysteme und ein Rückzug war den vordersten Reihen durch die nachströmenden Massen unmöglich. So blieb nur die sprichwörtliche Flucht nach vorn.

Nach vorn, direkt hinein in einen Fleischwolf von präzise-militärischer, gleichgültig-maschineller Grausamkeit.

Dutzende starben in den ersten zwanzig Sekunden des Feuergefechts. Vor allem die überzüchteten, für den Einsatz gegen gepanzerte Ziele konstruierten Geschosse der AI-Maschinenkanonen und stationären Railguns durchpflügten die Reihen der Rebellen regelrecht und zerrupften Körper wie Strohpuppen, schleuderten sie durch die Luft und zerrieben sie in kleine Stücke. In Splitter. Verwandelten sie in blutigen Matsch.

Ceda dachte an die riesenhaften, automatisierten Mähdrescher auf den Kornkammerplaneten. An die Schlachtbetriebe auf Tjoenis II. An die AI-Exekutionskommandos nach der Schlacht von Teloß Alpha.

Es war ein Gemetzel.

Wenn Adlata jetzt hier bei ihr gewesen wäre, sie hätte Ceda einen ihrer wissenden Blicke zugeworfen.

Es war furchtbar.

Es war wunderbar.

Immer wieder feuerte sie den Repeater ab. Flambierte, röstete, durchbohrte die Körper ihrer Feinde. Ließ sie explodieren, verteilte sie in der Gegend. Trieb den Private mit Schreien und Flüche dazu an, immer und immer wieder zu feuern. Immer und immer wieder nachzuladen.

Inzwischen lagen vier leergeschossene Magazine zu seinen Füßen. Zweihundert Schuss. Mehr auf dem Weg.

Dabei kam die Menge noch immer näher.

Und dabei war sie bei weitem nicht wehrlos.

Vereinzelte Geschosse schlugen inzwischen ins Wachhäuschen ein. Prallten sirrend von den Mauern ab. Trafen eine Maschinenkanone, ließen ihren Suchscheinwerfer zersplittern.

Eine Drohne begann zu trudeln und bohrte sich mit einer unspektakulären Explosion in den Boden.

Einer der Heckenschützen keuchte, kippte nach hinten und fiel von der Mauer.

Sie hörte Adlata über Com fluchen.

Ein Querschläger prallte jaulend von einem der *Hermes* ab und traf einen Trooper in den Hals.

Ein weiteres sirrendes, kreischendes, ganz und gar fehlgeleitetes Projektil durchbohrte die Stirn von Parrs Fahrerin.

Die Rüstung des Captains projizierte beinahe schon panisch einen flackernden Energieschild um den Offizier herum, der den Körper des XOs des zweiten Bataillons auf unangenehme Art elektrostatisch auflud, Kopfschmerzen bei allen Umstehenden auslöste und beißend nach Ozon roch.

Der Auto-Wächter bekam einen Treffer aus einer Handfeuerwaffe ab, schüttelte sich wie ein nasser Hund und explodierte, als eine Rakete das Wachhäuschen traf.

Die Explosion war ohrenbetäubend. Ein mächtiger Druck legte sich auf Cedas Gehörgänge. Flammen leckten nach ihr und dem Private, zogen sich aber mit einem leisen Rülpsen sofort wieder zurück. Splitter und Trümmerstücke regneten prasselnd zu Boden.

Sie biss die Zähne zusammen und wartete mit eingezogenem Kopf, bis das Schlimmste vorüber war.

Als sie sich wieder aufrichtete und aus dem Fenster linste, waren die ersten Angreifer bis auf einhundert Meter heran. Was trieb diese Bande an? Blinder Eifer? Der Glaube an eine gerechte Sache? Anderweitiger Fanatismus? Ein Mind-Control-Projektor? Nun, zumindest Letzteres war auszuschließen – das war Hochtechnologie, verboten teuer, anfällig und kompliziert.

Egal, warum: Sie kamen.

Das war alles, was für die Lancers auf ihren Posten zählte.

„Die ersten Kanonen sind leer, verdammte Axt!", brüllte jemand.

„Captain Parr, Railgun A hat eine Ladehemmung!"

„Cap, mein Schütze ist tot, Sir, was soll ich machen?"

Adlatas Stimme übertönte sie alle. „VOLLE DECKUNG!"

Ceda sah, was sie meinte.

Und war überrascht, dass die Luftabwehrbatterien es auf diese Entfernung tatsächlich schafften, die Hälfte der auf das Tor abgefeuerten Projektile abzufangen.

Feine Laserlinien schnitten durch die Luft. Zahlreiche Raketen, abgefeuert aus einem auf einen Sackkarren montierten Mehrfachwerfer, den die Menge bisher verborgen hatte, zerplatzten auf halbem Wege.

Aber eben nicht alle.

Drei oder vier Projektile schlugen in den Maschendraht sowie einen der *Hermes*-Transporter ein und wirbelten Trümmer durch die Luft. Die ohnehin von der vorherigen Explosion lädierte linke Wand von Cedas Wachhäuschen dellte sich nach innen, zerbarst, glühte auf.

Die Wucht der Explosion schleuderte sie hart zu Boden. Ihre Rüstung verhinderte Schlimmeres. Der Private hatte nicht so viel Glück. Er prellte sich vermutlich schmerzhaft diverse Körperstellen. Sein Kopf prallte mit solcher Gewalt gegen die Wand, dass er das Bewusstsein verlor.

„Ein *Hermes* ist passé!", meldete Adlata über Com. „Der andere sieht auch nicht gut aus. Und das Tor ist so gut wie weg."

„Das merke ich selbst!" Parrs Stimme klang schrill.

„Na, dann ist es doch gut, dass auch ein brennender *Hermes* ein prima Hindernis abgibt." Ceda stemmte sich hustend hoch. Sah kurz nach dem Private, der immer noch bewusstlos war. Packte sein Sturmgewehr und hängte es um.

Sie blickte gerade rechtzeitig auf, um zu sehen, wie die Menge, nurmehr fünfzig, sechzig Meter vom Haupttor entfernt, sich teilte.

Links von ihr fuhr eine Maschinenkanone herum und gab einen letzten Schuss ab, dann klickte die automatische Mordmaschine vernehmlich.

Perfektes Timing, denn dort, wo die Rebellenhorde nun panisch beiseite sprang, brauste jetzt ein wütender Koloss heran, der nur ein Ziel kannte.

Ceda fragte sich noch, wie sie einen verdammten Sattelschlepper hatten übersehen können, musste den Rebellen aber zugutehalten, dass sie ihn tiefergelegt und reichlich mit lebenden Körpern getarnt und abgeschirmt hatten, die nun eifrig versuchten, von ihm herunterzuspringen.

Denn sein Ziel war ebenso klar wie sein einziger verbliebener Daseinszweck.

Seine stumpfe Nase bestand nur aus einem extraschweren Block Xemstahl, von dem die Geschosse nur so abprallten. In seinem Führerhaus saß ein halbtoter Rebell, das Gesicht zu einer Grimasse verzerrt, von der man nicht so recht wusste, ob sie Triumph, Todesangst, Wahnsinn oder eine Mischung daraus darstellen sollte. Dahinter befand sich eine gepanzerte Blase, die nicht mal Sprengstoff enthalten musste, um ihnen allen den Tag zu versauen, es aber höchstwahrscheinlich tat.

Alle konzentrierten automatisch das Feuer auf dieses wütende Biest, dessen altertümlicher Brennstoffantrieb jetzt bestialisch laut am Anschlag brüllte. Das Ungetüm zog Rauch, Staub und Abgase hinter sich her und verteilte davonstürzende und hinfallende Rebellen um sich herum, die an Scharen von Flöhen erinnerten, die in Todesangst von und vor einem riesigen, wütenden Kampfhund flohen.

Es war kein Befehl nötig.

Die Lancers feuerten aus allen Rohren.

Aber auch mit Befehl wäre es eine leere Geste gewesen.

Nett gemeint, aber zu wenig, zu spät.

„Scheiß drauf." Ceda gab eine Salve in Richtung der hinter dem Koloss weiter unaufhaltsam heranbrandenden Menge ab, und rannte los.

Ein letztes infernalisches Röhren erfüllte die Luft, als der ebenso überholte wie leistungsstarke Antrieb zig Tonnen Stahl auf Maximalgeschwindigkeit beschleunigte.

Die Packtiere, die im Innern der Basis eingepfercht waren, stöhnten und schrien voller Furcht. Einige der Soldaten taten es ihnen sicherlich gleich, waren aber wesentlich leiser.

Ceda biss die Zähne zusammen und sprang.

Eine Sekunde später kollidierte der Sattelschlepper mit einem urtümlichen Knall mit dem Haupttor.

Was von den Wachhäuschen übrig war, wurde beiseite geschwemmt wie Unrat von einer Flutwelle.

Ceda rollte sich ab, als Trümmer- und Leichenteile, Splitter und Erdklumpen um sie herum durch die Luft geschleudert wurden. Die Druckwelle brachte sie aus dem Konzept und ließ sie auf dem Rücken landen.

Ihre Panzerung fing rasiermesserscharfe Stahlfetzen und kleine Steine und Stücke von Holz ab und schaffte es tatsächlich, größere Trümmer und einen erstaunt guckenden Rebellen, den die Kollision irgendwie in die Lüfte erhoben haben musste, mit dem Antipersonenlaser abzufangen.

Einen Moment blieb sie so liegen. Sie hörte nichts, roch und schmeckte nichts. Atmete nicht.

Dafür sah sie den dunklen Himmel umso deutlicher. Wäre all das Geschützfeuer nicht gewesen und wären die Brandherde überall in der Nähe des ehemaligen Tors von jetzt auf gleich verlöscht, hätte sie eventuell ein paar Sterne gesehen. Das ging hier trotz der Monde erstaunlich gut – besser als auf den meisten der Welten, die sie in den letzten Jahren ihre temporäre Heimat genannt hatte.

So stierte sie nun einfach die ebenso kalte wie helle Elfenbeinscheibe des nächsten Mondes an, dessen Namen sie nicht kannte.

Stellte sich vor, dass sie da oben war. Durch die Krater hüpfte. War der Mond bewohnt? Sie wusste es nicht. Aber er könnte bewohnt sein. Er könnte *ihr* Mond sein.

Ein Hafen der Ruhe, nur für sie. Weit und breit niemand, der auf sie schoss. Der sie umbringen wollte. Oder anheuern. Der sie enttäuschte. Den sie enttäuschte.

Sie wollte sich wegträumen, wie damals als kleines Mädchen.

Doch Ceda Kayne war schon lange kein kleines Mädchen mehr.

Ruckartig sog sie Luft ein und blinzelte.

Der Lärm des Krieges war wieder da. Schreie, Schüsse, Explosionen.

Es regnete Feuer, Asche, Funken und Trümmer.

Ihr *gutes* Auge projizierte Warnmeldungen. Der Feind war noch immer im Anmarsch und ihre Rüstung hatte anscheinend einiges abbekommen.

Mühsam setzte sie sich auf. Ihr Repeater war fort, ebenso das Sturmgewehr. Über eine Anzeige an ihrem Handgelenk checkte sie den Energiestand des AP-Lasers in ihrem Brustharnisch. Weniger als 50 Prozent Leistung. Es würde reichen müssen.

Sie zog ihr Stiefelmesser, sprang auf, spürte ihre Knochen knacken und lief in einen ziemlich orientierungslos herumirrenden Lancer hinein, der einen Schrauberoverall und Abzeichen des Ammo Trains trug. Er stand sichtlich neben sich. An einer Hand fehlten mehrere Finger.

„Soldat!", brüllte sie ihn an und schüttelte ihn. „Lancer! Reiß dich zusammen. Wir müssen hier weg."

Er streckte die gesunde Hand aus und deutete hinter sie, formte Worte mit den Lippen, die Cedas Ohr nicht erreichten.

Eine Sturmgewehrsalve übertönte sie.

Mindestens eine Kugel prallte von Cedas Schulterpanzerung ab, weitere trafen den Mann in Bauch und Unterleib.

Ceda wirbelte herum.

Ihr Messer zischte durch die Luft und landete im Kehlkopf eines Rebellen. Der Mann riss die Augen auf und packte den Griff mit beiden Händen. Blut sprudelte ihm zwischen den Fingern hervor. Ceda beachtete ihn gar nicht mehr.

Ihr Laser nahm Zielpeilung auf.

Hinter ihm kamen weitere. Sie kletterten einfach über die Mauer – alle AI-Geschütze schienen leergeschossen oder zerstört zu sein. Eine Drohne fiel brennend vom Himmel und zerschellte in einer der Baracken.

Aus Cedas Brust stach ein Fächer aus fünf hauchdünnen Laserstrahlen wie die langen, dürren Finger des Sensenmannes.

Fünf Rebellen wanden sich am Boden, aber der Ansturm des Feindes nahm kein Ende.

Während Geschosse sie nur knapp verfehlten, setzte Ceda zum Rückzug an. Um sie herum begannen Baracken zu brennen. Zahlreiche Leichen lagen auf dem Boden. Ein brennendes Shew-Muli, die Munitionskarre, die es zog, offenbar völlig intakt, rannte erbärmlich schreiend an ihr vorbei.

Weiter rechts strömten noch weit mehr Rebellen durch das Loch im Tor, strömten am rauchend dastehenden, eingedellten Sattelschlepper vorbei und brüllten ihre Kampfschreie und Verwünschungen heraus. Sie schienen die Republik Teegardia *sehr* zu hassen.

Und noch immer wurde Widerstand geleistet!

Ihr Com meldete sich just in diesem Moment wieder zu Wort. Adlata forderte Statusberichte ein, verschob die verbliebenen Truppen auf dem Schlachtfeld und erteilte Befehle.

Ihre Stimme klang ruhig, gefasst. Zumindest für jemanden, der sie nicht so gut kannte wie Ceda.

Die Rebellen hatten sie eiskalt erwischt. Hatten sie mit heruntergelassenen Hosen erwischt – nun, im Grunde nicht, aber die Lancers hatten die Situation falsch eingeschätzt. Völlig falsch. Und jetzt waren die Hosen unten. Jetzt würde es kein Halten mehr geben, bis die Rebellen zum Schuss gekommen waren. Sie würden sich die Söldner vornehmen. Sie hart rannehmen.

Sie alle. Und bevor es buchstäblich dazu kommen konnte, denn dazu kam es gerade bei Angriffen wütender Mobs häufig, würde Ceda ihrem Leben ein Ende bereiten.

Aber bis dahin konnte sie noch kämpfen. Und so viele von

den Mistkerlen mitnehmen, wie sie konnte.

Und Miststücken nicht zu vergessen: eine Gruppe aus fünf Frauen, die Gesichter von Hass verzerrt, die Augen wild stierend und verschiedenste Landwirtschaftsgeräte für das bevorstehende Massaker bereithaltend, rannten kreischend auf sie zu. Ein Magronese mit einer Art Kettensäge folgte den rebellischen Weibsbildern, die auf Ceda eher wirkten, als hätten sie beim Gang auf den Markt spontan beschlossen, dass sie dringend einen Trupp Söldner massakrieren wollten.

Bevor der Insektoid zum Zuge kam, zischte etwas an ihm vorbei. Ein rot leuchtender Schemen, der ein hohes, grässliches Geräusch von sich gab. Durch und durch maschinell, durch und durch grauenerregend – eine blutgierige, wildgewordene Knochensäge.

Die *Death Disc* halbierte den Magronesen im Vorbeifahren, wendete – eine kaum als solche erkennbare schwarze Scheibe, die auf einem wabernden Antigravitationskissen rotierte, das die Luft flimmern ließ – und sauste dann durch die Frauen hindurch wie der sprichwörtliche heiße Dolch durch die Frühstücksbutter.

Wobei der glühende Ring aus Energie, der einmal rund um die Auto-Einheit herumlief und sie in ein tödliches Sägeblatt verwandelte, natürlich mehr an ein Laserskalpell erinnerte. Er glühte vor Ceda auf, pulsierte – fast hatte es etwas Warnendes.

Das computergesteuerte FAC war nur einen halben Meter vor ihr zum Stehen gekommen. Die ganze Einheit dampfte und sonderte feuchte Schwüle ab. Der Gestank nach kochendem Blut war ekelerregend. Ceda unterdrückte einen Würgereiz. Wagte es kaum, sich zu rühren. Ignorierte die Warnungen des AP-Lasers, der das Ziel vor ihr am liebsten beschossen hätte.

Es schien zu überlegen, wie es mit ihr verfahren sollte. Kurz huschte die Frage durch ihren Kopf, ob alle Drohnen und ähnlichen Einheiten im Regiment noch immer ihre Biodaten gespeichert hatten, dann zischte die *Disc* auch schon wieder davon. Richtete ihre Maschinenkanone aus, feuerte.

Cedas Blick folgte ihrem Gehör – in der Nähe schienen sich Söldner auf einem Barackendach zusammengerottet zu haben. Sie leisteten erbitterten Widerstand, feuerten in die Rebellen, die durch das Loch am ehemaligen Haupttor strömten und nach und nach auch an anderen Stellen der Basis eindrangen, indem sie einfach die Mauern überwanden.

Ein verlorener Posten. Das war das hier. Ceda fragte sich, ob sie sich den Lancers auf dem Dach zum Sterben anschließen sollte, oder ob sie lieber ihr Heil in der Flucht suchte und sich in den Rücken schießen ließ.

Daran, wie das hier ausgehen würde, gab es jedenfalls keinerlei Zweifel.

Die Rebellen für ihren Teil skandierten bereits den berühmten Schlachtruf ihrer Bewegung – nun, den, der sich letztlich gegen ein halbes Dutzend weiterer durchgesetzt hatte, soweit Ceda es verfolgt hatte.

„Eha-mat! Eha-met! Eha-eha-tassa-met!"

Siegreich gemeinsam, siegreich allein, siegreich werden wir immer sein. Grob übersetzt.

In Cé Nuertas Mutterdialekt formuliert, brauchte es keinen Linguisten, um zu raten, auf wen dieses Motto zurückging.

Sie zogen ihren Belagerungsring um die Baracke immer enger. Immer mehr Lancers fielen Kugeln und Plasmabolzen zum Opfer, rollten vom Dach herunter, wo sie vom wütenden Mob mit Brüllen und Triumphheulen und stumpfen Gegenständen empfangen wurden.

Ceda schnaubte und versuchte, sich eine fettige, schweißdurchnässte Haarsträhne aus dem Gesicht zu pusten. Schließlich gab sie sich damit zufrieden, sie an ihrer feuchten Stirn zu fixieren.

Abermals überprüfte sie den Ladestand ihres Lasers. Maximal zehn Schuss, wie es aussah.

Nun, zehn Rebellen weniger waren besser als nichts. Selbst wenn sie es mit zehnmal mehr Gegnern zu tun hatte.

Sie wollte sich einreden, dass ihre Chancen schon schlechter gestanden hatten. Allerdings war Ceda Kayne am Ende des Tages leider Realistin.

Mit einem Knurren setzte sie sich dennoch in Bewegung. Sie glaubte, Adlata da oben auf dem Dach zu erkennen, grüne Plasmaenergie in die Feindesreihen feuernd, Befehle brüllend, während um sie herum ihre Soldaten immer mehr zusammenschmolzen – einige von ihnen im wahrsten Sinne des Wortes, wenn sie von Plasmawaffen oder Blastern getroffen wurden.

Ceda würde an ihrer Seite sterben.

Das war besser als viele Alternativen, denen sie in den letzten

Jahren ins Auge gesehen hatte und die sie sich für die Zukunft noch vorstellen konnte.

Denn ein gewaltsames Ende würde sie finden. Kein Zweifel.

Es konnte ebenso gut hier enden.

An der Seite eines der wenigen Menschen, dem sie zumindest eventuell noch etwas bedeutete. Der *ihr* jedenfalls noch etwas bedeutete.

Diese Erkenntnis ging mit einem traurigen Lächeln einher. Sie schluckte die Tränen herunter und kämpfte gegen den Kloß im Hals.

Pfiff auf den Fingern, um die Rebellen auf sich aufmerksam zu machen, was natürlich in Anbetracht des Feuergefechts völliger Humbug war.

Richtete ihren Laser aus.

Und fuhr bis in Mark zusammen, als die Hupe erklang. Ein tiefer Bass, der das ganze Lager erzittern ließ. Wie das Nebelhorn eines Ozean-Leviathans von Ortho-Murr ließ es ihre Zähne klappern und brachte ihre Organe zum Vibrieren.

Die Erde bebte.

Sie blickte über die Schulter.

Um ein Vielfaches größer und massiger als der Sattelschlepper der Rebellen, raste der gewaltige *Ares*-Munitionstraktor auf seinen vier Ketten über den plattgewalzten Sand des Lagerhofs heran.

Er ragte vor Ceda auf wie ein fahrendes Haus, dabei war er noch mindestens dreißig Jiffys entfernt. Zeit, die sie brauchen würde.

Bevor sie die Beine in die Hand nahm, schaute sie noch ein letztes Mal genauer hin. Sie erkannte die Kampfbemalung des Traktors sofort, auch wenn sie ihn viele Jahre nicht gesehen hatte und sie sich in kleinen Details von früheren Inkarnationen der Lackierung unterschied. Was da heranwalzte, war nichts Geringeres als der *Nefarious Nuncle* mit Ruuten Cobba am Steuer. Der scheunentorgroße Räumschild an der Front des Fahrzeuges lief vorne spitz zu und war mit zwei lüstern guckenden Augen und einem sabbernden Mund bemalt.

Die Fratze kam rasant näher.

Man konnte über diesen Wichser Cobba sagen, was man wollte, aber fahren konnte er. Nicht, dass es viel Finesse erfordert hätte, einen Klumpen Xemstahl auf Ketten von der Größe einer sozialen Comunia-Wohneinheit mit Höchstgeschwindigkeit in eine Menschenmenge zu steuern. Was ein solches Manöver erforderte, waren Mumm, Rücksichtslosigkeit und schiere Todesverachtung. An alledem hatte es Cobba selten genug gemangelt.

Noch mehr als das erstaunlich riesige, erstaunliche leise und erstaunlich dick gepanzerte Transportfahrzeug, das da mit einem Korwiakzahn vom Allerfeinsten auf sie zugeschossen kam, faszinierte sie aber ein anderer Anblick, der natürlich auch mit dem *Ares* zu tun hatte, aber für sich genommen noch um einiges beeindruckender war.

Hizbolla – von der sie sich von Anfang an gefragt hatte, was sie hier draußen machte, doch Hizbolla ging, wohin Hizbolla ging, auch das war immer so gewesen und würde immer so sein – trug noch immer ihr leichtes Priesterinnengewand, das traditionell viel Haut zeigte, wohl weil sie ihre blütenweiße Panzerung nicht ständig mit sich herumzuschleppen pflegte. Für die Attacke aber hatte sie sich mit ihrer berüchtigten Auto-Lanze bewaffnet.

Diese reckte ihr schlanker, starker Arm jetzt in die Luft. Die Waffe fuhr mittels mehrerer Teleskopelemente auf doppelte Ursprungslänge aus. Ihre rasiermesserscharfe Spitze funkelte im Mondenschein.

Hizbollas endlos langen, muskulösen Beine steckten in Magboots, die ihr auf dem gepanzerten Rücken des Stahlmonsters Halt gaben. Breitbeinig, herausfordernd und jeden Muskel im Körper angespannt sah sie wie die Statue einer Kriegsgöttin aus.

Nur dass Statuen selten brüllten.

Ceda, die den alten Trick selbstverständlich kannte, wusste, dass Cobba sie in die Comanlage des *Nuncle* eingespeist hatte, doch auf die unbedarften Rebellen musste die vielfach über die Außenlautsprecher verstärkte, in fremden Zungen kehlige, undefinierbare Dinge krächzende Stimme Hizbollas wie eine Botschaft direkt aus dem Orkus wirken.

Sie schrie Herausforderungen und Verwünschungen und sie lachte. Sie verfluchte jeden der Feinde bis ins siebte Glied. Sie sprach von den Göttinnen der Lanze und von dem Blutopfer, das sie heute empfangen würden.

Während der Traktor seine Perimeterverteidigung und begrenzte AP-Bewaffnung ausrichtete und Ceda Kayne sich endlich von seinem Anblick losriss und gerade rechtzeitig auswich, um nicht von seinem riesenhaften Räumschild zermalmt zu werden, war das Einzige, was dem brutalen, alptraumhaft gezeichneten Schlachtengemälde, dessen Fokus eindeutig die kriegerische Priesterin in all ihrer martialischen Pracht war, zur Perfektion noch fehlte, dass ein violetter, gezackter Blitz just in diesem Moment in ihre Lanze einschlug.

Als ebendies geschah, ging Ceda Kayne in Deckung.

Sie wusste, dass nicht einer der Rebellen im Lager am Leben bleiben würde.

KAPITEL XIV – DEAL OR NO DEAL

Der *Lovebus* war weniger gemütlich, kuschelig und anregend eingerichtet, als Meek erwartet hatte. Anstatt plüschiger Couches, Seidenbettwäsche, Kissen und seinetwegen auch einer großen Bondageausrüstung oder einer Streckbank – worauf auch immer Sulla und Jeromina stehen mochten eben! – gab es mit elektronischem Kram vollgestellte Regale, die ihn an den Kontor in Piiq erinnerten. Wesentlich leerer war er ebenfalls. Anstatt Sulla und all seine Konsorten hier zu finden, saß lediglich der gefährliche Mann selbst in einer Art Kommandosessel, mehrere Monitore und Holoprojektoren vor sich, im gedimmten Licht. Dies hier war kein Liebesnest – es war eine Kommandozentrale. Natürlich war es das. Wieso hatte er je etwas anderes gedacht? Manchmal zweifelte er wahrlich an seinem berühmten Verstand.

„Meek und Turnbull. Geil, dass ihr hier seid.“

Sulla drehte sich in seinem Sessel herum und streichelte die kleine Fernbedienung, die ihre Furchtbare-Schmerz-Sonden, wie Meek sie für den Moment nennen wollte, aktivieren würde, wie ein Schoßtier.

Meek warf seinem großen Freund einen Blick zu, den dieser nicht erwiderte. Turnbull atmete schwer – und schien sich bereitzumachen, Sulla mit den Hörnern voran anzugreifen.

„Ich wollte gerade nach euch schicken.“ Sulla sah müßig Richtung Decke. „Euch ist vielleicht aufgefallen, dass wir angegriffen werden.“

„Was Teil deines Plans ist“, stellte Meek fest.

„Du bist cleverer, als ich gedacht hatte.“

„Er hat dich belauscht“, stellte Turnbull grollend richtig.

Meek schüttelte den Kopf. „Vielen Dank“, murmelte er.

„Dann ist er weit leiser, als ich gedacht hatte. Es ist auch egal: Ja, es ist Teil meines Plans. Ein wichtiger Teil. Die weiteren Zahnräder greifen bereits ineinander. Alles ist in Bewegung. Niemand kann es mehr stoppen.“

„Wo sind deine Freunde?“ Meek schaute sich demonstrativ um.

Sulla lächelte. Seine Zähne waren wirklich beeindruckend

ebenmäßig und weiß. „Sie kämpfen für mich. So wie auch ihr gleich für mich kämpfen werdet."

Meek schnaubte. „Ich bin keine eins zwanzig groß, falls dir das aufgefallen ist."

„Und hast trotzdem Campaan auf dem Gewissen. Du wirst dich wacker schlagen, ehe sie dich umbringen. Keine Sorge, es sind Söldner von außerhalb. Die Chance, dass sie dir deinen Zwergenkopf abschlagen, um Potenzmedizin daraus zu machen, ist gering. Das sind zivilisierte Leute."

„Yeah, nicht nach dem, was ich da draußen gesehen habe", lachte Turnbull auf. Es klang verzweifelt. Weil er, wenn er ganz ehrlich sein sollte, ein wenig verzweifelt war. Meek hatte einen Plan formuliert, aber diverse Kernelemente waren bereits nicht mehr durchführbar, wie er sehr schnell festgestellt hatte. Er wollte nicht für diesen Sulla sterben.

„Kein Plan überlebt den ersten Feindkontakt", murmelte Meek ihm zu, als habe er seine Gedanken gelesen.

„Der ist schon vor dem Kontakt auseinandergefallen, Alter", knurrte Turnbull und fixierte Sullas Brust. Er konnte ihn mit zwei Schritten erreichen und ihm die Hörner in den Leib rammen – mit Anlauf wär's besser gewesen.

„Nicht verzagen, mein großer Freund. Ich habe wahnsinnig viele Solidos für dich bezahlt – für dich und für deinen kleinen Zwergenfreund. Ihr werdet jetzt nach draußen gehen und mir mehr Zeit verschaffen. Die Zeit, die ich brauche, um den Rest meines Plans umzusetzen. Ich habe inzwischen einige Routine darin."

„Und wenn wir uns weigern?" Turnbulls Hals war trocken. Die Alternative klar.

Anstelle einer Antwort zeigte Sulla ihm die kleine Fernbedienung – das kleine Ding mit dem noch kleineren Knopf, das solch große Schmerzen auslösen konnte.

Turnbulls Atmung beschleunigte sich. Es war ihm peinlich. Er schämte sich vor Meek, vor diesem Mistkerl von Sulla und am allermeisten vor sich selbst. Aber es blieb dabei: Er hatte Angst. Mehr Angst vor den Schmerzen, die dieses Gerät erzeugte, als von der Aussicht, gegen ein Söldnerheer anzutreten.

Er wandte sich ab. „Wir verschaffen dir deine Zeit."

„Fegh'nittik wird in wenigen Minuten bei mir sein. Werft euch einfach zwischen dieses Fahrzeug und etwaige Angreifer.

Kümmert euch nicht um das Fahrzeug selbst, es ist ziemlich schwer gepanzert. Aber lasst niemanden rein."

„Tja, unser Beispiel zeigt ja, wie leicht man hier reinkommt", sagte Meek, dem die ganze Sache zu stinken schien, und der es nicht lassen konnte, dem gefährlichen Mann ein vielleicht letztes Mal einen verbalen Hieb zu versetzten.

Doch Sulla lächelte nur. Alles perlte an ihm ab. *Aalglatter Motherfucker*, dachte Meek.

„Ja, es ist leicht, hier reinzukommen, wenn die Zugangsluke in Erwartung netten Besuchs entriegelt ist." Sein Lächeln verschwand. „Ich werde sie hinter euch verrammeln und nie wieder öffnen."

Meeks kurzes Gefühl der Überlegenheit verpuffte. Er fasste Turnbull an einem seiner mächtigen tätowierten Arme und gemeinsam gingen sie schweren Herzens nach draußen.

Für den Moment war es verdächtig ruhig im Lager.

Dann schrie irgendwo jemand hell auf, wieder gefolgt von trügerischer Ruhe.

Als mehrere Schüsse fielen – zwar nicht in direkter Nähe, aber immerhin nicht weit entfernt – gingen sie hinter dem obligatorischen Stapel Kisten in Deckung.

„Und jetzt?", fragte Turnbull.

„Hast du's hingekriegt?"

„Na klar hab ich's hingekriegt. Nur ob's reicht weiß ich nicht. Ich meinte eher: Was machen wir, wenn die verdammten Söldner aufkreuzen? Wir haben keine Waffen."

Meek kratzte sich unter seinem Hut. „Tja, da ist was dran." Er hob einen faustgroßen Stein auf und zeigte ihn seinem Freund.

„Willst du mich verscheißern?"

„Du kannst doch so gut werfen. Du redest ständig davon."

„Ein Mal vielleicht!"

„Öfter als ein Mal!"

Turnbull schnaubte durch bebende Nüstern. Setzte an, etwas zu sagen, als leise Schritte sich von rechts näherten.

Meek machte sich noch kleiner. Der Caproner dagegen riskierte einen Blick um ihre Deckung herum.

Er sah den Feind. Und was für ein bunter Haufen Feinde das war!

Er sah eine schlanke, maskierte Frau, die sich elegant wie ein Zengalweibchen bewegte. An ihrer Axt klebte Blut. Hinter ihr

Männer und Frauen mit automatischen Waffen. Einige sehr leise, mit routinierten Bewegungsabläufen. Andere unvorsichtiger, lauter. Nervöser.

Da war ein bulliger Dengor, der nur aus pinken Muskeln, gelben Zähnen und Munitionsgurten zu bestehen schien. Im Vergleich zu Turnbulls ausgewachsenem Geweih wirkten die Hörnchen, die ihm aus der Stirn wuchsen, lächerlich klein. Ebenfalls winzig das Schnurrbärtchen, das unter einer breiten Nase im noch breiteren Teufelsgesicht saß – denn so sah er im Grunde aus, wie der Teufel aus der christlichen Mythologie, wie er sie aus den Erzählungen der Menschen kannte. Ein zähnefletschender Teufel, gebaut wie ein Scheißhaus aus Xemstahl.

Der jetzt die gelblichen Augen aufriss und direkt auf Turnbull deutete!

Er zog erschrocken den Kopf ein. Meek starrte ihn an, sein Blick schrie *Was hast du jetzt wieder getan, du übergroßer Ochse?!*

Doch der Dengor hatte nicht ihn gesehen.

Der Dengor deutete auf den zotteligen Somwat, der jetzt auf den *Lovebus* zugesprungen kam. Fegh'nittik war also zurück. Und er trug irgendetwas Eckiges in einer Pratze. Sprang auf das Dach des gepanzerten Fahrzeugs und klopfte dagegen.

„Kontakt!!!"

Automatische Waffen wurden ausgelöst. Funken sprühten, Querschläger prallten vom *Lovebus* ab und zischten überallhin. Schlugen in den Sand ein. In Turnbulls Deckung. In Meeks Hut.

Blut spritzte auf, als der Somwat mehrfach getroffen wurde. Dann öffnete sich das Dach, faltete sich auf wie eine edle Schmuckkassette und entblößte einen schnittigen Planetenhüpfer.

Die Pilotenkanzel war geöffnet. Sulla saß am Steuer. Wechselte Worte mit seinem Freund, Kameraden, Diener, die sie nicht verstehen konnten. Nahm etwas von ihm entgegen, nickte ihm zu, schloss die Kanzel und wartete gerade noch ab, bis Fegh'nittik beiseite gesprungen war, ehe er den Antrieb zündete und davonschoss.

Der Hüpfer zog über den Sternenhimmel wie ein Komet.

Fegh'nittik wurde von einem weiteren Projektil getroffen, schrie auf und kauerte sich neben dem *Lovebus* in Deckung.

Meeks, Turnbulls und seine Blicke trafen sich.

Aus den Schatten zwischen dem *Lovebus* und weiteren Fahrzeugen kamen eine Handvoll *Gerechte* gerannt, die irgendwelchen Kauderwelsch schrien und ihre Waffen ungezielt in Richtung der Söldner abfeuerten.

Sie verwundeten mehrere der Soldaten, dann fiel ein Schatten vom Himmel, Meek sah nur gezackte Flügel, eine platte Nase, dann einen Schwall Blut und der Führungsrebell stand mit aufgerissenem Hals da. Ehe eine Salve ihn niedermachte, streckte er hilfesuchend die Arme zu seinen Waffenbrüdern und -schwestern aus.

Diese schrien auf, feuerten weiter, drängten die Söldner in Deckung, als eine Art graue Wolke aus einem zusammengeschossenen Wüstenskiff auftauchte.

Meek runzelte die Stirn. Rauch? Kaum. Sah eher wie eine schlechtgelaunte Gewitterwolke aus. Blaue Miniaturblitze flackerte von Zeit zu Zeit in ihr auf – eine Art Wetterleuchten im Westentaschenformat.

„Was zum Henker ist das?", fragte Meek.

„Das ist blaues Licht", grunzte Turnbull hilfreich.

„Was macht es?"

„Leuchtet blau."

Doch es tat noch weit mehr. Der Anblick, der sich ihm nun bot, jagte Meek persönlich noch ein wenig mehr Angst ein, als Sullas Foltersonden oder die blutbesudelte Axt dieser Wahnsinnigen da vorn.

Die Wolke verwandelte sich in ein Band aus Nebel, das die überlebenden Rebellen einkreiste. Sie starrten das vermeintliche Naturphänomen entgeistert an und hatten wohl für den Moment vergessen, dass sie sich in einem Gefecht befanden.

Meek fragte sich, warum die Söldner die Gunst der Stunde nicht nutzten und die drei durchlöcherten. Eine Sekunde später hatte er verstanden.

Diese Söldner waren sparsam. Sie verschwendeten keine Kugeln. Die Rebellen waren bereits tot.

Der Nicht-Rauchring zog sich immer enger um die *Gerechten*, dann schnappte er zu wie eine Schlinge. Hüllte die Rebellen ein, drang in jedwede Öffnung ihrer Körper.

Die Männer und Frauen erstickten am grauschwarzen, wabernden Rauch – obwohl es sich eher wie ertrinken anhörte – und spuckten schwarzes Blut, als was immer es war sie innerlich aushöhlte. Dann brachen sie, über und über bedeckt von der halbdurchsichtigen Masse, in die der Rauch sich nun verwandelte, einfach zusammen. Miniaturblitze zuckten im grauen Gelee wie die biolumiszenten Organe unter der transparenten Haut der Tiefseefische von Ortho-Murr.

Dann trat ein schlanker, dunkelhäutiger Mann aus den Schatten und auf den Rauch zu. Seine langfingrigen Hände vollführten arkane Gesten, die Meek noch aus seiner Zirkuszeit kannten. Nur, dass *Maverick the Mighty* nie eine menschenfressende Gewitterwolke in der Manege beschworen hatte.

Er schluckte. Sah Turnbull an.

Der schüttelte den großen Kopf. „Scheiß Nano-Warlocks."

Meek wollte es gar nicht wissen. Er schielte an der Deckung vorbei. Zum Somwat, der der letzte Überlebende zu sein schien. Zu den Söldnern, die einen einigermaßen zufriedenen Eindruck machten – immerhin war die Schlacht so gut wie gewonnen.

Er sah zu den Sternen auf. Seufzte. „Das war nicht ganz so, wie ich's mir erhofft hatte, aber es wird reichen müssen." Er leckte sich über die Lippen und hob die Hände.

„Willst du das wirklich durchziehen?"

„Ja, bevor er seine nächste Trumpfkarte spielt."

Mit diesen Worten rief er laut, dass er sich ergeben wolle und wichtige Informationen habe, und sprang aus der Deckung hervor.

Turnbull wollte sich zeitgleich erheben, wusste aber aus Erfahrung, dass das gefährlich gewesen wäre. Er sah eben einfach um einiges bedrohlicher aus als sein Partner. Da fing man sich leicht eine Kugel ein, selbst wenn man plakativ die weiße Fahne schwenkte.

Aber er konnte Meek von seiner Deckung aus sehen. Und Meek zog seine Meek-Show ab.

„Verehrte Damen und Herren Söldner, liebe Lancers, Landsknechte, Fernspäher und mörderische Biker-Axtschwingerinnen, hört mich an, hört mich an!" Er verneigte sich. „Ich verspreche, ich fasse mich kurz."

Die Maskierte lachte knapp, hart und heiser. „Wie passend."

Einige der Söldner stimmten unbehaglich in das Lachen ein. Aber die meisten waren zu sehr damit beschäftigt, ihre Waffen auf den Kleinwüchsigen auszurichten. Im Hintergrund durchkämmten ihre Kameraden systematisch das Lager nach Überlebenden. Ab und an fiel ein vereinzelter Schuss.

„Ich bin *Meek der Magnifiziente* und ich habe Informationen, die euch sehr nützlich sein werden."

Die hochgewachsene, maskierte Frau in der Lederkombi strahlte eine so eiskalte, blutrünstige Aura aus, dass Turnbull eine Gänsehaut bekam. Meek aber sah keck zu ihr auf.

„Dann raus damit, bevor *ich* dich zum Reden bringe. Die Infos Stück für Stück aus deinem Leib schneide." Sie machte eine geschmeidige Bewegung mit Axt und Dolch.

„Das wird nicht nötig sein", sagte er hastig. „Also: Ich warne euch vor, die erste Info kommt für euch zu spät, aber sie wird euch beweisen, dass ich nicht bluffe. Scannt mich übrigens, ich trage so einen Sklavenchip in mir, der mir immense Schmerzen bereitet, ich bin kein Rebell."

„Nur ein toter Rebell ist ein guter Rebell, eh, Sarge?", fragte jemand.

Die Frau zischte einen Fluch und der Mann entfernte sich wie ein getretener Hund.

„Komm zur Sache, sonst bereite ich dir Schmerzen, gegen die das, was dein Chip anrichtet, wie eine wohltuende Massage wirkt."

„Also: Sulla hat einen starken EMP-Sprengsatz aktiviert, der jeden Moment hochgehen wird – macht euch nicht die Mühe zu fliehen, seine Reichweite ist groß."

Die Söldner murmelten, schauten alarmiert, wechselten Blicke. Der Dengor wies seine Techniker an, verschiedene Geräte sofort abzuschalten. Der schlanke Mann murmelte hastig etwas in seine Handflächen und zog eine Art Sack hervor, in der er seine Nanowolke landen ließ. Er verschloss den Sack hastig und sicher. Turnbull hatte so etwas schon einmal gesehen – der Sack würde die Nanodrohnen vor Strahlung abschirmen.

Und daran hatte der Mann gut getan: Als eine dumpfe Explosion aus dem *Lovebus* ertönte, die den schwer gepanzerten Transporter wackeln ließ wie einen betrunkenen menschlichen Touristen beim rhythmischen Tanztee am Woko-woko Beach, erstarben fast zeitgleich alle Lampen. Nachtsichtgeräte wurden fluchend zurück auf Kampfhelme geklappt, Funken stoben aus nicht rechtzeitig deaktivierten Pads und Coms und irgendwo versagten die Servos einer Kampfrüstung.

„Du mieser kleiner Zwerg", knurrte die Maskierte in die Finsternis.

Turnbull nutzte die für einen Moment fast schon perfekt erscheinende Dunkelheit und trat aus der Deckung hervor.

Fast sofort zischte ein Schatten von oben heran, um ihn anzugreifen – er hatte allerdings damit gerechnet und drosch dem Wesen mit den ledernen Flügeln die Faust ins Gesicht. Es landete unsanft im Dreck. Der Somwat lachte schadenfroh in den Schatten. Dann hustete er produktiv.

„Lass ihn in Frieden", grollte Turnbull in Richtung der Maskierten, auch wenn er wusste, dass es keine gute Idee war. „Er hat wahr gesprochen."

„*Er hat wahr gesprochen*", imitierte ihn jemand. „Wo kommt'n der wech?" Niemand lachte.

Die Maskierte deutete mit ihrem Dolch auf Turnbull.

„Aus deinen Hörnern werd ich bei Sonnenaufgang mein Morgenbier saufen."

„Komm und hol sie dir." Seine Stimme suggerierte völlige Ruhe und Abgebrühtheit. Sein Herz hüpfte dafür umso fester in seiner Brust.

Noch bevor sie sich in Bewegung setzen konnte, war ein neuerlicher Schatten vor ihn gehuscht.

„Sergeant, zurücktreten." Merkwürdige Stimmlage. Eventuell weiblich – das Wesen *roch* weiblich –, auf jeden Fall ebenso zittrig wie befehlsgewohnt.

Die Angesprochene zögerte sichtlich.

„*Sergeant*", wiederholte die Neue schärfer.

Die Maskierte knurrte, steckte ihre Waffen weg und entfernte sich, einen herumstehenden Söldner beiseite schubsend.

Der Schatten vor Turnbull wandte sich zu ihm um, während neben ihr jemand der Nosfra auf die Beine half, die ihn flatternderweise aus den Schatten anzugreifen versucht hatte. Sie wischte sich Blut von der bereits vor seinem Hieb platten Nase. „*Nieser Nenner*", näselte sie.

Turnbull blickte auf die Avianerin herab. Sie war nicht halb so groß wie er, aber was ihr an körperlicher Größe fehlte, machte sie durch eine Ausstrahlung wett, die ihr eine beeindruckende Präsenz verlieh.

Das merkte er sofort, auch hier im Finstern. Ihre großen Augen blinzelten nicht einmal, während sie ihn genauestens musterte. Sie legte mit einer ruckartigen Bewegung den dicht befiederten Kopf schief.

„Diese Männer sind Kriegsgefangene – für den Moment", sagte sie mit lauter Stimme an die Allgemeinheit gewandt.

„Wir werden dafür bezahlt, jeden dieser dreckigen Rebellen umzubringen, LT", entgegnete die maskierte Sergeantin in der Lederkombi.

„Dann soll der Colonel ihr Todesurteil sprechen. Aber hier entscheide ich. Und ich will ein paar Antworten von diesem da." Sie nickte in Meeks Richtung. „Wir haben heute Männer verloren. Nicht zu vergessen Materialwert, darunter einen Spähpanzer. Die Dinger fallen nicht vom Himmel. Und der Fellball da hinten hat zudem wohl noch etwas weitaus Wertvolleres mitgehen lassen."

Die Frau mit der Maske, bei der es sich bei näherem Hinsehen um einen ballistischen Kradvollhelm handelte, den jemand kunstvoll bemalt hatte, zischte einen Fluch.

„Ich kann mir denken, was das war. Dazu brauche ich keinen vorlauten Rebellenzwerg."

„Was haben Sie gegen ein wenig Rebellion?" Meek klopfte sich Staub von den Klamotten und plusterte sich auf, so gut es ging. „Sie möchten Antworten, werte Frau …?"

Die Avianerin wandte sich zu Meek um und bedeutete zwei bewaffneten Söldnern, einem jungen männlichen und einem wenig älteren weiblichen Menschen, den Caproner zu flankieren.

Turnbull beäugte die beiden skeptisch. Die Blondine trug eine ähnliche Kombi wie die hartgesottene Sergeantin, hatte ein leicht verrücktes Funkeln in den großen Augen und musterte ihn interessiert. Der Junge trug einen riesigen Revolver in der Hand und schaute Turnbull an wie eine Kuriosität auf dem Fahrenden Markt. Weit öfter aber galt sein Blick der Frau. Sein Blick war ziemlich eindeutig. Turnbull knurrte belustigt.

„Lieutenant J'arnys, Clan Sp'a, Chief Scout des 1st Faun Prime Freelance Regiment", stellte die Avianerin sich vor. Die Worte kamen ihr deutlich, wenn auch etwas abgehackt und von einem leichten Zwitschern begleitet, über den Schnabel.

„Sehr angenehm, Ma'am. Nun, wie Sie sehen, habe ich Wort gehalten. Die EMP-Explosion hat vermutlich die meisten Fahrzeuge und Geräte im näheren Umkreis lahmgelegt. Und spielt damit Sulla direkt in die Karten."

Ein leises Krähen entwich J'arnys. Dann nickte sie. „Ich hätte es wissen müssen. Wir hätten vorsichtiger sein müssen, aber der Captain bestand darauf, dass wir sofort handeln." Sie maß Meek sehr genau. „Ist das alles, was du uns zu sagen hast?"

„Mitnichten. Aber zuvor würde ich gerne verhandeln."

Die Psychopatin lachte blechern hinter ihrem Visier auf. „Verhandeln? Wir verhandeln nicht mit Rebellenabschaum! Wir verhandeln mit niemandem."

„Sergeant Ratsh, sichern Sie den Perimeter. Vergewissern Sie sich, dass wir alle Feindkräfte erwischt haben."

Einige Sekunden stand Ratsh einfach nur da. Dann entfernte sie sich, mit knappen, herrischen Gesten weitere Soldaten an ihre Seite befehlend.

„Sergeant Bolzen."

Meek und Turnbull unterdrückten simultan ein Prusten.

Der Dengor trat vor und nahm Haltung an. „Ma'am?"

„Sie sichten unsere sämtlichen Fahrzeuge und machen eine Bestandsaufnahme. Reparieren Sie, was zu reparieren ist. Requirieren Sie gegebenenfalls Ersatzteile, schlachten Sie die Rebellenfahrzeuge aus, was auch immer. Und es macht nichts, wenn's schnell geht."

Der Dengor verzog sich, die meisten anderen Lancers – die weniger soldatisch anmutenden, wie Turnbull bemerkte – mit sich nehmend.

Es blieben der Lieutenant, Turnbulls zwei Wachen, die Nosfra, die sich noch immer die Nase hielt, und eine überaus stämmige Ur-Teegardianerin, die sich gerade gleichzeitig aus den Schatten und aus ihrer beschädigten Schockkeramik schälte.

Turnbull und die dickhäutige, massige, erschöpft wirkende Kriegerin nickten sich wie automatisch zu. Sie sah seine Stammestattoos, er die rituellen Narben auf der linken Seite ihres Halses.

„Aha", sagte sie, probehalber ihre nunmehr von ihrer Panzerung befreite Schulter bewegend. Ihre lädierte, qualmende Brustplatte landete wie beiläufig auf dem Boden.

„Mh-mh", sagte er.

Sie schaute auf Meek.

Er schaute auf den Jungen neben sich, den sie eindeutig gemustert hatte.

Er nickte abermals und sie tat es ihm mit einem Seufzen gleich.

„Du willst verhandeln?" Die Avianerin musterte Meek herausfordernd. „Du bist in keiner guten Position dazu."

„Ach nein? Das denke ich aber doch. Wie gesagt, ich weiß noch mehr."

„Gib mir eine Kostprobe."

Meek schüttelte sacht den Kopf. Dann nickte er widerwillig. „Na schön. Ihr wisst, dass Sulla abgehauen ist."

J'arnys streckte ihre flaumbedeckten Hände aus, die Handflächen nach oben. Sie hatte vier Finger. Filigran, sacht gelblich schimmernd. „So eindeutig wie das Wasser den Berg herunterfließt. So sicher, wie das Küken das Nest verlassen wird. Wir haben es ja alle gesehen. Das ist kaum eine heiße Info."

Meek hob abwehrend die Hände. „Hey, ich weiß. Und ich weiß noch was, dass Sie garantiert *nicht* wissen."

Sie machte eine auffordernde Geste.

„Er ist zwar losgeflogen, aber er wird nicht weit kommen." Er drehte sich zu Turnbull um. „Dafür hat mein Freund Turnbull gesorgt."

„*The bull that turned*", sagte die Teegardianerin leise.

Turnbull erschrak fast. Es kam selten vor, dass jemand die Geschichte kannte.

Statt darauf zu reagieren, widmete er seine Aufmerksamkeit dem Chief Scout, nickte ihr zu und erklärte, wie er den Antrieb des Hüpfers manipuliert hatte. Es war nicht leicht gewesen, überhaupt erst an das Ding ranzukommen, der Rest aber war recht simple Mechanikerarbeit gewesen.

„Dann hab ich den Hyperlyon-Modulator herausgerissen und gut war's. Er wird nicht weit gekommen sein."

J'arnys nickte halbwegs anerkennend. „Super. Dann müssen wir ihn ja nur noch einsammeln. Wie weit ist er gekommen, schätzungsweise?"

„Das sagen wir euch, wenn wir euer Wort haben, dass uns nichts geschieht", sagte Meek.

„Und dass ihr uns diese scheiß Sonden rausnehmt – ohne uns umzubringen und *bevor* wir tot sind!", fügte Turnbull hinzu.

Der Chief Scout reagierte nicht auf die Forderungen. „Was weißt du noch? Was hast du noch anzubieten?"

Meek grinste sie an. Er fand sie langsam reichlich unverschämt. „Wissen Sie, ich habe Ihnen schon ziemlich viel gesagt, finde ich."

„Und ich habe euch die Ärsche gerettet, bevor mein Sergeant sie in die Finger gekriegt hat."

Meek seufzte. „Okay, noch eins, aber dann sage ich erstmal gar nix mehr. Zu Sullas Plan gehört noch mehr. Der Somwat hat etwas Wichtiges aus eurem Panzer ausgebaut. Und Sulla ist auf dem Weg, es einzusetzen. Er wird zwar nie am Ziel ankommen, aber er muss auch nicht physisch zugegen sein."

„Er will nach Suurion. Das hier war ein Ablenkungsmanöver."

„Exakt!" Meek fand es ein bisschen schade, dass sie von selbst darauf gekommen war. „Und er will …"

„Ich weiß, was er will." Sie fluchte, wandte sich ab und brüllte mit erstaunlicher Lautstärke Befehle.

„Was passiert mit uns?", wollte Turnbull wissen.

„Ihr bleibt. Vielleicht wisst ihr wirklich noch mehr."

„Und der Somwat?" Meek wusste nicht, warum ihm etwas daran lag, aber der Zottel war zwar schwer verwundet, kauerte aber dennoch mit aufmüpfigem, störrischem, kämpferischem Gesichtsausdruck neben dem *Lovebus* und schien die ganze Welt mit Blicken aufzuspießen. So viel Kampfgeist musste doch irgendwie belohnt werden.

„Er bleibt zunächst auch. Er scheint Sulla zu kennen. Aber wenn er irgendwas versucht, lasse ich Ratsh einen Bettvorleger aus ihm machen."

„Was ist das eigentlich, ein Bettvorleger?", grollte Turnbull.

Meek grinste.

Die Teegardianerin kam ihm mit der Antwort zuvor: „Du musst anscheinend noch eine Menge über die Wunder dieser Galaxis lernen – zum Beispiel über das Wunder warmer Füße direkt nach dem Aufstehen, obwohl du in einem zugigen Herrenhaus lebst, in dem irgendeiner deiner verkalken Vorfahren einen Onyxfußboden verlegt hat", sagte sie trocken wie der Sand, auf dem ihre breiten, nackten Füße standen. „Im gesamten Haus. Überall. Das ist arschkalt. Und ich habe dicke, hornige Fußsohlen." Das hatte sie in der Tat, das war nicht gelogen.

Turnbull sah den Jungen neben ihm an, der eindeutig mehr Augen für die blonde Bikerin zu haben schien als für ihn, auch wenn er gleichzeitig auf drollige Art sichtlich nervös und gleichzeitig dienstbeflissen war und der Lauf seiner Waffe nie auch nur für eine halbe Sekunde von der Brust seines Gefangenen wegzeigte.

Der Junge hob den Blick und sah Turnbull mit großer Ernsthaftigkeit an.

Er hätte beinahe gelacht. „Ja, aber ich bin nicht der Einzige, der noch eine Menge zu lernen hat, wie's scheint."

Ein Anflug von Erleichterung machte sich in ihm breit. Er war schon von schlechteren Leuten gefangen genommen worden. Ob diese Truppe die bisherigen Kerkermeister der Woche schlagen würde, würde die Zeit zeigen. Aber immerhin waren sie fürs Erste in Sicherheit. Immerhin hatte hier niemand diese verdammte Schmerzfernbedienung.

Er hatte gelernt, auch mit kleinen Dingen zufrieden zu sein.

„Na ja, geplant war das irgendwie anders", sagte Meek jetzt.

„Ja, aber kein Plan überlebt den ersten Feindkontakt."

„Woher habt ihr denn die Weisheit?", fragte die Teegardianerin.

„Hat ein kluger Mann mir erklärt."

„Totaler Unfug. Akribische Vorbereitung ist alles", behauptete sie.

„Er ist vielleicht nicht so klug, wie er denkt."

„Aber trotzdem ziemlich klug", sagte Meek.

„Aye", sagte Turnbull. „Trotzdem ziemlich klug. Ich hoffe nur, er hat auch einen Plan, wie's weitergeht."

„Er arbeitet daran." Meek sah zu den Monden hoch.

„Glauben die, wir wissen nicht, worüber die reden?", fragte die junge Menschenfrau nun.

„Ach, das glauben Männer doch immer. Dass sie uns Frauenzimmern was vormachen können.

Als die Teegardianerin und das Bikermädchen sich angrinsten und dann ebenso überraschend wie unpassend lautstark zu lachen anfingen, tauschten alle männlichen Anwesenden unbehagliche Blicke.

„Das sind also die berühmten Lancers", murmelte Meek.

Turnbull verschränkte die Arme vor der Brust. Er stieß lautstark die Luft aus und sah den Jungen an.

Der erwiderte den Blick. Zuckte die Schultern.

„Was soll ich sagen? Warten Sie, bis Sie den Rest kennenlernen."

KAPITEL XV – GEPRÜGELTE HUNDE

Natürlich kamen wir zu spät, um Sulla noch zu schnappen. Sein Hüpfer hatte eine einigermaßen sanfte Notlandung hingelegt – daran, dass er diese überlebt hatte, bestand gar kein Zweifel. Vermutlich verpassten wir ihn einigermaßen knapp – eventuell sah er uns sogar noch an der Peripherie seiner Langstreckensensoren und hatte Zeit, unsere langsam näherkommenden Sensorsignaturen noch ein Weilchen mit steigender Nervosität zu beobachten, bevor seine Freunde ihn abholten.

Jedenfalls stelle ich mir das gern so vor. Ich habe mir nie die Mühe gemacht, nähere Nachforschungen anzustellen. Der Fakt bleibt: Wir schnappten Sulla an diesem Tage nicht. Dass wir überhaupt den Ansatz einer Chance hatten, verdankten wir Meek und Turnbull, auch wenn es den beiden gegenüber nie jemand zugab. Turnbull hatte den Antrieb manipuliert, Meek hatte die Idee dazu gehabt. Für uns aber waren die beiden Rebellenagenten, egal ob freiwillig oder nicht. Und sie hatten nicht verhindert, dass die EMP-Welle uns wertvolle Stunden kostete. Immerhin: Niemand brachte sie um. Nicht an diesem Tag und auch nicht am darauffolgenden. Sie schienen für den Moment damit zufrieden zu sein.

Während ich zwischen Shari und Zinger auf der Ladefläche des notdürftig wieder flottgemachten *Hermes*-Transporters saß – sozusagen eingezwängt zwischen Kinderstube und Honeymoon Suite – konnte ich das deutlich in ihren Gesichtern lesen. Damals hatte ich natürlich noch nicht viel Erfahrung darin, aber ich schien von Tag zu Tag besser zu werden. Mehr dazuzulernen. Diese beiden Kerle waren froh, mit dem Leben davongekommen zu sein. Ich auch, wenn ich ehrlich war. Vielleicht konnte ich es deswegen so gut nachempfinden.

Wie durch ein Wunder hatte ich keinen Kratzer abbekommen. Na gut, ein paar Kratzer schon, ein paar blaue Flecken auch, aber wahrlich nichts, was man als Wunde hätte bezeichnen können.

Shari dagegen hatte sich mindestens eine ihrer dicken Rippe gebrochen und mehrere Prellungen davongetragen. Natürlich hatte ihre Schockkeramik das meiste abgehalten. Ich konnte meinen Vater aus verschiedenen Gründen, die ihr vielleicht noch verstehen werdet, nicht sonderlich leiden, aber an dieser Stelle zollte ich ihm Respekt und Dankbarkeit für die großzügige Ausstattung meiner Leibdienerin. Natürlich würde die Rüstung jetzt repariert werden müssen – und nicht von irgendeinem Wald-und-Wiesen-Schmied, sondern von einem Armor Artisan der höchsten Güteklasse. Auf Queesh würden wir so jemanden nicht finden. Aber das war ein Problem für einen anderen Tag.

Ich fühlte mich seltsam gelöst und auch Shari schien in sich zu ruhen, wie sie es meistens tat. Sie schien sich sogar mit Zinger arrangiert zu haben und die Dinge, die sie bisweilen in unserem Heimatdialekt vor sich hin murmelte, um die Gesamtsituation zu kommentieren, waren weit weniger feindselig, als sie es hätten sein können.

Die anderen Söldner, die mit uns die Fahrgelegenheit teilten, machten dagegen nicht den Anschein, besonders zufrieden mit den Leistungen der letzten Nacht zu sein. Nach anfänglicher Erleichterung darüber, dass Bolzen, Schisslowski, Gearmeyer und vor allem eine junge Rekrutin namens Neria Irgendwas den *Hermes* sowie eines der Rebellenfahrzeuge fahrtüchtig gemacht hatten, war die Stimmung schnell wieder umgeschlagen.

Kein Wunder, sie – nein, *wir* – hatten einige Fahrzeuge verloren, wenn auch die meisten würden geborgen und repariert werden können. Ein halbes Dutzend Lancer waren tot, doppelt so viele verwundet. Die Hälfte der Leichen lag, notdürftig abgedeckt mit ihren eigenen Jacken und einigen Decken aus der Karawane, mitten unter uns. Ein Umstand, der selbstredend auf die Stimmung drückte.

Die Lancers um mich herum brüteten demnach überwiegend vor sich hin. Stierten grimmig auf ihre Stiefel. Spähten gedankenverloren in die Ferne. Kauten an den Nägeln. Schärften Messer. Oder Äxte. Oder murmelten Flüche.

Manch einer warf giftige Blicke in Meeks, Turnbulls und sogar meine Richtung – was hatte *ich* hier irgendjemandem getan? Ich gehörte nicht zum Club – noch nicht, ich war noch zu grün, okay, verstanden, so kurz und gut erklärt wie klischeehaft –, aber ansonsten hatte ich mir meines Erachtens nichts vorzuwerfen. Natürlich raffte ich zunächst nicht, dass die giftigen Blicke fast ausnahmslos von jungen männlichen Humanoiden stammten, die es nicht ertrugen, wie hungrig Zinger mich zwischenzeitlich immer mal wieder ansah.

Bei den Liebesgöttinnen vom Venusgürtel, ich ertrug es ja selbst kaum! Ich hatte sogar ein bisschen Angst vor ihr. Sie sah mich mit totem Blick und halb geöffneten Lippen an, als wolle sie mich jeden Augenblick verschlingen. Was sie an mir fand, wusste ich nicht. Ich sah gut aus, vermutete ich. Ich war einigermaßen wohlhabend. Und eine Art Prinz. Aber Zinger war nun nicht die Art Frau, der man zugetraut hätte, sich in einen naseweisen Prinzen zu verknallen. Oder mit einem vögeln zu wollen oder was auch immer.

Aber irgendwie schien sie es zu tun. Und wenn sie also nicht mit mahlenden Kiefern in die Ferne schaute – einerseits vermutlich mit reichlich Wehmut an ihr Bike denkend, das sie für den Moment hatte zurücklassen müssen, andererseits mit grimmiger, ungeduldiger Vorfreude in eine Zukunft blickend, in der sie sich blutig an Sullas Leuten rächte –, vertrieb sie sich die Zeit damit, immer mal wieder sacht, unauffällig und mit äußerst geschickten Fingern meinen Schritt zu massieren, wenn uns niemand beobachtete.

Ich erspare euch jegliche weiteren Details – man mag mir vieles nachsagen, aber Pornographie ist nicht mein Metier. Glaubt mir, ich hab es versucht. Lasst euch aber versichert sein, dass ich es schicksalergeben über mich ergehen ließ. Gleichzeitig stolz, schockiert, aufgegeilt und abgestoßen – aber vertraut mir, wenn ich euch sage, dass die *positiven* Gefühle überwogen. Das giftige Stieren der Kameraden, die ebenfalls etwas für Zinger übrighatten, nahm ich dafür gerne in Kauf. So war es eben. So musste es sein – es war Vorsehung, das mit ihr und mir. Alle anderen konnten mich mal an meinem aristokratischen Arsch lecken. Ich war jung und ungestüm und ich hatte meinen ersten Kampfeinsatz hinter mir und ich zwang mich dazu, Sharis Anwesenheit auszublenden.

Sharis Anwesenheit erwies sich nämlich gemeinhin als wahres Gift für meine Libido. Zum Glück schnarchte sie die meiste Zeit, was immerhin bedeutete, dass sie nicht mitbekam, wie Zingers Finger mich unsittlich berührten.

Wem dies ebenfalls absolut nicht entging, war der Zwerg – so nannte ich ihn in Gedanken, natürlich, wie sonst? –, der immer wieder anzüglich grinste. Er sah merkwürdig aus, Meek. Nicht nur wegen seines kleinen Wuchses und des fadenscheinigen, durchlöcherten Hütchens mit der kümmerlichen Blume im Band. Er hatte Gesichtszüge, die auf asiatische Vorfahren schließen ließen – am auffälligsten waren seine Augen, die eine deutliche Mandelform aufwiesen. Sein Bart war dicht, das Kinn ausgeprägt, das Haar, das man unter der Hutkrempe ab und an hervorlugen sah, dagegen besaß einen rötlichen Schimmer. Er hatte insgesamt etwas Koboldhaftes, wozu natürlich auch sein schalkhaftes Wesen beitrug.

Er war mir zu diesem Zeitpunkt ein Mysterium. Nicht, dass sich daran je viel änderte. Er war nicht so kompliziert gestrickt, wie er es selbst von sich dachte, aber dennoch war er in vielerlei Hinsicht unberechenbar. Eine der Gründe, warum er damals eine recht einschüchternde Wirkung auf mich hatte – obwohl er nur halb so groß war wie ich und noch dazu Handfesseln trug.

Sein spöttischer Blick allerdings brachte mich auf die Palme. Das konnte ich so nicht durchgehen lassen – nicht als angehender Offizier, nicht als teegardianischer Adeliger, nicht als der Mann, der ich spätestens seit den nächtlichen Kämpfen nun wohl – vermutlich, wahrscheinlich, ganz gewiss! – war.

Als ich mich also schließlich traute, seinen Blick längere Zeit zu erwidern, wurde sein Grinsen schmaler. Verwandelte sich in ein Schmunzeln. Dem folgte ein anerkennendes Nicken.

„Wie ich sehe, verfügt die High Society von Teegardia dieser Tag nicht nur über einen ausgezeichneten Geschmack, was die Wahl ihrer Waffen betrifft." Er deutete auf den *Megalodon* an meiner Hüfte und zwinkerte zu Zinger rüber, die sich genau diesen Moment aussuchte, um ihn kalt anzustarren.

Kalt waren auch die Worte, die sie nun an ihn richtete. „Halt dich lieber geschlossen, du abgebrochener Riese. Kannst froh sein, dass der LT dem Sarge zuvorgekommen ist, sonst hätte sie deinen übergroßen Bumskopf als Kühlerfigur auf unseren Transporter geschnallt."

Meek lächelte zuckersüß. „So eine schöne Frau, so ein hässliches Mundwerk."

„Wir könnten ihm noch immer das Maul stopfen – für immer, meine ich", grollte einer der jungen Heißsporne, ein muskulöser Fastmensch mit wulstiger Stirn und violetter Haut namens Gnorris, der nun eine Springklinge aus dem Technikeroverall zog. Obwohl an diesem Tage ein Dunstschleier über der Wüste lag und die Drillingssonnen sich versteckten, blitzte die Klinge im trüben Tageslicht.

Turnbull, der seit Stunden nichts gesagt hatte, beugte sich nun vor. Er überragte auch im Sitzen jeden anderen Anwesenden um mehr als Haupteslänge. Ich hatte schon mehrfach überlegt, wie unangenehm es für ihn sein musste, dass das für ein Wesen seiner Dimensionen niedrige Geländer der Ladefläche ihm keine Möglichkeit bot, seinen Kopf anzulehnen. Nicht, dass er besonders erschöpft ausgesehen hätte. Turnbull, so sollte ich lernen, sah nur in den seltensten Fällen erschöpft aus. Die voluminösen Muskelstränge, der riesige Brustkorb, die gewaltigen Schultern, die eindrucksvollen Hörner, die sich aus seiner Stirn wanden – er strotzte nur so vor Kraft, Energie, Virilität.

Der *Hermes* schien leise unter seinem Gewicht zu knirschen, als er sich dem Heißsporn zuwandte. „Steck das Messer weg, bevor ich es dir in den Arsch ramme – mit der Klinge voran", grollte er. Wenig charmant, aber durchaus eindrucksvoll. Man glaubte Turnbull, wenn er etwas sagte, das kriegte ich sofort spitz. Erst recht, wenn es sich um eine Drohung handelte.

Gnorris sah sich verunsichert zu seinen Ammo-Train-Kameraden um. Sie würden gegen den Caproner zusammenhalten, aber ich war mir ziemlich sicher, dass selbst ein gefesselter Turnbull sie zum Frühstück verspeist hätte – figurativ gesprochen, versteht sich. Er war natürlich, wie alle Vertreter seines Volkes, naturgemäß Vegetarier. Aber Essgewohnheiten mal beiseite: Einige der erfolgreichsten Holo-Catcher waren und sind Caproner. Ihre Stärke ist legendär. Oh ja, damit kannte ich mich aus.

Der Söldner setzte zu einer Erwiderung an, als etwas auf seine Schulter huschte und ihn schmerzhaft an seinem Ohrläppchen nach unten zog. Er unterdrückte ein Keuchen.

„Private Gnorris, muss ich Sie etwa melden?", fiepte ein kleines felliges Wesen, das sich mit großer Kraft an Gnorris' Blumenkohlohr festhielt. „Sie haben doch gehört, was Lieutenant J'arnys befohlen hat, oder? Ihr Ohr ist ja wohl groß genug! Ich pass ja fast rein!"

Das war ein wenig übertrieben, aber Sergeant Ip Bornii, seines Zeichens Deputy Chief Scout, war kaum größer als ein herkömmliches narnisches Backenhörnchen und sah auch beinahe wie eines aus. Ein buschiger Schwanz schaute aus der

Uniformhose des Töskr hervor, seine beiden übergroßen Vorderzähne waren gebleckt. Die braunen Augen schauten tief in die von Gnorris.

„Also?!", brüllte Bornii dem Mann mit schriller Stimme ins Ohr.

„J-ja, Sir! Ich hab's ja verstanden!"

„Entzückend! Dann halten Sie gefälligst die Backen. Und putzen Sie mal Ihr Riesenohr, da ist genug Schmalz drin, um einen Sandsack damit zu füllen!"

Einige der Söldner zogen angewiderte Grimassen. Gnorris wurde rot – beziehungsweise braun wie eine matschige Gru-Frucht. Kleinlaut versprach er, genau das zu tun.

Der Sergeant ließ sein Ohr los, war hier aber offenbar noch nicht fertig. Er funkelte Zinger an, dann wirbelte er unvermittelt zu einer anderen Soldatin herum. „Ecca, ich hatte mehr von dir erwartet! Sei den jungen Soldaten im Regiment ein Vorbild, auch wenn sie vielleicht keine Scouts sind!"

Die Nosfra, deren Nase inzwischen nicht mehr blutete, sah kurz schuldbewusst zu Boden und nickte dann zustimmend. Neben Bornii, Boak und dieser Gearmeyer war sie das dienstgradhöchste und dienstältestes Mitglied der Lancers an Bord und als Einzige in direkter Hörweite der Konfrontation gewesen.

Bornii warf Ecca noch einen Blick zu und huschte dann Richtung Führerhaus davon. Die Nosfra bleckte zwei spitze Reißzähne und funkelte Gnorris über den Rand ihrer Sonnenbrille hinweg an. Ihre Augen waren blutrot.

„Ich hab ein Auge auf dich." Sie deutete auf selbiges. Dennoch sah sie auch Turnbull mit spürbarem Zorn an. Sie hatte ihm seinen Hieb noch nicht verziehen – und wer konnte es ihr verübeln? Auch wenn ihr Zorn nicht mir galt, schauderte es mich ein wenig. Ecca Nachtflügel war weder so gefürchtet wie Ratsh noch wurde sie so respektiert wie J'arnys oder Bornii, sie besaß auch nicht den legendären Ruf einer Hizbolla, aber man wollte ihr nicht nur sprichwörtlich nicht im Dunkeln begegnen.

Gnorris schluckte. Nickte. Schwieg.

Turnbull für seinen Teil schien nicht sehr beeindruckt. Er musterte sie. Tippte sich an seine Nüstern. Zwinkerte ihr zu.

Shari neben mir schnarchte vernehmlich.

Und Zingers Hand wanderte wieder zu meiner Hose.

Meek schmunzelte vergnügt, sah aber nicht in unsere Richtung.

Und so verging die Reise in dem alten Transporter wahrlich wie im Fluge. Ich konnte es kaum erwarten, diesen Soldatenkram für heute abzuhaken und Zinger mein Zelt zu zeigen.

Doch ich wusste, davor würden wir vermutlich nochmals kämpfen müssen. Wenn wir nicht abermals zu spät kamen.

Als wir uns auf zehn republikanische Langmeilen an Suurion angenähert hatten, sahen wir die Rauchsäulen. Noch konnte das alles heißen. Dennoch machte sich Unruhe breit.

Nun hieß es hoffen. Beten. Mit einem Mal wurde mir doch etwas mulmig, spürte ich doch, dass der Kampf der gestrigen Nacht mich mitgenommen hatte. Mich verändert hatte.

Ich war nicht sicher, dass ich so kurz nach dieser Erfahrung wieder zu kämpfen bereit war. Ich sah nach rechts. Shari schlief noch immer.

Ich sah nach links. Und sah in Zingers saphirblaue Augen. Sah die Unruhe und Unsicherheit darin.

Ohne zu zögern, nahm ich ihre Hand. Zu meiner großen Überraschung griff sie einfach zu – ohne Kommentar, ohne mich aufzuziehen und ohne Versuche, sich mir zu entziehen. Oder mir eine Ohrfeige zu geben. Sie nahm einfach meine Hand. Keine Ahnung, warum ich mit einer anderen Reaktion gerechnet hatte. Nun ja, eine Ahnung habe ich heute schon: Ich kannte sie einfach nicht. Für mich war sie ebenso unberechenbar wie ein Wildpferd. Ein launenhaftes Fabelwesen. Ein Mysterium.

Doch selbst Zinger schien manchmal einfach nur etwas Zuneigung zu brauchen. Körperliche Nähe. Nicht zwingend sexueller Natur.

Mir wurde wärmer.

Mein Herz klopfte weiterhin schnell, aber anders.

Schweigend fuhren wir weiter, einer ungewissen Zukunft entgegen.

Während ich Zingers Hand in meiner hielt und der *Hermes* weiter über die Dünen rumpelte, schweiften meine Gedanken wieder ab in die gestrige Nacht. Zum Gewicht des *Megalodon* in meiner Hand. Zu dem Leben, das er auslöschte. Auf einen Fingerzeig hin, sozusagen. Ich hatte noch nie jemanden getötet, hätte aber auch nicht gedacht, dass es mir viel ausmachen würde. Es war Teil meiner Erziehung gewesen, von Kindesbeinen an, dass ich mal eine militärische Karriere einschlagen würde. Und das Töten gehörte zum Soldatenleben. Ich nahm an, dass man sich schon damit arrangieren würde. Und bisher tat ich das. Bisher war meinen Erwartungen entsprochen worden. Die Aphrona hatte eine Waffe auf mich gerichtet. Hätte mich getötet. Shari. Zinger. Es hieß sie oder ich. Sie oder *wir*. Ich hatte dem Regiment, dem Blauen Korridor und letztlich unserer Sache einen Dienst erwiesen, indem ich sie getötet hatte.

Dennoch ließ mich jetzt dieses eine Bild nicht los. Das Bild ihres Gesichts und wie sich dessen Ausdruck von wild entschlossen, grimmig und kämpferisch zu überrascht, schockiert und ungläubig gewandelt hatte, als sie in diesem einen Sekundenbruchteil vor ihrem Tod erkannte, dass ich ihr zuvorkommen würde. Dass ich schneller war. Präziser und entschlossener schoss. Dieses Gesicht. Dieses schöne blaue Gesicht. Wieso kam es mir so bekannt vor?

Erst, als wir schon die Stadtmauern Suurions sehen konnten, erkannte ich, dass ich Oerla Fandamm getötet hatte. Ich hatte eines der schönsten Gesichter der Holotainment-Soap-Opera-Industrie des Blauen Korridors zerstört. Das Talent dahinter für immer vernichtet. Mein Blick musste sehr leer gewirkt haben, aber niemand bemerkte ihn.

Wir waren nämlich fast am Ziel. Niemand hatte Zeit für den leeren Blick eines Offizieranwärters im Praktikum. Nicht mal Shari oder Zinger beachteten mich in diesem Moment.

Das soll nicht weinerlich oder empört klingen. Es war vielleicht sogar besser so. Es kam nicht jeden Tag vor, dass man erfuhr, dass man direkt für den Tod seines ersten Schwarms verantwortlich war. Ich hatte *Galaxisfeuer* geliebt. Eine der besten Soaps, die je im Blauen Korridor gesendet worden waren. Natürlich empfingen wir solche Sender offiziell in unserem Palast nicht, sie galten als unschicklich, als minderwertiger Eskapismus, als Müll erster Güte.

Und genau das waren sie. Die Irrungen und Wirrungen, Kabale und Ränkespiele um Liebe und Macht in der High Society der fiktiven Planetenrepublik Phoenix II waren der perfekte Weg für einen heranwachsenden, weltfremden Prinzen aus einem oft unterkühlten Elternhaus, sich auf dramatische Fantasiereisen zu begeben.

Oerla Fandamm hatte die Lady Rich-Ell-Jeny gespielt, eine

intrigante Hofdame und ehemalige Kurtisane, die die schlechte Angewohnheit hatte, sich ihren Weg an die Spitze der Gesellschaft hochzuschlafen. Dabei blieben nicht weniger als fünf Ehemänner auf der Strecke. Ich konnte sie noch immer alle aufzählen. Irgendwann war Fandamm dann nicht mehr aufgetreten. Ihre Figur war gestrichen, Lady Rich-Ell-Jeuys Abwesenheit mit einer komplett an den Haaren herbeigezogenen Erklärung in einem Nebensatz abgetan worden. Ich hatte mir nicht viel dabei gedacht. So etwas passierte in diesen Soaps dauernd. Ständig gab es Querelen hinter den Kulissen und die Drehbücher waren furchtbar.

Erst viel später erfuhr ich, dass ein Disput mit der Teegardia Interfun Corporation für ihr Ausscheiden verantwortlich gewesen war. Und dass ihre sexuelle Orientierung – viele Aphroner waren homo-, bi- oder pansexuell beziehungsweise anderweitig nicht-heteronormativ unterwegs und das war mehr als nur ein offenes Geheimnis – eine entscheidende Rolle dabei gespielt hatte. Nun, wir Republikaner waren ein recht verstockter Haufen und hatten recht rigide Moralvorstellungen, aber ich hatte mir nie Gedanken darüber gemacht.

Jetzt aber begann meine Unterlippe unkontrolliert zu zittern. Ich drückte Zingers Hand so fest, dass sie mich mit dem Ellbogen anstieß.

Ich merkte es kaum. In diesem Moment, so sage ich mir rückblickend oft, endete der allerletzte verbliebene Abschnitt meiner Kindheit. An diesem Tag erfuhr ich, dass ich die Frau getötet hatte, deren Holoaufnahme ich monatelang unter dem Kopfkissen versteckt hatte.

Shari hatte natürlich davon gewusst. Shari machte ja noch heute mein Bett, wenn ich sie ließ. Dennoch war es mein Geheimnis gewesen, das mit Oerla und mir. Sie und ich, in meinem Kopf hatte uns etwas verbunden. Dann hatte irgendein Holomogul beschlossen, dass er keine Lesbe in seinem neuen Programm dulden konnte. Und ich hatte es nicht mal hinterfragt. Ich hatte es geschluckt, hatte weiter konsumiert, war zu einem jungen Mann herangewachsen, der die Werte der Republik verinnerlicht hatte und für sie und für seine vermeintlichen Überzeugungen kämpfte.

Für sie kämpfte und eine Frau erschoss, die für die ihren einstand. Die für ihr Recht gekämpft und verloren und sich einer

Gruppe hoffnungsloser Rebellen angeschlossen hatte und die dann von einem verzogenen Fahnenjunker abgeknallt worden war. Die jetzt in einer götterverlassenen Wüste lag. Unbestattet. Nur noch Aas, von der Welt vergessen.

Ich will nicht behaupten, dass wirklich all diese Gedanken durch meinen Kopf gingen. Dass ich damals, in diesem Alter, in diesem Moment, schon wirklich so weit war.

Aber ich rede es mir gerne ein.

Während die Rauchsäulen dichter wurden, die Stadtmauern immer näherkamen, wurde mein Gesichtsausdruck immer finsterer. Immer entschlossener.

So viel weiß ich noch.

Ich war nicht mehr der Junge, der gestern zu dieser Mission aufgebrochen war.

Allerdings war ich auch noch nicht der fertige Mann, der ich mal sein würde. Für den ich mich heute halte.

Aber den ersten Schritt auf meinem Weg dorthin hatte ich nun endlich getan. Und bei allen Göttern, es war an der Zeit gewesen.

KAPITEL XVI – ONE HIT WONDER GIRL

„Ein dreifach Hoch auf unsere Techniker!", rief Bolzen aus und Schisslowski war der Erste, der laut mitgrölte. Und mit einem ebenso offen anerkennenden wie insgeheim anzüglichen Grinsen, das Neria ihm gerne gründlich zertrümmert hätte, in ihre Richtung schielte.

Timo neben ihr schüttelte sich und warf Schisslowski einen derart impertinent-herausfordernden Blick zu, dass es Neria beinahe Respekt abnötigte. Der Corporal verengte die Augen zu Schlitzen, dann wandte er sich ab.

Timo murmelte unverständliche Verwünschungen. Er verabscheute Schisslowski und seine schlechten Manieren so offensichtlich, dass es beinahe lächerlich war. Neria schmunzelte bitter. Er war wie ein Sternenritter in einem albernen Märchen. *Wild Butch McEarp, Star Ranger.*

Sie wischte die Erinnerungen an diesen grässlich kindischen Unfug beiseite. Sah Timo an. Sah ihm tief in die Augen. Sah es dort kurz flackern.

Ja, er fand sie attraktiv. Natürlich. Sie hatte sich Mühe gegeben – mit allem. Sie war sich sicher, dass sie ihn unter anderen Umständen hätte haben können. Sie konnte seine Begierde bisweilen regelrecht riechen, aber er war seiner Verlobten dennoch sehr treu ergeben. Die Biologie führte ihr Eigenleben, aber er schien sie gut im Griff zu haben. Auch das fühlte sie. Er war ein guter Mann. Oder zumindest das, was dem am nächsten kam. Nicht nur hier draußen, sondern allgemein gesprochen. Einen wahrhaft guten Mann – eine wahrhaft gute *Lebensform* – gab es weder in dieser Galaxis noch in den anderen, die sie gehen hatte.

Alldem zum Trotze: Er war besser als die meisten. Aufrecht, aufmerksam, hilfsbereit, mit ausgeprägtem Gerechtigkeitssinn.

Und genau das würde ihn irgendwann umbringen.

„Das hast du gut gemacht", sagte er nun zum gefühlt hundertsten Mal während ihrer Rückfahrt nach Suurion. Dabei lächelte er ihr mit perfekten Zähnen zu. Seine Augen leuchteten aufmunternd. Aufrichtig. Aufmerksam. Und all die anderen

Dinge. Es war hoffnungslos.

Nerias Gesicht gab keinen ihrer wahren Gedanken preis. Sie lächelte milde, auch wenn Milde das Letzte war, was sie nach der gestrigen Nacht für diese Ansammlung minderwertiger Subjekte – und dazu zählte auf seine Weise auch Timo – noch empfand. Sie waren laut, sie stanken, sie waren unvorsichtig und überwiegend schlecht ausgebildet – mit einigen wenigen Ausnahmen, die dafür umso beeindruckender waren.

Ratsh war eine respekteinflößende Kämpferin, wenn Neria je eine gesehen hatte. Vielleicht die gefährlichste, die sie je hatte bei der Arbeit beobachten dürfen. Dieser Camo war ein überaus fähiger Schütze, wirkte stets konzentriert und bei der Sache. Der finstere Mensch, der über die Nanosonden gebot und auf den Namen Juju-Mann hörte, gehörte ebenfalls zu den Söldnern, die man im Auge behalten musste. Selten hatte sie eine solche Kunstfertigkeit im quasi-telepathischen Umgang mit den mikroskopisch kleinen KI-Einheiten beobachtet – einer Schwarmintelligenz, die in den richtigen Händen eine mächtige Waffe war, wie Juju-Mann eindrucksvoll bewiesen hatte. Die Nano Warlocks von Ghost Mountain bildeten nicht viele neue Adepten aus. Und wer ihre ebenso obskuren wie komplexen Lehren verinnerlichte, ihre gefürchteten dunklen Künste perfektionierte und ihre fast schon arkane Akademie erfolgreich abschloss, arbeitete üblicherweise im Anschluss nicht als gemeiner Söldner. Es würde sich empfehlen, Juju-Mann nicht den Rücken zuzukehren.

Aber der größte Teil der Lancers, mit denen sie in dem notdürftig geflickten Transporter eingepfercht war, waren wertlose Idioten. Amateure, keine echten Soldaten. Schrauber, Kutscher, Kistenschlepper. Affen in Overalls, Korwiaks, denen man Gewehre und Schraubenschlüssel in die Hände gedrückt hatte. Sie mit minderintelligenten Spezies zu vergleichen, war dabei nur passend: Viele von ihnen schienen nicht nur zu riechen wie Tiere, sondern waren auch regelrecht viehischen Charakters. Neria würde keinen von ihnen vermissen.

Und dann war da Timo. Timo, der ebenfalls kein besonderer Soldat war, auch wenn er sich wacker geschlagen und Neria vielleicht sogar die Haut gerettet hatte. Timo, der so besorgt wegen seiner Verlobten war. Der Neria beschützen wollte. Der an das Gute glaubte. An die gerechte Sache. An Moral, Anstand und all das. An …

„Hey, was ist denn nur los mit dir? Du kannst ein Lob ruhig annehmen!"

„Die ersten fünfzig Mal habe ich es ja." Eine glatte Lüge – niemals hätte sie ein Lob für eine derart banale, naheliegende Entdeckung wie die ihre akzeptiert. Der alte Frachtcruiser verfügte über ein primitives Turbinentriebwerk und man musste kein gottgleicher Ausnahmetechniker sein, um ein vitales beschädigtes Bauteil zu identifizieren und durch etwas zu ersetzen, was Sergeant Bolzen in seinem *Dicken fetten Sack* mitzuschleppen pflegte. Der *Dicke fette Sack* – natürlich ließ Bolzen es sich nicht nehmen, sich jedes Mal, wenn er den Begriff verwendete, in den Schritt zu fassen – war genau das: Ein räudiger, uralter, riesiger Sack aus ebenso stabilem wie rissigem Golongo-Leder, der bis obenhin mit Schrott, Glücksbringern, Nippes und Kram vollgestopft war. Oder wie der Sergeant es ausdrückte: Seine Sammlung possierlicher, äußerst nützlicher und wertvoller Ersatzteile und Nützlichkeiten.

Die Tatsache, dass Bolzen nicht sofort erkannt hatte, dass er das passende Teil bereits in seinem *Hermes* liegen hatte, unterstrich nur zusätzlich, was für ein Stümper er war. Immerhin hatte er den Sack nicht wirklich extra in den Kampfeinsatz mitgeschleppt, sondern ihn nur zufällig im Traktor gefunden. Wie man einen mordsschweren Sack voller Metallschrott dort vergessen und dann über lange Zeit nicht wiederfinden konnte, war ihr schleierhaft. Und sie wollte auch nicht mehr darüber nachdenken. Dieser Sauhaufen begann, auf sie abzufärben. Das konnte sie nicht zulassen.

Sie musste bei der Sache bleiben. Sich konzentrieren. Den Fokus auf die Dinge setzen, die da vor ihr lagen.

„Also ich fand's beeindruckend. Hast Schisslowski in Verlegenheit gebracht, das werde ich dir immer hoch anrechnen. Und Bolzen, nun, der war abermals positiv von dir überrascht. Mach nur so weiter und du bist bald Private und ich muss dir salutieren und sowas."

Gegen ihren Willen lächelte sie schmal. Natürlich hatte sie das Zeug dazu, es hier zu etwas zu bringen. Die Frage war nur, wer würde das wollen?

„Und wie der Caproner den Gleiter von diesem Sulla lahmgelegt hat, war ebenso simpel wie raffiniert."

Neria unterdrückte ein Schnauben. Sie hielt nichts von Capronern. Ein Haufen dickköpfiger, sturer Hornochsen – im wahrsten Sinne des Wortes –, die für ihr ach so tragisches Schicksal komplett selbst verantwortlich waren. Sie mochten äußerlich stark wirken, innerlich aber waren sie schwach. Ein Volk von Weicheiern und Jammerlappen. Von ihr durften sie kein Mitleid erwarten.

Mitleid. Allein schon das Wort ließ sie ihre Lippen zu einem finsteren Schmunzeln verziehen. Ließ sie die Fäuste ballen und zwang sie, ihre Atmung zu regulieren. *Mitleid.* Mitleid war für die wahrlich Schwachen. Mit ihr hatte nie jemand Mitleid gehabt. Sie hatte es nie vermisst. Und nie empfunden.

„Der Caproner findet einen Antigravitationsmotivator und vermag es, ihn mit bloßen Händen halb aus der Fassung zu drücken. Kaum ein Geniestreich."

„Aber doch irgendwie clever."

„Ich frage mich eher, wieso sie den Antrieb auf diese Art manipuliert haben. Und ihn nicht direkt ganz lahmgelegt haben. Wer den Motivator halb rausdrehen kann, kann ihn auch ganz rausdrehen."

Timo nickte langsam. „Habe ich auch schon drüber nachgedacht. Aber angeblich hatte der Kerl so eine Fernbedienung, mit der er den beiden höllische Schmerzen zufügen konnte."

„Eine Regulatorsonde. Üblich bei Sklaven." Der Schatten einer Erinnerung huschte durch ihren Kopf. Verschwand zu schnell, um ihn zu greifen. Wieder ballte sie die Fäuste.

„Ich … habe davon gehört." Zum ausweichenden Tonfall fehlte noch, dass Timo mit den Zähnen knirschte oder sich peinlich berührt im Nacken kratzte – er war ein noch schlechterer Schauspieler als Soldat.

„Furcht hat sie den Antrieb so lahmlegen lassen, dass er in gebührender Entfernung abstürzen würde?" Sie kannte Angst. Sie kannte Schmerz. Natürlich tat sie das. Sie hatte gelernt, mit beidem zu leben. Aber es mussten schon immense Schmerzen gewesen sein – die Toleranz der Caproner gegen körperliche Pein war sozusagen eine ihrer meistgerühmten Fähigkeiten

Timo zuckte die Schultern. „Hätte auch sein können, dass er sich irgendwo in den Sand bohrt und den Löffel abgibt, der verdammte Rebellenhund."

„Nicht dieser Rebellenhund." Sulla war ein Phantom, so hatte sie gehört. Was sie bisher von ihm gesehen hatte, nötigte ihr keinen besonderen Respekt ab. Aber der Mann besaß einen gewissen Ruf. Und ein Ruf gründete sich ihrer Erfahrung nach zumindest in den meisten Fällen auf dem einen oder anderen verbrieften Fakt. „Aber ja. Vermutlich dachten sie sich, sie wiegen ihn erstmal in Sicherheit und lassen ihn wenigstens eine kurze Strecke fliegen, ehe er den Knopf drücken kann. Und vielleicht halten sie sich so eine Option für später offen."

„Für später?", fragte Timo stirnrunzelnd.

„Sei nicht so naiv. Falls sich ihre Wege mal wieder kreuzen sollten. Kerle wie dieser Sulla haben die Angewohnheit, immer wieder aufzutauchen."

Timo musterte sie mit unergründlichem Blick. Schmunzelte schief. „Sieh an, sieh an. Neria, in dir steckt eine waschechte Zynikerin von Galaxisruhm. Kaum schickt man dich einmal in dein erstes mittelschweres Scharmützel, schon wird eine hartgesottene Veteranin aus dir. Abgeklärter als ein Suq-Händler aus Piiq, hart wie der Mondfels von Ibb und durch nichts mehr zu überraschen – wie ein Augur!"

Sie bemühte sich, dieser launigen Bemerkung ein rasches, möglichst echt wirkendes Lachen folgen zu lassen, und nickte ihm zu. „Das ist wohl ein Punkt für dich. Tut mir leid, ich nehme an, ich habe mich ein bisschen in die Sache reingesteigert. Weißt du, ich habe als Mädchen immer die Romane rund um Wild Butch McEarp gelesen."

„Dem Star Ranger", sagte er lächelnd.

„Ja." Ihre Stimme zitterte, aber sie bekam es sofort wieder in den Griff.

Erinnerungen, uralte Erinnerungen.

Nicht an den Star Ranger, denn diese *Romane* hatte sie nur einmal zu Recherchezwecken angeschaut. Sie erinnerte sich an fantasievolle Geschichten von epischer Länge. Von Wesen, die fantastische Kräfte besaßen. Die über das Schicksal des Universums entschieden und über Kreaturen geboten, die jeder Beschreibung spotteten. Geschichten, die sie geliebt hatte. Die sie für wahr gehalten hatte – und das trotz des kümmerlichen Bruchstücks Kindheit, das ihr vergönnt gewesen war. Oder vielleicht auch gerade deswegen, weil sie nie wirklich hatte Kind sein und ihre Fantasien spielerisch hatte ausleben dürfen.

Sie dachte nicht gerne daran. Daran, dass auch sie einmal derart naiv gewesen war.

„Ich habe ihn geliebt, Wild Butch. Ihn und seinen treuen Gefährten, Harras. Und die unvergleichliche Cy-Stute Boda."

„Ich hab jede Folge gesehen, das glaub mir mal. Und diese schmissige Holotainment-Sendung über die Veteranen des Großen Feldzugs. Du weißt schon, dieses Spezialistenteam mit den Jetpacks, die Kriegsverbrecher gejagt haben."

„*Die Himmelsstürmer von Nagadir.*"

„Ja. Feldwebel Tironius. Die schöne Val. Uppercut. Der alte General Treben." Namen, die sie auswendig gelernt hatte. Schlechte Darsteller, die schlechte Texte aufsagten. Billige Kostüme, billigere Spezialeffekte. Eine Titelmelodie, die ihr trotz lediglich einmaligem Anhören im Ohr geblieben war – und die sie jetzt ärgerlicherweise wieder stundenlang nicht loswerden würde.

„Du hast gerade wirklich ein wenig wie sie geklungen. Hartgesotten, abgebrüht, desillusioniert."

Sie musste ihm recht geben. Dieser Sauhaufen färbte wahrlich auf sie ab. Wenn sie sich nicht zusammenriss, war das alles hier umsonst.

Sie zwang sich, rot zu werden. Verlegen zu schauen. Große Augen zu machen. „Es muss sich für dich schrecklich dumm angehört haben."

„Ganz und gar nicht. Du hast nicht nur Geschmack, was Unterhaltung betrifft, du hast zudem auch noch eine gehörige Portion Schneid, Neria. Was immer dich hergeführt hat: Ich glaube, du bist hier gar nicht so schlecht aufgehoben."

Er legte eine Hand auf ihren Arm und sie ließ es geschehen. Lächelte ihn an. Eine Weile sahen sie sich in die Augen. Sie verfügte zwar nicht über telepathische Kräfte, aber dennoch beschwor sie ihn in Gedanken. Versuchte, ihn weiter in ihren Bann zu ziehen – vielleicht würde sie ihm wenigstens einen Kuss abringen, wenigstens einmal diese Lippen spüren, wenn sie schon sonst nichts in dieser Richtung tat. Eigentlich hatte sie vorgehabt, seine lachhafte Ritterlichkeit und seine gefühlsduselige Treue zu respektieren. Alles andere wäre auch in Anbetracht der Gesamtsituation unprofessionell gewesen.

Aber, bei allen Unterwelten und ihren Wächtern, dieser Sauhaufen färbte offenbar tatsächlich ab. Schnell. Und hart. Mit einem Mal war da ein Verlangen in ihr – nach Berührung, einem warmen Körper, nach *Leben*. Wie überaus, überaus untypisch.

Während ihre Gesichter sich sehr langsam, aber scheinbar unaufhaltsam aneinander annäherten wie zwei von Kinetikstrahlen eingefangene Frachtcontainer, stellte sie fest, dass ihr Verhalten sie zutiefst beunruhigte. Sie musste hier weg. Fort von diesen Einflüssen. Sich darüber klar werden, wer sie eigentlich war. Was sie wollte. Aber zuerst …

„Ei, sieh sich einer unsere Turteltäubchen an!"

Sie hatte Schisslowski natürlich längst bemerkt, aber Timo zuckte sichtlich zusammen, was dem Corporal offenbar sehr gefiel. Er grinste Neria unverschämt an, dann maß er Timo mit strafendem Blick.

„Trooper Vinzor, ich hatte mehr erwartet", sagte er in gestelzt offiziellem Tonfall. „Was soll denn Ihre Angebetete dazu sagen, wenn wir erst wieder im Lager sind?" Er sah über die Schulter. „Was ziemlich bald sein wird." Er verengte die Augen und deutete aus einem der Sichtschlitze nach draußen. „Das heißt … wenn noch was von Ihrer Süßen übrig ist …" Er grinste ebenso hässlich wie süffisant.

Neria erkannte einen Sadisten, wenn sie einen vor sich hatte. Es hatte eine Zeit gegeben, in der sie im Brustton der Überzeugung von sich behauptet hätte, dass sie Sadisten verabscheute. Heute waren ihr Sadisten und ihre Motive relativ egal – Befriedigung, Lust und Schmerz konnten dicht beieinander liegen. Sie hatte in gewisser Weise Verständnis dafür. Und wahrer Abscheu stand einem meist nur im Weg, machte engstirnig und beeinflusste die Entscheidungsfähigkeit. Noch dazu war er am Ende des Tages ihre Zeit und Kraft einfach nicht wert. Aber bei Schisslowski, so wusste sie in diesem Moment mit völliger Klarheit, würde sie eine Ausnahme machen. Sie verabscheute ihn in der Tat.

Und wenn es einen sicheren, unauffälligen Weg gab, ihn zu töten, würde sie ihn finden. Untypisch für sie. Gefährlich. Aber notwendig.

Timo sah für einen Moment so aus, als wolle er auf den Dienstgradhöheren losgehen. Dies waren die Lancers, nicht die Ehrenlegionen des Khanats – einen Vorgesetzten zu schlagen, wurde sicherlich auf die eine oder andere Weise geahndet, es stand irgendwo in diesem endlosen Landsknechtkontrakt, den auch sie mit jemandes Initialen unterzeichnet hatte, aber Timo hätte wohl kaum sein Leben aufs Spiel gesetzt, wenn er auf den Drecksack losgegangen wäre.

Dennoch legte sie ihm eine Hand auf den schlanken Oberarm. „Lass ihn reden. Ich bin sicher, es geht ihr gut.“

Sie kletterte über die ausgestreckten Beine eines Söldners hinweg, schob Schisslowski einigermaßen ruppig zur Seite, was dieser mit einem überraschten Grunzlaut quittierte, und spähte durch den Schlitz im Stahl der Fahrzeugwand nach draußen.

Sie sah die Wüste im diesigen Licht des Morgens. Der graue Himmel darüber war inzwischen regelrecht schwarz geworden. Doch es war kein Unwetter, das da heranbrandete: Diese Wolkendecke war von sterblichen Lebensformen gemacht.

Sie roch den Rauch bereits seit einer Weile. Jetzt sah sie ihn auch. Dichte, ölige, übelriechende Schwaden über den Dünen und den Dächern der Stadt.

Von Suurion selbst war nicht viel zu sehen, auch vom Basislager erblickte sie lediglich die Außenmauern, die stellenweise reichlich mitgenommen aussahen.

Zu sehen gab es noch nicht viel: Genug, um zu sagen, dass der Angriff bereits stattgefunden hatte und die Kämpfe vorüber waren und dass der Schaden groß genug aussah, um mit dem Schlimmsten zu rechnen.

Zu riechen gab es dafür umso mehr. Es war ein bestialischer Gestank, ein übelriechendes, faules Miasma mannigfaltigen Ursprungs. Versengtes Dura. Verschmortes Plasto. Verbranntes Gummi. Ozon. Der beißende Gestank von Treibladungen. Von Blut, Ausscheidungen, Tod und beginnendem Verfall.

Sie warf einen Blick über die Schulter. Timo, der aufgestanden war und ebenfalls nach draußen spähte, schwankte zwischen Sorge, Angst und Zorn. Es war deutlich in seinem Gesicht zu lesen.

Besser als die meisten.

Sie presste die Lippen zusammen.

Und noch während die Unteroffiziere ihre Soldaten zu den Waffen riefen und eine gehetzte, kurzatmige Geschäftigkeit überall um sie herum ausbrach, ertappte sie sich bei der absurden Hoffnung, dass in ihrem letzten Satz ein Quäntchen Wahrheit stecken möge.

KAPITEL XVII – DIE KAYNE WAR IHR SCHICKSAL

Ceda sah der letzten der Galeonen nach, sah die durch die Wolkendecke brechende Sonne auf ihrer schartigen Außenhaut funkeln. Sah das bauchige, träge Schiff luftige Höhen erklimmen. Irgendwo in der Stadt schoss ihr noch jemand hinterher, aber es wirkte halbherzig. Lustlos. Hoffnungslos vielleicht. Genau wie seine vier beinahe identischen Schwesternschiffe kurz zuvor, hatte es unbehelligt starten können und war nun auf schnellstem Wege unterwegs … tja, wohin genau?

Sie hatte keine wirkliche Ahnung, aber die eine oder andere Idee. Es gab sicherlich noch genügend verborgene Rebellenhäfen zwischen den Drillingssternen, um fünf teegardianische Angriffsgaleonen zu verstecken. Es waren große Schiffe, aber keine kapitalen Monster von den Ausmaßen eines Zerstörers oder Linienschiffs, und würden sich relativ leicht verstecken lassen. Und da sie höchstens einen oder zwei Monate lang autark operieren konnten, ohne Treibstoff für ihren Reaktor und Versorgungsgüter für die Crew aufzunehmen, konnte das Ziel auch nicht weit entfernt sein. Es war nun auch nicht so, dass es sie sonderlich scherte. Irgendwer von den Flottenheinis würde sicherlich dahinterkommen. Allerdings hatte sie vor, dann bereits lange weg zu sein. Die Republik würde es nicht sonderlich wohlwollend aufnehmen, dass ein halbes Dutzend ihrer Schiffe in die Hände des Feindes gefallen waren. Es war der Job der Lancers gewesen, auf sie aufzupassen. Sie hatten es versaut.

Tja, Pech gehabt. Wie gesagt, Ceda interessierte es herzlich wenig, was mit den Schiffen geschah. Auch wenn sie sich wunderte, dass die Kreuzer, die im Orbit hängen mussten, nicht das Feuer eröffneten, Abfangjäger starteten oder anderweitige Maßnahmen ergriffen. Hier unten im Lager bekam davon niemand etwas mit und auch ihre eigene Com- und Sensoreinheit zeigte nur Stille da oben. Das konnte alles heißen. Es war egal.

Sie waren gelinkt worden. Nun, die Lancers waren gelinkt worden. Hauptsächlich. Jedenfalls, wenn es um diesen Angriff ging. Um die Finte mit dem Rebellenführer an der Oase und die

Attacke auf die Basis. Das Ziel waren immer die Galeonen gewesen. Die Rebellen hatten einiges für sie geopfert. Klar, Sternenschiffe waren teuer. Die Galeonen ältere, aber verlässliche Modelle. Gepanzert, mit Schilden ausgerüstet. Leicht bewaffnet. Mit genügend Platz für eine kleine Armee. Eine sehr kleine. Eine Rebellenarmee vielleicht …

Ceda checkte ihr Handschuhdisplay. Abermals. So als hätte sich in der Zwischenzeit etwas an der Tatsache geändert, dass es zertrümmert war. Wiederum fluchte sie leise. *Adé, AP-Laser.* Zumindest fürs Erste. So würde sie ihn nicht entsichern können. Und ihre Panzerung zu reparieren würde sie ein kleines Vermögen kosten. Aber immerhin lebte sie.

Zumindest für den Moment. Viele ihrer ehemaligen Söldnerkameraden konnten das nicht von sich behaupten – vom Sachschaden mal ganz abgesehen.

Sie hatten den Rebellenmob aufgehalten, aber sie hatten einen hohen Blutzoll dafür bezahlt. Mindestens dreißig Tote, ebenso viele Verwundete. Das Leben so manch eines Söldners stand noch auf der Kippe. 50/50-Chance. Beschissene Quote, aber so war es eben. Sie hätte jetzt gedanklich eingeworfen, dass die Jungs und Mädels gewusst hatten, worauf sie sich einließen, als sie ihren Kontrakt unterzeichneten, war sich aber nur zu sehr im Klaren darüber, was für ein dampfender Haufen Scheiße eine solche Behauptung gewesen wäre. Sie dachte an sich vor mehr als zwanzig Jahren. *Jung und dumm, mit zu viel Mumm.* War das nicht der ständig wiederholte Spruch ihres ersten Ausbilders gewesen? Klar war er das. *Die Mumie. Wo der wohl abgeblieben ist?* Sie wusste es tatsächlich nicht. Ihr erstes Regiment hatte sie vieles gelehrt, aber sie hatte sich dort nie zu Hause gefühlt. Keinen der Kameraden jemals vermisst. Mit den Lancers war das anders gewesen.

Sie schleppte sich über den mit Trümmerstücken und Leichen übersäten Hof des Lagers und unterdrückte ein Stöhnen. Ihre Panzerung hatte ihr eine komplette Diagnose gegeben: Ihr fehlte nichts Ernstes. Ein paar Schnittwunden, Prellungen, Streifschüsse, Blutergüsse und eine angebrochene Rippe. Ihr Anzug dagegen sah aus wie ein Death Rod nach einem Demolition Derby auf Rokatansk Major. Wieder einmal wurde mit aller Gewissheit deutlich: Es lohnte sich, in gute Körperpanzerung zu investieren.

Sie setzte einen schweren Stiefel über einen verkohlten Trilobiten, eine Art intelligenten Kopffüßler, dessen natürlichen telekinetischen Fähigkeiten ihn nicht davor gerettet hatten, von einem Plasmagewehr geröstet zu werden.

Das Plasmagewehr, das eventuell sein qualvolles Ableben herbeigeführt hatte, musste einer großen Frau mit dunkler Haut gerade als Fumaraanzünder herhalten. Der noch immer heiße Lauf qualmte, die Fumara wurde knisternd in Brand gesetzt und die Frau warf den Kopf zurück und stieß mit einem zufriedenen Seufzen den Rauch aus.

Adlata sah aus wie Ceda sich fühlte. Ein Auge war zugeschwollen und ihre Lippe war dick und verkrustet mit Blut. Ihr linker Arm hing in einer Behelfsschlinge und sie war über und über mit Blut bespritzt – nicht ihrem eigenen, wie Ceda annahm.

„Immer noch die Siegesfumara, eh?"

„Mit solch glücklichen Ritualen bricht man nicht. Willst du auch eine?"

„Verzichte." Ceda ließ den Blick schweifen. Hinter Adlata brannte eine Baracke lichterloh. Zwei Söldner waren dabei, die Leichen von Rebellen in bunt zusammengewürfelter Zivilkleidung auf einen Karren zu türmen. Das Shew-Muli, das vor selbigen gespannt war, schnaubte, scharrte mit den Klauen und scheute. Der Geruch von Blut und Tod versetzte es in Furcht.

Sie ging auf das Lasttier zu und griff sanft nach dem Zaumzeug des Shews. Sprach beruhigend auf das Tier ein. Mit der nicht behandschuhten Hand strich sie ganz sacht über die spitze, ledrige Schnauze des Tiers, das halb Echse, halb Säugetier war. Sie kannte sich mit Shews aus. Einer ihrer Onkel hatte eine Zucht besessen. Es waren freundliche Tiere, die ihre spitzen Zähne nur selten gegen ihre Halter wandten. Sie kamen in so gut wie jedem Gelände zurecht, waren genügsam und zäh. Die Ruhe, die sie ausstrahlte, und die mehr in der Tatsache begründet war, dass sie völlig abgekämpft und zerschlagen war, als in irgendeiner inneren Zufriedenheit oder Ausgeglichenheit, die sie verspürte, übertrug sich auf das Shew-Muli. Es atmete ruhiger. Stellte das Scheuen ein. Gurrte leise.

„Gut, Mädchen. Gut so. Die sind alle tot, die tun dir nichts mehr. Klar stinken sie wie eine Müllkippe, aber das ist ganz normal. Die wollen dir nichts Böses."

Adlatas grunzendes Gelächter ließ sie sich umwenden. Die Sergeantin zog an ihrer Fumara und nickte. Ließ eine Reihe großer, ebenmäßiger Zähne sehen, die nur ganz leicht mit Blut bedeckt waren.

„Ceda Kayne, die Muliversteherin."

„Nichts ändert sich jemals. Du mit deinen Kotzbalken, ich mit meinen Mulis."

„Und deiner mörderischen Präzision. Ich war nicht dabei, aber jemand hat mir erzählt, du hättest mindestens zwanzig Feinde im Alleingang ausgeschaltet." Sie biss auf ihre Fumara und grinste wild.

„Es waren zweiundzwanzig. Dreiundzwanzig, wenn man den mitzählt, den ich nur verkrüppelt habe."

„Du zählst immer noch mit?"

„Mein System. Mein *gutes* Auge."

„Du zählst mit. Hast du schon vor dem Implantat gemacht, ob du's zugeben willst oder nicht."

„Nichts ändert sich jemals", wiederholte sie.

„Yeah", knurrte Adlata und stieß Rauch aus. „Jedenfalls keine schlechte Quote. Ich war immer zu sehr damit beschäftigt, zu überleben, um meinen Highscore festzuhalten."

„Sei doch mal neidisch."

„Ach, Ceda." Sie seufzte. Fumaraqualm umwaberte ihr Gesicht, das mit einem Mal wahrlich alt wirkte. „Ich weiß nicht, meine wievielte Schlacht das war, aber es wird nicht einfacher. Ich spüre meine Jahre. Und all dieses Gemetzel, das Abschlachten … denn nichts anderes war das heute … tja, nun. Es verliert seinen Reiz."

Ceda ging nicht darauf ein. Sie wusste, wovon Adlata sprach, aber sie hatte keinen Nerv, darüber zu reden. Sie war zu müde. Und noch immer nicht am Ziel.

„Abschlachten ist richtig. Was haben die sich dabei gedacht, so massiert auf unsere Verteidigungsstellungen zuzurennen? Sich so als Zielscheiben zu präsentieren?"

„Hätte doch fast geklappt."

„Habt ihr die Leichen mal untersucht?"

„Du vermutest *Foul Play.*"

„Ich vermute, dass ein Haufen Zivilisten nicht einfach so von einer Minute zur anderen zu den Waffen greift und wie die Lemm-Lemms in gerader Linie in den Fleischwolf rennt."

„Hattest du auch einen Onkel, der Lemm-Lemms gezüchtet hat?"

„Eine Tante."

„Shit. Und ich dachte immer, *ich* hätte eine große Familie gehabt." Sie grinste. Ceda wusste ebenso gut wie sie, dass sie sich an ihre echte Familie kaum erinnern konnte. Man hatte Adlata an einen Sklaventreiber verkauft, als sie noch ein kleines Kind war.

„Und die rennen in Fleischwölfe?"

„Wenn man es richtig anstellt."

„Wetten, deine Tante war ein krankes Miststück?"

Ceda lächelte schmal. „Ich habe mir einiges von ihr abgeguckt."

Adlata, die gerade Rauch inhaliert hatte, hustete abgehackt. Das Husten wurde zu einem Lachen, dann zu einem Schmerzenslaut. „Shit, Ceda. Halt die Fresse, ich bin alt und verwundet. Alles tut weh. Lachen am meisten."

„Dann stell das mal ein, sonst verlierst du deinen Ruf als finsterster First Sergeant in der Regimentsgeschichte." Ceda nickte hinter sie.

Adlatas Gesicht wurde schlagartig ernst. Ausdruckslos. Die Augen tot. Sie richtete sich auf, beinahe schon maschinenhaft gerade. Drückte die Brust raus. Spannte die sehnigen schwarzen Muskeln an.

Die Adlata, die die drei Soldaten, die da soeben auf sie zustolperten, nun zu sehen bekamen, war keine Person. Sie war ein Amt. Eine Ikone, die führte, befahl, bestrafte und lobte. Die Söldner zu Höchstleistungen antreiben und sie zu Bewunderung und Verehrung anstiften konnte. Und die Furcht der Götter in sie einzuimpfen vermochte, wenn es notwendig war.

Sie maß die Männer mit strengem Blick. Ein Magronese, zwei Menschen. Alle drei waren schmutzig, aber allerhöchstens leicht verwundet. Alle drei trugen Sturmgewehre. Alle drei zogen jeweils einen Gefangenen an einer Kette hinter sich her.

„Wir haben eine Überraschung für Sie, First Sergeant!", freute sich der dienstgradhöchste Söldner, ein Private, und der Magronese trötete bestätigend. Der Dritte im Bunde zog rüde an der Kette seiner Gefangenen und zwang die Frau, die das Keulensymbol der Ludditen auf der Brust trug, mit einem Knurren zu Boden.

Sie reckte das Kinn vor und sah Adlata herausfordernd an. Ihr

Kiefer wirkte seltsam deformiert und war mit ziemlicher Sicherheit gebrochen. Ceda nickte ihr kaum merklich zu – sie bewies Schneid. Zumindest noch. Natürlich war sie trotzdem eine durchgeknallte Ludditin und als sie nun Cedas künstliches Auge sah, spie sie tatsächlich aus – zumindest versuchte sie es, wurde aber von der Fraktur in ihrem Kiefer daran gehindert. Blut und Speichel tropften ihr Kinn herab.

„Was sollen wir mit diesen Rebellen machen?"

Die Art und Weise, wie Adlata sich spannte, sagte mehr als tausend Worte. Sie nickte in Richtung Haupttor und wandte sich zum Gehen.

Es hatte seine Gründe gehabt, warum der einzige am Standort verbliebene *Olyfant*-Schwertransporter nicht aktiv in die Kampfhandlungen eingegriffen hatte. Zum einen war seine Haut für ein derartiges Gefecht ein wenig dünn und seine riesigen Ballonreifen zu verwundbar für panzerbrechende Waffen. Zum anderen verfügte er über keinerlei offensive Bewaffnung und hatte einen enormen Wendekreis, was ihn für einen Kampf gegen kleine, schnelle Gegner eher ungeeignet machte, selbst wenn man sie einfach überfahren hätte wollen.

Für den Zweck, der den überlebenden Lancers des Suurion-Postens jetzt vorschwebte, waren hausgroße Reifen, die so breit wie drei nebeneinander liegende menschliche Männer waren und in deren Profil man einen humanoiden Arm bis zum Ellbogen versenken konnte, allerdings genau das Richtige.

Ceda konnte nicht sagen, dass der Anblick ihr gefiel. Nur wenige Meter vom ersten von insgesamt sechs Reifenpaaren entfernt, lagen die Rebellen mit hinter dem Rücken gefesselten Händen und zusammengebundenen Beinen im Dreck. Hinter ihnen türmten sich die Leichen ihrer gefallenen Waffenbrüder. Wurden noch immer tote oder verwundete Lancer in ein Behelfslazarett gesteckt. Stieg noch immer Rauch aus verschiedenen Teilen Suurions auf und hallten noch immer vereinzelte Schüsse in den Straßen.

Der *Olyfant* ragte über Ceda auf wie das gigantische Heiligtum irgendeines Technologiekultes. Noch ruhte sein Antrieb, noch war der Fahrer – Ruuten Cobba, der lieber seinen *Nefarious Nuncle* hierfür benutzt hätte, dessen Antrieb er allerdings bei seinem

Angriff auf die Rebellenangreifer erfolgreich ruiniert hatte – dabei, sich über einen Frachtaufzug an Bord des Großtraktors zu begeben.

Noch schienen die Gefangenen nicht zu verstehen, was ihnen blühte. Wenn sie nur einen Hauch Fantasie hatten – und ihrem Anblick nach zu urteilen, taten dies zumindest vier der fünf Rebellen, die man dingfest gemacht und hergebracht hatte – wussten sie aber wohl, dass man nicht vorhatte, sie zu einem Picknick einzuladen.

Überall um sie herum standen bewaffnete Söldner mit harten Gesichtern. Nicht wenige von ihnen stierten, noch immer gelegentlich vom Kriegszittern heimgesucht, mit verlorenem Blick ins Leere. Es waren eher jüngere Soldaten, aber Ceda erkannte einige der Frauen und Männer wieder. Auch Veteranen waren vor dem Schlachtenschock nicht gefeit. Aber egal, wie sie gerade aussehen oder sich verhalten mochte, eines teilten all die überlebenden Mitglieder des 1st Faun Prime Freelance Regiment heute miteinander: Den fast schon spürbaren Hass auf diejenigen, die sie angegriffen und ihre Kameraden getötet hatten.

Hizbolla stand etwas abseits für sich – sie strahlte keinen Hass aus, wohl aber eine Art überirdische Kälte und eine kompromisslose, unverrückbare Härte, wie sie auch von einem guten Tresor ausgegangen wäre. Oder einem Schwert oder einer Streitaxt. Die Auto-Lanze in ihrer rechten Hand war zur vollen Länge ausgefahren und damit geradezu grotesk lang. An ihrem Ende wehte das Banner des Regiments. Wie es so im übelriechenden Wind peitschte, hatte es etwas von einem Motiv aus einem khanatischen Propagandafilm. Seine Wirkung als einschüchternd zu bezeichnen, wäre maßlos untertrieben gewesen.

Die Einschüchterung zeigte Wirkung. Einer der Gefangenen weinte. Einem färbte Pisse den Schritt und die Hosenbeine dunkel und verwandelte den Sand unter ihm in einen Teich. Der nächste verwünschte die Söldner. Einer beteuerte seine Unschuld. Die Ludditin sagte nichts – vielleicht auch, weil sie nicht konnte. Aber Ceda hatte da so eine Ahnung, dass sie auch dann nichts gesagt hätte, wenn ihre Verletzung es zugelassen hätte. Die Verachtung in ihren Augen brannte beinahe. Sie würde standhaft bleiben. Egal, was geschah.

Und was genau jetzt geschehen würde, stand bei weitem noch

nicht fest! Adlata trat nun vor und griff demonstrativ in eine uralte lederne Börse, die das Regiment extra für solche Zwecke besaß. Ein archaisches Ritual aus barbarischen Zeiten, an dessen Inhalten und Regeln sich seit fast fünfhundert Jahren nichts geändert hatte. An den zur Verfügung stehenden Methoden seiner Durchführung allerdings schon.

Der First Sergeant zog eine goldene Münze hervor. Kein Solido, sondern eine Proxima-Dukate. Alt und wertvoll.

Die ranghöchste Unteroffizierin der Lancers hob die Dukate hoch über ihren Kopf. Blankpoliert und aus purem Gold leuchtete sie in Adlatas schwarzer Hand wie eine vierte Sonne.

„Lancers!", bellte Adlata im besten Kasernenton. Die Stimmen um sie herum ebbten ab.

„Bezeugt die achteckige Dukate des Gründers. *Trekkers Taler* haben unsere Brüder und Schwestern sie einstmals getauft, obwohl selbst ein wertloser Scheißer wie der da", damit deutete sie auf den am jämmerlichsten Schluchzenden der Gefangenen, „weiß, dass das hier kein verdammter Taler ist!"

Vereinzeltes, unsicheres Gelächter. Jemand schrie seine Zustimmung heraus.

„Colonel Abethus Trekker hat diese Dukate dem Archon von Proxima b abgenommen – als Bezahlung für unsere erste dienstliche Verpflichtung. Nachdem der Archon unsere Vorschwestern und -brüder betrogen und viele von ihnen getötet hatte."

Sie drehte sich einmal, damit jeder Lancer in der näheren Umgebung einen guten Blick auf das funkelnde achteckige Ding werfen konnte. „Damals schworen die Überlebenden einen Eid. Einen Eid auf diese Dukate. Einen Eid, den Blutzoll, den unsere Feinde uns durch Heimtücke und Hinterlist abverlangen, heimzuzahlen. Heimzuzahlen mit allem, was wir haben – bis auf die letzte Dukate. Dies ist unsere erste Dukate." Sie reckte die Faust samt goldenem Schimmer zur Unterstreichung in die Höhe. „Unsere erste und unsere letzte! Und sie wird entscheiden, wie hoch der Preis ist, den unsere Feinde uns in Blut zahlen werden."

Sie gab jemandem einen Wink und zwei Soldaten, die Ceda als den alten Püsterich und Wunder-Wincent erkannte, zwei altgediente Veteranen, stellten ein kleines Holzgerüst auf, was für Getuschel unter den Söldnern sorgte. Ceda sog die Luft ein –

natürlich hatte sie gewusst, was nun kommen würde. Es war jedes Mal das Gleiche: Sie war jedes Mal aufs Neue erstaunt, wenn es wirklich passierte. *Nichts ändert sich jemals.*

Zwei der Gefangenen keuchten auf, dann grinsten sie sich an. Tuschelten. Nickten heftig. Dieses irre Schimmern in ihren Augen: Ceda kannte es. Hoffnung. *Diese armen Narren.*

Adlata deutete auf das kleine Gerüst, das ein wenig an ein Kinderspielzeug aus Altvorderentagen erinnerte. An ein besonders sinistres, mit diversen obskuren Schnitzereien verziertes. Ein großer Trichter, der mit drei Röhrchen verbunden war. Drei Röhren, die zu drei uralten Symbolen führten. Symbolen des Bluts und der Gewalt.

„Die Dukate entscheidet", sagte Adlata und sah mit einem Mal verdutzt auf.

„First Sergeant, was wird das, wenn es fertig ist?"

Ceda roch das Gnuka, das Parr requiriert hatte, noch bevor sie die Stimme des kommandierenden Offiziers hörte.

Als sie sich umdrehte, sah sie den jungen Captain hoch zu Ross – auch wenn er sich seinen Auftritt und sein Reittier vermutlich anders vorgestellt hatte. Gnukas waren anmutige Tiere, den Pferden von Urerde nicht unähnlich, aber sie stanken zwanzig königlich-kaiserliche Meilen gegen den Wind. Parr hielt sich ein Tuch vor den Mund – ob aufgrund des Gestanks seines Rosses oder wegen des reifen Geruchs der Leichen, die in den heißen Strahlen der Wüstensonnen herumlagen, wusste er allein.

Adlata begegnete Parrs Blick mit kühler Miene. „Ich tue meinen Job."

„Ich tue meinen Job, *Sir*", berichtigte Parr Adlata.

„Ja", sagte Adlata schlicht. Einige Sekunden verstrichen, ehe sie anfügte: „Genießen Sie dieses Privileg, solange Sie es noch haben, *Sir.*"

„Was soll das denn heißen?" Parr wirkte pikiert. Dann ängstlich. Eine Hand fuhr an sein Koppeltragegestell, an dem der Aktivator für seinen Rüstschild befestigt war. Die Panzerung des Captains hatte außer etwas Staub während des Gefechts nichts abbekommen. Ceda fragte sich nicht, wieso.

„Sie haben sich aufs Kreuz legen lassen von diesem Sulla. Viele unserer Leute sind deswegen draufgegangen."

„Wir alle sind auf seine perfide List reingefallen." Er räusperte sich. Schluckte mehrfach. *Trockener Hals?*

„Das wird der Colonel zu beurteilen haben." Adlata ließ die goldene Dukate über ihre Fingerknöchel wandern. „Darf ich jetzt weitermachen?"

„Ihr merkwürdiges Ritual bringt besser Ergebnisse."

Ceda erinnerte sich daran, dass Parr damals selbst das eine oder andere Mal eifrig bei einer *Heimzahlung* mitgemacht hatte. Nun, Captain-Streifen waren anscheinend schlecht fürs Gedächtnis. Und Parr hatte nie den Mumm gehabt, selbst den Zeremonienmeister zu geben. Selbst das Schwert zu führen. Selbst den Hocker unter den Stiefelsohlen wegzutreten.

Er wendete sein Gnuka und gab ihm die nicht vorhandenen Sporen. Die versammelten Söldner sahen ihm nach. Einige spuckten aus – wertvolles Wasser, das nicht von Funktionsunterwäsche recycled werden würde. Niemand kümmerte sich darum.

„Also", sagte Adlata in die Runde. „Sollen wir beginnen?"

Die Lancers reckten die Fäuste in die Luft. Der First Sergeant nickte. Stellte sich so auf, dass alle – auch die Gefangenen – sie sehen konnten. Präsentierte die Münze.

Die Söldner schrien Anfeuerungsrufe heraus. Die Gefangenen wurden noch ängstlicher, wenn das überhaupt möglich war. Sie begannen, wild durcheinanderzurufen.

„Hört auf!"

„Kommt schon, Leute!"

„Das könnt ihr nicht machen! Das könnt ihr nicht!"

„Ich war nicht ich selbst! Ich hab diese Rebellentypen noch nie vorher gesehen!"

„Scheiße, Scheiße, Scheiße!"

Ein einziges Schreien, Lärmen, Krakeelen. Eine Kakophonie des Zorns, der Empörung, der Angst und Verzweiflung.

Ceda blendete sie aus, so gut es ging.

Und Adlata warf die Dukate zum ersten Mal.

Die *Heimzahlung* selbst war … wie sollte sie es ausdrücken? Eine Enttäuschung?

Sie war nie ein besonderer Fan dieses althergebrachten Spektakels gewesen, dieser nicht im Landsknechtkontrakt festgehaltenen, semi-legalen Regimentstradition, die seit jeher die Mitglieder der Lancers entzweit hatte. Hatte sie einen Nutzen, der über die Verbreitung von Angst und Schrecken und die weitere Vertiefung und Zementierung des blutbesudelten, stahlharten

Rufs der Lancers hinausging? Verschaffte sie den Söldnern wirklich Befriedigung nach einer besonders verbissenen und verlustreichen Schlacht? Stillte es ihren Durst nach noch mehr Blut – nach dem des Feindes? Bestraften sie ihre Peiniger nur dann vollständig, wenn sie selbst zu Peinigern wurden?

All diese Punkte wurden seit hunderten von Jahren diskutiert. Klügere Köpfe waren darüber zerbrochen worden – durch Argument, Faust und Blaster.

Ceda stellte sich diese Fragen nicht mehr. Sie sah nur zu. Sie biss die Zähne zusammen. Sie *hielt es aus.*

Sie hielt es aus, als die Dukate durch das rechte Röhrchen rollte, auf dem Amboss-Symbol zum Liegen kam und die Menge grölte. Der Antrieb des *Olyfants* machte weit weniger Lärm, als das Triebwerk eines solch gewaltigen Fahrzeuges irgendein Recht zu haben schien. Cobba trat nur sehr sacht aufs Gas und die riesigen Reifen rollten zentimeterweise auf den vordersten Gefangenen zu. Der strampelte und schrie und beteuerte, dass er nur ein einfacher Buchhalter sei, und er flehte um Gnade. Eine Gnade, die ihm zuteilwurde, denn der tonnenschwere Transporter zermalmte seinen Kopf als Erstes. Sein Schrei erstarb von einer Sekunde auf die andere. Knochen wurde zermalmt. Blut schwappte unter dem Reifen hervor. Die anderen Gefangenen schrien. Cobba stellte die Gangschaltung auf Parken und das Triebwerk seines Behemoths schnurrte leise im Leerlauf.

Sie hielt es aus, als Adlata die Dukate erneut in die Luft schnippte und sie dieses Mal das linke Röhrchen fand, hindurchkullerte und das Symbol des Speers zur Gänze bedeckte. Hielt aus, dass Hizbolla in all ihrer schrecklichen Schönheit vortrat, die Reihen der Gefangenen abschritt und sich jeden der feindlichen Kämpfer sehr genau ansah. Das Banner hatte sie vorsichtig von ihrer Lanze entfernt und es einem vertrauenswürdigen Kameraden übergeben – methodisch und exakt gefaltet. Genauso methodisch und exakt bedeutete sie nun der Ludditin, aufzustehen. Ob es die herrische, befehlsgewohnte und dennoch vollendet anmutige Geste der Priesterin war, welche die Frau sofort parieren ließ, oder ob sie einfach aufrecht sterben und dem Feind dabei ins Gesicht sehen wollte, war ein Geheimnis, das sie mit ins Grab nahm. Hizbolla sprang vor und stach so rasch und formvollendet zu, dass die Bewegung verschwamm. Die Auto-Lanze fand zielsicher das Herz der

Ludditin. Sie war auf der Stelle tot. Als Hizbolla die Waffe aus ihrem Leib zog, spritzte eine Blutfontäne in den Sand und auf Hizbollas Gewand. Herzblut. Hizbolla schloss die Augen, murmelte ein Gebet und schien es fast zu genießen. Mit der Spitze ihres blutigen Speers malte sie rotbraune Runen in den Sand. Die Leiche schaffte sie persönlich fort – mit allem Respekt, der einer Priesterin gebührte.

Sie hielt es aus, als Cobba noch zwei weitere Gefangene plattwalzte. Hielt das Blut aus, die knackenden Knochen, das Triumphgeheul der Söldner. Und ihre Schreie der Wut, Verzweiflung und Trauer. Das Geräusch von Erbrochenem, das auf Sand traf.

Sie hielt es ebenfalls aus, dass keines der gestammelten Geständnisse und geschrienen Angebote der Gefangenen gehört wurde. Da nicht eine der anderen glich, konnte man davon ausgehen, dass jede Beteuerung, über klassifizierte Informationen zu verfügen oder von den Angriffsplänen gewusst zu haben und in alle Details des größeren Ganzen eingeweiht gewesen zu sein, für den Arsch war. Erfunden in der jämmerlichen, verschwindend geringen Hoffnung, die eigene Haut vielleicht doch noch vor den grausamen Männern und Frauen der berüchtigten Faun Prime Lancers retten zu können. Die Gefangenen hätten ihre eigene Mutter verkauft. Ihre Seelen feilgeboten, um dem Tod – einem derartig grausamen Tod noch dazu – zu entgehen.

Keines der Geständnisse wurde gehört. Bis auf das des letzten Mannes, dessen Ausführungen Adlata sich lang anhörte. Er habe Informationen über Sulla, sagte er. Über Cé, den Messias, höchstselbst. Er werde alles verraten, wenn man ihn nur am Leben ließe.

Ceda hielt es aus, Adlatas Grausamkeit, die diese für notwendig hielt, aus vielerlei Gründen als unumgänglich erachtete, so deutlich präsentiert zu sehen. Sie hielt es aus, dass der First Sergeant den Mann aufzog und ihn glauben ließ, er könne sein wertloses Leben retten.

Sie hielt es aus, als die Dukate sich ein letztes Mal in der Luft drehte.

Und sie hielt es aus, als der Mann von mehreren Söldnern vom Boden aufgehoben und regelrecht seinem Schicksal entgegengeworfen wurde.

Ein metallisches Kreischen.

Der Sand färbte sich rot.

Die *Death Disc* verwandelte den Gefangenen in Fleischklumpen, Knorpelstücke, Knochensplitter und Körpersäfte. Das Blut dampfte auf ihrer von der Mittagssonne aufgeheizten Panzerung, kochte und zischte auf ihren Laserklingen.

Die *Heimzahlung* war vorüber. Natürlich – denn dies war nicht Sinn und Zweck der Übung – ohne weiterführende Erkenntnisse eingebracht zu haben.

Ceda sah die lachenden und die weinenden, die triumphierenden und die traumatisierten Gesichter ihrer ehemaligen Kameraden. Dieser harten Söldner von beinahe legendärem Ruf. Den Mitgliedern dieser ebenso traditions- wie glorreichen Söldnerorganisation, dieses berüchtigten Regiments, das es immer geschafft hatte, beinahe ganz oben mitzuspielen, ohne je wirklich zu den Top 5 der Freien Kompanien zu gehören. Es hatte seine Gründe gehabt, warum sie den Lancers den Rücken gekehrt hatte.

Nicht der *Heimzahlung* wegen. Nicht der Entbehrung und des Blutvergießens wegen – nun, nicht nur jedenfalls. Aber sie hatte ihre Gründe gehabt. Und wenn sie nun das wilde Feuer in Adlatas Augen sah, wie sie da in einem See aus Blut stand und den Männern erzählte, wie stark das Regiment war, wie unzerbrechlich die Bande, die sie alle vereinten, begann sie sich wieder zu erinnern. An die schlechten alten Zeiten.

Sie hatte begonnen, sich von den anderen zu entfernen. Sie musste schlafen. Und sie musste immer noch das Mädchen wiederfinden. Nada, das Mädchen mit dem lächerlichen erfundenen Namen. Damit sie ihr half, das andere Mädchen zu finden. Das Mädchen mit dem lächerlichen nicht erfundenen Namen.

Sie fragte sich gerade, wie sie sich selbst nur immer wieder in solche Scheißsituationen bugsierte, als sie drei beeindruckende weibliche Brüste auf Augenhöhe erblickte. Jede einzelne Brust war mit Blut besprenkelt. Winzige rote Rubine auf glatter Haut.

Hizbolla stand da wie ein Felsen. Nein, wie die Statue, an die sie so oft erinnerte.

Perfekte Zähne – ein Knurren oder ein Lächeln?

Perfekter Mund – zu einem Fluch oder einem Gebet geöffnet?

Perfekte Augen – sahen sie durch sie hindurch oder blickten sie direkt in ihre Seele?

Sie war nie wirklich schlau aus der Lanzenpriesterin geworden. Ihr Blick fiel auf die lange Stangenwaffe, die ihr Markenzeichen war. An deren frisch gesäuberter Spitze nun wieder das Banner des Regiments in der trockenen Wüstenluft wehte. Die smaragdgrüne Kugel von Faun Prime. Die kecke Sagengestalt. Die gekreuzten Speere. Es wehte im Wind und es brachte neue alte Erinnerungen an die Oberfläche.

Cedas Augen – ihr *gesundes* und ihr *gutes* Auge – fanden die Hizbollas. „Willst du mit mir weitermachen?", fragte sie matt und nickte in Richtung der rasiermesserscharfen Lanzenklinge.

Die Priesterin schüttelte postwendend den Kopf. „Die Göttinnen der Lanze sind befriedigt. Es warrr ein Bluttag. Ein Opferrrtag. Du chast heute nichts mehrrr zu befürrrchten, Ceda Kayne."

„Aber du betest weiter für mich."

Ein bedeutungsschwangeres Nicken. „Ich bete für dich. Für deine Auserwählung. Für deine Erleuchtung. Dafür, dass du endlich aufhören kannst, wegzulaufen."

Ceda gab einen Laut von sich, den man mit viel Fantasie ein Lachen nennen konnte. „Dafür werde ich ebenfalls beten." *Nichts ändert sich jemals.*

Hizbolla sah sie streng an. Streng, aber nicht unfreundlich. Dann gab sie den Weg frei.

Ceda ging zurück zu Nadas Baracke. Sie ging nicht hinein, denn das wäre töricht gewesen. Nein. Sie würde die Sache anders angehen. Es gab fast keinen Zweifel daran, was als Nächstes zu tun war.

Als sie schließlich aufkreuzte, hätte Ceda sie beinahe nicht erkannt. Es war beachtlich: Für so ein junges Ding, das mit Sicherheit die behütetste Kinderstube eines jeden Lebewesens auf diesem Planeten genossen hatte, war sie erstaunlich erfinderisch und wandlungsfähig. Zudem zäh, wie es schien. Immerhin hatte sie überlebt. Erfinderisch, wandlungsfähig, zäh und mutig – ob Ceda in ihrem Alter und in ihrer Situation den Weg gewählt hätte, den diese junge Frau gegangen war, stand in den Sternen.

Allerdings nicht in denen, die nun über ihr leuchteten,

während sie nach einer halben Minute des Ausharrens aus dem Schatten trat und auf den Haupteingang der Baracke zuhielt. Über sich hörte sie ein Dröhnen, sah aber nicht hin. Vom Hauptquartier aus waren seit über einer Stunde immer wieder Transportschiffe gelandet und hatten Verstärkung, Vorräte und medizinisches Personal aus- und die am schwersten Verwundeten Lancer wieder eingeladen. Sie interessierte sich nicht dafür.

Sie interessierte sich für das Mädchen. Jetzt lehnte sie sich mit dem Rücken an die Barackenwand und stellte sicher, dass sie Betäubungspfeile in ihre Flechettepistole geladen hatte. Spähte über die Schulter durch das schmale Fenster. Sie konnte einige der Betten ausmachen. Und sie sah auch sie. Sie saß auf der bekannten Pritsche und strich gedankenverloren über die Bettdecke. Ceda runzelte die Stirn. Fokussierte ihr *gutes* Auge, zoomte. Etwas an ihr war merkwürdig.

Einmal mehr war sie froh, dass sie vor Jahren in ein Akustikimplantat investiert hatte, denn sonst hätte sie die leichten Schritte wohl niemals gehört. Jemand näherte sich. Jemand Kleines, Leichtes. Jemand, der sich selbst in Kampfstiefeln überaus leise zu bewegen vermochte. Einen der Scouts – vielleicht sogar Ratsh höchstselbst – erwartend, drückte sie sich wieder in die Schatten zwischen den Baracken. Gerade noch rechtzeitig dachte sie daran, ihr *gutes* Auge zu deaktivieren – sein verräterischer grüner Schein war im Dunkeln bereits von Weitem zu sehen. Sie hatte keine Ahnung, wo ihre Augenklappe abgeblieben war, aber sie musste dringend Ersatz besorgen.

Sekunden später erschien eine zierliche Gestalt im Lichtkegel einer der wenigen nicht demolierten Lampen der Außenbeleuchtung. Dunkle Haare, hübsches Gesicht, vielleicht Anfang zwanzig. Ceda hatte sie noch nie gesehen. Sie trug zwei dampfende Metalltassen in den Händen. Als sie die Tür passierte und Ceda sich tiefer in die Schatten zurückzog waberte der Geruch von billigem Flari-Tee zu ihr rüber. Flari und noch etwas. Rakh, eventuell.

Sie spürte, dass sie selbst einen Schluck brauchen konnte. Allerdings hatte es seine Gründe, warum sie Rosa Milch bevorzugte. Was nichts daran änderte, dass sie jetzt jeden Knochen in ihrem Körper einzeln zu spüren schien. Ihre Gelenke schmerzten, ihr Rücken schmerzte, ihre angeknackste Rippe versetzte ihr Stiche. Sie musste sich dringend ausruhen. Doch zuvor musste sie erledigen, weswegen sie hergekommen war.

Sie überraschte die beiden auf der Pritsche sitzend, Tee trinkend, Händchen haltend. Fast hätte sie sichtbar gestockt. War das überhaupt ihre Zielperson? Ihr Gesicht sah ihr unglaublich ähnlich, aber die Person neben der zierlichen, dunkelhaarigen Teetrinkerin sah auch auf den zweiten Blick eher wie ein sehr attraktiver Mann mit recht weichen, femininen Gesichtszügen aus. Dennoch: Ihr gutes Auge hatte sie analysiert – sie musste es sein, denn ihr *gutes* Auge irrte sich nicht. Selten. Manchmal.

Die Teetasse in der Hand ihrer Zielperson begann zu wackeln. Fast wäre ihr heißer Tee über die Knie geschwappt, aber die Dunkelhaarige griff nach dem Behältnis und stellt es weg, bevor Schlimmeres geschehen konnte. Ohnehin wusste Ceda nicht, was sie hatte. Sah sie derartig furchterregend aus? Gesehen hatten sie sich nämlich noch nie. Hoffte sie zumindest.

„Wer sind Sie?“, fragte die Dunkelhaarige und in ihren blauen Augen funkelte so etwas wie Wut. „Sehen Sie nicht, dass Sie stören?“

Die Zielperson zog just in diesem Moment ihre Hand zurück. Stand auf und ging auf Ceda zu. Auf gewisse Weise schien sie erleichtert.

„Verzeihen Sie meiner Kameradin. Es ist nicht schlimm, möchten Sie etwas Tee?“ Die Stimme war tief. Männlich. Eindeutig? Sie hatte nie eine Audioaufnahme der Dame gehört, nach der sie suchte. So wie sie auch nie ein Holo neueren Datums gesehen hatte.

Die Dunkelhaarige sah unglücklich aus. Dann aber nickte sie: „Ja, etwas Tee ist noch da.“ Sie erhob sich ebenfalls.

Ceda leckte sich über die Lippen. Ihr *gutes* Auge hatte sie längst wieder aktiviert und sein Nahkampfchipsatz arbeitete – wie immer, wenn sie sich mit irgendwem im selben Raum befand, während es aktiv war – bereits auf Hochtouren. Rechnete Bedrohungspotentiale aus und antizipierte Gefahrensituationen und Angriffsmuster. Aber nichts an der Körpersprache eines der Anwesenden schien auf Gefahr hinzuweisen.

„Keinen Tee. Nur ein paar Worte. Und du bleibst, wo du bist.“

Die Dunkelhaarige hatte sich ihr langsam und unauffällig genähert. Mit heißem Tee. Kein hoher Bedrohungswert, aber Ceda hatte nicht so lange in diesem Geschäft überlebt, weil sie sich ausschließlich auf technische Hilfsmittel verließ.

Die zierliche Frau hielt inne. Ihre großen Augen wirkten erschrocken. Sie wich zurück.

Der Mann – die Frau, ihre Zielperson?! – bedeutete ihrer Begleiterin mit einer Geste, dass alles in Ordnung war. Hatte der eine Ahnung! *Sie.* Hatte *die* eine Ahnung!

„Was wollen Sie?" Die Stimme war nun hart. Und noch tiefer geworden.

„Ich möchte Ihnen was zeigen, Prinzessin."

Die Augen des schmal gebauten Mannes, der keinerlei weibliche Rundungen aufzuweisen schien, flackerten. Er wich Cedas Blick aus. „Einen Söldner Prinzessin zu nennen, kann übel ins Auge gehen, Miss. Je nachdem, an welchen Söldner Sie geraten."

„An was für einen Söldner bin ich denn geraten?"

Er schluckte. „Einen von der besonnenen Sorte. Den sie aber besser nicht reizen sollten."

„Also schön. Wenn du Spielchen spielen willst, lass uns spielen." Sie holte den Datenchip hervor und projizierte das Holo der Prinzessin. „Ich bin wegen des Kopfgeldes hier, das Hochherzog Armand von Lynz, Erster Lord von Providence, auf seine Tochter ausgesetzt hat. Wegen der nicht unbeträchtlichen Belohnung, die für ihre sichere Rückführung nach Providence winkt." Sie nickte zum Holo, ohne die beiden Söldner vor ihr aus den Augen zu lassen. „Willst du wirklich behaupten, das bist nicht du? Deine Freundin – nein, nicht die da, die andere adelige Blondine! – hat dich übrigens bereits so gut wie verraten. Es ist aus."

Er hob den Blick. Lächelte.

Ceda wölbte eine Braue. Nicht die Reaktion, mit der sie gerechnet hatte. „Ich hab keine Ahnung, wie du diese Verkleidung hinbekommen hast, aber wenn du nicht Prinzessin Timatia von Lynz bist, Thronerbin des Hochherzogtums Providence, fresse ich einen ganzen Riesentopf sauren Blorsh."

„Dann hoffe ich, Sie haben einen großen Löffel mitgebracht!"

Die neue Stimme hinter ihr traf sie völlig unvorbereitet. Was war nur mit ihrem verdammten Implantat los? Timatia – oder Timo oder wie auch immer sie sich hier nannte – hatte die Frau hinter ihr lang vor ihr bemerkt. *Deswegen das dumme Lächeln.*

Sie machte nicht den Anfängerfehler, wie eine Irre wild

herumzuwirbeln. Sie spreizte lediglich langsam die Arme vom Körper ab. Von „Hände hoch" hatte ja niemand etwas gesagt.

„Benutzt du eine Tarnvorrichtung, Nada? Oder soll ich dich lieber Lady Artemis aus dem Hause al-Morrla nennen? Älteste Tochter der berüchtigten Großen Woiwodin Umberta Athena al-Morrla, ihres Zeichens die vielleicht mächtigste Adelige im Shinto-System – mal vom Schah abgesehen?"

Die Dunkelhaarige machte ein überraschtes Gesicht. „Das klingt ja fast wie ein *Who is Who* der blaublütigsten Regierungsvertreter des Blauen Korridors."

„Nun, wenn schon nicht die mächtigsten, dann doch definitiv die adeligsten."

Hinter ihr klickte es.

„Sie machen keine Bewegung, sonst leg ich sie um."

„Du hast eine Kanone? Ich hatte erwartet, dass du mir eins mit deinem treuen Schraubenschlüssel überziehst."

„Das ist nicht mein Stil. Deaktivieren Sie Ihre Rüstung."

„So einfach ist das nicht, Mädchen …"

„Ich bin kein scheiß Mädchen! Deaktivieren Sie Ihre Laser!"

„Okay, okay." Es war in der Tat nicht so einfach. Allerdings konnte sie dank des zertrümmerten Displays den AP-Laser ohnehin nicht aktivieren. Das musste sie denen natürlich nicht auf die Nase binden. „Ist deaktiviert", bluffte sie stattdessen. Obwohl sie noch nicht wusste, wohin dieser Bluff sie führen sollte. Ceda pflegte nicht oft zu improvisieren und Kreativität war nicht ihre Stärke, aber wenn sie es tat, dann meistens erfolgreich.

Timatia entspannte sich jedenfalls sichtlich. Die Dunkelhaarige schaute skeptisch drein.

„Können wir jetzt reden?" Ceda drehte halb den Kopf und sah die Adelige, die sich hier den Namen Nada gegeben hatte, aus dem Augenwinkel an. Ihr *gutes* Auge verriet ihr, dass sie eine Scattergun auf sie gerichtet hielt – ein äußerst primitives Ding, anders als die Wumme des Barkeepers neulich. Dennoch würde es eine böse Wolke scharfkantiger Splitter in ihren Kopf schießen, wenn das hier schiefging. Und dagegen konnte selbst ein Dickkopf wie der von Ceda Kayne nicht bestehen.

„Wir reden doch schon die ganze Zeit", sagte Nada, sagte Artemis, und begann, Ceda zu umrunden. Völlig lautlos. Unnatürlich lautlos. Der Grund dafür war klar ersichtlich: Die kleine bronzefarbene Box, die an einer ihrer Overalltaschen befestigt war, war ebenso unscheinbar wie nützlich und projizierte ein Audio-Abschirmfeld, das jedes Geräusch schluckte, das in einem Umkreis von zwei Metern erzeugt wurde. Ein *Audio-Schatten* wie dieser war beliebt bei Geheimdiensten, Militärs und Politikern in allen bekannten Galaxien und kostete ein kleines Vermögen.

Wenige Sekunden später stand sie neben der noch immer erstaunlich männlich wirkenden Timatia. Beide sahen sich an. Nervöse Finger fanden einander. Sie hielten sich bei den Händen.

Die Dunkelhaarige sah mit großem Interesse in Richtung der neu dazugestoßenen Frau. „Endlich lernen wir uns kennen", begann sie, doch Timatia schnitt ihr mit einer Geste das Wort ab. Sorge und Anspannung sowie etwas, das Schuld sein mochte, verzerrten ihr hübsches Gesicht – ein Gesicht, das bei diesem Licht vielleicht doch eher zu einer Frau als zu einem Mann gehörte. Aber die körperlichen Proportionen …

Die, die sich Nada nannte, legte eine Hand an die kleine Box aus Bronze. Mit der anderen hielt sie die Scattergun auf Cedas Brust gerichtet. „Ziehen Sie die Flechette aus dem Gürtel, legen Sie sie auf den Boden und dann schieben Sie sie mit dem Fuß rüber. Natürlich möglichst so, dass sie nicht losgeht. Langsam und vorsichtig."

„Machst du sowas öfter?" Sie schien routiniert und kaum nervös. Und blieb ihr die Antwort schuldig. Sah sie nur unverwandt an und machte eine auffordernde Geste mit ihrer wuchtigen Waffe, deren Doppelläufe ihr so groß, rund und tief wie Mondkrater erschienen.

Ceda seufzte innerlich. Sie hatte gehofft, die angeschmorten Reste ihres Umhangs hätten die Waffe verdeckt. *Tja, falsch gedacht, Schwester.* Ihre rechte Hand wanderte in Zeitlupengeschwindigkeit Richtung Gürtel.

„Mit der Linken!", zischte die junge Frau barsch.

„Ich kann mit beiden Händen gleich gut schießen." Das war beinahe die Wahrheit.

„Machen Sie schon."

Ceda tat, wie geheißen. Die schlanke Waffe aus schlagfestem Hartplasto landete auf dem Boden. Sekunden später schlidderte sie zu den beiden flüchtigen Turteltauben rüber.

Timo oder Timatia bewegte die Lippen und es sah nicht aus, als hätte sie etwas Freundliches gesagt, aber das Abschirmfeld schluckte es. Sie und ihre Freundin wechselten einige Worte, die Ceda ebenfalls nicht hören konnte.

„Was sollte der Spruch mit dem Löffel?", fragte die Kopfjägerin unvermittelt in Richtung Nada-Artemis.

Ihre Hand fand erneut die metallene Box. „Es war nur irgendein Spruch. Ich übe diese Sache mit den markigen Sprüchen noch."

„Trotzdem hast du ins Schwarze getroffen", sagte Timo-Timatia gedehnt. Erst jetzt bemerkte Ceda, dass ihm oder ihr feine Schweißperlen auf dem ganzen Gesicht standen. Sie schwankte leicht, zudem schien sie plötzlich gegen eine tiefe Müdigkeit anzukämpfen. Ihre Augen fielen immer wieder für Sekundenbruchteile zu.

Nada-Artemis sah sie oder ihn – die Ungewissheit machte Ceda schier wahnsinnig! – besorgt an. „Was meinst du?" Sie drückte an der Box herum und mit einem Mal kam es Ceda vor, als würde ein großer Druck von ihren Ohren genommen. Mehr Geräusche. Erschreckend viele davon.

„Nun, ich bin nicht mehr Timatia und sicherlich keine Thronerb*in*." Sie/Er lächelte schwach und ging im nächsten Moment in die Knie.

Nada-Artemis war zur Stelle und stützte sie (respektive ihn), bevor Schlimmeres passieren konnte. Der Lauf der Scattergun zeigte zur Decke.

„Was hat er?" Ceda stürzte ungehindert nach vorn und ging neben Timo-Timatia in die Knie, in Gedanken ein *Oder sie?* anfügend. Sie ignorierte die Scattergun, die Nada-Artemis jetzt tatsächlich achtlos neben sich ablegte. Ceda rechnete sich gute Chancen aus, die Waffe erreichen zu können, hob sich diesen Versuch aber für später auf. Sie musste an das Leben der jungen Frau denken. An ihr *Ziel* denken, rief sie sich zur Ordnung. An ihr Ziel und an den *Hermes* voller Solidos, den die Hoheit ihr einbringen würde.

„*Er* ist ein *Er*. Verdammte Scheiße. Er hat das alles nur für mich getan. Alles." Da war ein Anflug von Verzweiflung in ihrer Stimme.

„Ich verstehe nicht. Ich verstehe gar nichts, wenn ich ehrlich bin. Sie ist wirklich ein Mann? Ich dachte, sie hätte sich nur verkleidet." Sie begutachtete die flache Brust, die schmalen Hüften, den nicht vorhandenen Arsch. Die Beule in seiner schmutzigen Kampfhose. *Bei allen Höllen* …

„Damit wären wir doch niemals durchgekommen." Nada oder Artemis oder wie immer sie nun genannt werden wollte begann, ihren Verlobten zu ohrfeigen. Checkte Atmung und Puls. Ceda fand die Reihenfolge ihrer Reaktion interessant, aber Timos (sie blieb nun fürs Erste bei diesem doch recht bescheuerten Decknamen) Augenlider flackerten und er kam kurz wieder zu sich.

„Puls und Atmung sind verlangsamt, aber stabil, soweit ich das beurteilen kann", sagte Nada-Artemis. Sie rang um Fassung, war sichtlich versucht, sich zusammenzureißen. „Ich habe sie doch gerade erst wieder, bei den verschrumpelten Eiern des Schahs. Das ist nicht fair!"

„Was denn jetzt? Ich dachte, er ist ein Er."

Nada-Artemis funkelte sie an. Diejenige Hand, die nicht den Kopf ihres Partners hielt, ballte sich zu einer Faust, die zwar klein war, aber ziemlich hart aussah.

„Sie war weit länger eine Sie."

„Ich hole einen Sani."

Die Hand der jungen Frau wanderte zu ihrer Waffe. „Einen Scheiß wirst du." Kein *Sie*, keine Höflichkeitsfloskeln mehr. Ihr Blick war stählern.

Ceda sah erst sie an, dann die Dunkelhaarige, die ein paar Schritte entfernt einfach dastand und glotzte. „Was ist eigentlich deine Aufgabe hier? Kannst du zufällig Erste Hilfe?"

Große blaue Augen, die nicht so recht zum Rest von ihr passen wollten. Volle Lippen, leicht geöffnet. Sie machte einen ängstlichen, ratlosen Eindruck.

Ceda musterte sie genauer. Sie hatte in ihrem Leben schon tausende Gesichter studiert. Tausende Mienen gelesen und für sich Handlungsempfehlungen daraus abgeleitet. Egal, ob Freund oder Feind: Die Augen waren immer der Schlüssel – die Augen und die Mimik. Aber diese junge Frau war schwer zu lesen. Nicht an der Oberfläche, da war nicht viel los: Eine junge, unbedarfte Frau mit großen Augen, einem niedlichen Gesicht und wenig Ahnung von der Weite der Galaxien. Aber lag darunter nicht noch etwas anderes?

„I-ich habe Timo einfach begleitet. Ich habe ihn vor ein paar Tagen kennengelernt und er hat mich ins Regiment eingeführt. Er hat mir hier alles gezeigt. Und so viel beigebracht. So viele

Dinge …" Ihre Zunge befeuchtete ihre herzförmigen Lippen. Offenbar war sie tief in eine Erinnerung versunken. Dann fasste sie sich. Errötete leicht. Sah Nada-Artemis an, nur um sich dann fast sofort wieder abzuwenden. „Ich sollte gehen."

Ceda verengte ihr gesundes Auge zu einem Schlitz. Was wurde hier gespielt?

Die älteste Tochter der gefürchtetsten Frau im Shinto-System schien eine vage Ahnung zu haben, was hier vor sich ging. Ihre Augen loderten vor Zorn. Sie legte den Kopf ihres Angebeteten, der flach, aber stetig atmete, sanft auf den Boden. Dann sprang sie auf und ging auf die Dunkelhaarige zu.

„Wie bitte?", fragte sie lauernd. Ihre Körpersprache verriet ihren Zorn und ihre Anspannung. „Was hast du gesagt? Was hat er dir eingeführt, du *Schlampe*?" Sie spie das Wort regelrecht aus.

Die andere wich zurück. „Nein, bitte. Das war nicht, was ich gesagt habe. Es ist gar nichts passiert. Nun, nicht viel jedenfalls. Es war nach dem Kampf gegen Sulla, es … es war gar nichts. Es ist nicht, wie du denkst!"

„Du miese Nutte!"

Ceda staunte nicht schlecht über ihre Wortwahl – zumindest im ersten Moment. Jetzt, wo sie sicher sagen konnte, wer sie war und von wem sie abstammte, wunderte sie sich über derartige Unflätigkeiten kein Stück. Und auch über die mühsam beherrschten Wutausbrüche und den Schraubenschlüssel – wo war das Ding eigentlich? – nicht.

Sie musste einschreiten, ehe es Verletzte gab. Sie hob die Hände.

„Mädchen! Hey, hört zu!"

Nada-Artemis hatte die andere fast erreicht. Machte Anstalten, sie am Kragen ihrer Feldbluse zu packen, als Timo leise stöhnte.

Alle Anwesenden sahen in seine Richtung. Sein Mund formte kaum hörbare Worte. Ceda schaute auf ihn herab. Ihr Implantat filterte das Flüstern, das seine Lippen verließ, überdeutlich heraus.

Cedas Miene versteinerte sich. „Lady Artemis, stehenbleiben", sagte sie hart. „Entfernen Sie sich von Rekrut Mäuschen vom Land – jetzt sofort."

Die Angesprochene tat ihr tatsächlich den Gefallen. „Was hat er gesagt?", fragte sie mit alarmiertem Blick und trat von der

Rekrutin zurück.

„Was geht hier vor?", fragte selbige, die Miene verwirrt und ängstlich.

Ceda hob die Scattergun auf und ging mit langen Schritten auf die beiden Frauen zu. „Er sagt, da war was im Tee." *Er hatte sozusagen einen im Tee.* Cedas Miene blieb unbewegt, auch innerlich zeigte sie keine Reaktion auf diesen Flachwitz aus ihrem Unterbewusstsein. Sie hielt die Scattergun auf Hüfthöhe in Richtung der Dunkelhaarigen. Kam sich ein wenig albern dabei vor. Die Frau wog vermutlich halb so viel wie sie.

„Im Tee?! Du Schlampe hast ihn vergiftet! Konntest wohl nicht ertragen, dass er zu mir gehört!" Artemis plusterte sich wieder auf. Unsicherheit, Zorn, Eifersucht – eine ungesunde Mischung.

Ceda war kurz versucht, die Frauen es unter sich ausmachen zu lassen. Aber irgendetwas sagte ihr, dass hier etwas nicht stimmte. Irgendetwas ließ ihre alten Söldnerinstinkte Alarm schlagen. Diese kleine Frau gefiel ihr nicht. Ganz und gar nicht.

„Ich verstehe nicht, was Sie alle von mir wollen." Die Rekrutin hob beide Hände. „Aber ich bin mir sicher, wir können das alles wie Erwachsene klären." Sie ging auf Artemis zu. „Wie zivilisierte *Menschen.*"

„Bleib stehen", zischte Ceda.

Artemis wich zurück, die Rekrutin, auf deren Namensschild *Neria* stand, schien aber nicht daran zu denken, stehenzubleiben. Langsam, aber stetig, den Blick fest auf das Gesicht der Frau vor ihr geheftet, ging sie weiter. Die Scattergun schien ihr keine Sorgen zu bereiten.

„Stehenbleiben, hab ich ges-"

„Schieß oder halt die Fresse, du ausgediente Schlachtstute", knurrte Neria mit einer Stimme, die vor lauter Kälte, Härte und Selbstsicherheit eine unangenehme Gänsehaut auslöste. Sie sah Ceda nicht mal an, sondern näherte sich weiter Artemis, die sich weiterhin in der Defensive befand und bei weitem nicht mehr so streitlustig aussah wie noch Sekunden zuvor. „Das kannst du nicht, oder? Du würdest auch sie treffen."

„Ich interessiere mich nicht für sie. Mein Ziel liegt hier vor mir auf dem Boden. Bleib stehen, letzte Warnung."

„Du kannst mich nicht schlagen."

Wer war dieses Mädchen? Ceda beschloss, dass es egal war.

Zeit, zu handeln.

Die Scattergun krachte. Ein großes und mehrere kleine Löcher erschienen in der Barackenwand.

Ceda fluchte. Versuchte, die Hand abzuschütteln, die den Doppellauf beiseitegestoßen hatte. Timo, das Gesicht schweißüberströmt, die Zähne zusammengebissen, hielt sich hartnäckig fest.

„Lass los!", zischte sie.

Und fuhr herum, als sie Artemis' Schrei hörte.

Gerade brachte sie sich mit letzter Not außer Reichweite Nerias, die sie auf sie zugesprungen war. Artemis fiel über eine Pritsche und landete auf dem Boden. Neria setzte sofort nach, war auf der Pritsche und bereit zum Sprung. In ihrer Hand erschien ein schmaler schwarzer Gegenstand, bei dem es sich nur um ein eines handeln konnte.

Ceda hatte das Gewehr losgelassen und war unterwegs, ehe sie recht wusste, was sie tat. Der Nahkampfchip ihres Augenimplantats überflutete ihr Sichtfeld mit Warnmeldungen.

Dem Chip gefiel Neria ebenfalls nicht.

Sie war ihm zu schnell – schneller, als es für eine menschliche Frau ihres Alters – selbst wenn sie Profigladiatorin, Sprinterin oder Battleball-Spielerin gewesen wäre – hätte möglich sein sollen.

Ihre Bewegungsabläufe waren ihm zu fluide – sie bewegte sich fast wie eine Schlangenfrau im Zirkus. Beinahe wie eine der knochenlosen Rzu-Tänzerinnen, die sie auf Centauri gesehen hatte.

Die Waffe in ihrer Hand war blutrot auf dem HUD markiert. Ein dünnes, spitzes, rasiermesserscharfes Stilett aus gehärteten Synthedge-Fasern, kaum dicker als Monofilament.

Nein, Neria gefiel dem Chip Null.

Und auch Ceda hätte sich angesichts ihres Zustandes unter normalen Umständen außerhalb ihrer Reichweite gehalten – wenn es ihr denn gelungen wäre. Etwas sagte ihr allerdings, dass ihr das – wenn überhaupt – nicht besonders lang geglückt wäre, weshalb ein direkter, erbarmungsloser Angriff wohl am vielversprechendsten war.

Sie peilte ihr Ziel an und stieß sich mit einem Knurren ab. Anstatt Neria traf sie nur Luft, flog mehrere Meter und landete in einem kleinen Tisch und mehreren Stühlen. Die Möbel waren stabile Massenware und brachen nicht unter ihr zusammen, fielen aber allesamt mit ihr zu Boden.

Sie rappelte sich sofort auf und wirbelte herum; sah, wie Neria auf die Matratze der Pritsche einstach und billiges Füllmaterial im Raum verteilte. Dann fuhr ihre Klinge unter das Bett und sie sah Artemis hervorrollen.

Neria sah ein wenig genervt aus, aber das Spielchen schien ihr auch zu gefallen.

„Mal gucken, wie dir das gefällt", knurrte Ceda, grabschte einen Klappstuhl vom Boden und sprang erneut auf die Attentäterin – denn nichts anderes konnte sie sein – zu.

Der Klappstuhl zischte durch die Luft und Ceda kam sich ein wenig wie eine Holotainment-Catcherin vor – als Nächstes würde sie noch eine Sitzbank requirieren und damit auf den Ringrichter eindreschen –, als Neria mit unfassbarer Geschwindigkeit einen Schritt zur Seite machte und ihre ausgestreckten Finger Cedas Kehle trafen.

Sie war geistesgegenwärtig genug, sich wegzudrehen, was dem Stoß ein wenig die Wucht nahm. Trotzdem spürte sie einen scharfen Schmerz. Sofort blieb ihr die Luft weg. Ihr Nahkampfchip machte ein Dutzend Vorschläge, die umzusetzen sie außerstande war.

Sie schaffte es gerade noch, die Stilettklinge mit dem Stuhl abzuwehren, konnte aber weder den Kniestoß, in ihren Unterleib, noch das Schienbein gegen ihren Oberschenkel abfangen.

Ihre Gliedmaßen kreischten vor heißem Schmerz. Ihr Bein versagte ihr den Dienst und Ceda knickte ein. Rang nach Luft, röchelte. Der Stuhl fiel zu Boden.

Eine Faust traf sie zwischen die Augen.

Schmerz.

Grelles Licht.

Bunte Punkte.

Die Sterne.

Kalte Schärfe an ihrem Hals.

„Für dich bezahlt mich keiner. Aber wisse, dass ich die Bessere war. Du hast deinen Zenit schon vor langer Zeit überschritten. Setz dich zur Ruhe." Nerias Stimme, groteskerweise wieder die eines ganz normalen Mädchens, war nur ein Flüstern.

Ceda blieb liegen. Hustete. Sog röchelnd Luft ein.

Warnmeldungen überall in ihrem Sichtfeld.

Dann war Neria fort.

Jemand schrie.

Ein leiser Knall. Dann noch einer.

Ein Krächzen.

Ein Schrei.

„Oh mein Gott, was bist du?! Was bist du?!" Ein Blubbern.

Etwas Warmes traf Cedas Gesicht.

Mit schier übermenschlicher Kraftanstrengung drehte sie sich auf die Seite und stemmte sich auf einem Ellbogen in die Höhe.

Sie sah Neria – nein, das war nicht mehr Neria, aber da es sich weder um Artemis noch um Timo handelte, konnte es nur die Attentäterin sein – in einer Art Umarmung mit Timo verschmolzen. Die einst so strahlenden Augen des Thronerben von Providence waren aufgerissen, aber das Licht in ihnen begann bereits, zu verlöschen. Blut bedeckte seine schönen Lippen.

Die Attentäterin oder der Attentäter, denn was da in dem mittlerweile zu kleinen Overall steckte, hatte lediglich eine vage humanoide Form mit zu langen Armen und Beinen, keine Gesichtszüge und auch keine erkennbaren anderen Merkmale wie Haare, Muttermale, Schuppen oder Federn, weshalb ein Geschlecht unmöglich zu bestimmen war, stieß den rechten Arm vor.

Die Spitze des Stiletts trat aus Timos Rücken aus.

Timo erbrach einen Schwall Blut über die Schulter des Wesens. Dann brach sein Blick. Die Flechettepistole fiel aus seiner schlaffen Hand auf den Boden.

Der Attentäter stieß die Leiche mit achtloser Beiläufigkeit fort. Die Klinge in seinen langen, albtraumhaften Fingern war bis zum Heft rot von Blut. Es perlte von seiner Spitze, troff von der Hand des Wesens.

Artemis, die ein paar Meter von dem Attentäter entfernt rücklings auf dem Boden kauerte, schrie. Wut, Furcht, Verlust. Schiere Panik im Angesicht dieses gesichtslosen Feindes.

Eines Feindes, dessen Intention jetzt allzu klar war. Das blasse, merkmallose, langgliedrige Geschöpf war der Tod. Sein einziger Zweck war es, das Leben anderer Wesen auszulöschen. Jetzt würde es Artemis' Dasein ein Ende bereiten. Sie würde nicht lange leiden, es würde es schnell, effizient und leidenschaftslos tun. Das wusste man einfach, wenn man es so ansah.

Entschlossenen Schrittes hielt der Mörder auf Artemis zu, die Flüche und Angstschreie ausspie und auf allen vieren davon zu krabbeln versuchte. Jeder seiner Schritte hinterließ einen roten Abdruck von Timos Blut.

Ceda wusste nicht, wie sie es geschaffte hatte, wieder aufzustehen. Ihr Nahkampfchip verriet ihr ihre Erfolgschancen bei einer neuerlichen Konfrontation.

„Erzähl mir nie, wie meine Chancen stehen", murmelte sie heiser, röchelte nochmals, hustete, spuckte etwas aus. Blut, dem salzig-metallischen Geschmack nach zu urteilen.

Der Attentäter hielt für eine Sekunde inne. Drehte sich zu Ceda um. Schüttelte seinen glatten Kopf – keine Augen, keine Nase, kein Mund.

Wandte sich ab und die rechte Seite seines Körpers explodierte in einem Schwall aus durchsichtigem Blut.

Ceda hatte einen Mündungsblitz gesehen und hörte jetzt Projektile irgendwo hinter sich und vor sich einschlagen.

Nur einen Schuss hatte sie nicht gehört. Und natürlich auch nicht, wie Artemis zu der Scattergun gekrochen war. Und schon gar nicht, wie sie sie auf den Attentäter gerichtet und den Inhalt des zweiten Laufs aus nächster Nähe auf ihn abgefeuert hatte. Ceda beschloss, dass sie sich auch solch einen Audio-Schatten besorgen musste.

Der Attentäter stand derweil immer noch da, lang und dürr und unheimlich. Von seiner rechten Seite stieg Rauch auf.

Der Arm samt Stilett war fort.

Der Attentäter sah auf den qualmenden Stumpf.

Und schrie.

Laut, unmenschlich und so schrill, dass die Lampen über ihren Köpfen explodierten.

Dank ihres *guten* Auges verfügte Ceda über einen Restlichtverstärker und konnte die schemenhafte Gestalt des Attentäters in der Finsternis taumelnd Reißaus nehmen sehen.

Dennoch versuchte er noch, auf dem Weg nach draußen nach Artemis zu greifen, aber sie hatte sich weit genug weggerollt, um außer Reichweite zu sein.

Ceda stand zitternd da und sah dem Attentäter nach, wie er in der Nacht verschwand.

Dann brach sie zusammen.

Sie musste bewusstlos geworden sein, denn das Nächste, was sie sah, waren die zuckenden Lichtkegel von Taschenlampen. Dann Adlatas Gesicht. Das von Hizbolla. Das von zwei Sanitätern, die sie auf eine Trage hievten.

Sie sah, wie Artemis sich mit Händen und Füßen dagegen wehrte, von den Sanitätern behandelt zu werden, und wie letztlich drei Söldner nötig waren, um sie von Timos Leiche wegzuzerren. Sie wollte ihnen sagen, dass sie sie in Ruhe lassen sollten. Dass man sie trauern lassen sollte. Dass sie das jetzt brauchte.

Aber sie brachte nicht mal ein Rülpsen hervor.

„Shit. Sag eine Sache über Ceda Kayne: Der Ärger wird sie finden. Definitiv und ohne jeden Zweifel. Bei den verfickten Monden von Akta.“

„Mein Gebet wurrrde beinahe erchörrrt.“

„Red keinen Unfug. Alle Mann: Los jetzt! Packt die Leiche ein. Wir räumen bis zum Morgengrauen die Basis, ihr habt den Major gehört.“

Ceda lag einfach da.

Sah irgendwann die Sterne am Nachthimmel funkeln.

Dann den hellen Innenraum des Lazaretts.

Das Stöhnen der Verwundeten und Artemis‘ trauernde, verzweifelte, wütende Schreie wiegten sie in einen unruhigen Schlaf.

Wie sich herausstellte, suchte Ceda sich genau den richtigen Moment aus, um das Bewusstsein wiederzuerlangen.

„Lass das, das kann man nicht essen.“ Es war gut, dass sie in genau diesem Moment etwas zu ihr sagte. Warum sie ausgerechnet so etwas Albernes zu ihr sagte, war ihr allerdings unklar. Sie schob es auf die Schmerzmittel, die man ihr zweifellos eingeflößt hatte.

Artemis jedenfalls zog den Lauf der Pistole aus ihrem Mund und sah Ceda an. Ihre Augen waren rot, geschwollen und feucht. Lidschatten lief ihr über die Wangen, Rotz aus der Nase.

Wie Ceda trug sie ein Krankenhausleibchen, das ihr aber unfairerweise ziemlich gut stand, wie die Kopfjägerin zugeben musste. Manche Menschen konnten auch einen fadenscheinigen Hülsensack tragen und sahen gut darin aus.

Artemis schluchzte. „Es macht keinen Sinn.“

„Was denn?" Ceda schaffte es nicht, sich aufzusetzen. Sie fühlte sich, als wäre sie von einer Herde Golongos niedergetrampelt worden.

„Alles. Nichts macht mehr Sinn. Nicht ohne ihn. Ohne sie."

Ceda war zu matt, müde und zerschlagen, um ihren Schmerz nachzufühlen. Aber sie erinnerte sich daran, wie sich so etwas anfühlte. Wenn man ein geliebtes Wesen verlor. Einen Seelenverwandten vielleicht sogar. Ja, auch ihr war das passiert. Ein Mal ganz sicher. Ja, so viel stand fest.

„Du kommst darüber hinweg." Das kam schroffer rüber, als von ihr intendiert. Artemis rollten dicke Tränen über die Wangen. Der feuchte Schimmer in ihren Augen wurde kälter, zorniger.

„Ich will nicht darüber hinwegkommen. Sie und ich, wir waren füreinander bestimmt."

Ceda wusste nicht, was sie darauf antworten sollte. Timatia, Timo, war tot. Erst jetzt wurde ihr das wirklich klar. Sie hatte versagt. Das Kopfgeld konnte sie sich in die Haare schmieren. Und je nachdem, wie ihr Vater darauf reagieren würde, konnte sie sich eventuell vielleicht sogar auf Konsequenzen gefasst machen. Bei diesen geltungssüchtigen Blaublütern aus der Provinz wusste man nie.

„Er hat ihr nie zugehört. Ihr Vater. So wie meine Mutter mir nie zugehört hat. Die verdammte Schlampe. Furchtbar, wenn man so über seine Mutter reden muss. Aber in Anbetracht der jüngsten Ereignisse … es muss sie tief getroffen haben, dass ich eine Frau liebe."

Daran erkannte man, wie tief die Provinz wirklich war, aus der dieses Mädchen stammte. Der Blaue Korridor war voll von merkwürdigen, von obskuren Adelshäusern beherrschten Welten – er trug seinen Namen ja auch schließlich nicht umsonst –, und der Planet, auf dem ihre Mutter herrschte, war einer davon. Rückständig, was gesellschaftliche Entwicklungen betraf. Gleichgeschlechtliche Liebe war dort offenbar undenkbar.

„Verdammt ironisch, wenn man bedenkt, dass du letztlich doch einen Mann geliebt hast. Einen Prinzen obendrein."

„Er … sie, Timatia, sie war …" Sie brach ab und unterdrückte neuerliche Tränen. „Ich habe mich in den Menschen verliebt, nicht in das Geschlecht."

„Zu ihrer arrangierten Hochzeit wollte sie also nicht erscheinen. Ihr seid zusammen abgehauen. Es war ein Eklat. Eine

Schande, ein Ehrverlust, all das. Ich verstehe das. Aber wieso hat sie sich einer Geschlechtsumwandlung unterzogen?"

„Das ist auf zig Welten legal. Auf Neu-Venus dauerte der Eingriff keine Stunde. Die haben dort Körpermodifikatoren mit Möglichkeiten, die man sich kaum vorstellen kann."

„Ich mein, warum das Ganze?"

„Wir konnten doch schlecht als rein weibliches, lesbisches Pärchen herkommen. Außerdem hatte ihr mal jemand erzählt, in Söldnerregimentern wie den Lancers dürften Eheleute und fest verpartnerte Männer und Frauen in einem gemeinsamen Quartier schlafen. Das erschien uns attraktiv."

„Das ist alles?" Ceda schüttelte den Kopf. Hier interessierte es keine Sau, wer wen oder was fickte, solange die im Landsknechtkontrakt formulierten Regeln nicht verletzt wurden – und diese waren notorisch lax. *Was für ein Nonsens!*

„Sieh mich nicht an, als wäre ich eine Idiotin. Wir haben schnell gemerkt, dass es niemanden scherte, wer homo-, pan- oder sonst wie sexuell war. Und ein Quartier bekamen wir auch keins. Aber es erschien uns dennoch als gute Tarnung, denn sie war ja unumstößlich ein Mann. Es war nicht ganz umsonst, mal davon abgesehen, dass man den Prozess hätte rückgängig machen können. Und irgendwie gefiel es uns auch. Es war … ich fühlte mich zum ersten Mal seit langer Zeit *normal*, weil ich plötzlich einen Mann liebte."

Das schien ihr den Rest zu geben. Ceda hätte gerne etwas unternommen, aber sie konnte sich kaum rühren.

Als die Waffe auf den Boden polterte, erschrak sie beinahe so sehr, wie wenn sie tatsächlich einen Schuss abgegeben hätte.

„Ich werde sie für immer lieben. Für immer vermissen."

Das Mädchen weinte bitterlich. Einen Tag und eine Nacht und noch einen Tag. Sie weinte, während die Sanis sie in einen MedEvac-Hüpfer luden und während des gesamten Fluges. Sie weinte, während sie neue Betten in der Sanstaffel des HQ bezogen. Während die ebenso unheimliche wie herzensgute Doktor Zsepta sie mit behutsamen Scherenhänden und besorgten Blicken im insektoiden Gesicht untersuchte. Ihr Schluchzen und ihre Trauer bescherten Ceda furchtbare Albträume.

Sie dachte schon, sie würde nie wieder aufhören, als sie am Abend des zweiten Tages abrupt verstummte.

Die Stille war so ungewohnt geworden, dass Ceda, die trotz allem in einen traumlosen Schlaf gesunken war, abrupt hochschreckte. Sie ließ die Abwesenheit von Wein- und Schluchzlauten eine Weile auf sich wirken. Genoss die Ruhe. Dann aber machte sie sich doch Sorgen.

„Was ist los, Mädchen? Bist du tot?"

„Ich bin kein verdammtes Mädchen, merk dir das." Ihre Stimme war vom vielen Weinen heiser. Sie zog die Nase hoch. Seufzte. Schien tief durchzuatmen.

Einige Minuten vergingen. Dann: „Ich gehe nicht nach Hause zurück."

„Das würde ich an deiner Stelle auch nicht. Aber hier kannst du auch nicht bleiben. Deine Mutter weiß jetzt, wo du bist."

„Wissen wir das sicher?"

„Der Dolchgeist wird es ihr mitteilen. Vielleicht kann er ihr so noch ein paar Spesen für die Vorbereitung des nächsten Versuchs aus den Rippen leiern."

„Der *Dolchgeist*." Sie erschauderte sichtlich. „Ich dachte, das sei nur eine Gruselgeschichte für kleine Kinder."

„Tja, wohl nicht. Ich bin nicht sicher, aber alle Anzeichen deuten auf ihn hin. Du darfst dich geehrt fühlen. Ihn zu beauftragen kostet sicher ein Vermögen."

„Ist er ein Er oder eine Sie?"

„Ist das wichtig? Ich nehme an, er ist das, was er sein will."

„Es ist pervers, aber irgendwie erinnert mich das an Timatia."

Ceda hob eine Braue. „Wollte sie immer ein Mann sein?"

„Sie wollte immer das sein, was sie sein wollte. Nicht das, was andere wollten, dass sie war. Nicht irgendeine Prinzessin, die man an den nächstbesten vermögenden Erben verheiratet und verkauft wie ein Stück Vieh. Sie wollte sie selbst sein. Ihr Leben nach ihren eigenen Regeln gestalten. Mit mir zusammen sein, obwohl sie dem Sohn des Schahs versprochen war."

Ceda sog scharf die Luft ein. „Ach ja, da war ja noch was." Sie rieb sich die Schläfen. „Scheiße. Scheiße, Scheiße. Scheiße. Der Schah wird sich mit Sicherheit einschalten. Er und dieser Hochherzog, ein nerviger kleiner Mann übrigens, hätten beide keinen guten Schwiegervater abgegeben …"

„Ich weiß", warf Artemis ein. „Er ist ein Flachwichser. Aber immerhin hat er keinen verdammten Killer auf seine Tochter angesetzt."

„Na ja, jedenfalls haben wir ihn am Hacken. Und deine Mutter sicherlich auch. Und dann eventuell noch den Schah. Das wird immer besser."

„Ich würd gern dein Gesicht sehen, wenn du erfährts, dass es sogar noch besser wird. Aber gleichzeitig traue ich mich nicht, zu gucken."

Ceda schloss ihr gesundes Auge. „Okay, hau raus. Ich bin bereit."

Sie holte tief Luft. Nickte sich selbst zu. Als sie sprach, sprach sie schnell, wollte es rasch hinter sich bringen. „Auch ich war jemandem versprochen, einem jungen Mann von hoher Geburt. Dem zweiten Sohn des Sultans von Caliban."

„Nie gehört", sagte Ceda schlicht.

Nada warf ihr einen ungläubigen Blick zu. „Na ja, seine Familie ist eine der reichsten im Blauen Korridor. Allerdings recht frischer Geldadel: Sie sind erst vor ein paar Jahren zu Reichtum gelangt und ihr Titel wurde erst letztes Jahr vom Vereinigten Kronrat bestätigt. Sie fanden jedenfalls Massen an Unobtainium auf einer gerade erst erschlossenen Minenkolonie. Das Zeug wird ihren Wohlstand auf Jahrhunderte sichern und ihr politischer Einfluss wächst mit jedem verstreichenden Tag."

„Na toll. Der freut sich also auch."

„Ja."

„Na toll", wiederholte Ceda.

Sie brauchte einige Minuten, um sich die nächsten Sätze zurechtzulegen. Um einen Plan zu formulieren, verschiedene Optionen gegeneinander abzuwägen und eine Entscheidung zu fällen.

„Als ich sagte, dass du nicht hierbleiben kannst", sagte sie schließlich,. „habe ich das selbstverständlich nicht wirklich ernst gemeint. Lass es mich so formulieren: Ich denke, fürs Erste bist du hier, umgeben von zweitausend schwer bewaffneten Söldnern, auf die irgendwelche Adelsfuzzis keinen direkten Einfluss haben, sogar besser aufgehoben. Wir beide, schätze ich. Wir werden beide bleiben. Zumindest für den Moment."

„Wird das Regiment sich denn darauf einlassen?"

Ceda grinste freudlos. „Ein Schritt nach dem anderen, Artemis."

„Nada", sagte sie. „Nenn mich Nada. Artemis al-Morrla ist tot."

„Nada", wiederholte Ceda.

„Ja."

Sie schwiegen für zwanzig oder dreißig Standardminuten und Ceda war schon halb wieder eingedöst, als Artemis' Stimme sie nochmals aufrüttelte.

„Was?", fragte sie murmelnd.

„Ich sagte danke, Ceda."

„*De nada*", versuchte sie sich an einem Witz, der ihr spontan eingefallen war.

Als Nada gegen ihren Willen leise zu lachen anfing, wusste Ceda, dass sie das hier überleben würden. Zumindest bis morgen.

Sie war es gewohnt, von Tag zu Tag zu leben.

Sie würde auch Nada daran gewöhnen.

Es war der einzige Weg.

Bis sich ein anderer Weg ergab.

Tomaas Arrara hatte sich zur Feier des Tages tatsächlich seine Galauniform angezogen. Soeben legte er die Peitsche auf seinen Schreibtisch. Das blutige Leder glänzte im Sonnenlicht, das durch das kleine Oberlicht in sein Zelt fiel.

„Götter, wie ich diese archaischen Bestrafungsrituale hasse."

Ceda warf Adlata, die neben ihr im Habacht stand, einen Seitenblick zu. Der First Sergeant zeigte keine Reaktion. In ihrer besten Dienstuniform wirkte Adlata ungewohnt offiziell und seriös – ein Eindruck, den selbst die Regimentskutte, die seit etwa zweihundert Standardjahren Bestandteil der Class-A-Uniform war, nicht zu schmälern vermochte. Kaum etwas deutete auf die blutrünstige Soldatin hin, die Gefangene grausam hinrichten ließ. Sie kannte Adlata und ihre zwei Seiten inzwischen gut genug und hätte nicht mehr erstaunt sein dürfen, war es aber dennoch.

Wenn Arrara von der *Heimzahlung* Wind bekommen hatte, hatte er es jedenfalls nicht an die große Glocke gehängt. Zumindest ihr gegenüber nicht. Sie zuckte im Geiste mit den Schultern und beließ es dabei.

„Aber Parr musste bestraft werden. Ich musste ein Exempel statuieren." Er holte ein besticktes Taschentuch hervor und tupfte sich den Schweiß von der Stirn. Dann knöpfte er die lederne, mit Tätigkeitsabzeichen, Kampagnenpatches und Ordensansteckern übersäte Prunkkutte auf. Zwanzig

Peitschenhiebe in der sengenden Sonne hätten wohl auf jeden einen schweißtreibenden Effekt gehabt.

„Er war immer schon ein Idiot.“

„Er ist ein guter Organisator, Koordinator und Planer. Aber er ist kein Stratege und ihm fehlt jeder Sinn für List und Heimtücke. Er hat als Kommandant der Suurion-Basis versagt und ist damit als XO des zweiten Bataillons unhaltbar geworden. Immerhin fällt das auch auf mich zurück.“

„Er ist auf diesen Sulla reingefallen, ja. Aber das wären andere sicherlich auch.“

Arrara fuhr sich durch den dichten Bart und schüttelte nach einigen Momenten langsam den Kopf. „Nein. Sulla hat diesen Trick schon mindestens zweimal in leicht modifizierter Form angewandt. Ein Stabsoffizier muss sowas wissen. Muss die Berichte kennen. Muss den Feind genau studiert haben und darf niemals überstürzt handeln.“ Er kramte in seinem Schreibtisch herum. „Ich hätte ihn nie dort einsetzen sollen. Terrio hat wie immer recht gehabt. Es war eine Fehlentscheidung.“

„Warum peitscht du dich dann nicht direkt auch noch selbst aus?“ Ceda hatte sich vorgenommen, nicht frech zu sein, und drohte schon in den ersten Minuten des Gesprächs, kläglich an diesem Vorsatz zu scheitern.

Arrara aber schmunzelte sarkastisch. „Das hebe ich mir für die einsamen Nächte im stillen Kämmerlein auf. Aber im Ernst: Parr wird degradiert, Inbocks rückt als XO des Zweiten auf.“

„Und wer kommandiert dann den Ammo Train?“ Ceda kannte Inbocks nicht, hatte aber gehört, dass er eine Art wandelnder Taschenrechner war, komplexe Nachschubwege im Schlaf ausarbeitete und noch dazu mit grundlegendem technischem Wissen glänzte. Dass ein Vollblutlogistiker sich besser als Schlachtenlenker eignen würde als Parr, bezweifelte Ceda ernsthaft.

„Ich habe da einen Kandidaten. Ein Joker, sicherlich, den ich aber in dieser besonderen Situation gerne ziehe und ausspiele. Ich bin gespannt, wie er sich schlägt.“

Adlata murmelte Unverständliches.

„Mein First Sergeant ist nicht einverstanden, aber manchmal muss ich eben Alleingänge machen“, sagte der Colonel mit einem leichten Grinsen.

„Schwer ruht das Haupt, das eine Krone drückt“, sagte Ceda

zu Arrara, weil ihr nichts Besseres einfiel.

Er gab einen leisen, bestätigenden Grunzlaut von sich und musterte sie und ihre Begleitung. Nada hatte sich ebenfalls in ihre beste Uniform geworfen und Haltung angenommen. Ceda fühlte sich in ihrer zerdellten Panzerung beinahe wie eine Außenseiterin, obwohl sie dem Regiment über zehn Jahre ihres Lebens geschenkt hatte.

„Ja, es hat nicht nur gute Seiten, Colonel zu sein. Manchmal glaube ich sogar, dass die schlechten überwiegen." Er warf Private Nada Erehwon einen Blick zu. „Manchmal, aber nicht häufig. Jetzt aber zu Ihnen, Private. Wie man hört, schlagen Sie sich recht tapfer. Angesichts dessen, was Sie durchmachen mussten, keine Selbstverständlichkeit."

Er hatte offenbar endlich gefunden, was er in seinem Schreibtisch gesucht hatte, und zog eine kleine hölzerne Kassette hervor. Ceda stöhnte innerlich auf. *Das tut er nicht wirklich.*

Doch Arrara befahl dem Private, vorzutreten und dekorierte die Söldnerin Nara Erehwon für Tapferkeit vor dem Feinde. Heftete ihr einen roten Totenschädel aus Xemstahl an die ansonsten blanke Lederkutte, die sie zum feierlichen Anlass über der Uniform trug. Beglückwünschte sie. Drückte ihre Hand.

„Der *Skull of Spunk* in Rot – die zweithöchste Stufe. Sie können stolz darauf sein." Er musterte sie mit einem halben Lächeln, das aber rasch einer sehr nüchternen, konzentrierten Miene wich. Seine Augen suchten ihre. Er fing ihren Blick ein und hielt ihn fest – das war eine seiner Gaben.

„*Dolchgeist*, mh?"

Adlata machte gruselige Spukgeräusche, was ihr einen zornigen Blick seitens Ceda einbrachte.

„Ich bin absolut sicher", sagte die Kopfjägerin. Adlata seufzte schwer. Musterte ihre alten Kameradin. Zuckte die Schultern. Sie schien bereit, ihr zu glauben.

Arrara nickte verhalten. „Unsere Spezialisten analysieren noch, aber ich bin gewillt, dir zuzustimmen. Unheimliche Sache. Ihre Mutter, Private, gilt zwar als skrupellos, aber dass sie derart kaltblütig agieren würde … nun, es schockiert selbst einen Veteranen wie mich."

Nada biss sich auf die Unterlippe. „Ja, Sir. Sie wissen, wer ich bin?"

„Ich weiß, wer Sie sind. Nada Erehwon, eine meiner besten

jungen Soldatinnen.“

Sie erzitterte förmlich, als die erste und heftigste Anspannung von ihr abfiel. Sie versuchte, etwas zu sagen, aber die Stimme versagte ihr.

„Unter den gegebenen Umständen, Private, würde ich es verstehen, wenn Sie das Regiment verließen.“

Adlata wollte aufbegehren, aber Tomaas hob seine Hand. „Lass mich mal machen, Adlata.“ Er wandte sich wieder Nada zu. „Ich wäre gewillt, Sie gehen zu lassen. Ich würde beide Augen zudrücken. Natürlich nicht ganz uneigennützig. Diese ganze Sache kann diesem Regiment eine Menge Ärger einbrocken und als Colonel bin ich nicht nur Ihnen, sondern jedem einzelnen Lancer verpflichtet.“

Ceda suchte nach Spuren von Unaufrichtigkeit in seinem Gesicht. Sie kannte ihn immerhin besser als die meisten. Aber Arrara schien aufrichtig. Er bewies Rückgrat. Das gefiel ihr mehr, als sie zugegeben hätte.

„Das verstehe ich, Sir“, sagte Nada. „Und wenn Sie es wünschen, verlasse ich das Regiment und versuche, mich woanders durchzuschlagen. Ich weiß, dass meine Mutter nicht aufgeben wird. Ich will niemanden in Gefahr bringen.“

„Was ich wünsche ist Nebensache, Private. Ihr Landsknechtkontrakt fordert viele Pflichten von Ihnen ein. Aber ein Recht gewährt er Ihnen noch vor allen anderen: Das Recht auf Schutz vor allen Feinden – inneren wie äußeren – als Teil der Gemeinschaft der Söldner des 1st Faun Prime Freelance Regiment.“

Nada nickte. Sie schien vor Erleichterung und Rührung mit den Tränen zu kämpfen. Ceda drückte ihren Arm.

Dann wandte sie sich dem Colonel zu und rückte ihre neue Augenklappe zurecht. „Ich mach's kurz, Tomaas. Das Mädchen und ich würden gerne bleiben.“

Arrara war nicht im Mindesten überrascht. „Ich könnte jemanden für die *Outriders* brauchen“, antwortete er postwendend. „Weißt du noch, wie man ein Bike fährt?"

Ceda schnaubte. „Das wäre Selbstmord. Oder auf jeden Fall irgendeine Art von Mord ... und ich kann da nicht auf das Mädchen aufpassen.“

Er nickte langsam. „Sie hat kaum das Zeug zum Scout.“ Er ließ ein entschuldigendes Lächeln in ihre Richtung aufblitzen.

„Nichts für ungut, Private. Was nicht ist, kann noch werden. Aber im Ammo Train können wir Sie definitiv sehr gut weiter brauchen. Wie ich höre, sind Sie eine passable Technikerin. Und Sie können rechnen, lesen, schreiben und sind nicht auf den Kopf gefallen. Das macht Sie fähiger als fünfzig Prozent der Leute dort." Er sah Ceda an, dann Adlata. „Und dass sie kämpfen kann, haben wir ja gesehen."

„Dann also der Ammo Train. Ja, Sir", sagte Nada nickend. Ihr fragender Blick wanderte zu Ceda.

Diese schüttelte den Kopf. Das durfte doch alles nicht wahr sein! Adlata neben ihr grinste dreckig. „Ceda Kayne im Ammo Train. Es reimt sich sogar."

„Es trifft sich ohnehin", sagte Arrara. „Ich habe ein paar neue Rekruten dort, die besonderer Behandlung bedürfen. Und einen neuen kommandierenden Offizier, auf den jemand ein Auge haben sollte, der nicht Bolzen ist."

Ceda dachte an den Zwerg, den Caproner und einige andere neue Leute, die einerseits vom letzten Scharmützel mit Sulla mitgebracht und teilweise auch auf regulärem Wege neu rekrutiert worden waren. Sie konnte nicht sagen, dass die Bande ihr sonderlich gefiel. „Ich habe schon ein Auge auf sie geworfen."

„Hehe, Einauge", sagte Adlata. Arrara warf ihr einen strengen Blick zu.

„Für einen Komiker bist du eine ziemlich gute Söldnerin", knurrte Ceda ihr lediglich zu.

„Ich gebe dir ein Squad", sagte Arrara.

Sie überspielte die Überraschung nur mit Mühe. Nickte geschäftsfrauisch. „Okay, her mit dem Soldbuch. Ich war zuletzt Sergeant, wie du dich erinnern wirst."

„Corporal reicht. Die Degradierung nehmen wir als Strafe für deine Desertation."

Ceda kratzte sich den Kopf. „Ich weiß nicht, ob meine Kritiker damit zufrieden sein werden."

Der Colonel winkte ab. „Du bekommst einen Kommandantenfreibrief. Den werden sie akzeptieren. Du bist dann nicht mehr vogelfrei – sozusagen. Aber ich würde an deiner Stelle trotzdem auf meinen Rücken achtgeben."

Als würde sie das nicht immer tun. Sie nickte. Insgesamt kam ihr das Ganze ein wenig zu einfach vor. Es ging zu glatt über die Bühne. „Das ist alles?"

„Fast alles." Arrara nickte Adlata zu und der First Sergeant zog mit schmerzverzerrtem Gesicht den rechten Arm aus der Schlinge.

„Adlata wird dir zehn Schläge verabreichen. Die Mindeststrafe nach Abzug der geleisteten Kompensation und angesichts der Dienste, die du uns in den Kämpfen der letzten Tage geleistet hast."

Adlata ballte probehalber die Rechte zur Faust. Verzog das Gesicht. „Kayne, du hast mal wieder mehr Glück als Verstand. Auf rechts bin ich leider noch etwas flügellahm." Mit diesen Worten zog sie einen Lederhandschuh aus der Uniformtasche und streifte ihn mit Hilfe ihrer Zähne über die Linke.

„Wollen wir?", grinste der First Sergeant. Sie schien Gefallen an der bevorstehenden Aufgabe zu finden. Ja, so war sie, diese Adlata. Immer für eine kleine Schlägerei zu haben.

„Dann zeig mal, was noch in deinen alten Muskeln steckt." Sie stellte sicher, dass sie einen festen Stand hatte, reckte ihr Kinn vor und drehte Adlata die linke Wange zu.

Nada hinter ihr sah dem Schauspiel furchtsam zu. Doch sie schwieg. Was klug von ihr war. Ceda schätzte, dass Nada zurechtkommen würde. Mit ein wenig Hilfe ihrer Kameraden – allen voran ihres neuen Squad Leaders.

Sie steckte insgesamt zehn Faust- und Rückhandschläge von Adlata ein. Es tat weh, denn Adlata verstand ihr Handwerk und wusste genau, wo und wie sie zuhauen musste. Blut spritzte auf den Boden von Arraras Zelt. Es ging schneller vorbei als erwartet.

Als Adlata ihren Handschub abstreifte, sah sie mit großer Genugtuung, dass der First Sergeant sich vermutlich ordentlich die Knöchel geprellt hatte.

Arrara überreichte ihr ihr Soldbuch und legte noch eine Fumara obendrauf. „Corporal. Willkommen zurück bei den Lancers. Dienstbeginn ist morgen Früh um 0500 Ortszeit. Melden Sie sich bei Sergeant Bolzen zum Einschiffen. Ich will ein einsatzbereites Ammo-Train-Squad bis zum Ende nächster Woche. Und denken Sie dran: Ich erwarte, dass Ihre Rekruten bis Ende des Monats gedrillt sind. Spätestens dann erwartet uns das nächste glorreiche Etappenziel auf unserem langen und beschwerlichen Weg hin zur Niederschlagung dieses verdammten Rebellenaufstandes."

Ceda nahm Haltung an und salutierte. „Ja, Sir", sagte sie ohne

Enthusiasmus. Nada applaudierte verhalten und war sich offenbar unsicher, ob sie gratulieren sollte.

Adlata dagegen war sich sicher und gab ihr die gesunde Hand. „Hast dich gut gehalten. Noch immer der alte Dickkopf, ich wusste es ja."

Ceda tastete mit der Zungenspitze nach einem lockeren Backenzahn. „Und du kannst noch immer zuhauen."

„Es wird wieder wie früher sein, Ceda. Bei allen verdammten Monden von Akta." Adlatas Lächeln war echt. Sie freute sich tatsächlich. „Willkommen zurück."

Ceda erwiderte das Lächeln. „Nichts ändert sich jemals." *Aber es gibt Ausnahmen.* Dafür würde sie sorgen. Einige Dinge würden sich niemals wiederholen.

Dieses Mal würde sie alles richtig machen.

AUS DEM PERSÖNLICHEN LOGBUCH VON SIR ALLDUN ZEE CARVAS-DONTRAß, 500 N. EII

Und so trug es sich zu, dass ich – wohlgemerkt nach nur wenigen Wochen Zugehörigkeit zwecks Truppenpraktikum – zum Offizier ernannt wurde. Wenn auch nur zum Acting Lieutenant – also einer Art Junioroffizier auf Probe, eine Feldbeförderung, die mit dem Dienstposten einherging, auf den sie mich setzten. Wenn auch nur in einem Söldnerregiment, das längst nicht so eine große Nummer war, wie die meisten seiner Mitglieder dachten. Aber ich war Offizier. Keine Ahnung, ob ich es mir verdient hatte, aber Shari und Zinger ließen keine Gelegenheit verstreichen, um mich damit aufzuziehen.

Wir verbrachten noch zwei oder drei weitere Tage auf Queesh, weil das Einschiffen sich wegen der Wetterbedingungen verschob. Ein unglaublicher Sandsturm, wie ihn selbst die ältesten Einheimischen noch nie erlebt hatten, verhinderte Starts und Landungen. Wir vertrieben uns die Zeit mit Würfeln, Techi-Maki, Blör und anderen aktuellen und traditionellen Glücks- und Gesellschaftsspielen.

Ich wurde von Boak, Zinger und einer Handvoll anderer Scouts mit einem großen Fass guten Biers verabschiedet und hing danach einen ganzen Tag über verschiedenen Schüsseln, die die arme Shari mit besorgten Blicken und strafenden Bemerkungen pflichtschuldig entleerte.

Ich stellte mich den Jungs und Mädels des Ammo Train nach dem Mittagessen im Kantinenzelt vor, während draußen der Wind heulte und an der Zeltbahn riss, als jagten die Furien aus den Sagen der Grünen Kolonie über unseren Köpfen hintereinander her. Über das Prasseln des Sandes auf dem reißfesten Stoff konnte ich mein eigenes Wort kaum hören und die Reaktion der Männer war entsprechend verhalten. Ich begann recht früh, die verdammte Beförderung zu bereuen – schon bevor ich meine neue Aufgabe überhaupt das erste Mal ausführte. Ich fragte mich, ob die paar Kurse in Logistik genug gewesen waren. Ob meine bescheidenen Technikkenntnisse ausreichen würde, um vor Leuten wie Bolzen oder, Götter bewahren,

Gearmeyer zu bestehen. Und ob die neuen Rekruten wie dieser Caproner und der kleinwüchsige Mensch, die stets irgendetwas auszuhecken schienen, auch wenn sie einfach nur dasaßen und einen unschuldig anschauten, nicht mehr Probleme bedeuteten, als ich in der Lage war, zu lösen. An diesem Tag sah ich besonders zwei meiner neuen Untergebenen mich sehr genau mustern. Zum einen Parr, den man in einer sehr harschen Entscheidung zum Sergeant zurückgestuft und zu meinem Logistik-Adjutanten ernannt hatte. Er machte ein Gesicht, als hätte er gerade literweise sauren Blorsh zum Mittag essen müssen. Der Fraß war schlecht, aber nicht *so* schlecht. Er war angepisst. Und das sicherlich zurecht. Zum anderen Ceda Kayne, eine Rückkehrerin zum Regiment, die – gelinde gesagt – umstritten war und über die bisweilen heiß unter den Lancers diskutiert wurde. Natürlich hinter ihrem Rücken. Sie hatte einerseits etwas Mütterliches, andererseits wirkte sie hart wie Stein und war trotz ihres künstlichen Auges und der Narben nicht unattraktiv und verursachte ein merkwürdiges Gefühlschaos in meinem jungen, leicht beeinflussbaren Herzen. Der Wunsch nach Geborgenheit und Unterstützung, eine Prise Furcht und eventuell ein Funke des Begehrens – es versprach, eine überaus interessante Zeit zu werden.

Apropos: Ich schlief mit Zinger. Sehr oft. Bis ich dachte, dass mir mein kleiner Freund abfallen würde. Es war wild, es war gefährlich – es war fantastisch. In vielerlei Hinsicht gehörte ich zu den glücklichsten Bastarden in diesem verdammten Regiment. Natürlich war mir das damals nicht klar.

Und so vergingen die Tage. Und so stand ich eines Morgens unweit des Landefeldes, der gesamte Ammo Train mit seinen *Olyfanten*, *Tyr*-Munitionstraktoren und den großen Brummern der *Ares*-Klasse, den Mulis sowie all den Technikern und Fahrern und Infanteristen hinter mir, und sah der großen Prozession zu. Dutzende Fahrzeuge und Waffensysteme wurden über gewaltige Laderampen in die offenstehenden Luken geladen, die mich an die hungrig aufgerissenen Mäuler gestrandeter Wale erinnerten. Die Bäuche der teegardianischen Marine-Galeonen und angemieteten Carryalls füllten sich mit *Hermes*-Truppentransportern, *Stalker*-Spähpanzern, den großen *Mjölnir*-Kampfpanzern, FACs der *Banshee-Klasse* sowie Allgelände-Kampfläufern und Scout-Walkern wie dem *Baba Jaga* oder dem

Zentauren. Plasmamörser, *Long Tall Sallys* und deaktivierte Drohnen und KI-Killermaschinen auf schweren Aufliegern waren die Nächsten, gefolgt von dreißig Soldaten in den massiven *Golem*-Exoskeletten, die wie riesenhafte, schwerfällige Androiden aus einem längst vergangenen Zeitalter aussahen. Dann folgten die Scouts, die Infanterie und alle HQ-Elemente von den Strategie- und Intelligence-Offizieren über die Rekrutierer und die Personalbeauftragten bis hin zur Sanstaffel.

Als Letzte stiegen wir ein. Der Ammo Train rollte. *Nothing Stops the Ammo Train* lautete das inoffizielle Motto dieses Haufens und als ich mit Shari und Parr, der noch immer schreckliche Schmerzen haben musste und es jederzeit tunlichst vermied, sich zurückzulehnen, in einem alten, aber gut instandgehaltenen *David*-Schwebewagen die Rampe passierte und die nächste Etappe auf unserer Reise in greifbare Nähe rückte, beschloss ich, dass ich diese Einheit nicht enttäuschen und das Motto hochhalten würde. Ich würde mein Bestes für diese Leute tun, sie niemals im Stich lassen und dafür sorgen, dass wir beste Arbeit leisteten.

Vieles davon blieb ein Wunschtraum, aber ich muss sagen, dass es mir nicht am Willen mangelte, mein erstes Kommando hoch motiviert anzugehen und diese Soldaten zu Ruhm und Ehre zu führen. Soweit dies beim Nachschub möglich war ...

So ließen wir also Queesh hinter uns. Für mich wohl ein endgültiger Abschied, denn ich habe bis dato keinen Fuß mehr auf diese Staubkugel gesetzt und der Hitze und den Hinterwäldlern dort nie eine Träne nachgeweint. Noch Monate später schüttelte ich Sand aus meinen Stiefeln.

Die Galeone brachte uns in den Orbit, wo die großen Kriegsschiffe der Republik Teegardia uns bereits erwarteten. Sie hatten Sullas Diebstahl der Angriffsgaleonen vom Raumhafen Suurions nicht verhindern können. Der zuständige Admiral redete sich mit einem raffinierten Drohnenmanöver des Feindes heraus, das ihnen einen massiven feindlichen Sensorschatten am Systemrand vorgegaukelt hatte, und niemand nagelte ihn darauf fest, dass er ebenso töricht gehandelt hatte wie Parr. Vornehmlich, weil er eben ein hohes Tier bei den Auftraggebern der Lancers war.

Ein so hohes Tier, dass es Arrara ihm offenbar gestattete, ihn eine geschlagene Stunde lang anzubrüllen, ohne dass der Colonel ihm Klopek oder Adlata auf den Hals hetzte. Natürlich machte mein teegardianischer Waffenbruder die Lancers für alles verantwortlich und schwor, der Hohen Admiralität einen gesalzenen und gepfefferten Bericht vorzulegen. Er tanzte nicht direkt den Sciattama in Arraras Schokoladenfabrik, aber er war offenbar kurz davor. Der Colonel aber ließ sich nie etwas anmerken und als wir unsere Reise durch den Hyperraum antraten, die uns zum nächsten Ziel dieser Kampagne führen würde, schien das Thema bereits vergessen.

Das nächste Ziel, mit dem wir uns ein andermal beschäftigen wollen. Von der sengenden Hitze führte es uns in die eisige Kälte. Wo uns noch mehr Verrat, Tod und Verderben erwarteten sowie die Erkenntnis, dass unsere schlimmsten Feinde oft die sind, von denen wir es am wenigsten erwarten.

Was bleibt noch zu sagen? Euch wird aufgefallen sein, dass ihr nicht alles, was ich in meiner Einleitung angerissen habe, bezeugen durftet. Geduld lautet das Zauberwort. Wir werden noch einige Zeit mit den Lancers verbringen und ich kann schlecht jedes Ereignis in diesen bescheidenen ersten Teil meines Erfahrungsberichtes quetschen.

Was ist mit den losen Enden? Nun, die werden jäh verknüpft werden. Ich gebe euch für den Moment eine Kurzfassung: Es sollte sich herausstellen, dass der Mob, der die Suurion-Basis geradezu mit kampfeswütigen Leibern überflutet hatte, nur zu einem Drittel aus wahren Kämpfern bestanden hatte, die sich der Sache verschrieben fühlten. Der weitaus größere Teil waren einfache Zivilisten und ja, wir fanden bei vielen von ihnen tatsächlich Rückstände einer Droge auf Basis der Ruun-Wurzel, die große Wut und Kampfesmut und all solche Dinge bewirken kann. Fakt ist aber auch, dass ohnehin viele Rebellen – ach, was sage ich, so ziemlich alle Armeen im Blauen Korridor – bisweilen ähnliche Mittelchen zu sich zu nehmen pflegten. Ob die Wellen an bewaffneten Queeshianern, die die Basis überrannten und sich wie die Lemm-Lemms ins Abwehrfeuer stürzten, alle den Drogen geschuldet waren, sei dahingestellt. Wir fanden zwar irgendwann heraus, wie und warum die Drogen verabreicht worden waren und auch von wem, aber ein gewisser Funken Skepsis blieb da bei mir immer. Ich glaube, die Drogen waren lediglich der halluzinogene Tropfen, der die Photonenladung auf die kritische Masse brachten.

Und der Ammo Train? So viel sei noch gesagt: Ceda, Turnbull und Meek (Ich weiß, was ihr denkt: Kein weiteres Kapitel aus ihrer Sicht? Es erscheint mir an dieser Stelle überflüssig, wenn ich ehrlich bin, wir werden schon bald mehr von ihnen lesen.) sollten noch eine große Rolle in meinem Leben spielen. Ohne ihren Einfluss wäre kein Augur aus mir geworden. Ich hätte kein Duell auf Leben um Tod um meine Ehre gefochten. Ich wüsste bis heute nicht, wie eine Positronenmatrix funktioniert und wie viele Liter Antimateriedestillat ein Reaktor der AK-1-Klasse pro Stunde schluckt. Ich hätte nie von Stergio Campaans Schatz gehört oder die Wahrheit über *Dolchgeist* erfahren. Und ich hätte nie gelernt, wie man beim Kartenspielen betrügt.

Nada Erehwon blieb bei ihrem Namen und irgendwann hörten die Leute auf, sie damit aufzuziehen. Ihre Mutter gab nie auf, sie zu jagen. Und auch *Dolchgeist*, sein Name fiel ja gerade erneut, sahen wir wieder. Der Ärger, den der Colonel uns mit seiner Loyalität zu dieser ihm im Grunde völlig unbekannten jungen Frau eingebrockt hatte, hätte das Regiment beinahe vernichtet. Die vielen Hektoliter roten und blauen und andersfarbigen Bluts, die darüber vergossen wurden, hätten ganze Städte überfluten können. Die Freunde, die ich wegen dieser Fehde verlor, sind zu zahlreich, um sie hier aufzuzählen. Das heißt, ich würde es schaffen, aber ich habe mir ein gewisses Seitenlimit gesetzt. Kurzum: Die Adelshäuser des Blauen Korridors – nicht die größten, nicht die einflussreichsten, aber dafür umso wohlhabendere, verbohrtere und gerissenere Vertreter – hatten uns auf dem Kieker und auch ihr, liebe Leser, werdet noch zu spüren bekommen, was dies heißt.

Mein Tag hat derzeit nur vierunddreißig Stunden und ich bin kein junger Mann mehr, der mit der Geschwindigkeit eines Maglev-Zuges durch die Seiten rasen kann. Ich werde für heute enden.

Aber ich möchte mit einem Ausblick enden – also:

Was wird die Lancers – und damit auch euch – als Nächstes erwarten? Entbehrungsreiche Konflikte? Blutige Schlachten? Wiederkehrende Träume über fliegende Zwerge?

Wie werden die Repressalien der Republik Teegardia wegen des Galeonen-Diebstahls aussehen? Werden wir Sulla wiedersehen und Cé Nuerta persönlich kennenlernen? Werde ich Turnbull im Armdrücken schlagen und wird etwas von Meeks

Improvisationstalent auf mich abfärben? Wird Shari jemals aufhören, mich zu bemuttern – und was genau weiß sie eigentlich über Turnbull und seinen Namen? Was hat es mit Hizbollas unheilschwangeren Gebeten auf sich und warum hasst Ratsh Ceda Kayne mit solcher Inbrunst? Apropos Ceda: Wer hat eigentlich die vier Ludditen vom Anfang auf sie gehetzt? Ihr dachtet wohl, ich hätte sie vergessen – weit gefehlt!

Wie dem auch sei: Alles gute Fragen. Wartet es ab!

Werde ich mich als kommandierender Offizier des Ammo Trains wacker schlagen? Kann tatsächlich nichts den Ammo Train stoppen? Oder bin ich es, der diesen Zug entgleisen lässt? Wir werden sehen!

Und was wird aus mir und Zinger? *Sie lebten glücklich und zufrieden bis an ihr Ende?* Oder nimmt diese noch junge Romanze einen tragischen Verlauf?

Ich wollte nicht auf einer traurigen Note enden, aber manchmal geschehen eben Dinge, die wir eigentlich zu verhindern geschworen hatten. Manchmal macht uns das Leben einen Strich durch die Rechnung. Hier endet also mein erster Eintrag in dieses persönliche Logbuch. Ich werde mich weiterhin standhaft weigern, es meine Autobiographie zu nennen. Aber, wie gesagt: Wer weiß, was die Zukunft bringt? Unfairerweise weiß ich es, aber auch für mich gibt es stets Unwägbarkeiten, denn die Zukunft ist stets im Fluss. Es braucht schon einen Auguren, um zu entscheiden, welche Resultate am wahrscheinlichsten sind. Vielleicht also macht mir auch hier das Leben einen Strich durch die Rechnung.

Vielleicht wird der nächste Teil dieser Berichterstattung den Titel einer Biographie tragen.

Aber vermutlich nicht.

Also: Bis dahin, liebe Leser.

Wir sehen uns …

… irgendwo da draußen, zwischen den Sternen!

Nothing stops the AMMO TRAIN!

Die Lancers werden zurückkehren in ...

AMMO TRAIN

BAND II:

Die Herren von Wer-Mont